MIRA®

Der Preis dieses Bandes versteht sich einschließlich der gesetzlichen Mehrwertsteuer.

Umwelthinweis:
Dieses Buch wurde auf chlor- und säurefreiem Papier gedruckt.

Carrie Lofty

Schurke meines Herzens

Roman

Aus dem Amerikanischen von
Bärbel Hurst

MIRA®

MIRA® TASCHENBUCH
Band 25565
1. Auflage: Januar 2012

MIRA® TASCHENBÜCHER
erscheinen in der Harlequin Enterprises GmbH,
Valentinskamp 24, 20354 Hamburg
Geschäftsführer: Thomas Beckmann

Deutsche Taschenbucherstausgabe

Titel der nordamerikanischen Originalausgabe:
What A Scoundrel Wants

erschienen bei: Zebra Books, New York

Published by Arrangement with KENSINGTON PUBLISHING CORP.,
New York, NY 10022 USA.

Dieses Werk wurde vermittelt durch die Literarische Agentur
Thomas Schlück GmbH, 30827 Garbsen

Konzeption/Reihengestaltung: fredebold&partner gmbh, Köln
Umschlaggestaltung: pecher und soiron, Köln
Redaktion: Bettina Steinhage
Titelabbildung: Harlequin Enterprises S.A., Schweiz ;
Thinkstock / Getty Images, München
Autorenfoto: © Lovely Salome
Satz: Buch-Werkstatt GmbH, Bad Aibling
Druck und Bindearbeiten: CPI – Ebner & Spiegel, Ulm
Printed in Germany
Dieses Buch wurde auf FSC®-zertifiziertem Papier gedruckt.
ISBN 978-3-89941-965-8

www.mira-taschenbuch.de

1. *KAPITEL*

„Dich, Scarlet, lässt der Wald stets missgelaunt zurück."
– Robin Hood
The Foresters: Robin Hood and Maid Marian
Alfred Lord Tennyson, 1892

In der Nähe von Melton Mowbray, England
Herbst 1199

Will Scarlet hasste Bäume. Alle Bäume. Wälder. Gehölze. Und mehr als alles andere hasste er den Sherwood Forest.

Obwohl Sherwood gut einen Tagesritt entfernt in Richtung Nordwesten lag, war Charnwood Forest ihm so ähnlich, dass es für Will wie ein Hohn wirkte. Der Gestank fauliger Blätter stieg ihm in die Nase. Die sich wiegenden Zweige verursachten Laute, als plapperten dort Kobolde. Selbst jetzt um die Mittagsstunde wurde jede klare Sicht durch das Zwielicht vereitelt.

Ein Schauder überlief ihn. Will kauerte im Unterholz zwischen den Farnen und versuchte festzustellen, ob das Dutzend Männer, die für Sheriff Finch arbeiteten, sein Unbehagen bemerkten, doch jeder von ihnen ging seinen Aufgaben nach.

„Gott rette mich aus diesem Höllenschlund", murmelte er und bekreuzigte sich.

Mit einem Knie auf den Lehmboden gestützt, beugte er sich vor und blickte die Straße nach Nottingham entlang. Vier Streitrösser näherten sich langsam aus der Richtung von Melton. Das Sonnenlicht spiegelte sich auf den Rüstungen der vorderen Reiter. Einer saß so entspannt da, als hielte er ein kleines Schläfchen, während ein anderer die Zügel seines Pferdes nur locker über die Hände gelegt hatte. Schlankere Pferde folgten ihnen nach. Sie trugen prächtig gewandete Reiter mit dem Wappen des Earl of Whitstowe.

Wills Kommandant, Roger of Carlisle, ein enger Verbündeter des Sheriffs von Nottingham, trat aus dem Gebüsch, das ihm bis dahin Deckung verliehen hatte. Die Pferde, die ihm zunächst waren, schnaubten und scheuten zurück. Die Reiter schreckten auf, hoben die Schilde und zogen ihre Schwerter. Stahl klirrte gegen Stahl.

Die erste Wache des Earls, ein hagerer Mann mit geröteten Wangen, hob die behandschuhte Hand und brachte den Zug dadurch zu einem abrupten Halt. „Wer ist da? Aus dem Weg, Mann!“

„Nein.“ Carlisle verschränkte die kräftigen Arme vor der Brust. Sein Lederwams ließ seinen gedrungenen, muskulösen Körper noch beeindruckender erscheinen. „Ich will mit Lord Whitstowe sprechen.“

Der Earl ritt persönlich heran. „Was soll das bedeuten?“

„Mein Name ist Roger of Carlisle. Ich vertrete Peter Finch, den Sheriff von Nottingham.“

Lord Whitstowe schob die Kapuze seines bestickten Umhangs zurück und runzelte die Stirn. „Mein Trupp hat die Grenze von Nottinghamshire noch nicht erreicht. Was habt Ihr hier zu suchen?“

„Milord, Ihr besitzt Ländereien in beiden Shires. Es ist Eure Pflicht König John gegenüber, diese Wälder vor Wilderern und Herumtreibern zu schützen.“

Whitstowes Miene verfinsterte sich. „Ihr lauert mir auf der Straße auf und wagt es, mich an meine Pflichten meinem König gegenüber zu erinnern?“

„Das ist richtig, Milord, im Auftrag des Sheriffs, denn Ihr habt diese Pflicht nicht erfüllt.“

Sorgsam darauf bedacht, nicht das Gleichgewicht zu verlieren, bewegte Will seine Füße. Whitstowe stand in dem Ruf, ein ebenso kluger wie wohlerzogener Mann zu sein, doch es war auch bekannt, dass er sich den königlichen Edikten bezüglich Entschädigungen und Armeen gern widersetzte. Eine große

Anzahl der königlichen Forderungen hielt er schlicht für übertrieben und zog es aus diesem Grund vor, sie nicht zu beachten.

Sich zwischen den Bäumen zu verbergen bedeutete gewöhnlich Ärger. Aber vielleicht machte der Umgang mit dickköpfigen Adligen Carlisles dramatische Methoden notwendig – indem er sich wie ein Straßenräuber verhielt. Will erinnerte sich an den Lohn, der ihm winkte, und dieser Gedanke linderte sein Unbehagen.

Der zweite der vorderen Reiter trug einen spitz zulaufenden Helm mit einem Nasenschutz, der sein Gesicht fast ganz verbarg. Er lenkte sein Streitross zwischen Carlisle und den Adligen hindurch. „Ihr wagt es, so mit Lord Whitstowe zu sprechen? Mehr Respekt, Mann."

„Mäßigt Euch, Hendon."

„Milord, das werde ich nicht", erwiderte Hendon. „Seine Unverschämtheit kann nicht geduldet werden. Ihr da, aus dem Weg!"

Carlisle grinste. „Geht Ihr aus dem Weg. Ich habe etwas mit Eurem Herrn zu besprechen, Schwächling!"

„Schurke!"

Drohend zog Hendon sein Schwert und hielt es hoch in die Luft.

Von überall her sprangen Carlisles Männer aus der Deckung und stürmten herbei. Schreie und Flüche erfüllten die Luft, als die beiden Gruppen aufeinander trafen. Schwerter klirrten, Pferde stiegen auf die Hinterbeine. Pfeile flogen durch die Luft. Ein meisterlicher Schuss durchdrang den Hals des ersten, rotgesichtigen Wachsoldaten, und tot sank er dem Pferd des Earls vor die Hufe.

Stumm vor Entsetzen sah Will zu. Die Zeit schien in dieser Orgie aus Lärm und Gewalt stillzustehen. Er sollte etwas tun. Er sollte kämpfen. Aber er vermochte nicht einmal zu denken. Woher sollte er wissen, auf welche Seite er sich schlagen sollte, wenn er kaum begriff, was der Grund für diesen Aufruhr war?

Ein Schrei ertönte.

Beim Himmel! Eine Frau?

Ohne darüber nachzudenken, sprang er aus seiner Deckung. Keine Frau verdiente es, dazwischen zu geraten, wenn Männer einander mit klirrenden Schwertern entgegentraten.

Er wandte sich in die Richtung, aus der der Verzweiflungsschrei gekommen war, und eilte an den kämpfenden Leibern und tödlichen Waffen vorbei. Um einem direkten Konflikt aus dem Weg zu gehen, wehrte er einen Hieb ab oder duckte sich. Doch als ein Kampf mit einem von Lord Whitstowes Männern nicht mehr abgewandt werden konnte, stürzte er sich auf ihn.

Der Herausforderer, einen ganzen Kopf größer als er, drehte sich um und holte mit dem Schwert aus. Die lange, todbringende Klinge traf Will in den linken Arm und verletzte die muskulöse Stelle unter der ledernen Rüstung. Schmerz durchzuckte ihn bis hinauf in die Schulter. Fluchend wirbelte er herum und brachte den Mann damit aus dem Gleichgewicht.

Trotz der Qual, die ihm seine Verletzung bei jeder Bewegung bereitete, packte er das Schwert mit beiden Händen. Der Wille zum Überleben und das Bedürfnis, einer Frau in Not zu helfen, fachten seinen Kampfgeist an. Seine Fähigkeit, mit dem Körper zu reagieren, wurde zwar behindert, aber sein Geist arbeitete dafür schneller. Er wartete auf einen Fehler des Gegners. Als der Mann für einen Moment seinen Hals schutzlos darbot, hieb Will hinein.

Gurgelnd stieß der Soldat den Atem aus und erbleichte. Will zog seine Klinge heraus, wand sich unter dem fallenden Körper hindurch. Seine Handschuhe waren blutverschmiert, und ihm wurde übel.

Er spuckte aus, um gleich darauf Zeuge eines weiteren blutigen Gemetzels zu werden, als er sich umdrehte. Ein Gemetzel, das seinem Magen mehr zusetzte als seine Wunde. Hendon, der Wächter des Earls, dessen Herausforderung den Kampf ausgelöst hatte, zerrte seinen Herrn zu Boden und entblößte dessen Hals. Dann beendete er mit einem einzigen Dolchstoß Whitstowes Leben.

Roger of Carlisle entspannte sich sofort, senkte die Waffen und sah zu dem Toten. Dann breitete sich ein Lächeln auf seinem wettergegerbten Gesicht aus.

Sie sind Verbündete?

Als er Carlisles Blick begegnete, begriff Will, und ein Schauer überlief ihn. Verrat. Ein abgekartetes Spiel. Und er war mitten drin.

Ein weiterer Schrei verursachte ihm eine Gänsehaut.

Er wandte sich von der Schlachtszene ab und sah eine Frau in Blau, gehalten von Dawes und Munro, zwei von Carlisles Männern. Dunkle Blutflecken bedeckten die Hände der Männer und ihre Tuniken. Die Frau wehrte sich und versuchte, die Hände abzuwehren, mit denen die Männer ihre Schreie ersticken wollten.

Ganz in Anspruch genommen von der heftig um sich schlagenden Frau, bemerkten die beiden Männer nicht, wie Will näher kam. Er hieb in Munros Wade – die Wade des Mannes, der eben noch mit ihm in dem Gebüsch neben der Straße gehockt hatte; schließlich standen sie beide im Dienst von Sheriff Finch. Munro schrie auf, stürzte und umklammerte dabei sein Bein mit dem durchtrennten Muskel.

Dawes hielt sich die Frau vor den Körper und benutzte sie als Schild. Als er eine Klinge an ihren Hals presste, hörte sie auf, sich zu wehren. „Bleibt, wo Ihr seid, Scarlet, oder ich werde diese hübsche Beute töten."

Will schob sein Schwert in die Scheide und hob die Hände in den blutverschmierten Handschuhen.

„Keine bösen Absichten, Dawes", sagte er. „Ich habe einen der Männer des Earls umgebracht, genau wie Ihr." Er trat näher – einen Schritt, zwei. Mit einem Augenzwinkern öffnete er seine Tunika und begann, seine Beinlinge zu lösen. „Sie wird uns beiden als Belohnung dienen."

Dawes blinzelte und zögerte einen Moment lang. Aus einer Falte an seiner Taille zog Will einen Dolch und sprang vor. Er stieß mit der langen schmalen Klinge von unten genau in die weiche Stelle unterhalb von Dawes' Kinn.

Erst als sein Gegner niedersank, sah Will die Frau an. Sie kniete mit gesenktem Blick am Boden. Um den Kopf trug sie ein safranfarbenes Tuch, wie es lange schon aus der Mode war. Er erkannte sie.

Aber sie habe ich doch in Nottingham eingesperrt.

Nach all diesen Listen, Finten und Hinterhalten konnte er nicht mehr begreifen, was er jetzt sah. Es war ein Gefühl, als stände er zu Beginn eines Tanzes als Einziger ohne Partner da.

Vorsichtig berührte er sie. Sie zuckte zurück, begann wieder zu schreien, holte aus und stieß ihm ihre Schulter in die Magengrube. Der unerwartete Angriff brachte ihn aus dem Gleichgewicht, und er stürzte zu Boden. Ihm stockte der Atem. Die Frau sprang rittlings auf ihn und schlug mit der Faust auf sein Ohr. Er stöhnte, dann schrie er auf, als sie mit einem weiteren Hieb direkt seine Wunde traf. Endlich umfasste er mit beiden Händen ihre schlanke Taille und schob sie weg.

Carlisle rief seinen Männern Befehle zu, doch Will konnte nicht mehr klar denken. Er handelte nur noch instinktiv, packte die Frau an den Handgelenken und zog sie zum nächsten Pferd. Der lähmende Schmerz in seiner Wunde machte seine Bewegungen unbeholfen, doch eine ungute Ahnung verlieh ihm Kraft.

„Lasst mich gehen!"

„Mein Wort, ich tue Euch nichts!"

Er hob die Frau in den Sattel und saß hinter ihr auf. Dunkle, zerzauste Locken quollen unter der Kapuze hervor und kitzelten ihn an der Nase. Sie roch nach feuchtem Laub, Sonne und – Essig?

Will trieb das Pferd an und floh mit ihr.

Das Pferd suchte sich seinen Weg durch den Charnwood Forest. Zweige und Blätter schlugen Meg wie Peitschenhiebe ins Gesicht, zerrten an ihrem Haar, und jeder neue Hieb fügte ihr weiteren Schmerz zu. Sie legte den Kopf an die Brust ihres Retters. Leder und Eisenringe pressten sich ihr in die Wange. Wohin auch immer ihre überstürzte Flucht sie führen würde, ihre Sicherheit bei diesem halsbrecherischen Ritt hing von seinem Geschick ab, egal, ob er sich als Held oder Schurke erweisen würde.

Aber nichts ließ sich mit dem Schicksal vergleichen, das sie um ein Haar ereilt hätte. Nie zuvor hatte sie solch entsetzliche Angst empfunden wie in jenem Moment, als diese beiden männlichen Ungeheuer sie mit eisernem Griff festgehalten hatten. Es machte ihr weniger Angst, einem einzigen Gegner ausgesetzt zu sein.

Der Fremde beugte sich tief über den Hals des Pferdes. Stets glich er mit seinen Bewegungen die Wendungen und Sprünge des Tieres aus und schützte sie vor den Zweigen, so gut es ging. Er atmete schwer, im selben Rhythmus wie sie vorankamen. Die Zeit schien so langsam zu vergehen wie eine schlaflose Nacht.

Als das Pferd ermüdete, richtete er sich auf und zügelte es. Meg löste sich von ihm. „Warum halten wir an?“

„Dem Pferd kann zu leicht gefolgt werden.“

Die Erschöpfung ließ seine Stimme heiser klingen. Oder zumindest hoffte sie, dass es Erschöpfung war, und dachte an Hugo. Dieser hinterhältige Dieb hatte ebenso geklungen, als er sie genommen hatte – genau wie sie selbst.

Plötzlich wurde ihr bewusst, dass sie fast auf dem Schoß dieses Fremden saß, und löste sich aus seinem Griff. „Was werdet Ihr tun?“

„Beruhigt Euch. Ich will Euch nichts Böses.“ Langsam wurde sein Atem ruhiger. „Euer Bericht wird zusammen mit meinem die näheren Umstände dieses Hinterhalts klären. Man wird mich für den Zwischenfall nicht verantwortlich machen."

Meg rieb sich mit dem Daumen über die Unterlippe. Er musste lange über den Angriff nachgedacht haben, während sie durch den Wald ritten. Im Gegensatz dazu hatte der wilde Ritt ihren Verstand mit Vorahnungen und Enttäuschungen vernebelt. Sie schluckte ihre Angst hinunter und sammelte sich.

Schließlich stieg er von dem erschöpften Pferd und zog sie auf den festen, sicheren Boden. „Werdet Ihr mir helfen, Frau?"

Sie hielt den Kopf gesenkt. Der Mann, der sie gefangen hatte, hatte zwei Männer umgebracht, vielleicht mehr. Um sich vor dem Strick zu retten, würde er sie schützen.

Die Lüge ging ihr leicht über die Lippen. Wie immer.

„Das werde ich."

„Gut."

Sie konnte nicht sehen, wie er reagierte. Genauer gesagt hatte sie auch nichts von dem Kampf auf der Straße gesehen – und ebenso wenig irgendetwas anderes in den letzten fünf Jahren.

Aber die Wahrheit spielte keine Rolle. Solange er ihre Aussage für wertvoll hielt, würde er sie vielleicht beschützen. Bald würden Lord Whitstowe und seine Ritter sie eingeholt haben. Bis dahin galt es, ihre Behinderung zu verbergen.

Sie strich sich die Röcke glatt und berührte den Beutel an ihrer Taille. Beruhigt lächelte sie. Wenn ihre Verstellung ihr nicht helfen würde, könnte sie noch zu anderen Mitteln greifen.

„Wohin gehen wir?"

Er antwortete nicht.

„Sagt mir wenigstens Euren Namen, guter Mann."

„Ich heiße Will Scarlet."

Wieder wartete sie und unterdrückte den Wunsch, sich abzuwenden. Er musste sie beobachten, und sie hasste prüfende Blicke auf ihrem Gesicht oder ihrem Körper. Mit gesenkten Lidern blieb ihr nichts anderes übrig, als der Prüfung standzuhalten und das Schlimmste zu befürchten. Aus ihrer abwartenden

Haltung erwuchs Kampfgeist.

„Will Scarlet", sagte sie. „Das ist ein ungewöhnlicher Name."

„Ihr habt noch nie von mir gehört?"

Endlich bemerkte sie eine Andeutung von Gefühl in seiner Stimme. Ihre Gedanken überschlugen sich. Sie suchte nach einem Hinweis, ging im Geiste die Liste aller Schwächlinge und Waschlappen durch, die sie kannte, aber sie fand nichts.

„Sollte ich?"

„Wir vergeuden Zeit", sagte er. „Jeder kann uns in dieser Lichtung einfangen."

Sich den Weg durch Charnwoods unebenes Gelände zu bahnen, erforderte ihre ganze Aufmerksamkeit. Wenn Scarlets gleichmäßiger Schritt sich veränderte, half ihr das, Buschwerk und Stämme zu erahnen. Während er durch die raschelnden Herbstblätter ging, wurden seine Schritte ihr Führer, selbst als sein sicheres Vorankommen ihr zum Ärgernis zu werden begann.

Wieder verfingen sich Brombeerzweige in ihren Röcken, sodass sie schwankte und stolperte.

„Haltet Euch dicht bei mir."

„Ich bin erschöpft."

„Tut, was ich sage, oder ich liefere Euch den Männern des Sheriffs aus."

Sie fröstelte. „Ich weiß, dass Ihr einer von ihnen seid. Ihr wart nicht bei Whitstowes Gruppe, und der Mann, den Ihr getötet habt – er kannte Euren Namen."

Er blieb stehen. Obwohl er so nahe war, dass sie ihn hätte berühren können, verriet er ihren geschärften Sinnen kaum etwas. Durch das Lederwams, das er trug, drang keine Körperwärme. Sie spürte weder seinen Atem noch seinen Herzschlag. Sie fühlte ihn ganz nahe bei sich, wie ein lauerndes Gespenst, und die kleinen Härchen in ihrem Nacken richteten sich auf.

„Im Augenblick solltet Ihr Euch damit begnügen, dass ich mein Bündnis gelöst habe."

Überraschung, er redete mit ihr. Es musste ihr gelingen, ein nützliches Gespräch in Gang zu bringen, ohne ihn zu sehr zu provozieren.

„Ich weiß es zu würdigen, was Ihr um meinetwillen auf Euch genommen habt. Ich ziehe es vor, bei Euch zu bleiben."

„Dann tut, was ich sage", entgegnete er, und seine Stimme klang leise und ganz nahe bei ihr. „Ich brauche Eure Fragen nicht."

Ihre Abneigung wuchs, doch das verbarg sie hinter gespielter Demut. „Ich verstehe."

Er machte kehrt und nahm den Weg wieder auf. Meg stolperte beinahe bei jedem Schritt. Nicht besonders erfolgreich versuchte sie, sich auf das wichtigste Problem von Haltung und Bewegung zu beschränken.

Scarlet hingegen murmelte sinnlose Anweisungen: Hebt die Füße. Achtet auf den Ast.

Bei jeder seiner knappen Bemerkungen überdachte sie seine Worte. Seine ungeduldige Gereiztheit vermochte nicht den Klang seiner kultivierten Sprechweise zu verbergen. Ungeachtet seines Benehmens war er kein ungeschlachter Grobian. Die Furcht, die sie seit dem Hinterhalt umklammert hielt, verebbte. Dumme Männer konnten sich wie Tiere verhalten, aber vielleicht könnte sie mit diesem Mann reden, der an Vernunft und Gesetze gewöhnt war.

Als er es offensichtlich müde war, sinnlose Befehle zu äußern, verstummte Scarlet. Megs Gefühl der Einsamkeit kehrte zurück und umgab sie wie eine Wolke dichten Nebels. Es verstimmte sie, dass sie sich so sehr nach Gesellschaft sehnte, dass sie sogar die gelegentlichen Anweisungen ihres blutrünstigen Entführers vermisste.

Und sie vermisste Ada. Welch seltsamer Wandel der Ereignisse.

Nur das Geräusch brechender Zweige, zögernder Schritte und ihrer beider Atem störte die vollkommene Stille der dichten Wälder.

Doch als sie das drohende Rauschen eines nahen Flusses hörte, blieb ihr beinahe das Herz stehen.

Angst stieg in ihr hoch, erfüllte sie ganz. Das gewohnte Entsetzen kehrte zurück. Unter der Oberfläche treiben, den Boden unter den Füßen verlieren. Sich an ein flüssiges Element klammern, wie taub vom Gurgeln des Wassers. Nur ein Eindruck würde bleiben – wie sie das Wasser in ihrem Mund schmeckte.

Panik drohte die Ruhe und Gefasstheit zu zerstören, die sie so mühsam aufrechterhielt. Sie befreite sich aus seinem Griff und stolperte, worauf sie nach dem nächstbesten Halt griff: Scarlets Oberarm. Er schrie auf. Als er versuchte, abzuschütteln, was ihm diesen Schmerz verursachte, berührte er ihre Kapuze. Sofort zog sie den Kopf zurück.

„Lasst los!"

Sie hörte seine Stimme ganz nahe an ihrem Ohr. „Ihr zuerst!"

Sie tat es. Er stieß sie von sich, und sie verlor die Orientierung, als sie mit einem Platschen auf den Knien landete. Sie schrie auf, voller Angst, dass das Wasser sie umfangen würde. Aber dann spürte sie den Schlamm zwischen ihren Fingern und begriff, dass sie sich am flachen Ufer des Flusses befand. Mit einem letzten Rest von Vernunft schob sie sich den Beutel auf den Rücken, damit er nicht nass wurde.

„Ihr sagtet nichts von einer Verletzung", erklärte sie. „Ich wollte Euch nicht wehtun." Als er still blieb, hockte sie sich hin und drehte sich zu ihm. „Habt Ihr gehört?"

„Es ist nicht nötig, dass Ihr davon wisst."

Furcht durchströmte ihren erschöpften Körper. Er befand sich weiter flussabwärts als sie es vermutet hatte. Seine Stimme klang schmerzerfüllt, beschwor in ihr grässliche Bilder herauf. Wie viel von dem Geruch, den sie wahrgenommen hatte, war von seinem Blut gewesen?

„Diese Wunde wäre für jeden, der sehen kann, offensichtlich gewesen – aber Ihr könnt nicht sehen, oder?“

Bäume ächzten, Vögel sangen – die Geräusche des Flusses übertönten alle Laute des Waldes. Doch sie vernahm nichts als das Rauschen ihres Blutes.

„Nein, das kann ich nicht.“

2. KAPITEL

Wir können mit unserem getrübten Blick
die Dinge nicht hell wie einstmals sehen,
noch können wir unsere alten Freunde bitten,
nie ohne uns zu gehen …
„Robin Hood, An Outlaw"
Leigh Hunt, 1820

Zwischen seinen Brauen erschien eine tiefe Falte. Unglaube und Zorn rangen miteinander, gefolgt von dem Gefühl, sich wie ein Narr verhalten zu haben. Will war entschlossen gewesen, Carlisle und den verräterischen Mannen des Earls zu entkommen, wobei er geflucht hatte, weil er in den Wald zurückkehren musste. Dass die Frau, die er durch eben jene Wälder schleppte, blind war, war ihm vollkommen entgangen.

Sie stolperte, griff nach seinem verletzten Arm, um sich zu stützen, versuchte, sich den Weg durch den dichten Wald zu bahnen – und konnte nicht sehen. Diese schlichte Tatsache erschien ihm wie ein Hohn.

Das behagliche Leben in verschiedenen Adelshäusern hatte seine Fähigkeiten und Instinkte geschwächt, aber dieser Fehler war unverzeihlich. Er hatte kaum eine Chance, dem Vorwurf, Whitstowe ermordet zu haben, zu entgehen, wenn er so etwas Offensichtliches nicht bemerkte.

Dieses Versagen lenkte seine Gedanken unweigerlich auf seinen Onkel. Robin, Earl of Loxley, der berühmte Geächtete Robin Hood, wäre mit dieser Situation anders umgegangen. Vor allen Dingen hätte er sich nicht am Straßenrand versteckt, um den schmutzigen Auftrag des Sheriffs zu erledigen.

Seine Wunde pochte. Wie viel musste er an diesem verhexten Tag noch ertragen?

Will kniete sich am Ufer nieder, Wasser lief durch die ruinierten Sohlen seiner Schuhe, als er sich zu der Frau umdrehte. „Wie lautet Euer Name?“

„Endlich fragt Ihr danach.“

Missgelaunt rieb er über die Bartstoppeln an seinem Kinn und hätte sie am liebsten geschüttelt, bis die Antworten aus ihr herauspurzelten. Stattdessen zog er sie hoch und trat zurück, ehe er seinen wachsenden Zorn an ihr auslassen konnte.

„Anstelle von Manieren musstet Ihr Euch damit begnügen, dass ich Euch gerettet habe“, sagte er. „Wie heißt Ihr?“

Sie zog die Kapuze ab und schüttelte einen zerzausten Zopf von dunklem, hüftlangem Haar aus, das feucht war vom Flusswasser. Ihr Gesicht war schmal und länglich. Der Mund mit den vollen Lippen zog sich an den Winkeln ein wenig nach oben, sodass es aussah, als lächelte sie.

Aber er verstand nicht, was es da zu lächeln gab.

„Ich bin Meg“, sagte sie schließlich.

„Sonst nichts? Woher kommt Ihr?“

„Zuerst aus Keyworth. Jetzt aus der Nähe von Broughton.“

Er betrachtete ihr Gesicht, das jetzt befreit war von den safrangelben Falten der Kapuze, und wunderte sich wieder über seinen nachlässigen Umgang mit der Situation. Ihre blinden Augen waren mit einem hellen, silbrig-glänzenden Film überzogen und schienen auf nichts Bestimmtes gerichtet zu sein. In ihren eisblauen Tiefen erkannte er keine Seele, keinen Hinweis auf ihre Persönlichkeit.

Ein Schauer des Abscheus überlief ihn.

„Ihr hättet eine großartige Zeugin abgegeben. Wann wolltet Ihr es mir sagen?“

„Ich hatte überhaupt nichts dergleichen vor.“

„Ich vermute, Ihr wartet auf eine Gelegenheit zur Flucht?“

„Oder zur Rettung. Der Earl of Whitstowe und sein Sohn boten mir ihre Hilfe an“, sagte sie. „Gewiss werden sie einen Suchtrupp ausschicken.“

Ihr mit Waid gefärbtes Kleid klebte an ihrem Oberkörper.

Es war nass, schmutzig und vermutlich älter als sie beide. Ein Beutel hing an ihrer Taille. Beinahe empfand er Mitleid für das abgerissen aussehende Mädchen, doch kein Mitleid war stark genug, um seinen Ärger zu vertreiben.

„Ihr wartet vergebens. Der Earl ist tot."

„Ihr lügt!"

„Warum sollte ich?"

Sie runzelte die Stirn, schien über die Frage nachzudenken und die Antworten abzuwägen. „Mir fällt kein Grund ein."

„Und mir fällt kein Grund ein, warum ich eine blinde Zeugin durch den Wald begleiten sollte."

„Aber mein Zuhause liegt meilenweit von hier entfernt!"

Ein Anflug von Ritterlichkeit weckte sein Gewissen und zeigte ihm Bilder, wie die arme Frau in sechs Stunden aussehen würde – nass und irgendwo gestrandet in der Kälte des Abends. Schon jetzt streifte ein Luftzug kühl seine Haut, oder war das der Beginn eines Fiebers? Er zitterte unkontrolliert. Je eher er seine lästige Verpflichtung loswurde, desto schneller konnte er seine Wunde versorgen.

Aber wohin sollte er gehen? Keiner seiner Bekannten würde einem von Nottinghams Männern Quartier anbieten. Wills Arbeit für den Sheriff hatte ihn von seinen wenigen Freunden entfremdet.

Und was Marian betraf, so wollte er sie nicht um Hilfe bitten – nicht nach seinem Versprechen. Vor allem nicht, weil Robin vermutlich aus Chalus zurückkehren würde.

Nein. Er musste seinen eigenen Weg gehen.

„Tut mir leid, Miss."

„Bitte! Ich kann mich um Eure Wunde kümmern!"

Sie streckte den Arm aus und tastete nach ihm. Rasch umfasste Will ihre Arme; auch wenn er sich über diese Regung ärgerte, wollte er nicht mit ansehen, wie sie noch einmal stürzte.

„Seid Ihr eine Heilkundige?"

Sie verzog die Lippen zu einem dünnen Strich. „So etwas

Ähnliches. Meine Schwester half mir dabei."

„Half?"

„Hilft. Würde ich daran zweifeln, dass sie noch am Leben ist, wäre ich nicht hier."

Sein Misstrauen erwachte. Er rieb über die alte Narbe auf seiner Handfläche. „Wo ist sie?"

„Ich weiß es nicht. Ada ist seit zwei Wochen fort."

Ada. So lautete ihr Name. Während des Hinterhalts hatte er Meg mit der dreisten Schwindlerin auf dem Markt von Nottingham verwechselt. Aber bei näherer Betrachtung bemerkte er Unterschiede. Meg war schmaler, an Gestalt und im Gesicht, mit einem ausgeprägteren Kinn und einem lebhaften, lächelnden Mund. Und den verschleierten blauen Augen.

Hätte Will nach einem überzeugenderen Grund gesucht, seine Last loszuwerden, so hatte er ihn jetzt gefunden: Er hatte ihre Schwester eingesperrt.

Er löste sich von ihren Händen und damit, wie er hoffte, auch von ihrem Schicksal. „Betrachtet unseren Ritt als das Einzige, was ich heute an Höflichkeit aufzubringen vermochte."

„Ihr wart nicht höflich!" Auf ihren Wangen erschienen rote Flecke. „Ihr wolltet mich benutzen, um durch mich Finchs Henker zu entgehen."

Will unterdrückte einen Widerspruch. Er hatte sich aus selbstsüchtigen Motiven in den Kampf geworfen. Wie sollte er diese Momente der Verwirrung am Straßenrand erklären? Verbündete und Schurken hatten wie in einem wilden Reigen die Positionen gewechselt, hatten die Plätze getauscht, bis er durch Megs ängstlichen Aufschrei aus der allgemeinen Verwirrung aufgeschreckt wurde. Ihr Schrei war laut, schrill und verzweifelt gewesen, ohne Plan oder Berechnung.

Und ob es ihm gefiel oder nicht, sein Körper reagierte. Seine Seele. Mit dem, was an ihm am reinsten war, am ehrbarsten, hatte er sie gerettet – und sich damit gänzlich anders verhalten als ihrer Schwester gegenüber. Er vermochte die Gründe für das eine ebenso wenig zu verstehen wie die niederen Motive in Bezug auf ihre Schwester. Sie zu retten war das Selbstloseste gewesen, das er getan hatte, seit er Marian verließ.

Er erwartete Dankbarkeit, doch was Meg für ihn übrig hatte, verdiente er noch mehr: Sie spie ihm vor die Füße.

„Das reicht", sagte er. „Ich gehe."

„Und Ihr werdet für alle Verfolger sichtbar eine Blutspur hinterlassen."

„Selbst für eine blinde Frau?"

Bei dieser Bemerkung verschwand jedes äußerliche Zeichen, das Ärger verriet, von ihren Zügen. Sie lächelte, kühl, angespannt und völlig beherrscht. „Diese brutalen Kerle werden entweder einen toten Mann finden oder einen, der zu schwach ist, um sich zu verteidigen."

Ein Zornausbruch machte seiner Geduld ein Ende. „Bei Gott, Frau, ich werde Euch nicht helfen! Ich kann es nicht! Der Handlanger trägt die Schuld, und alle außer mir wussten, was Whitstowe erwartete."

„Ich glaube Euch nicht."

„Glaubt es mir. Anderenfalls hätte ich es nicht riskiert, Euch zu retten." Der Schüttelfrost wurde heftiger, raubte ihm den Atem und machte ihn schwindeln. Er betrachtete seine verwundete Schulter. „Ich habe genug Schwierigkeiten, noch mehr brauche ich nicht. Eure Familie hat mir genügend Kummer bereitet."

Erstaunt sah sie ihn aus blinden Augen an. „Was ist mit meiner Familie? Was wisst Ihr über sie?"

Will haderte mit den Heiligen, den Teufeln und seiner eigenen vorschnellen Zunge. Aber eine wütende Frau zurückzulassen würde ihm leichter fallen als eine flehende.

„Eure Schwester – Ada, nicht wahr? Ich habe sie in Nottingham eingesperrt."

„Niederträchtiger Bastard!"

„Vielleicht", meinte er. „Wie schade, dass kein besserer

Mann es wagte, Euch zu retten."

„Ich schneide Euch die Kehle durch."

„Ich warte darauf, wenn Ihr mich findet."

Er drehte sich um und machte einen ersten Schritt in die Freiheit. Dann spürte er, wie zwei Hände ihm einen Stoß versetzten, und fiel mit dem Gesicht voran ins Laub. Alle Luft entwich seinem Körper, und in seiner Schulter brannte der Schmerz. Sie sprang auf seinen Rücken, stieß mit der Stirn gegen seinen Hinterkopf und presste seinen Mund in den Schlamm. Er schmeckte Erde auf seiner Zunge.

Will schüttelte sie ab, wandte sein Gesicht dem Himmel zu, aber sie griff noch einmal an. Rittlings setzte sie sich auf seine Brust und presste den Unterarm auf seine Kehle.

„Ich habe Euch, Schuft!", stieß sie hämisch hervor.

Will würgte. Bunte Sterne tanzten vor seinen Augen, dann drehte er sich herum, bis sie unter ihm lag. „Um Himmels willen, genug!"

„Sicher nicht." Sie schob eine Hand zwischen ihre Körper und griff fest zwischen seine Schenkel.

„Biest!"

Fest stieß er einen Ellenbogen in ihren Oberarm und drückte gegen die Muskeln, bis sie losließ. Dann packte er ihre schmalen Handgelenke und unterdrückte den Impuls, seiner zierlichen Angreiferin wehzutun. „Ich sage es noch einmal – genug!"

Sie beruhigte sich, aber ihr schwerer Atem drängte ihre Brüste gegen seinen Brustschild. Mit einem breiten Lächeln hob sie die Hüften, den Rücken, bewegte sich.

Ihm stockte der Atem. Das Blut strömte aus seinem Kopf in seine Lenden. „Was seid Ihr für eine Frau?"

Sie lachte. „Eine, die ihr gern nehmen würdet. Entweder ihr durchbohrt mich mit Eurem Dolch, oder Ihr lasst mich los."

Will sprang auf, als hätte er sich verbrannt. Eine Schlange hätte er weniger misstrauisch beäugt. „Wenn Ihr noch einmal mit anderen als freundlichen Absichten zwischen meine Beine greift, dann schneide ich Euch die Hand ab."

„Das wäre unklug, Scarlet, denn ich würde noch immer Euren Sack darin halten." Sie setzte sich auf und richtete ihre Röcke. Ihre Stimme klang zuckersüß, beinahe heiter, doch ihre Verachtung traf ihn wie ein kalter Hauch. „Egal, wer den Earl getötet hat – wenn er tot ist –, Ihr habt die Männer des Sheriffs getötet. Ihr seid ein verwundeter, gejagter Mann. Niemand wird euch aufnehmen."

Er wollte widersprechen, wollte eine beeindruckende Reihe von guten Familien aufzählen – vielleicht sogar seine eigene –, die ihn willkommen heißen würde, wann immer es nötig war. Er wollte ihr beweisen, dass sie sich irrte.

Aber er konnte es nicht.

Er konnte nichts anderes tun als fortgehen.

Ada öffnete ihre Augen in vollkommener Dunkelheit und fühlte, wie Panik in ihr aufstieg. Sie sah sich um, suchte nach einem Lichtschein, irgendetwas. Doch nur unendliche Dunkelheit umgab sie und erinnerte sie an ihre größte Angst: Das Augenlicht zu verlieren. Wie Meg.

Ein Schatten. Sie erkannte einen leichten Unterschied zwischen der Wand und dem Zwielicht auf dem Gang. Als ihre Augen sich an die beinahe undurchdringliche Finsternis gewöhnt hatten, holte sie rasch und dankbar Atem.

Erschöpft und mit steifen Gliedern kroch sie über den kalten, schmutzigen Boden zu der gegenüberliegenden Wand und versuchte, die Umrisse ihres Gefängnisses auszumachen. Die Zelle maß in Breite und Länge kaum mehr als zwei Mal Adas Körperlänge und ermöglichte ihr kaum, aufrecht zu stehen. Durch die Risse im Mauerwerk drang Feuchtigkeit.

In den zwei Wochen, seit sie von den Männern des Sheriffs eingesperrt worden war – Will Scarlet und dem Ungeheuer Carlisle –, hätte sie mit einer Geldbuße bedacht, gehängt oder freigelassen werden sollen. Doch unbekannte Entführer hielten sie noch immer fest, nahmen sie mit sich von Ort zu Ort.

Würde Meg sie finden? Vielleicht würde sie Lord Whitstowe um Hilfe bitten. Und wenn der Earl ablehnte, könnte sie sich an Asher ha-Rophe wenden oder an seinen Sohn Jacob. Vielleicht sogar an Hugo.

Nein, Hugo würde sie niemals fragen.

An Adas Gewissen nagte die Frage, ob sie sich überhaupt die Mühe machen würde, nach ihr zu suchen. Meg hatte ihr noch nicht verziehen, ein Wissen, das sie miteinander teilten und das sie so eng verband wie die einsame Hütte, in der sie lebten.

Auf dem Gang erklangen Schritte, gedämpft von dicken Mauern. Mit einem Knarren schwang die Tür der Zelle auf, und Kerzenlicht fiel in den kleinen Raum. Ada blinzelte und kniff in der plötzlichen Helligkeit die Augen zusammen.

Zorn und Erschöpfung drohten sie zu überwältigen. „Ich brauche etwas zu essen“, verlangte sie in scharfem Ton.

„Und ich brauche Antworten.“

Sie konnte nicht erkennen, welcher der vier Männer, deren Umrisse sie sah, gesprochen hatte. Seine knappe Antwort hallte in der Zelle wider.

„Wer seid Ihr, dass Ihr mich hier festhaltet?“

„Ich bin Peter Finch, High Sheriff of Nottinghamshire.“ Der Mann trat durch die rechteckige Türöffnung. „Wie heißt Ihr?“

„Ada, Milord Sheriff.“

„Nun, Ada, Ihr werdet meine Fragen beantworten.“

Sie musterte ihren Gegner auf der Suche nach besonderen körperlichen Kennzeichen, aber Finch wirkte seltsam unauffällig. Mit seinen alltäglichen Zügen sah er durchschnittlich aus, war von mittlerer Größe und Gestalt. Sein Haar, weder lang noch kurz, war von unauffälligem Braun.

Hätte er Seide und bestickte Gewänder getragen, hätte er ein Edelmann sein können. In einer Schürze und von Schweiß und Schmutz bedeckt ein Schmied. Aber ganz in Schwarz gekleidet, war er weder das eine noch das andere – und passte sich damit den Schatten an.

Finch näherte sich ihr bis auf Armeslänge, und Ada wich zurück, presste den Rücken gegen die Wand. Hunger und Schwäche raubten ihr die Kräfte, ließen ihren Verstand nur noch instinktiv reagieren. Es verlangte sie nach Wasser, frischer Luft, Nahrung. Freiheit.

„Ihr habt versucht, einem Kaufmann in der Stadt falsche Smaragde zu verkaufen", sagte Finch. „Und ich wette, dass es Euch auf anderen Märkten gelungen ist."

Er sprach langsam und deutlich, wirkte träge, beinahe müde, aber Ada erkannte warum. Er benutzte seine unauffällige Erscheinung und die ruhige Haltung, um den Verstand seines Gegners zu vernebeln – in diesem Fall ihren.

„Ich möchte, dass Ihr mir sagt, woher diese Imitationen stammen." Er sprach jetzt leiser, wie jemand, dessen Geduld sich dem Ende zuneigte. „Die Art Eurer Gefangenhaltung wird davon abhängen, wie Ihr mitarbeitet."

Ihre Gedanken kreisten um einige unpassende Antworten. Sie konnte ihn nicht abweisen, aber ebenso wenig durfte sie Megs Rolle bei diesem Plan verraten.

Oder doch?

Ada blinzelte und versuchte, sich seinen hypnotischen Worten zu entziehen. Die monotone Aneinanderreihung von Silben machte sie benommen. Matt sagte sie: „Ich habe Hunger."

Finch schnippte mit den Fingern. Zwei Männer traten durch die kleine Tür und packten Ada an Hand- und Fußgelenken. Entsetzten drohte ihr die Kehle zuzuschnüren. Ein dritter Wächter steckte seine Fackel in eine Halterung. Die Flammen warfen ein zuckendes Muster auf die feuchten Wände.

Ihre Vernunft sagte ihr, dass diese Szene zu seltsam war, zu unmöglich, um wirklich zu sein. So wie sie ihre kurzzeitige Blindheit weggeblinzelt hatte, so wollte sie diesen Albtraum nun mit reiner Willenskraft beenden. Aber nichts geschah. Kein Wille oder Wunsch vertrieb diese brutalen Männer oder deren Hände. Die Furcht drohte ihr den Atem zu rauben, als versuchte sie Luft zu holen, während ihr Kopf in Wasser getaucht wurde.

Finch zog einen Dolch aus seinem Gürtel. Auf dem Griff glitzerten Edelsteine, und das zuckende Licht der Fackel malte ihre Farben an die Wände der Zelle. Er kam mit der Waffe näher, sodass die bedrohliche Klinge Adas Wahrnehmung erfüllte, bis sie nichts anderes mehr denken konnte.

„Dies hier sind echte Smaragde, Ada, meine Liebe.“ Er hielt den Dolch ins Licht. Die grünen Steine leuchteten in reinem Glanz, als fiele Sonnenschein durch Blätter. Er hielt die Waffe tiefer und berührte mit dem kühlen Metall ihre Fußsohle. „Und Ihr strapaziert meine Geduld.“

„Bitte. Ich sage es Euch.“

„Ja.“ Er lächelte, wie über einen Scherz, das einzige Gefühl, das er bisher gezeigt hatte. „Wenn Ihr Verbandsmaterial haben wollt, müsst Ihr mir alles sagen.“

Ehe sie den Sinn seiner Worte erfasste, durchzuckte ein scharfer, unerwarteter Schmerz Adas Fuß. Er hatte sie geschnitten. Sie schrie auf, doch die Männer hielten sie weiter fest im Griff, während sie hilflos versuchte, sich zu befreien. Tränen strömten ihr über die Wangen, als sie verzweifelt um sich trat.

Finch wischte die Klinge am Saum ihres Kleides ab. Sein Gleichmut wich jetzt Entschlossenheit. „Redet.“

Ihr Schluchzen erfüllte den Raum. „Mein Vater war Alchemist. Er hat die Imitationen gemacht. Als er starb, hinterließ er sie mir, damit ich sie verkaufen konnte, wenn es nötig sein sollte.“

„Gibt es mehr davon? Könnt Ihr mehr herstellen?“

Trotz des Schmerzes begriff sie. Es würde keine Verhandlung geben, auch keine Geldstrafe. Und Meg schwebte in großer Gefahr.

„Das kann ich", erwiderte sie. „Aber die Herstellung braucht Zeit. Ihr müsst für Kupfer aus Zypern sorgen. Es muss unbedingt aus Zypern sein."

„Ihr sollt es haben."

Ada unterdrückte ein hysterisches Lachen. Er hatte nicht einmal mit der Wimper gezuckt, nicht nach einer Erklärung gefragt. Er hatte nur zugestimmt.

Der Sheriff stand auf und warf ihr ein Knäuel leinener Streifen in den Schoß. „Ihr werdet mitarbeiten, wenn Ihr nicht dieselbe Wunde am anderen Fuß haben wollt."

Ada neigte den Kopf und nickte, während ein Schaudern sie überlief. Ihr Stolz wehrte sich, und wieder dachte sie an Meg – die stets scheinbar nachgab und den Kopf senkte, wenn das für eine Lüge nötig war.

Wie machst du das?

Finch bedeutete den Wachen mit einer Kopfbewegung, sie loszulassen. „Bis Ihr Euch die Freiheit mit dem fertigen Rezept erkauft, betrachtet dies als Euer Zuhause."

Die Männer zogen sich zurück. Eine dritte Wache stellte ihr Essen hin, Ale, eine Decke und einen sauberen Nachttopf, ehe er die Tür verschloss.

Kälte stieg vom Boden in ihre Beine und raubte ihr alle Kraft. Erst das Geräusch trippelnder Füße brachte sie wieder zu Bewusstsein. Entsetzt schrie Ada auf, schlug nach den gierigen Nagetieren und stieß sie quer über den Fußboden. Wie ein Tier beugte sie sich dann selbst über das Essen und schlang es gierig hinunter.

Nachdem ihr Hunger gestillt war, kroch sie näher zu der verlöschenden Fackel und betrachtete ihren Fuß. Frisches Blut und Schmutz klebten an der Wunde, und die glatten Ränder würden schwer verheilen. Sie beeilte sich, die schmerzende Stelle mit Ale zu säubern und zu verbinden, während ein lähmendes Feuer in der Wunde brannte.

Dann ließ sie sich in das frische Stroh fallen und zog sich die

Decke über die zitternden Beine. Die Angst vernebelte ihre Gedanken. Sie war eine Gelehrte, und trotzdem sie mit Finch ungeschickt umgegangen war, vertraute sie auf ihr Talent, andere Menschen beeinflussen zu können.

Aber es war Meg, die die Smaragde gemacht hatte.

Beeil dich, Meg.

Doch dann dachte sie an Hugo, und diese Erinnerung veranlasste sie, die Bitte anders zu formulieren.

Bitte beeile dich – falls du überhaupt kommst.

3. KAPITEL

Zu Fuß floh Scarlet über Stock und Stein,
verfolgt vom Sheriff und seinen sieben Mannen.
„Robin Hood and Guy of Gisborne"
Ballade, 15. Jahrhundert

Meg betrat den Hain und berührte mit ausgestreckten Händen einen Baum. Sie kniete nieder und tastete auf dem blätterbestreuten Boden umher, bis sie einen Ast fand, so groß wie ein halb erwachsener Mensch. Kurzerhand riss sie Blätter und Zweige ab, bis sie einen groben Wanderstab hielt. Dann wandte sie sich dem dunklen Wald zu und verfluchte Will Scarlet bei jedem ihrer zögernden Schritte.

Sie betrachtete Scarlet genau so, wie sie jedes andere Rätsel betrachtet hätte, und musste ihren aufsteigenden Ärger unterdrücken, um nachdenken zu können. Er hatte nach Blut gerochen. Sein Griff hätte der eines beliebigen erwachsenen Mannes sein können, zurückhaltend und unpersönlich. Er sprach nicht mehr als ein paar Worte, aber er klang gebildet.

Trotzdem mochte sie ihn nicht.

Sie war erschöpft und fand nichts, was sie für die fehlende Sehkraft entschädigen könnte. Bisher hatte es ihr nie etwas ausgemacht, auf die Ergebnisse ihrer Experimente zu warten, und ihre Vorhaben trugen nur Früchte, nachdem sie sie sorgfältig geplant hatte. Aber dieser Nachmittag war schneller vergangen als irgendein anderer bisher in ihrem Leben. Und jetzt wollte sie ebenso schnell eine Erklärung.

Wie wankelmütig die Menschen doch waren! Zuerst setzte er sein Leben aufs Spiel, um sie vor einer Gewalttat zu retten, nur um sie dann in den Wäldern im Stich zu lassen. Der Hinterhalt schien ihn beunruhigt zu haben, aber er hatte zugegeben, dass er Ada eingesperrt hatte und für den Sheriff arbeitete.

Ein unangenehm nagendes Schuldgefühl begleitete sie durch

den Wald. Sie hätte wissen müssen, dass sie ein derartiges Schicksal erwartete. Kein Schwindel, wie klug er auch durchdacht sein mochte, konnte ewig ungestraft bleiben. Aber zwei erfolgreiche Jahre hatten ihr falsche Selbstgefälligkeit verliehen.

Schlimmer noch, selbst wenn es ihr gelang, für die Befreiung ihrer Schwester zu sorgen, würde sie sich darauf verlassen müssen, Fruchtbarkeitsmittel zu verkaufen anstelle von falschen Smaragden. Die Steine brachten mehr Gold als die Pottasche, und ohne das Gold würde sie mit ihren Experimenten aufhören müssen. Ada würde vermutlich heiraten, voller Verlangen nach einem besseren Leben – oder doch wenigstens nach einem eigenen Leben.

Ihre Miene verhärtete sich. Sie war dabei, etwas vollkommen Unmögliches zu wollen, und jetzt irrte sie auch noch in Charnwood umher, meilenweit von ihrem Zuhause entfernt. Ihrer betrügerischen Schwester zu folgen war genauso sinnlos wie ihr zu verzeihen, worauf Meg bisher auch eigensinnig verzichtet hatte. Aber sie hasste die Vorstellung, Ada zu verlieren.

Ihre Gedanken wurden ihr zum Verhängnis, als sie gegen einen Stein stieß. Schmerz schoss hinauf bis zu ihrem Knie, so heftig, als hätte ein wildes Tier sie gebissen.

Tränen brannten hinter ihren Lidern, und sie verfluchte ihre nutzlosen Augen, während sie Zorn und Kummer hinunterschluckte. Sie hatte gelernt, in den Menschen Mitleid zu wecken, aber auf gar keinen Fall wollte sie sich dem Selbstmitleid hingeben. Nicht schon wieder. Das war der sichere Weg in den Wahnsinn.

Sie kniete nieder und rieb sich den schmerzenden Zeh. Geschickt ertastete sie den handgroßen Stein und schleuderte ihn in die Wälder. Blätter raschelten, Vögel flatterten auf und störten die Stille des Waldes. Dann raschelte es wieder. Und noch einmal.

Wachsam richtete sie sich auf. „Wer …?“

Plötzlich fühlte sie große Hände auf ihrem Mund und um ihren Arm, und Gestank umfing sie. Als sie schreien wollte und den Mund öffnete, schmeckte sie Leder.

Scarlet?

Aber nein. Der Mann, der sie an sich zog, war kleiner, und er roch schlecht. Seine näselnde Stimme bestätigte ihre Vermutung. „Haltet Euch fest, Miss. Ihr müsst mit uns kommen."

Ihre Überraschung wich Verärgerung. Himmel, wie gern wäre sie ein Mann gewesen. Ein kräftiger Mann, der genau sehen konnte und über einen Spieß verfügte von der Größe eines kleinen Baumes. Jeden Räuber würde sie bewusstlos schlagen.

Stattdessen bohrte sie ihren Absatz in die Wade ihres Gegners. Dann biss sie fest zu, holte tief Luft und versetzte ihm einen Schlag. Sie spürte, wie seine Lippe unter ihren Fingerknöcheln aufplatzte. Der Mann schrie auf, aber er ließ nicht los, auch wenn sie sich noch so sehr wehrte.

Ein zweiter Mann mit langen, unbehandschuhten Fingern packte ihre Handgelenke. Dann spürte sie einen groben Strick auf ihrer Haut. „Das hätten wir."

Die Männer ließen sie los, hielten aber den Strick fest und zogen sie mit sich, als wäre sie ein Tier. „Ihr habt kein Recht, mich festzuhalten. Ich habe nichts getan!"

„Darüber lassen wir Hendon entscheiden, Miss", sagte der Kerl mit der näselnden Stimme.

„Hendon?" Als ein Mann, der für Lord Whitstowe unter Waffen stand, sollte er sie beschützen, aber wenn Scarlet recht hatte und der Earl ermordet worden war, dann musste Hendon sich verstellt haben. Dennoch konnte sie dem, was Scarlet erzählte, ebenso wenig trauen wie den beiden Schurken, die sie durch Charnwood Forest zerrten.

Sie versuchte, die Schnüre ihres Beutels festzuhalten, doch vergebens. Dann stolperte sie, und zwei grobe Hände zerrten sie von dem nassen Boden hoch.

„Bitte, lasst mich gehen." Sie spürte den Geschmack von Angst in ihrem Mund. „Ich kann Euch verraten, wohin Will Scarlet gegangen ist."

Der zweite Mann lachte, es klang wie der Schrei eines Esels. „Nett gemeint, Miss. Aber nicht nötig – wir haben ihn bereits."

Will stand an einen Baum gefesselt und fragte sich, warum die Belohnung für seine ritterlichen Taten in diesem einfach abscheulichen Tag bestand. Und bis Sonnenuntergang dauerte es noch zwei oder drei Stunden. Genügend Zeit für eine Heuschreckenplage oder um zu Tode gefoltert zu werden. Aber zumindest zeigten die Soldaten keine Anzeichen dafür, dass sie ihn umbringen wollten. Noch nicht. Vielleicht blieb ihm genug Zeit, um zu überleben.

Er warf einen Blick auf Hendon, den verräterischen Wachsoldaten des Earl of Whitstowe, der über die Lichtung schritt und seinen Männern befahl, sich für die Nacht vorzubereiten. Zwei andere Soldaten waren weiter flussaufwärts gegangen, um Meg zu suchen. Will hatte gehofft, dass sie vielleicht tiefer in die Wälder geflüchtet war. Ihr Angriff auf seine Männlichkeit war ihm noch nicht Grund genug, ihr zu wünschen, von diesen Schurken verletzt zu werden.

Nun trat Hendon zu der Eiche und kniete neben ihm nieder. „Bequem?"

„Ich vermute, Ihr habt den Befehl, mich nach Nottingham zurückzubringen?"

„Natürlich." Hendon zog einen Dolch aus seinem Gürtel, drehte ihn zwischen den Fingern, warf ihn hoch und fing ihn wieder auf. Die himmlische Gerechtigkeit würde wohl dafür sorgen, dass ihm ein Missgeschick passierte und er sich einen Finger abschnitt, aber er fuhr damit fort, ohne Schaden zu nehmen. „Andernfalls hätte ich Euch schon getötet."

„Ihr hättet es versucht."

Hendon holte Luft, es klang wie ein Lachen. „Wo ist das Mädchen hingegangen, Scarlet?"

„Findet sie selbst." Er gähnte und lehnte sich an den Baumstamm, dessen Rinde sich so spröde anfühlte wie geborstenes

Glas. „Sie ist nicht mein Problem."

„Aber ich kann sie zu Eurem Problem machen."

Etwas in Hendons ausdruckslosem Tonfall und der Drohung hinter seinen Worten weckte Scarlets Misstrauen. Er sah seinen Widersacher an. „Wie das?"

„Ich würde nur ungern sehen, dass Lady Marian etwas zustößt, besonders da ihr Mann sich augenblicklich außer Landes befindet. Und sie haben einen Sohn, nicht wahr?"

Äußerlich blieb Will völlig ruhig. Aber hinter seiner gelassenen Fassade loderte der Zorn. „Wenn ihr dieser Familie etwas antut, wird Robin Euch jagen bis ans Ende aller Tage."

„Vielleicht." Endlich lächelte Hendon, doch es sah aus, als würde ein Hund die Zähne fletschen. „Aber auf Loxley Manor befindet sie sich in einer prekären Lage, da Ihr nicht dort seid, um sie zu beschützen, nicht wahr? Ich frage mich, wen von uns er mehr hassen würde – mich, weil ich seine Frau vergewaltigt und sie und seinen kleinen Sohn umgebracht habe, oder Euch, seinen lieben Neffen, weil Ihr sie allein gelassen und dem Tod überantwortet habt?"

Will zerrte an den Stricken. Die Wunde an seiner Schulter schmerzte, sodass er alles wie durch einen roten Schleier sah.

Hendon lächelte nur noch breiter. „Tut es weh? Ich könnte nämlich dafür sorgen, dass Eure Gefangenschaft weitaus weniger angenehm verläuft." Er hob einen Stock vom Waldboden auf und stieß ihn in Wills Wunde. Holzsplitter drangen in sein Fleisch ein. Will schrie, als der Schmerz ihn durchzuckte und sein Arm zu glühen schien. „Hört Ihr mir zu, Scarlet?"

„Werft den Stock weg, und wir reden", stieß Will zwischen zusammengebissenen Zähnen hervor.

„Ihr stellt Forderungen? Wie mutig von Euch." Hendon hielt den Holzstock nahe an Wills Schulter, dann ließ er ihn fallen. „Der legendäre Will Scarlet – fürchtet sich vor einem Zweig. Das nächste Mal werde ich einen Dolch nehmen, damit Ihr nicht das Gesicht verliert."

„Und wenn ich mitspiele?“

„Kann Marian ruhig schlafen.“

„Und falls ich Euch töte?“

„Das ist unwahrscheinlich, aber was spielt es für eine Rolle? Carlisle würde es ebensoviel Spaß machen, sie sich zu nehmen, da bin ich ganz sicher. Denkt darüber nach, Scarlet.“ Er stand auf und klopfte die Blätter von seiner ledernen Hose. „Ein paar Stunden ist es noch hell. Wir können sie noch einholen.“

Als Hendon sich entfernte, schloss Will die Augen. Die raue Rinde, der glühende Schmerz – nichts von dem zählte. Vielleicht würde Marian um seinetwillen leiden müssen. Der kleine Robert schwebte in Gefahr.

Und Robin.

Ein Schauer überlief ihn bei dem Gedanken, was Robin wohl über ihn denken würde. Ohne jede Erklärung hatte er Loxley Manor verlassen, eine Entscheidung, die ihm sein Onkel erst noch verzeihen musste. Robin würde die Gründe dafür nie erfahren, nicht solange Will lebte und er so das Versprechen halten konnte, das er Marian gegeben hatte.

Aber wie sollte er erklären, dass er in den Dienst des neuen Sheriffs getreten war? Keine Ausrede könnte dies rechtfertigen, wenn ihre Familie Schaden litt. Die Kluft zwischen ihnen würde sich zu einer mörderischen Fehde auswachsen, und sein Onkel würde ihn ins Grab bringen. Robin würde bis in alle Ewigkeit glauben, dass Will Loxley Manor aus rein selbstsüchtigen, aus den schlimmsten Gründen verlassen hatte.

Das konnte er nicht hinnehmen.

Will presste einen Absatz an sein Schienbein. Die aufgeweichte Ledersohle dehnte und bog sich, bis eine Saumnaht sich löste. In dem allmählich verlöschenden Tageslicht fiel nur ein matter Schein auf ein Stück glänzendes Metall, das fahlgrau im Gras lag. Will beugte sich vor, hob sein Bein und packte das Metall mit den Zähnen, drehte sich zur Seite und ließ es neben seiner Hüfte fallen. Dann drehte und wand er sich so lange, bis er die Stricke genug gelockert hatte, um die Klinge aufzuheben.

Laute Rufe aus der Ferne lenkten Hendons Aufmerksamkeit ab. Er und ein weiterer Soldat ergriffen ihre Waffen und eilten in die Wälder.

Will nutzte die Gelegenheit. Er rieb die Klinge über den Hanf, bis die Stricke sich lockerten und endlich nachgaben. Ein versehentlicher Schnitt in seine Haut ließ ihn zusammenzucken. Mit einer heftigen Armbewegung löste er auch den Rest seiner Fesseln.

Dann sprang er auf und packte sein Schwert. Flink trat er auf den verbliebenen Posten zu und holte aus. Mit einem erstickten Schrei stürzte der Mann zu Boden, presste die Hände auf die zerschnittenen Muskeln an seiner Hüfte.

Aus dem Wald waren Männerstimmen zu hören. Die beiden Soldaten, die sich von Hendons Gruppe getrennt hatten, führten Meg zwischen sich. Ihre Handgelenke waren gefesselt.

Will griff an. Mit einem Fußtritt wirbelte er die Waffe des größeren Mannes hoch, fing sie auf und hielt seinen Gegnern jetzt zwei Klingen entgegen. „Ihr da, fallen lassen! Gut. Jetzt auf den Boden legen."

Der kleinere Soldat hatte eine blutige Lippe. Sein Helm war nirgendwo zu sehen. An seiner rechten Schläfe fehlten ein paar Haare.

Will warf einen anerkennenden Blick zu Meg. Ihr langes Haar umgab ihr Gesicht wie ein dunkler Schleier, und sie trug dieses seltsame kleine Lächeln zur Schau. Die gebeugten Schultern und der gesenkte Blick drückten Demut aus, aber sie hatte alle Muskeln angespannt und wippte auf den Fußballen hin und her.

Unberechenbar und gefährlich war sie – das wusste er. Aber Finch hatte sie für wertvoll gehalten. Er hätte gern den Grund dafür erfahren.

„Meg, seid Ihr verletzt?"

„Nein."

„Wollt Ihr bleiben oder mit mir kommen?"

Wenn es sein musste, würde er sie bis Nottingham hinter

sich her schleifen, aber lieber war es ihm, wenn sie freiwillig mitkam. Sie beide zu verteidigen würde noch schwieriger sein, da er sich selbst auch schützen musste.

„Ich bleibe bei Euch."

Als wäre sie damit eine Vereinbarung eingegangen, hielt sie ihm die Handgelenke hin. Will durchtrennte die Stricke.

Kaltes Wasser spritzte auf ihr Kleid und durchnässte es, sodass ihre Röcke schwer wurden. Nur durch Megs pure Willenskraft fanden ihre Stiefel Halt auf den glitschigen Steinen. Mühsam rang sie nach Luft, während sie durch das flache Wasser lief.

Irgendwann hatte Scarlet seine Lederhandschuhe verloren. Mit bloßen Fingern umfasste er ihre Hand. Plötzlich stieß er sie ins Unterholz und presste sie auf den Boden. „Hendon ist gleich hinter uns."

Einige Herzschläge später lockerte er seinen Griff und schob einen Schenkel zwischen ihre Beine. Sie bewegte sich und spürte, wie ihr warm wurde. „Musstet Ihr mich deshalb misshandeln?"

„Sie hätten uns gesehen. Ich kann nicht gegen sie kämpfen."

„Euer Arm?"

Seine Stimme klang schicksalsergeben. „Er ist entzündet."

„Darf ich ihn berühren?" Er hielt still, und sein Haar kitzelte ihre Stirn, als er nickte. „Wären wir einander nicht so nahe", sagte sie, „würde ich ein Nicken nicht von einem Augenzwinkern unterscheiden können."

„Tut, was Ihr tun müsst."

Sie tastete die Wunde ab und gab sich Mühe, so behutsam wie möglich vorzugehen. Der Schnitt war nicht tief, aber länger als ihre Hand und reichte vom Schlüsselbein bis zu den dicken Muskeln seines Oberarms. In dem glühenden Fleisch steckten Splitter seiner Rüstung. Seine Haut war feucht von warmer Flüssigkeit. Trotz ihrer Vorsicht holte er hörbar Luft.

„In einer Stunde werdet Ihr nicht mehr bei Bewusstsein sein", erklärte sie. „Ihr habt schon Fieber."

Äste, die knackend unter schweren Schritten zerbrachen, unterbrachen ihre Unterhaltung. Sie verharrte still und stellte sich vor, ein Kaninchen zu sein.

„Ergebt Euch, Scarlet, oder wir nehmen das Mädchen mit Gewalt."

Hendon.

„Ich gehe davon aus, dass Ihr Augen habt", flüsterte sie, die Lippen gegen Scarlets stoppelige Wange gepresst. „Augen, mit denen Ihr sehen könnt?"

„Ja."

„Dann bin ich enttäuscht über Eure Wahl des Verstecks."

„Nächstes Mal dürft Ihr wählen."

„Könnt Ihr Euer Schwert benutzen?"

Wieder fiel sein Haar über ihr Gesicht, verlockte sie mit dem Gefühl, ihm sehr nahe zu sein. „Ich sagte doch, ich kann nicht kämpfen, Frau. Ich – verdammt, mir ist schwindelig."

„Von kämpfen habe ich nichts gesagt. Könnt Ihr zustechen? Meine Augen sein?"

„Ich verstehe nicht."

Sie löste die Schnüre ihres Beutels und nahm die kleine Kupferflasche heraus, die darin lag. Leise lachte sie auf. „Ihr müsst nicht verstehen, Scarlet. Tut einfach, was ich sage."

Meg stemmte sich gegen seinen schweren Körper, bis er nachgab und sich zur Seite rollte. Ein wenig enttäuscht blieb sie zurück. Dann standen sie nebeneinander, sie fasste nach seiner Hand und hielt sie fest. Das Gefühl von Enttäuschung ließ nach, und sie vermochte wieder klar zu denken.

Seltsam, wie ruhig sie sich plötzlich fühlte, nur weil sie seine Hand hielt. Noch ein paar Stunden zuvor hätte sie es mit dem Teufel selbst aufgenommen, nur um Scarlet die Kehle durchzuschneiden.

Und das würde sie vielleicht auch tun, sobald sie Hendon getötet hätten.

4. KAPITEL

„Nein, nein, es kann nicht sein,
dass sie unser Auge so täuschen kann,
und uns glauben macht,
nur ein schwaches, ängstliches Mädchen zu sein."
– Will Scarlet
Continuation of Ben Jonson's Sad Shepherd
F.G. Waldron, 1783

Gute Leute, es fehlt Euch an Manieren", sagte Meg. „Wenn Ihr auch einmal an die Reihe kommen wollt, dann empfehle ich Euch zu warten."

Scarlet unterdrückte einen überraschten Ausruf. Hendon lachte, ebenso wie sein Komplize. „Wir brauchen Eure Erlaubnis nicht, Dirne."

Sie legte den Kopf schräg. „Wollt Ihr ihn einsperren oder umbringen?"

„Er hat Whitstowe getötet", entgegnete Hendon. „Wir bringen ihn nach Nottingham."

Scarlet erstarrte. „Ihr habt ihn verraten, Schurke!"

Sanft legte sie ihm eine Hand auf den Bauch und beschwichtigte seinen Zorn. Er hatte die Wahrheit gesagt, der Earl war tot, und diese Männer planten eine öffentliche Hinrichtung. Damit war Meg ihrer Gnade ausgeliefert, und Scarlet war ihr einziger Verbündeter. Fieber loderte in seinem Körper, und sie musste sich beeilen.

„Warum nach Nottingham?", fragte sie. „Gewiss will sein Sohn, dass er in Bainbridge Castle gehängt wird."

„Ich werde nicht hängen!"

„Ruhig, Scarlet", sagte Hendon. Und an Meg gewandt: „Woher wollt Ihr wissen, was er möchte?"

„Warum sonst wäre ich mit Whitstowes Männern geritten?" Sie lächelte und hielt den Blick gesenkt. Die Frau, die sie sprechen hörte, klang wie Ada. „Sein Sohn und ich, wir waren – gut miteinander bekannt. Wenn Ihr mich sicher zurückbringt, werdet Ihr belohnt werden."

„Hure!"

Sie zuckte die Achseln. „Umso besser für euch, meine ich." Sie fuhr mit der Hand über Scarlets Körper, ließ sie auf seinen Lenden ruhen und drückte zu. Er stöhnte, eine überzeugende Vorstellung. „Aber er wird ein ruhigerer Gefangener sein, wenn Ihr uns einen Moment allein lasst."

„Kommt, Frau." Hendon schob sein Schwert zurück. In seinem Befehl lag atemlose Ungeduld. Beides klang für sie ermutigend, denn nun besaß sie seine volle Aufmerksamkeit.

Scarlet drückte ihre Taille fester und war erstaunt, wie kräftig sich sein verletzter Arm anfühlte. „Nicht, Meg."

„Ich muss." Sie nahm die Kupferflasche und lächelte. „Sie sind in der Überzahl, auch wenn ich nicht glaube, dass sie über größere Schwerter verfügen."

Hendon entriss sie Scarlet und übergab sie gröberen Händen. Der Soldat presste seinen Mund auf ihren, und sein Gestank verursachte ihr Übelkeit. Sie unterdrückte den Impuls, zu schreien, sich zu wehren und um sich zu treten.

Stattdessen konzentrierte sie sich auf ihren Plan und ergab sich Hendons grobem Griff. Hinter ihrem Abscheu genoss sie das Spiel, war begierig darauf, jene zu besiegen, die sie unterschätzten. Sie erwiderte den groben Kuss und leckte begierig über Hendons Lippen.

Als sie jedoch eine gierige Hand auf ihrer Brust spürte, verlor sie die Geduld. „Scarlet!"

Sie sprang zurück und schüttete den Inhalt der Flasche in Hendons Gesicht. Er schrie auf, und Meg wich vor ihm zurück. Sie fürchtete, dass ein anderer sie packen und zurückziehen würde.

Aber Scarlet zwang sie zurück. Sie hörte, wie Schwerter aufeinander schlugen. „Meg, wartet! Sie sind tot! Meg!"

Tatsächlich fühlte sie, wie jemand sie packte, aber was sie spürte, war Erleichterung. Scarlet hielt sie fest. Sie zitterten, atmeten schwer, hielten einander umklammert, während sie auf dem Waldboden lagen.

Schließlich löste er sich aus ihren Armen. „Erklärt mir das."

Unbehagen beschlich sie, weil sie errötete, als wäre sie zu lange in der Sonne geblieben. Sie kletterte vom Schoß des Mannes, der Ada eingesperrt hatte.

„Ich weiß, Ihr fühlt Euch nicht wohl", sagte sie. „Aber was Ihr denkt – ein einzelnes Wort von Euch genügt mir nicht, um Euch verstehen zu können."

„Was habt Ihr getan? Warum hat er geschrien?"

„Der Schmerz." Sie öffnete die Hand und zeigte ihm die leere Kupferflasche. „Lauge verursacht große Schmerzen, wenn sie mit feuchter Haut in Berührung kommt."

„Feucht?"

Sie küsste in die Luft, um es ihm zu zeigen. „Der Kuss diente einem besonderen Zweck."

„Hättet Ihr es bei mir angewandt?"

„Wenn Ihr mir einen Grund gegeben hättet, ja."

„Seid Ihr eine Hexe?"

„Ganz gewiss nicht. Jeder Seifenmacher wird zustimmen, wenn ich sage, dass die Lauge der gefährlichste Teil seiner Arbeit ist." Sie legte eine Hand auf seine Stirn. Fieber glühte unter der Haut. „Wir müssen irgendwo unterkommen. Und ich habe eine Idee, wie Eurem Arm zu helfen ist."

Will kaute auf einem Stück gedörrtem Hammelfleisch. „Ihr wollt was tun?"

Er hatte Meg durch den Wald geführt, bis sie einen trockenen Platz unter einem Vorsprung fanden. Nach einem ermüdenden Kampf mit seiner Tunika und dem Kettenhemd saß er jetzt mit nacktem Oberkörper vor einem kleinen Feuer. Mit zierlichen Fingern tastete sie über seine Haut und zog einzelne

Metallsplitter aus der Wunde. Dass sie einen Feuerstein und getrocknetes Fleisch bei sich trug, konnte er kaum glauben.

Aber das, was sie eben vorgeschlagen hatte, konnte er nicht gutheißen.

„Ich sagte Euch“, wiederholte sie, „dass ich die Lauge bei Eurem Arm benutzen will.“

„Jener Mann würde noch immer schreien, wenn ich ihn nicht aufgeschlitzt hätte.“

Sie nickte. „Tatsächlich habt Ihr ihm ein angenehmeres Ende bereitet.“

„Ihr habt sein Gesicht nicht gesehen!“ Als er an Hendons entsetzlich von Blasen bedeckten Mund und dessen verzerrtes Gesicht dachte, erschauerte er.

„Sitzt still!“

„Und mit mir wollt Ihr dasselbe tun?“

„Um Euch zu helfen.“

„Wie denn? Wie soll mir das helfen?“

„Die Lauge wird die Wunde verschließen und die Blutung stillen. Und wenn Euer Körper nicht gegen das Fieber kämpfen muss, wird er vor allem schneller heilen.“ Ihre aufrichtige und vernünftige Erklärung hallte in ihrem Unterschlupf nach.

Die zuckenden Flammen warfen Lichtflecke auf ihr konzentriertes Gesicht. Während er es genoss, eine Frau zu betrachten, ohne auf seine Blicke achten zu müssen, gelang es ihm nicht, sich zu beruhigen. Er dachte daran, wie sie unter ihm gelegen und sich bewegt hatte, daran, wie sie eine Hand zwischen seine Schenkel gelegt hatte. Unbehaglich rutschte er auf seinem steinigen Sitz hin und her.

„Nein, ich glaube Euch nicht“, sagte er und verwendete all seine Energie, um gegen sie aufzubegehren. „Ihr seid verärgert wegen Eurer Schwester, und weil ich Euch am Fluss zurückgelassen habe. Jetzt wollt Ihr Euch rächen.“

„So empfand ich, als Ihr mich verlassen habt. Hätte der Teufel mir eine Keule gegeben, hätte ich Euch erschlagen und an die Hunde verfüttert."

„Solch schreckliche Gedanken gehen durch Euren Kopf, Frau?"

Ihr Lachen klang so hell wie das Läuten einer Glocke. „Ihr haltet mich für ein einfaches, schwaches Mädchen, das aus Zucker ist?"

„Ja. Und ich hätte jede Wette abgeschlossen, dass Ihr naiver seid, als Eure Kühnheit vermuten lässt."

„Schließt Ihr oft solche Wetten ab?"

„Nein", sagte er. „Das Spiel ist im Allgemeinen ein härterer Kampf als der mit den Waffen."

„Gut. Wettet nie um das, was Ihr von mir zu wissen glaubt."

„So wahr mir Gott helfe, Ihr seid verrückt."

Fest zog sie an einem Eisensplitter. „Ich bin nicht verrückt."

Will zuckte zusammen. Ihm war der Zorn in ihren blicklosen Augen nicht entgangen.

Doch es war egal. Hendon war tot, und Carlisle würde dem Sheriff die Nachricht von dem erfolgreichen Hinterhalt überbringen.

Noch immer schwebte Marian in Gefahr. Wenn Meg für Finchs Männer wichtig genug war, um die Familie eines Adligen zu bedrohen, dann konnte sie ihm weiterhin von Nutzen sein. Statt die Wahrheit über den Mord an Whitstowe anzubieten, in der Hoffnung, dass man ihm Glauben schenkte, würde er sie gegen ein Pardon und Marians Sicherheit eintauschen.

Schmerz drohte ihm die Kehle zuzuschnüren. Er hätte das Dörrfleisch nicht essen sollen.

„Und was verlangt Ihr von mir als Gegenleistung für diese – es fällt mir schwer, es als Gefälligkeit zu bezeichnen."

Sie knabberte an ihrer Unterlippe. „Bringt mich an einen sicheren Ort."

„Eure Hütte?"

„Nein. Meine Hütte liegt fünf Meilen von hier entfernt, aber Asher ha-Rophe wohnt nur eine Meile nördlich von Asfordby. Er und sein Sohn werden mich nach Hause bringen.“

„Juden?“

„Freunde meines Vaters, ja.“ Ihre Miene wirkte nun hart, sodass er nicht darin lesen konnte. „Nach dem Unrecht, das Ihr Ada angetan habt, verspüre ich keinerlei Wunsch, unser Bündnis zu verlängern.“

Er traute ihren Motiven ebenso wenig, wie sie seinen trauen sollte. Aber auch wenn er möglicherweise ein Narr war, ihrer seltsamen Behandlung zuzustimmen, so schmerzte und pochte seine Wunde bereits zu stark. Vielleicht tat sie ihm ja einen Gefallen, wenn sie ihrem Wunsch nach Rache nachgab und ihn tötete.

„Erzählt mir mehr“, verlangte er.

„Die Behandlung wird schmerzhaft sein, aber Ihr werdet nicht so leiden wie Hendon.“ Sie zog eine Glasphiole aus ihrer Tasche. „Dies ist Essig. Wenn ich ihn der Lauge zugebe, hört das Brennen auf.“

„Wie?“

„Ich ...“ Zögernd runzelte sie die Stirn. Kindische Befriedigung überkam ihn, als er ihre Unsicherheit spürte. „Ich weiß es nicht. Niemand weiß es. Aber Lauge und Essig heben einander auf.“

„Und Ihr tragt so etwas bei Euch?“

„Ich habe es mir zur Gewohnheit gemacht, alle möglichen Dinge bei mir zu tragen, falls ich einmal etwas brauche.“ Sie zog den letzten Stahlring aus seiner Schulter und presste ein Stück ihres Unterkleides auf die blutende Wunde. „Wie sollte ich mich sonst schützen?“

„Das erklärt zumindest den Geruch.“

„Welchen Geruch?“

„Euren Geruch, im Haar und Eurer Kleidung. Ihr riecht nach Essig.“

Stirnrunzelnd trat sie zurück und schlang die zarten Arme um ihre Taille. „Ich habe Eisenhut, um den Schmerz zu lindern, aber wenn Ihr wollt, kann ich es auch ins Feuer werfen.“

Boshafte Hexe.

Aber Resignation und Hilflosigkeit beschwichtigten seinen inneren Kampf. Er wollte sich nur der wohligen Mattigkeit ergeben, die unter seiner Haut brannte und ihn trotz des Schmerzes ermüdete.

„Ich bringe Euch zur Hütte des Juden“, sagte er mit schleppender Stimme. „Tut, was nötig ist.“

Benommen und für den Moment orientierungslos, erwachte Meg in der vertrauten Finsternis, doch in fremder Umgebung. Vorsicht ließ sie erstarren, wie die Erde mitten im Winter. Die feuchte Kühle einer Herbstnacht durchdrang ihre Kleidung, die noch immer klamm war vom Fluss.

Nur ein paar Fuß entfernt lag Will Scarlet reglos in dem behelfsmäßigen Unterschlupf. Sein Atem ging regelmäßig, klang aber angestrengt. Er stöhnte im Schlaf, ein Laut, der in ihren Ohren wie Gelächter klang, verglichen mit dem Schmerzensschrei, den er ausgestoßen hatte, als die Lauge ihn traf. Aber er hatte es ausgehalten, hatte sogar geholfen, den neutralisierenden Essig richtig aufzutragen.

Dass er gleich darauf bewusstlos zurücksank, hatte sie nicht überrascht. Dass sie froh darüber war, seinen Qualen fürs Erste ein Ende bereitet zu haben, schon.

Aber ihre Besorgnis rührte nur von der Notwendigkeit her, dass sie seine Augen benötigte.

Sie rieb ihre Hände, um die kalte Taubheit daraus zu vertreiben, und kroch an seine Seite. Behutsam und mit zitternden Fingern strich sie über den Verband. Der Stoff war von Blut durchtränkt, aber es schien nicht frisch zu sein. Sie würde warten, bis er erwachte, und erst dann die Verbände wechseln.

Wenn er erwacht.

Im Dunkeln tastete sie nach seiner Stirn und legte prüfend eine Hand auf seine Haut. Zwar strahlte er nicht die glühende

Hitze eines Fiebernden aus, doch seine Stirn fühlte sich heiß an. Weder schwitzte noch fror er, obwohl sie, als sie die Kälte tief in ihrem Innern spürte, Letzteres nicht erstaunt hätte.

Auch wenn sich ihre Sorge um sein Wohlergehen gelegt hatte, blieb sie noch bei ihm. Sie hielt seinen Nacken umfasst und grub die Finger in sein Haar. Hätte sie sehen können, wäre sie schon seit Stunden mit seinem Aussehen vertraut gewesen. Aber sie besaß nur Eindrücke, die sie seinen Worten und seinem Verhalten entnommen hatte. Die Neugier trieb sie zu einer raschen Erkundung.

Rasch ertastete sie die Konturen seines Gesichts. Die geschlossenen Augen, die feinen, gebogenen Brauen und die hohen Wangenknochen vermittelten den Eindruck wolfsartiger Züge. Von den Augenwinkeln gingen feine Fältchen aus. Die Linien von der geraden Nase hin zu den festen Lippen beschworen dunkle Bilder herauf.

Er ist schön.

Ohne Will Scarlet wäre nichts von dem geschehen, was das Entsetzen dieses Tages ausgemacht hatte. Sie wäre zu Hause und in Sicherheit, genau wie Ada. Schon allein aus Anstand sollte sie ihn hassen. Aber er hatte ihr das Leben gerettet. Zwei Mal. Und je mehr sie von ihm entdeckte, desto mehr wollte sie wissen. Ein Hunger überkam sie, das Grundbedürfnis nach menschlicher Nähe – einer Nähe, die ihr viel zu lange verwehrt worden war.

Sie ließ die Hände über sein Kinn zu seinem Hals gleiten. Bartstoppeln kratzten auf ihrer Haut. Sie erschauerte. Wie ein Forscher entdeckte sie die starken Muskeln seiner gesunden Schulter, die festen Umrisse seiner nackten Brust, den flachen, straffen Bauch. Ein Hauch feiner Haare kitzelte ihre Handfläche.

Sie holte tief Atem, und Wärme erfüllte ihre Lungen, breitete sich aus bis zu ihren Schenkeln. Verlangen. Ihr Körper gab diesem Drängen nach, sie rückte näher zu dem Mann, der wehrlos vor ihr lag. Das, was sie fühlte – so fest und glatt wie ein Edelstein, warm wie ein heimeliges Feuer –, verlockte sie, mehr zu erfahren.

Seit Langem schon war sie daran gewöhnt, andere Sinne zu benutzen, und so genügte es ihr nicht, ihn nur zu berühren. Sie atmete seinen männlichen Geruch ein, während ihre Nase nur ein winziges Stück entfernt war von seiner Haut. Der Fluss hatte die Gerüche nicht ganz fortspülen können, daher roch sie Blut, Metall und Schweiß, aber es gefiel ihr. Faszination umfing sie wie ein Wasserfall, drohte sie ganz zu verschlingen.

Sie stützte sich zu beiden Seiten seines Oberkörpers auf, berührte ihn behutsam mit ihren Lippen und hoffte bei jedem Atemzug, endlich genug von ihm zu haben. Sie verfluchte sich, weil sie zu einem einsamen, verzweifelten Geschöpf geworden war, doch weder Fluch noch Angst vermochten sie zurückzuhalten. Die Angst drängte sie vielmehr weiter. Sie wollte diejenige sein, die bestimmte, die sich nahm.

Dass sie all das von einem Mann wollte, der Ada eingesperrt hatte – ein Teil von ihr genoss diese Gefahr und den Wahnsinn, der darin lag.

Wie ein Mensch, dessen Hunger von dem Geruch nach Essen geweckt wird, wollte Meg ihren Appetit stillen. Sie berührte seine Haut mit der Spitze ihrer Zunge. Sie schmeckte Salz und etwas Würziges. Ein wildes Feuer loderte in ihren Adern. Sie drängte sich näher an ihn, bereit, noch mehr zu versuchen.

Dann umfassten starke Hände ihre Hüften und drückten sie. Sie stöhnte.

Genau wie er.

„Hört auf, Meg. Sonst nehme ich Euch jetzt gleich ohne jedes Bedauern.“

5. KAPITEL

Bleib, Will Scarlet, bleib eine Zeit,
und mache für mich ein Feuer bereit.
„Robin Hood's Flight"
Leigh Hunt, 1820

Meg hob den Kopf von seinem Bauch. Ihre Lippen waren geschwollen, ihr Mund leicht geöffnet, den Blick hielt sie gesenkt. Ihr Mienenspiel drückte abwechselnd Überraschung und Selbstbewusstsein aus. Sie leckte sich über die Lippen, den Mund zu dem schiefen Lächeln verzogen, das er schon kannte. Sie war ihm ein Rätsel. Verwirrend und verlockend.

„Ich habe nicht die Absicht aufzuhören", sagte sie mit belegter Stimme.

Das Blut schien schneller durch Wills Körper zu pulsieren, und er spürte seine Erregung beinah übermächtig. Er wollte diese seltsame Frau besitzen – entweder das, oder ohnmächtig werden. Dass er die Besinnung zwischen ihren Schenkeln verlieren könnte, schien ihm verlockend und weckte sein Verlangen noch mehr. Seine Schulter brannte, als loderte ein Feuer darin, und der Rest seines Körpers glühte vor Erwartung. In einer solchen Gefühlsverwirrung zu erwachen war beinahe zu viel für ihn.

Das letzte Licht des allmählich verlöschenden Feuers fiel auf Meg, als sie sich aufrichtete und rittlings auf ihn setzte. Wie bei einer heidnischen Göttin fielen ihr die dunklen Locken über die Schultern, während sie ihre Hände weiter über seine Haut gleiten ließ. Ihr rascher Atem bildete kleine Wölkchen in der kalten Nachtluft.

Er packte ihre Hüften fester und genoss es, ihre straffe Haut unter seinen Händen zu spüren. Sie drehte und wand sich, aber er wollte mehr. Er wollte sich Zutritt zu ihren Gedanken verschaffen und sie erforschen, bis er all ihre Geheimnisse kannte. Er wollte sie einschüchtern, wollte diese Rebellin beherrschen, aber er fand keine Schwachstelle in ihrer Rüstung. Bei all seiner Gier begnügte er sich daher mit ihrem Körper. Mit einem Finger strich er über ihre Wange und genoss es, als sie aufstöhnte. Sie schloss die Augen und bog sich ihm entgegen. Ein Ausdruck, den er nicht zu deuten vermochte, erschien auf ihrem Gesicht anstelle des gewöhnlich herablassenden Lächelns und verlieh ihren blassen Zügen etwas Geheimnisvolles.

„Küss mich", flüsterte er und hörte selbst, dass sein Befehl wie eine Bitte klang.

„Wohin?"

„Bei allen Heiligen."

Er schloss die Augen, maßlos erregt von dieser Frage. Bebend holte er Atem, ohne seine Leidenschaft bezwingen zu können. Die Grenze zwischen Lust und Schmerz schien zu verschwimmen. Aber dann riss die Vorstellung, wie Megs herausfordernder, lächelnder Mund seine Lenden berührte, ihn aus seiner Trance.

„Ich hatte recht, Mädchen", beschied er, „Ihr seid verrückt."

Sie zuckte zusammen. „Ich bin nicht verrückt."

Die Vernunft sagte ihr, dass sie aufhören sollte. Sie hatte schon häufiger Beleidigungen hinnehmen müssen, was an ihrer gespannten Haltung abzulesen war. Aber sie zog sich nicht zurück. Stattdessen presste sie die Finger auf seine muskulöse Brust und kratzte ihn mit den Nägeln. Dann hob sie den Kopf und beugte sich näher zu ihm. Sie spürte seinen Atem, die einzige Wärme, die es hier im Wald gab, und küsste ihn, hart und grob.

Will hatte es in aller Ruhe genießen wollen, wenn sie ihn mit den Lippen berührte, doch plötzlich überwältigte ihn ein heftiges Verlangen nach völliger Hingabe, von beiden Seiten. Er schob seine sinnlosen Bedenken beiseite und ergab sich ganz dem Gefühl dieses Kusses. Sie öffnete den Mund und ließ ihn tiefer hinein. Ihre Zungen berührten einander, erforschten sich. Sie berührte seine Unterlippe mit ihren Zähnen und milderte den scharfen Schmerz ihres Bisses mit einem Streicheln der Zunge.

Neue Kraft durchströmte ihn. Mit dem gesunden Arm zog er sie an sich und hielt sie fest. Bauch an Bauch, die Beine umeinander geschlungen, presste sie sich an seine Hüfte. Sie rieb über seine Lenden, bis sie beide stöhnten; er passte sich ihren Bewegungen an und verlangte die Erfüllung, die sie versprach.

Als Meg mit ihren schlanken Armen an ihm vorbeigriff und seine Schenkel umfasste, hielt er es nicht länger aus. Er zerrte an ihren Röcken, während sie ihm zwischen die Beine griff und ihm half, in sie einzudringen. Die plötzliche Vereinigung entlockte ihnen beiden einen Aufschrei.

Er presste den Kopf gegen den Erdboden und hob ihr die Hüften entgegen. Lust durchströmte seinen Körper, seine Muskeln, seine Glieder. Er genoss das Gefühl, von ihrer feuchten Wärme umfangen zu sein. Mit jeder Bewegung wurde ihm heißer, wurde er erregter. Kaum konnte er atmen, so heftig war das Verlangen nach mehr. Mehr!

Dann öffnete er die Augen – wann hatte er sie geschlossen? –, umfasste ihren Hals und zog sie an sich, um sie noch einmal zu küssen. Sie schmeckte nach Salz und nach Zucker, eine Mischung von beidem. Ihre Zungen umspielten einander, während sie versuchte, ihn zu beherrschen. Schließlich ergab er sich seiner Leidenschaft. Er presste die Lippen auf ihren Hals, küsste ihn, biss hinein, sog daran, grub die ruhelosen Hände in ihr Haar, zerrte daran. Sie seufzte, drängte sich ihm entgegen, presste ihren vollen Busen gegen seine Brust.

Der Stoff ihres Mieders störte ihn. Er seufzte, wollte sie nackt spüren, wollte ihre harten Brustspitzen auf seiner Haut fühlen. Die Vorstellung raubte ihm den Rest seiner Selbstbeherrschung. Er wollte ihren nackten Körper sehen, aber ihre Begegnung war so heftig, dass sie nach Befriedigung verlangte, nicht nach Aufschub.

Sie packte seine Hüften, damit er ihr noch näher war, wollte mehr geben und mehr nehmen. Ihr rhythmisches Stöhnen erfüllte die Luft. Dann schrie sie auf und warf den Kopf zurück. Mit geschlossenen Augen drückte ihre Miene nichts als vollkommenes Glück aus. Er spürte, wie ihre Muskeln ihn immer fester umfingen, ihre feuchte Wärme ihn ganz umfasste.

Will bewegte sich immer schneller. Er grub die Finger in ihren Rücken. Schmerz durchzuckte seine verwundete Schulter, doch er hielt Meg noch fester. Alles drehte sich in seinem Kopf. Und als der Höhepunkt dann kam, traf er ihn mit ungestümer Gewalt.

Meg fühlte sich schwindelig und erschöpft, und sie rang nach Luft. Ausgestreckt lag sie auf Scarlet, der schwer atmete. Noch immer pulsierte Erregung zwischen ihren Schenkeln. Mit bebenden Lippen küsste sie seinen Hals, sein Schlüsselbein. Er erschauerte und schlang die Arme enger um sie. Sie genoss seine Umarmung, die hingebungsvoll und beschützend zugleich wirkte.

Dann bewegte sie die Hüften, und er glitt hinaus. Ein Seufzer entfuhr ihr. Sein Rückzug und ihre widerstrebende Rückkehr in die Wirklichkeit schienen mehr zu sein, als sie ertragen konnte.

Ich bin nicht bereit dafür. Noch nicht.

Sie schlang Arme und Beine um ihn und legte den Kopf auf seine unverletzte Schulter. Die kühle Abendluft berührte sie nicht länger. Kein Feuer war mit der Hitze vergleichbar, die er in ihr weckte.

„Was habt Ihr mit mir gemacht?“ Sie spürte Scarlets tiefe Stimme an ihrer Wange.

„Ich wollte wissen, wie Ihr ausseht.“

„Warum? Ihr seid blind.“

„Und?“

„Warum muss eine blinde Frau wissen, wie ein Mann aussieht?“

Sein abfälliger Tonfall ließ sie erstarren. Abrupt richtete

sie sich auf, um Abstand bemüht. „Ich sagte nicht, dass ich es müsste. Ich sagte, ich wollte es wissen."

„Und wenn Ihr festgestellt hättet, dass ich pockennarbig bin, keine Haare und nur einen einzigen Zahn habe?"

„Dann hätte ich Euch nicht geküsst."

„Ihr findet mich anziehend."

Sie fühlte sich nackt und verletzbar. Er hätte jeder beliebige Mann sein können – irgendjemand, der nur ein wenig an ihrem Körper interessiert war, irgendjemand, dessen Körper sie anziehend fand. Ihr wurde schwindelig bei der Erkenntnis, wie verzweifelt sie war. Aber seine Verachtung konnte sie nicht ertragen.

„Ihr stellt meine Neugier als etwas Merkwürdiges hin, aber Ihr liegt dort und beobachtet mich."

„Aber warum, während ich schlief? Weshalb ohne mein Einverständnis?"

„Weil es mehr Freude macht, sich etwas einfach zu nehmen, anstatt um Erlaubnis zu fragen."

Scarlet erstarrte, nur sein Atem war hörbar. „Ich bin sicher, die Männer draußen auf der Landstraße dachten dasselbe von Euch."

Sie fuhr sich mit der Zunge über die Lippen. „Das ist wohl kaum zu vergleichen."

„Ihr habt mich zu Eurem Vergnügen berührt, ohne mein Einverständnis. Erklärt mir, worin hier der Unterschied liegt."

Meg kämpfte gegen ihren wachsenden Unmut an. Sie beide hatten das unerwartete Schäferstündchen genossen, dennoch bestand er darauf, sie auf ihr peinliches Verhalten hinzuweisen. Das war unnötig, und sie würde sich nicht entschuldigen.

„Ihr habt geschlafen."

Er lachte, ein warmer, heiserer Laut, der ihr durch Mark und Bein ging. „Eine geschickte Ausrede. Ihr habt mich einfach benutzt, einen Verletzten, der sich ausruhte. Mir gebührt also ein Teil der Schuld, ja?"

„Unsinn."

Er setzte sich auf. Sein männlicher Duft stieg ihr in die Nase. Die Erinnerung an seinen Kuss und sein Stöhnen verhinderte jeden klaren Gedanken. „Hört Ihr mir überhaupt zu, Meg?"

„Natürlich, Dummkopf."

„Nein, hört mir wirklich zu." Er umfasste ihr Kinn, rieb mit dem Daumen über ihre Unterlippe. „Wenn Ihr sehen könntet, würde ich Euch bitten, mir jetzt in die Augen zu blicken. Ich möchte, dass Ihr versteht, was ich sage."

„Ich höre Euch."

„Wäre ich tot und leblos, so hätten Eure Lippen auf meiner Brust mich ins Leben zurückgeholt."

Eine glühende Flamme schien ihren Körper zu durchzucken. Behutsam berührte er ihre Lippen mit seinem Mund, bedeckte sie mit den zartesten Küssen. Wieder und wieder. Dann nahm er die Hand von ihrem Kinn und umfasste ihren Hinterkopf, grub seine Finger in ihr Haar, hielt sie fest.

Dieser Mann raubte ihr die Sinne. Sie hasste ihn dafür.

Auch wenn sie entschlossen jedes Gefühl von Scham zu unterdrücken suchte, spürte sie doch, wie Reue in ihr aufstieg. Sie war im Wald, auf der Suche nach ihrer verschwundenen Schwester – und all das nur seinetwegen. Sie hatte kein Recht, Vergnügen in seinen Armen zu empfangen, kein Recht, ihn immer noch zu begehren. Ihr Verlangen war ebenso selbstsüchtig wie Adas Betrug, vielleicht sogar noch mehr, und das Gefühl, sich nicht loyal verhalten zu haben, quälte sie.

Ein plötzlicher Hass auf Will Scarlet gesellte sich zu ihrem Zorn auf sich selbst. Er machte sie verletzbar, schwach, und sie verabscheute nichts mehr als ihre Schwäche.

Um die Oberhand zu behalten, küsste Meg ihn leidenschaftlicher. Sie löste ihren Geist von dem körperlichen Akt des Kusses, wie sie es bei Hendon getan hatte. Und genau wie jener ergab Scarlet sich ihrer Aufforderung. Entspannt lehnte er sich gegen sie. Seine Zunge verlockte sie, doch sie blieb stark, verweigerte ihrem Körper und ihrem einsamen Herzen das Vergnügen, nach dem sie verlangten.

Dann löste sie sich von ihm und strich mit einer Hand über seine Wange, ohne darauf zu achten, wie sehr sie zitterte. „Ich will Eure Schulter untersuchen“, sagte sie. „Vermutlich habt Ihr alles zunichte gemacht, was wir mit der Lauge erreicht hatten. Könnt Ihr erkennen, wie es aussieht?“

Er seufzte schwer. „Lasst mich erst das Feuer anfachen.“

Als das behagliche Knistern der Flammen ihr kleines Versteck erfüllte, fügte sich Scarlet ihrem Wunsch. Sie löste den Verband, und er zuckte zusammen.

„Wie sieht es aus?“

„Wund. Ziemlich unregelmäßiger Rand“, entgegnete er. Trotz seiner sachlichen Einschätzung klang seine Stimme unsicher. „Aber es ist kein frisches Blut zu sehen.“

„Gut. Welche Farbe hat die Wunde?“

„Ihr kennt Farben?“

Sie schwieg, während ihr Herz wie rasend schlug. So nahe, wie er ihr war, hörte er vermutlich das Klopfen so deutlich, als würden Hufe über ein Straßenpflaster klappern. „Ich habe Farben gekannt, so wie ich jetzt ihre Abwesenheit kenne. Die Farbe Scharlach, zum Beispiel.“

„Die Wunde ist rot“, sagte er nach einer Pause. „Keine Zeichen für Eiter oder Entzündungen.“ Er strich ihr eine Strähne aus dem Gesicht, und sie zuckte bei dieser fast zärtlichen Geste zusammen. „Ihr seid seltsam.“

„Und Ihr könnt es Euch nicht leisten, wählerisch zu sein.“ Sie umwickelte den tiefen Schnitt mit einem weiteren Streifen ihres Unterkleides, darum bemüht, die Hände ruhig zu halten. „Aber wenn Ihr einen anderen Heiler kennt, der sich um Euch kümmern kann …“

Er legte die gesunde Hand auf ihre und drückte ein wenig. „Ich danke Euch, Meg.“

Aufhören!

Während sie ihren Patienten nötigte, sich hinzulegen, berührte sie die scharfen Züge seines Gesichts. Die beschwerliche Reise zurück nach Broughton erschien ihr wie ein bevorstehender Albtraum. Und dann Ada? Die Vorstellung, aufs Neue die Suche zu beginnen, diesmal ohne den Earl, bedrückte sie.

Was auch immer die Zukunft bringen mochte, musste sie dennoch so bald wie möglich von Will Scarlets verstörendem Einfluss freikommen. Aber während der wenigen Momente, die ihr noch blieben, gestattete sie sich das kleine Vergnügen, sich seine Züge einzuprägen. Vor ihr lag endlose Einsamkeit, länger und kälter als all die Jahre, die seit ihrer Erkrankung vergangen waren. Der gierige Teil von ihr, der sich Scarlet als Liebhaber erwählt hatte, verlangte noch ein paar verbotene Erinnerungen mehr, um sie zu hüten angesichts der finsteren Zukunft, die ihr bevorstand.

Seine Brauen hoben sich über geschlossenen Augen. Sein Atem wurde gleichmäßiger und langsamer, die vollen Lippen entspannten sich. Meg beugte sich über ihn, küsste ihn ein letztes Mal.

Dann machte sie sich daran, Eisenhut zu verarbeiten.

Das Morgengrauen im Wald war schon abschreckend genug, auch wenn man nicht neben einem fast erloschenen Feuer erwachte. Will erschauerte. Von der Taille an aufwärts war er nackt, abgesehen von einem Verband über der verletzten Schulter. Die feuchte Kälte durchdrang jede Faser des Stoffes seiner Hose. Nebel hing über dem Land, hüllte jeden Baum und jeden Strauch in blasses Grau. In der Hoffnung, die schwache Glut würde die Kälte aus seinem Körper vertreiben, stocherte er mit einem Zweig darin herum. Aus den Scheiten sprühten für einen Moment Funken auf, dann erloschen sie.

Seine Sinne schienen ihm wie betäubt, als hörte er alles durch Wasser oder Stroh hindurch. Schwach und benommen.

Und sein Kopf – sein Kopf schmerzte von einem ungewöhnlichen Schwindeln und Stechen. Tausend Hexen schienen in ihm zu tanzen, aber er machte nur einer einzigen von ihnen Vorwürfe.

Meg.

Wie in einem Traum durchzuckten ihn Erinnerungen an die vergangene Nacht: Meg, die rittlings auf seinem erregten Körper saß, beleuchtet von bernsteinfarbenen Flammen und umgeben von einer Flut dunkler Haare. Sie hatte sich verhalten wie eine Dirne. Und er hatte sie genommen wie ein wildes Tier. Trotzdem war ihre Begegnung machtvoll genug gewesen, um ihn jetzt wieder zu erregen. Feuer. Sie hatten genügend Hitze gehabt, um alle Blätter in der Umgebung zu entzünden.

Aber wo war sie?

Stöhnend sah er sich um, während eine Woge von Übelkeit in ihm aufstieg und seinen Verstand umnebelte. Er fühlte sich nicht fiebrig, nicht so wie am Tag zuvor. Der Schmerz lauerte noch in seiner Schulter, aber die Wunde lag versorgt unter einem Leinenverband, einem Streifen von Megs Unterkleid. Auf dem safranfarbenen Stoff war kein Blut zu sehen.

Aber etwas stimmte nicht. Zwischen seinem Verstand und seinem Körper herrschte Zwietracht, sie wollten einander nicht gehorchen wie sonst. Sein verletzter Arm fühlte sich taub an. Er ballte die Hand zur Faust und zwang sie, sich seinem Willen zu fügen, doch ihm fehlte die Kraft. Hatte die Behandlung mit der Lauge doch größeren Schaden angerichtet?

Furcht erwachte in ihm. Die Lauge hatte sich grauenhaft angefühlt, und der Schmerz war heftiger als jede Wunde, die man ihm je zugefügt hatte. Nur der Stolz hielt ihn davon ab zu weinen und wie ein Kind um Gnade zu flehen.

Langsam atmete er aus, unterdrückte den Schwindel und konzentrierte sich auf den leeren Unterschlupf. Die Blätter und Steine, die wahllos darunter verteilt waren, verrieten keine Spur von der Gegenwart eines anderen Menschen. Meg war fort, und mit ihr ihr Beutel und ihr Wanderstock. Vögel und anderes Waldgetier erfüllten die Luft mit ihrem Morgengesang, doch abgesehen davon war Will allein.

Das Kettenhemd anzuziehen erwies sich als schwierig und anstrengend. Seine Arme zitterten von der Kälte und dem verspäteten Schock der Verletzung. Die Taubheit ließ nicht nach. Und wie oft er tief Luft holte – auch die Furcht ließ nicht nach.

Der Gedanke an Meg of Keyworth trug wenig dazu bei, ihm das Atmen zu erleichtern. Die Erinnerung an ihre kleinen Lustschreie quälte ihn. Je leidenschaftlicher sie sich einander hingegeben hatten, desto mehr waren die Zeichen ihrer seltsamen Überheblichkeit verschwunden. Ihr eigenartiges Lächeln verblasste, und zurück blieb eine Frau voller Lust und Leidenschaft. Die Vorstellung, ihr Verlangen geweckt zu haben, gefiel ihm, auch wenn ihre Sinnlichkeit erahnen ließ, dass er nicht der Einzige war, der ihr bisher Lust bereitet hatte.

Vielleicht der Sohn des Earls, wie sie es Hendon gegenüber angedeutet hatte? Nein. Er weigerte sich, ihr in seinen Gedanken mehr Aufmerksamkeit zu schenken als unbedingt nötig war.

Aber vielleicht war „sich weigern" nicht ganz richtig. Er bemühte sich. Er hoffte. Ja, er hoffte, dass er ihr keine Aufmerksamkeit mehr schenken würde. Die Begegnung hatte sich ihm zu sehr eingeprägt, und die Frau war zu außergewöhnlich, um das alles ganz zu vergessen. Sie war launisch, unberechenbar und ganz gewiss kein Muster weiblicher Tugend, so wie Marian.

Dieser Name vertrieb den Nebel in seinem Kopf.

Marian schwebte in Gefahr. Und so sehr er sich auch wünschte, Meg zu vergessen, ihr gemeinsames Schäferstündchen zu vergessen, musste er einräumen, dass er noch immer gesucht wurde. Sheriff Finch und sein Handlanger Carlisle würden nicht aufgeben, was immer sie geplant hatten. Der Hinterhalt an der Straße war kein Zufall gewesen und würde sicher nicht der letzte Versuch eines gewalttätigen Angriffs bleiben. Auch wenn er in seltsamer Benommenheit erwacht war, war er jetzt wieder in der Lage, einen Entschluss zu fassen: Er würde Meg nach Nottingham bringen.

Er musste sie nur finden. Wieder einmal.

Der Himmel war grau und bedeckt und trug nicht dazu bei, seine Stimmung zu heben. Er lief mit der Schwerfälligkeit eines Ochsen durch den Wald. Jeder Schritt, jede Bewegung schien zu einem anderen Körper zu gehören. Seine Gedanken kreisten um die krachenden Zweige und unsicheren Schritte, als wäre er nur ein hilfloser Beobachter seiner selbst. Die Knie schienen jeden Moment unter seinem Gewicht nachgeben zu wollen. Schließlich sank er auf den Waldboden. Schlaf brauchte er ebenso nötig wie die Luft zum Atmen.

Ja, Schlaf. Er hatte neben Meg geschlafen. Nach ihrer Vereinigung hatte sie ihn versorgt, hatte die Verbände gewechselt und ihm über die Stirn gestrichen. Noch immer schmeckte er etwas Bitteres auf seiner Zunge, die Medizin, die sie ihm gegen die Schmerzen gegeben hatte.

Er öffnete die Augen wieder. Plötzlich begriff er und richtete sich mühsam auf. Er hatte sich geirrt, als er die Lauge für seine Benommenheit verantwortlich machte. Die Lauge hatte gewirkt, trotz des Schmerzes, den sie verursacht hatte.

Nein, Meg hatte gewartet, bis es ihm besser ging. Sie hatte die Blutung gestillt, ihn geheilt, die Wunde verbunden. Dann hatte sie sich von ihm genommen, was sie haben wollte. Erst als sie mit ihm fertig war, war sie geflohen. Und sie hatte ihm Gift gegeben, damit ihr die Flucht gelang.

6. *KAPITEL*

Zu einem Fluss dann führte ihn sein Weg,
zu einer Fremden, die er erspäht.
„Robin Hood and Little John"
Ballade, 17. Jahrhundert

Sie hat mich vergiftet.

Immer wieder sagte Will diesen unglaublichen Satz.

Er legte seine tauben Finger an den Ledergurt, der auf seinen Hüften hing. Bei jedem Schritt am Ufer des Flusses wuchs sein Zorn. Die geheimnisvollen Wälder trugen nichts dazu bei, seine schlechte Stimmung zu heben. Am liebsten hätte er gegen jeden bedrohlich wirkenden Baum getreten und jedes herabfallende Herbstblatt verflucht.

Einmal hatte er Marian gegen ihren Willen geküsst, und die Folgen dieser unüberlegten Handlung reichten bis in die Gegenwart hinein. Aber noch nie hatte er eine Frau geschlagen. Nie. Allein die Vorstellung, einer Frau körperlichen Schmerz zuzufügen, verursachte ihm Übelkeit.

Doch wenn er Meg of Keyworth fand, würde er sich die Hände an den Gürtel binden müssen – und so viel Abstand von ihr halten wie zwischen Himmel und Erde. Wenn sie lachte, spottete und sein Blut in Wallung brachte, dann traute er sich selbst nicht. Sein Zorn war so groß, dass er genügte, um die wenigen Prinzipien, die er noch hatte, zu verdrängen.

Sie hat mich vergiftet.

Ein Geräusch aus westlicher Richtung weckte Will aus seinen Überlegungen. Sofort war er vollkommen konzentriert und fluchte über seine Unachtsamkeit. Nach Meg zu suchen und dabei gleichzeitig von Gedanken an sie abgelenkt zu werden, würde zu keinem guten Ende führen. Und Marian müsste dann leiden, wenn er versagte.

Er schritt über einen Steinhaufen am Fuß einer Eiche

und zog langsam, beinahe lautlos, sein Schwert. Angestrengt lauschte er und versuchte, nicht auf den pochenden, bohrenden Schmerz in seiner linken Schulter zu achten. Benommenheit stieg in ihm auf. Sein linker Arm zitterte, und seine Hand wurde zusehends gefühlloser.

Ein bewaffneter Mann schritt das Ufer entlang. Über einem Kettenhemd trug er einen schmutzigen, knielangen Überrock aus schwarzer Wolle. Von dem reich verzierten Gürtel an seiner Taille hing ein Schwert herab, am linken Arm trug er einen Schild, und eine stählerne Maske verbarg sein Gesicht. Wenn seine Bewaffnung richtig zu deuten war, so entstammte er einem wohlhabenden Haus, auch wenn er beinahe so schmutzig und müde aussah wie Will.

Unter besseren Umständen hätte es ihn verlockt, einen solchen Schwertkämpfer zu fordern – wenn er gesund und ausgeruht war und gut bewaffnete Begleiter hatte. Im Stillen hoffte er, der Mann würde weiter am Ufer entlang gehen.

Er tat es nicht.

Offenbar hatte er bemerkt, wo Wills Fußspuren sich von dem flachen Wasser entfernten, drehte sich zu der Eiche um und zog in derselben fließenden Bewegung sein Schwert.

Will fluchte leise. Durch seinen umnebelten, verwirrten Geist schoss ein Gedanke, so unerwartet wie verräterisch.

Ich wünschte, Robin wäre hier.

Vorsichtig spähte er hinter dem Baum hervor.

Mit drei kurzen Schritten griff der Fremde an. Doch in den von Kettenringen geschützten Stiefeln fand er keinen Halt und rutschte auf den runden Steinen aus. Er fiel auf die Knie, packte sein Schwert und stützte sich mit der anderen Hand auf.

Will sprang zurück. Auf der Suche nach ebenem Boden bewegte er sich auf eine Lichtung zu. Seine Stiefel boten, auch wenn sie abgelaufen und alt waren, auf dem steinigen Grund besseren Halt. Sein Angreifer entfernte sich stolpernd weg von der Eiche und dem Steinring, der sie umgab, und folgte Will, bis diesem nichts anderes übrig blieb, als die Waffe zu heben.

Klirrend schlugen ihre Schwerter gegeneinander. Die Heftigkeit des Hiebes ließ Will zurückweichen. Der Angriff durchzuckte wie ein Beben seinen ganzen Körper. Bei jedem Hieb biss er die Zähne zusammen. Zum Glück vermochte er schnell genug zu parieren. Er war froh, als der Schmerz und sein angsterfüllter Verstand sich dem gewohnten Rhythmus von Reaktionen und Erfahrungen ergaben. Seine Haltung und sein Geschick kehrten zurück, zusammen mit der Kraft, die ihm der unerwartete Kampf verlieh.

Gekonnt parierte er die gut gezielten Hiebe des anderen, doch er vermochte gegen Klinge und Schild nicht viel auszurichten. Ebenso gut hätte Will gegen eine Mauer schlagen können, nur dass eine Mauer nicht unentwegt tödliche Hiebe austeilen würde. Der Atem brannte ihm in der Kehle, und in seinen Ohren begann es zu rauschen.

Er hoffte, durch einen Stellungswechsel einen Vorteil zu erlangen, und bewegte sich zurück zum Ufer mit seinen schlüpfrigen Steinen. Sein Gegner folgte zwar, zögerte aber plötzlich. Will griff noch einmal an und zwang sich, die linke Hand mitzubenutzen. Mit beiden Händen packte er den Griff seines Schwertes, und wieder schlug Metall gegen Metall. Der Schild am Arm seines Gegners nahm keinen Schaden, doch die Macht, mit der Will angegriffen hatte, schlug dem anderen das Schwert aus der Hand. Der Mann fing die Hiebe gegen seinen Schild ab, bis er stolperte und in die Knie ging.

Will, der sich zu schlecht fühlte, um seinen Vorteil auszunutzen, fragte: „Ergebt Ihr Euch?"

Der Herausforderer atmete hörbar hinter dem Gesichtsschutz. „Ich werde Euch durchbohren, Wegelagerer."

„Das ist, wie ich zugeben muss, nicht die Antwort, die ich hören wollte."

„Diese Wälder gehören nicht Euch."

Will hob das Schwert und zwang seinen Körper zu einer

Angriffsstellung. Noch war der Gegner nicht bezwungen. „Und ebenso wenig sind es die Euren."

„Ich bin der Erbe des Earl of Whitstowe, Ihr dreckiger Halunke. Dies sind meine Wälder."

Der andere rammte seinen Schild gegen Wills Brust und griff mit neuer Kraft an. Abrupt wich die Luft aus dessen Lungen, und die Muskeln um sein Herz verkrampften sich. Weiß glühende Blitze schienen seine linke Schulter zu durchzucken. Jetzt war es nicht mehr schwer, sondern unmöglich, das Schwert zu heben, um sich zu verteidigen. In dem flachen Wasser verlor er das Gleichgewicht und schwankte, wich dabei vor seinem Angreifer zurück – einem Mann, der sich erholt hatte und mit dem Schwert in der Hand erneut angriff.

Will zog sich mit jedem Schritt weiter zurück. „Würdet Ihr mich erklären lassen?"

„Ihr wollt mir auf meinen eigenen Ländereien Schaden zufügen, und dann soll ich Euch reden lassen?" Spöttisch lachte der Mann auf und hob die Klinge. „Wohl kaum."

Will hielt den Blick auf die dunklen Augen des Gegners gerichtet, nicht auf die blitzende Klinge. „Ich war bei dem Hinterhalt, in dem Euer Vater getötet wurde, dabei. Ich kann Euch berichten."

Das Schwert schien in der Luft stehen zu bleiben, dann senkte es sich zu Boden. „Das bezweifle ich nicht. Wahrscheinlich steht Ihr in Diensten des Sheriffs."

„Ich stand."

„Wie heißt Ihr?"

„Sein Name ist Will Scarlet, und er gehört uns. Legt die Waffen nieder."

Ein Dutzend Schwertkämpfer traten aus dem dichten Gebüsch. Bewaffnet mit Bögen, Keulen und Dolchen, bildeten sie einen Halbkreis um die beiden Männer. Will nutzte die Gelegenheit, um aus dem Wasser zu entkommen, das Schwert in der gesunden Hand.

„Ich sagte, Ihr sollt die Waffen niederlegen, Scarlet“, herrschte einer der Männer ihn schroff an.

„Kenne ich Euch?“

Der Fremde trat näher, sehnig und dunkel wie eine Raubkatze. Aus seiner selbstsicheren Haltung und der Tatsache, dass er das Wort führte, entnahm Will, dass er der Anführer war, auch wenn er nicht offiziell das Kommando innehatte. Er trug gepflegte Kleidung, einen Gürtel mit vier Messern und ein entwaffnendes Lächeln.

Von scinem linken Arm hing ein aufgerolltes Seil herab.

„Nein, Scarlet. Aber wir kennen Euch. Und wir sind hier, um Euch den Hals lang zu ziehen.“

Meg kniete im flachen Wasser am Ufer des Flusses und riss einen weiteren Stoffstreifen von ihrem Unterkleid, sodass der Saum ihr ausgefranst nur noch bis an die Knie reichte. Nachdem sie den Streifen ins Wasser getaucht hatte, kehrte sie in den Schutz der Bäume zurück und begann, sich zu waschen. Wer immer sie auch verfolgen oder wie weit sie auch noch wandern würde, ehe sie einen Orientierungspunkt fand, konnte sie keinen Schritt mehr gehen, solange sie nach Will Scarlet roch. Sein Duft – der sich mit ihrem vermischte – stieg ihr in die Nase.

Sie schob das nasse Tuch in jeden Ärmel und wusch sich unter den Armen, dann schob sie es vorn in ihr Mieder. Sofort wurden ihre Brustspitzen hart. Er hatte sie dort nicht berührt, doch ihr Körper, schon leicht erregbar von der Erinnerung an ihn, reagierte. Sie zuckte zusammen bei der Vorstellung, wie er ihre Brust küsste, sie mit seiner heißen Zunge liebkoste. Rasch zerrte sie das Tuch aus ihrem Mieder.

Ihre Knie zitterten, als sie begann, mit dem warmen Tuch über die Innenseiten ihrer Schenkel zu wischen. Die noch immer empfindliche Haut reagierte mit heftigem Pulsieren auf ihre Berührungen. Sie wusch sich energischer, bis alle Spuren ihrer Vereinigung abgespült und weggewaschen waren. Alles in ihr, alle ihre Gedanken drehten sich nur um ihn.

Doch es war ihr Fehler gewesen. Sie hatte erkundet, berührt, geküsst. Sie hatte sich auf ihn gelegt. Dabei hätte sie ahnen müssen, dass Verlangen und Stolz sich in ihr einen Kampf liefern würden. Schließlich hatte jede Begegnung mit Hugo sie ähnlich aus dem Gleichgewicht gebracht, weil sie so unverzeihlich gehofft hatte, dass er sich nicht nur an ihrem Körper, sondern auch an ihr, der Frau, erfreute.

Bastarde. Alle beide.

Sie verdrängte Scham und das Vergnügen, das sie empfunden hatte. Nur ein vager Unmut blieb zurück – über ihn, weil er sie verletzbar gemacht hatte, über sich selbst, weil sie diese kurze Begegnung gewünscht hatte. Sollte sie Scarlet ein bisschen zu viel Eisenhut gegeben haben, sodass er eine Woche lang schlief, würde sie es nicht einmal bedauern. Der Bursche würde Schlimmeres verdienen, weil er Ada eingesperrt hatte. Und er verdiente noch ärgere Strafen, weil er sie schwach hatte werden lassen.

Das Geräusch von Schritten erregte ihre Aufmerksamkeit. Sie presste sich gegen einen Baum und duckte sich tief, in der Hoffnung, dass man sie nicht entdecken würde. Bisher hatte sie zu viel Pech gehabt, um sich mehr zu wünschen. Sie war froh, dass sie keine Waffen klirren hörte, aber sie hörte – ein Schnüffeln?

Ein lautes Geheul erklang. Beinahe wäre ihr das Herz stehen geblieben. Ehe sie entscheiden konnte, was sie jetzt tun sollte, zuckte sie unter der Berührung einer nassen Zunge zusammen. Entsetzt schrie sie auf.

Jetzt hörte sie zwischen den Eichen und Birken eine Stimme. „Asem! Bei Fuß!“

Mit beiden Händen versuchte sie, den Hund abzuwehren, doch das große Tier leckte immer wieder über ihr Gesicht. „Jacob? Ich bin hier!“

„Meg! Na so was! Was macht Ihr hier?“

„Ich versuche, Asems Zuneigung zu überleben. Befrei mich von ihm!“

Asher ha-Rophes einziger Sohn stieß einen lauten Pfiff aus, packte den Mastiff und zerrte ihn weg. Dann nahm er Megs Arm und zog sie hoch. Ihr zitterten die Knie, so erleichtert fühlte sie sich.

„Verzeiht ihm sein Benehmen“, sagte Jacob, dessen klare Stimme den schnellen Schlag ihres Herzens beruhigte. „Er muss Euch gewittert haben, denn er hat mich mindestens eine Meile weit hinter sich her gezerrt.“

„Ich bin froh über seine Hartnäckigkeit.“

„Aber ich ließ Euch doch in Bainbridge Castle zurück, Meg. Wie seid Ihr hierher gekommen?“

Sie fühlte sich erschöpft. In der vergangenen Nacht, als sie sich hätte ausruhen sollen, hatte sie einen verletzten Mann verführt. Bei jeder Gelegenheit fanden ihr Körper und ihr Geist irgendeinen Grund, sie daran zu erinnern.

„Der gestrige Tag war sehr ereignisreich.“

Jacob nahm ihre Hand, legte sie in seine Armbeuge und führte sie den Weg zurück, den sie gekommen war. „Ihr könnt es mir erzählen, während wir zu Vaters Hütte zurückkehren.“

„Zurück? Ich dachte, ich wäre auf dem richtigen Weg?“

„Ihr seid zwei Meilen zu weit gegangen.“

Sie war enttäuscht. Seit ihrer Erblindung hatte sie sich noch nie in Charnwood verlaufen. Scarlet hatte ihr die Sinne so sehr vernebelt, dass sie nutzlos geworden waren.

Fest umklammerte sie ihren Wanderstock, obwohl sie ihn am liebsten gegen den nächsten Baum geschleudert hätte. „Ich habe aufgepasst, aber dennoch …“

„Ihr habt Euch geschickter angestellt als die meisten“, warf Jacob ein, der einen Anflug von Häme nicht verbergen konnte oder wollte. „Was ist passiert?“

Eine kleine Weile lang erlaubte sie dem jungen Mann, sie zu führen. Sie lehnte sich an seine sehnige Gestalt und beschrieb die Ereignisse des vergangenen Tages. Weitaus schwieriger war es, die Gefühle aus ihrer Erzählung zu verbannen. Von der Nacht mit Scarlet berichtete sie jedoch nicht.

„Meg, ich weiß nicht, was ich sagen soll. Ich muss mich entschuldigen."

„Dafür gibt es keinen Grund", entgegnete sie. „Du hast mich im Schloss zurückgelassen, unter dem Schutz unseres Herrn. Woher sollten wir wissen, dass sein Schutz nicht genügen oder dass der Sheriff so dreist sein würde?"

„Warum glaubt Ihr, dass der Sheriff schuld war?"

Sie unterdrückte den Impuls, sich über den Nacken zu reiben, wo ihre Haut mit einem Mal prickelte. „Der Mann, der mich rettete, stand im Dienste des Sheriffs. Ich vermute, er hat seine Meinung geändert, als der Kampf begann. Er sagte, dass Carlisle, der Anführer, Finchs engster Verbündeter ist."

„Wer war der Mann? Wisst Ihr das?"

„Hast du je von Will Scarlet gehört?"

Jacob lachte heiter. „Natürlich."

Zwar hatte sie auf Einzelheiten gehofft, jedoch nicht damit gerechnet, dass er sofort wusste, von wem sie sprach. „Wer ist er?"

„Er ist der Neffe von Robin of Loxley. Robin Hood."

„Der Robin Hood?"

„Ja. Er ist der Sohn von Loxleys älterer Schwester."

Scarlets Verhalten schien ihr, als ob zwei Seelen in seiner Brust schlummerten – es war gedankenlos und selbstsüchtig, aber auch vernünftig und ritterlich. Diese neue Information half ihr wenig, die Rätsel zu lösen. Die meisten Männer hätten damit geprahlt, eine Verbindung zu Robin Hood zu haben, wenn man ihnen auch nur die kleinste Gelegenheit dazu gab. Aber nicht Scarlet. Er kämpfte mit seinem Gewissen, als wäre es ein Dämon, der ihm die Seele rauben wollte, und erwähnte kein einziges Mal den berühmten Gesetzlosen.

Rätsel, von denen sie geglaubt hatte, sie lösen zu können,

wurden immer geheimnisvoller.

„Vor fünf Jahren haben sie an der Seite von König Richard gegen Johns Aufstand gekämpft", sagte Jacob. „Erinnert Ihr Euch?"

„Vor fünf Jahren? Nein."

„Ah, Eure Krankheit. Verzeiht mir." Er räusperte sich und wirkte verlegen. „Aber Scarlet war im Dienste des Sheriffs? Das erscheint mir seltsam in Anbetracht seiner Vergangenheit. Hat er dafür eine Erklärung abgegeben?"

„Nein. Und ich habe auch nicht danach gefragt."

„Und doch seid Ihr allein hier."

Asem lief ihnen voraus, sprang durch die herabgefallenen Blätter und sorgte für etwas Ablenkung. Meg spürte, wie ihr Körper reagierte. Ihr Herz schlug nicht schneller. Ihre Kehle schnürte sich nicht zusammen. Doch sie vermochte ihre Hände nicht ruhig zu halten, öffnete und schloss sie in der Erinnerung daran, wie sich Scarlets Haut unter ihren Fingern angefühlt hatte.

„Unsere Wege haben sich getrennt", sagte sie und war froh, dass ihre Stimme ruhig klang.

„Ihr müsst ihn sehr verabscheut haben, wenn Ihr dies hier seiner Gesellschaft vorzieht."

„Er ist der Mann, der Ada eingesperrt hat." Die Wahrheit laut auszusprechen half ihr, die neuen, noch frischen angenehmen Erinnerungen zu vertreiben.

„Wegen der Smaragde, wie wir es befürchtet hatten?"

„Ja. Und jetzt will ich einfach nur nach Hause."

Abrupt blieb Jacob stehen. „Was ist mit Ada?"

„Was soll mit ihr sein?"

„Ihr könnt sie nicht im Gefängnis lassen."

„Doch, das kann ich." Zorn erfasste sie, und jedes ihrer Worte klang schroff. „Sie wird angeklagt und verurteilt werden, nicht mehr. Ihr zu folgen war von Anfang an ein Fehler."

Entschlossen schob er ihren Arm weg. „Das ist nicht richtig, Meg."

„Du liebst sie, also geh nach ihr suchen.“ Feindseligkeit lag in ihren Worten, obwohl Jacob nicht ihr Feind war. Aber seine unerschütterliche Loyalität Ada gegenüber erregte immer wieder ihren Unmut. Er weigerte sich beharrlich, ihre Schwester als das zu sehen, was sie war. „Du weißt, warum ich ihr nicht vertrauen kann, und sie empfindet keine Zuneigung für mich.“

„Das stimmt nicht.“

„Schluss jetzt damit, bitte. Wirst du mich nach Hause bringen oder nicht?“

Jacob kam nicht dazu, seine Entscheidung in Worte zu fassen, denn in diesem Augenblick erklangen von einer nahe gelegenen Lichtung laute Schreie. Er rief nach Asem, ehe er davonlief, während Schritte, aufgeregte Stimmen und Hundegebell sich in den dichten Wäldern zu einer unnatürlichen Kakophonie vermengten.

„Jacob, warte!“

Als Meg wieder allein war, ließ sie, von Erschöpfung übermannt, die Schultern sinken. Sie umfasste ihren Stock und ließ den Kopf hängen.

Schließlich straffte sie sich und schüttelte die Schwäche ab, wie man eine nasse Decke ausschüttelt. Obwohl sie am Morgen die Orientierung verloren hatte, kannte sie Charnwood Forest, vor allem in der Nähe von Plätzen wie Jacobs Hütte.

Aber besser noch als Bäume und Sümpfe kannte sie die unberechenbaren Waldmänner, die innerhalb ihrer schützenden Äste lebten. Auch wenn der riesige Mastiff dabei war und jedem seiner Befehle gehorchte, würde ein einzelner Junge wie Jacob kaum eine Chance haben gegen Hugo und seine Mannen.

7. KAPITEL

Zurück nun führen sie ihn, gebunden,
zu sehen, ob deine Hand ihn fällt,
oder seinem Leben am Baum ein Ende bestellt.
„Robin Hood and the Beggar, II"
Ballade, 17. Jahrhundert

Zornige Stimmen drangen an Wills Ohren wie das Summen von Hornissen, und eine jede schien es auf seinen Kopf abgesehen zu haben. Unbewaffnet wurde er an dem Strick um seinen Hals über die Lichtung gezerrt, die als Rutfield Glade bekannt war. Bauern saßen um die Feuer, überall war ihre Habe verteilt. Grobe Hütten waren aus Holzstöcken errichtet worden, aus Füllmaterial und Decken. Kleine Kinder jagten einander in wilden Spielen, ohne auf die Waldmänner zu achten, die zwei Gefangene dem Tode zuführten.

„Das ist Eure Schuld", stieß der bewaffnete Mann hervor, jetzt gefesselt und seines Helmes beraubt.

„Ihr seid doch angeblich der Sohn des Earl of Whitstowe. Bringt uns hier heraus."

„Genug, alle beide", herrschte der Anführer, ein Mann namens Hugo, sie an. „Ihr da, bringt den Stamm dort her."

David Fuller, ein Verbündeter aus den Zeiten von Robin Hood, half, einen dicken Stamm unter einen kahlen Birkenbaum zu schaffen. Das Gefühl, verraten zu werden, verursachte Will heftige Kopfschmerzen. „Fuller! Ihr helft ihm dabei? Ich habe nichts Falsches getan!"

Trotz Wills Empörung schüttelte der kleine untersetzte Bauer nur den Kopf. „Das spielt keine Rolle. Nottinghams Soldaten haben den ganzen Wald nach Euch abgesucht, haben uns gedroht und manche eingesperrt. Wir wollen nicht noch einmal die Zeiten durchmachen, als der Sheriff unsere Häuser zerstören konnte, wenn Robin nicht hier war, um sich für uns einzusetzen."

Wills Stolz schmolz dahin wie Butter in der Sonne. Er stolperte bei jedem Schritt, und mit Männern konfrontiert zu sein, die ihn noch immer mit Robin verglichen, machte es nicht einfacher. Er wollte nicht daran erinnert werden.

„Und wir wissen von Eurer Arbeit für den Sheriff, dass Ihr einfaches Volk auf dem Markt eingesperrt habt", sagte Hugo. „Viele von uns verlangt es seit Wochen danach, Euch die Schlinge um den Hals zu legen."

Er zerrte an dem Strick. Will stolperte vorwärts und hielt gerade noch das Gleichgewicht, hustete jedoch, als die Schlinge ihm in die Kehle schnitt. Vor seinen Augen tanzten Sterne.

„Aber ich habe nichts getan", sagte der gefangene Schwertkämpfer. „Ich bin Geoffrey Dryden, Erbe des Earl of Whitstowe. Ich verlange, dass Ihr mich sofort freilasst."

Einige in der Gruppe tauschten besorgte Blicke, und obwohl ihm das wenig nützte, war Will froh über ihr Zögern. In ihren Gesichtern erkannte er dieselbe Unsicherheit wieder, die er selbst auf der Landstraße empfunden hatte, als er im Begriff stand zu morden. Aber Hugo machte weiter und schlang zwei Stricke über einen tief hängenden Ast. Will spürte ein Schwert an seinem Rücken, das ihn nötigte, auf den Baumstamm zu steigen. Dryden tat es ihm nach.

„Wir kennen Euch nicht, Mylord." Hugos schmeichelnde Stimme und sein herablassendes Lächeln standen im Widerspruch zu seinem schneidigen Aussehen. „Und wir trauen Euch nicht. Eine Schande, dass wir Euch in seiner Gesellschaft antrafen."

„Ich habe mit ihm gekämpft!"

„Ihr hättet mich gewinnen lassen sollen", sagte Will und grinste. „Wäret Ihr geschlagen und gedemütigt, hätte ich Euch nicht beschmutzen können mit meiner Gegenwart."

„Still, Ihr da!"

„Und wenn nicht, Hugo? Hängt Ihr ihn dann auf?"

Alle Köpfe drehten sich zum anderen Ende der Lichtung und suchten nach der Frau, die es wagte, sich über die Geschehnisse und vor allem über Hugo lustig zu machen. Dort stand Meg, in der einen Hand einen Wanderstab, an der anderen einen jungen Mann mit schwarzem Haar. Zu dessen Füßen saß ein großer Hund, der nur von einer Schnur aus geflochtenem Leder gehalten wurde, die bei einem kräftigen Ruck des Tieres wohl kaum halten würde.

Das spöttische Grinsen, mit dem Will Dryden bedacht hatte, wurde breiter. Noch nie war ihm eine Störung so willkommen gewesen. Aber seine erste Reaktion wurde rasch abgelöst von unterschiedlichsten Gefühlen. Sie hatte ihn geheilt, verführt, vergiftet. Zwar war er auch vorher noch nicht dafür bereit gewesen, sich aufhängen zu lassen, doch jetzt ersehnte er die Freiheit nur noch mehr – und wenn es nur deshalb war, Meg entgegenzutreten und von ihr eine Erklärung zu verlangen.

Sie ließ den Arm des jungen Mannes los und trat auf die Lichtung. Die Menge wich mit jedem Schritt, den Meg tat, auch immer einen Schritt zurück, während Will versuchte, die Lederschnur um seine Handgelenke hinter dem Rücken zu lösen. Er konzentrierte sich auf Hugos Miene, um die Gelegenheit zu nutzen, solange er abgelenkt war.

Ein Windstoß fegte durch die Baumwipfel und ließ goldene Blätter auf die Versammlung niederregnen. Meg hielt den Kopf schräg, lauschte mit einem Ohr auf den Boden und hielt das andere dem dünner werdenden Blätterdach am Himmel entgegen. Sie lauschte vermutlich dem Wind.

Aus dieser seltsamen Haltung heraus sprach sie die Menge an. „Ich suche nach Hugo."

Gemurmel erhob sich unter den Leuten. Von hier, von dort, von überallher hallte Geflüster über die Lichtung.

Die verrückte Meg. Die verrückte Meg.

Will erschauerte, während sein Herzschlag aus dem Takt geriet, auszusetzen schien und dann schneller schlug. Er zuckte zusammen, als er Drydens Hände spürte, während sie Rücken an Rücken standen und gegenseitig an ihren Fesseln zerrten. Über die Schulter hinweg sah er den anderen mit hoch gezogenen Brauen an.

„Ich habe nicht vor, hier zu sterben", flüsterte Dryden.

Unter dem bedeckten Himmel und den schwankenden Bäumen erschien das Gesicht des anderen eigenartig rot, entweder von mangelnder Luft oder vor Zorn. Ohne seinen Helm wirkte er ungewöhnlich jung. Nicht einmal der dunkle, kurz geschnittene Bart verlieh seinen glatten Zügen den Anschein einer angesehenen Position. Auf seiner Stirn sammelte sich Schweiß wie Tau auf dem Gras. Ohne Waffen, in einer Lage, die er nicht kontrollieren konnte, erschien Dryden – ängstlich.

„Ich warte, Hugo." Meg hob die Hände, wie eine Hexe, die einen Zauber sprach, und ließ den leeren Blick über die Menge gleiten. Selbst jene, die bisher noch stehen geblieben waren, wichen jetzt zurück. Zwei Frauen bekreuzigten sich.

Als Hugo vortrat, teilte sich die erwartungsvolle Menge. Sein Schritt kündete von Autorität, während er eine verächtliche Miene aufgesetzt hatte. Auch wenn es Will nicht gefiel, etwas mit dem Mann gemeinsam zu haben, der sein Henker sein würde, so teilte er doch dessen Feindseligkeit Meg gegenüber.

„Es tut gut, dich zu – nun, zu sehen, Meg."

Sie hob den Kopf, als würde sie ihm ins Gesicht blicken. „Lasst sie frei."

„Ihr hattet schon immer einen seltsamen Sinn für Humor."

„Was Euch betrifft, bin ich völlig humorlos. Lasst sie gehen."

Will bewegte seine befreiten Hände, bis er wieder Gefühl hatte in seinen abgestorbenen Fingerspitzen. Unruhig trat er von einem Fuß auf den anderen, im Gleichklang mit seiner wachsenden Ungeduld. Trotzdem hielt er sich kerzengerade auf dem Baumstamm, unschlüssig darüber, was er tun sollte. Nein.

Umringt von Männern und unbewaffnet blieb ihm keine Wahl. Was immer Meg da ins Rollen brachte, ihm blieb nichts anderes übrig, als sie gewähren zu lassen.

Sie ging hinüber zu Hugo und schlug ihm mit ihrem Stock gegen das Schienbein. Er stieß den Wanderstab mit einem Fußtritt beiseite, aber sie verlagerte ihr Gewicht und zog ihn wieder an sich. Dabei verlor sie nicht ein Mal die Haltung. Sie bewegten sich wie bei einem Tanz, als hätten sie diese Begegnung geprobt. Woher ihre Verbindung auch rühren mochte, sie kannten einander schon lange – so viel war sicher. Alle auf der Lichtung hielten den Atem an.

„Ihr verteidigt Will Scarlet?"

Das kurze Zögern, das ihrer Antwort vorausging, verriet einen Anflug von Gefühl. „Ich will Dryden. Als er behauptete, der Sohn des Earl of Whitstowe zu sein, sagte er die Wahrheit."

„Wir können mit ihnen machen, was wir wollen, sie gehören uns. Aufhängen würde mir gefallen, und es würde mir auch gefallen, wenn wir eine Hexe weniger in unserer Mitte hätten."

„Seid Ihr bereit für eine Herausforderung?"

Die Luft zwischen ihnen schien zu knistern. Mit einem Finger strich Hugo über ihre Wange, vom Ohr bis zum Kinn, dann bis hinüber zum anderen Ohr. Es war eine sehr intime Liebkosung, wie die eines Geliebten, doch Meg stand reglos da. Will suchte nach einem Zeichen dafür, dass sie die Berührung des Mannes überhaupt gespürt hatte, aber er sah nichts als Entschlossenheit in ihrem Gesicht, so unerschütterlich wie ein Felsblock.

„Ich gehe das Risiko ein."

Sie trat zurück und zerbrach den Wanderstab über ihrem Knie. Splitternd zerbarst das Holz in zwei Teile. Dann schleuderte sie die Teile zu dem Galgenbaum. Der riesige Mastiff, der zu Füßen des jungen Mannes gelegen hatte, sprang auf, bellte und jagte in langen Sätzen hinterher.

Ein lautes Krachen versetzte die Bauern in Verwirrung. Ihre

wettergegerbten Gesichter wandten sich wieder Meg zu. In einer Wolke von Rauch warf sie eine Handvoll kleiner weißer Bündel in einen nahe gelegenen Holzstapel, was einen weiteren Knall verursachte. Schreie und laute Gebete hallten durch den Wald, als die Waldmänner und ihre Familien zurückwichen und ihren Anführer allein ließen.

Will sprang von dem Baumstamm und ergriff das Kurzschwert eines der Männer. Dryden tat es ihm nach, indem er einen Ast als Keule nahm. Sie wandten sich dem Hund zu, doch das Tier hatte sich nur den Stock geholt, den er quer im geifernden Maul hielt. Der Hund wedelte mit dem Schwanz und schien sehr zufrieden.

Doch sein Herr war weitaus gefährlicher. Der junge Mann, der Meg aus dem Hain geführt hatte, richtete seine Armbrust auf Hugo und stellte sich neben sie. Wie zufällig hielt er dabei eine Hand in die Nähe des Dolches an seinem Gürtel. Will mochte den Burschen jetzt schon.

Der Rauch, der Meg wie eine höllische Wolke umgeben hatte, begann sich zu verziehen. „Lasst die Gefangenen frei", verlangte sie.

Beim kalten Klang ihrer Stimme richteten sich die Härchen auf seinen Armen auf. Dass sie so völlig anders sprach und auftrat als in der vergangenen Nacht, weckte in ihm die Frage, mit welcher Frau er das Lager geteilt hatte. Konnte das wirklich dieselbe Frau sein, die ihre Zähne in seine Brust gedrückt hatte?

Aber ihr Biss war tatsächlich nicht besonders sanft gewesen.

Doch für den Moment war er es zufrieden und wollte nicht weiter darüber nachdenken. Erfreulicherweise zeigte sich Angst auf Hugos schmalem Gesicht. Das taube Gefühl, das Will Sorgen bereitet hatte, ließ nach. Und zum ersten Mal seit Stunden gab es niemandem, der ihm Schaden zufügen wollte.

Dryden fuhr sich mit den Fingern durch das kurz geschnittene Haar. „Wir sind frei."

„Gut." Meg lächelte und wirkte dabei so friedlich wie eine

frisch geschliffene Dolchklinge. „Hugo, Ihr werdet uns gestatten, unbehelligt in diesen Wäldern zu bleiben."

„Wenn Ihr bezahlen könnt."

Sie runzelte die Stirn. „Womit bezahlen?"

„Die Smaragde."

„Noch immer Sehnsucht nach ein paar wertlosen Steinen?"

„Für mich sind sie nicht wertlos", sagte der Waldmann. „Ich weiß, dass Ihr mehr herstellen könnt."

Sie hat die Smaragde gemacht?

Megs Haltung wirkte jetzt angespannt. Ihr Gesicht wurde so bleich wie Mandelmilch und bestätigte seine Vermutung.

Der Schmerz, der in Wills Schläfen gepocht hatte, breitete sich in seinem Kopf aus. Er hatte Ada festgenommen, weil sie versucht hatte, Fälschungen zu verkaufen. Er wusste, dass der Sheriff einen Alchemisten suchte, und da er glaubte, Ada würde ihre Quelle verraten, hatte er sie Finch übergeben.

Die Lauge, der Rauch, die kleinen explodierenden Päckchen – das alles bewies Megs Kenntnisse auf dem Gebiet der Alchemie. Sie hatte die Smaragde geschaffen, und sie hatte den Angriff auf den Earl überlebt. Kein Wunder, dass die Männer des Sheriffs sie verfolgten.

Und wenn Hugo wusste, wie viel Meg wert war, dann würde er sich nicht mit ein paar gefälschten Edelsteinen zufriedengeben.

Dryden sah Will stirnrunzelnd an. Der Edelmann war, wie es schien, zu denselben Schlüssen gekommen. Er stellte sich zwischen Meg und ihren gewandten Gegner. „Ihr tätet gut daran, Euch zu erinnern, wer ich bin", sagte er. „Gewährt uns Zuflucht, dann werde ich Eure Übergriffe nicht weiter beachten."

Hugo warf einen raschen Blick über die Lichtung und erkannte, dass es ihm an Unterstützung fehlte. Aber er gab nicht nach. Er ließ die Gelegenheit, Drydens Verzeihung zu erflehen, ungenutzt vorübergehen, und wandte sich mit einem verächtlichen Blick an Will. „Vielleicht war es die falsche Entscheidung,

Euch hängen zu wollen. Wir hätten Euch einfach der Gesellschaft dieser Hexe und ihres jüdischen Jungen überlassen sollen.“

Will packte sein Kurzschwert. „Ich sollte Euch erstechen.“

Meg verdrehte die Augen. „Verderbt es nicht, Scarlet.“

„Wie – gehören diese Wälder ihm?“

„Hier gibt es keine Gesetze und kaum Adelstitel.“ Die feinen Linien zwischen ihrer Nase und ihrem Mundwinkel wirkten tiefer. „Hugo hat hier viele Verbündete, und Ihr habt niemanden, auch wenn er ein Dieb und ein Halsabschneider ist.“

Wenn jemand die ungeschriebenen Gesetze kannte, die für Geächtete galten, so war es Will. Er hatte nach den Gesetzen des Waldes gelebt, und das wichtigste besagte, dass der Mann mit der größten Geschicklichkeit und den meisten Anhängern der Anführer wurde. Robin war ein solcher Mann gewesen, der stets genau gewusst hatte, was zu tun war.

Aber er wusste auch, dass kein Eindringling, kein Neuankömmling in Sherwood seinem Onkel die Macht hätte entreißen können. Welchen Zauber sie dazu auch angewandt hatte, Meg hatte Hugo die Autorität genommen und nichts als böse Worte und ein gereiztes Gemüt zurückgelassen.

Will bewegte die verkrampften Muskeln an seiner Schulter und sah Meg finster an. Von dieser Frau und Robin Gutes zu denken, durfte nicht zur Gewohnheit werden. Er musste sie nach Nottingham bringen. Und zwar schnell.

8. KAPITEL

Mächtig und still liegt Sherwood Forest da,
hell leuchtet das Gras zu seinen Füßen,
verlassen von allen?
„Sonnet on Robin Hood I"
John Hamilton Reynolds, 1847

Die Spannung ließ nach, und alle schienen wieder ruhiger zu atmen. Meg rechnete damit, dass einer der Männer sich rächen würde, doch niemand rührte sich. Die Feindseligkeit verschwand, und widerstrebende Anerkennung trat an ihre Stelle. Mit der Nacht würde die Unsicherheit der Wälder kommen, und alle schienen sich lieber den Aufgaben des Überlebens zu widmen, anstatt sich dem Edelmann zu stellen, den sie beinahe umgebracht hatten.

Sie wäre am liebsten zu Boden gesunken, sehnte sich nach ihrem eigenen Bett. Doch diese unerträglichen Menschen, die entschlossen waren, ihr den Frieden zu rauben, ließen das nicht zu. Scarlet, Hugo, Ada, der junge Jacob und seine liebeskranken Träume. Keiner von ihnen ließ sie in Ruhe.

Nicht einmal Dryden. „Ich danke Euch, Meg."

„Ja, Milord."

„Ihr kamt gerade rechtzeitig."

Sie nickte. „Ihr solltet wissen, dass ich mir dafür einen Gefallen von Euch erhoffe."

„Natürlich. Ich habe Eure Schwester nicht vergessen", sagte er. „Mein Vater hat Euch etwas versprochen, und ich erneuere dieses Versprechen. Wir werden sie finden."

Trotz seiner gewichtigen Worte blieb Drydens Tonfall matt und ausdruckslos. In seiner Stimme lag so etwas wie Bedauern, auch wenn sie den Grund dafür höchstens erraten konnte. Trauer? Scham, weil er den Hinterhalt überlebt hatte, während sein Vater tot war? Oder weil er weggelaufen war?

Egal. Es würde für sie von Vorteil sein, den Adligen als Verbündeten zu haben.

„Ich bin Euch dankbar, Sir. Wie kommt es, dass Ihr mit Scarlet zusammen seid?“

„Wir begegneten uns am Fluss. Irrtümlich hielt ich ihn für einen Feind.“

„Ich bitte um Verzeihung, aber Ihr begeht einen Fehler, wenn Ihr ihn für etwas anderes haltet.“

Scarlet mischte sich ein. „Meg wäre es lieber gewesen, Euch zu befreien und mich aufhängen zu lassen.“

Sie zuckte zusammen, weil seine plötzliche Nähe ihr fast das Gefühl gab, als hätte er sie geküsst. Seine tiefe Stimme schien unglaublich nahe zu sein, das spürte sie durch die Wärme, die von seinem Körper ausging.

Verdammt sollst du sein.

Er hatte sie eingeholt, zusammen mit ihrem schlechten Gewissen. Das würde Konsequenzen haben, Konsequenzen, wie sie zu ihm passten – zäh und süß wie Honig, und gefährlich. Unwillkürlich fuhr sie sich mit der Zungenspitze über die Lippen, erwartete beinahe, ihn zu schmecken. Sie erinnerte sich an das Salz auf seiner Haut, erinnerte sich deutlich an ihn, so schmerzlich wie an das strahlende Sonnenlicht.

Zum Teufel mit uns beiden.

„Manchmal muss man das Schlechte in Kauf nehmen, um das Gute zu bekommen“, erklärte sie.

Scarlet lachte leise. „Die Erfahrung habe ich kürzlich auch gemacht, oh ja.“

„Euch geht es heute besser, als Ihr es verdient.“

„Das ist nur die Entschädigung für einen ziemlich misslungenen Morgen.“

„Meg, Ihr hättet zugelassen, dass man ihn aufhängt?“ Dryden klang seltsam begierig, wie ein Halbwüchsiger, der sich auf eine Jagdgeschichte freut.

„Natürlich nicht. Von mir bekommt Hugo nie, was er will,

jedenfalls nicht, wenn ich es verhindern kann."
„Wer ist er?", fragte Scarlet.
Sie rieb sich die rechte Wange und biss die Zähne aufeinander. „Ein Dieb und ein Lügner. Genau das ist er."
„Dann ist das mit dem Strick wirklich bedauerlich. Wir hätten Freunde sein können. Werdet Ihr uns erzählen, was Ihr benutzt habt, um diesen Bauern solche Angst einzujagen?"
„Hexen können zaubern."
„Aber Ihr benutzt Tränke", sagte er leise und mit bedrohlichem Unterton. „Das weiß ich genau."
Meg unterdrückte ein Seufzen. Einen kurzen Moment lang war sie stolz auf sich gewesen. Sie hatte die schmerzlichen Erinnerungen an ihr Verlangen nach Hugo unterdrückt und es geschafft, ihn in Gegenwart seiner treuen Gefolgsleute herauszufordern. Doch das war nur ein unbedeutender Sieg verglichen mit dem Mut, den sie brauchte, um Scarlets Zorn zu ertragen. Auf keinen Fall wollte sie nachgeben. Sie konnte es auch gar nicht, wenn sie nicht wollte, dass er erfuhr, wie sehr ihre Begegnung sie noch verfolgte.
Stattdessen öffnete sie die Augen – Augen, die viele Menschen als schrecklich empfanden –, um sich gegen die beinahe fühlbaren Wogen seines Zorns zu wappnen. „Ich habe Nitrit benutzt, Sulfur, Kohle, Zucker und etwas Reibungswärme", erklärte sie. „Die Zutaten meines Metiers."
„Ein blinder Alchemist", sagte er. „Und noch dazu eine Frau."
Am liebsten hätte sie ihn angespuckt. Und das hätte sie auch getan, wäre sie sicher gewesen, ihn zwischen die Augen treffen zu können. „Meine Blindheit und mein Geschlecht mindern nicht meine Erfolge."
„Genug davon", fuhr Dryden dazwischen. „Erzählt mir lieber, was auf der Straße geschah. Ich hätte gern gehört, was Ihr beobachtet habt, Scarlet."
„Wenn Euch mein Bericht nicht gefällt, müssen wir dann wieder kämpfen?"

„Nur, wenn Ihr meinen Vater getötet habt."

„Das habe ich nicht getan."

Meg befahl ihren Augen, wieder auf wundersame Weise ihre Aufgabe zu erfüllen. Sie wollte ihre Gesichter sehen, irgendeinen Hinweis darauf, wie sie mit diesen beiden Männern umzugehen hatte. Aber alles blieb dunkel. Der gleichförmige Rhythmus von Scarlets Worten begann sie einzulullen, als er den Hinterhalt auf der Landstraße beschrieb. Sie erschauerte und erinnerte sich an die Angst, die sie empfunden hatte. Wieder drohten Hilflosigkeit und Verwirrung sie zu überwältigen, und die Dankbarkeit, die sie empfand, machte sie verlegen. Es gefiel ihr nicht, dass sie sich von diesem Mann angezogen fühlte.

„Um die Verfolger abzuschütteln, flohen wir in die Wälder", sagte er.

Mit angehaltenem Atem umklammerte sie den neuen Wanderstab, den Jacob ihr gebracht hatte, und wartete ab, was Scarlet über ihre gemeinsame Nacht berichten würde. Doch Dryden mischte sich ein, und seine kummervolle Stimme erinnerte an den Schmerz, den er trug. „Verzeiht mir bitte. Ich hätte es sein sollen, der Euch beschützt."

Sie spürte förmlich Scarlets Gesicht unter ihren Fingerspitzen – die glatte Haut, die Bartstoppeln, die Vertiefungen, feinen Linien, die festen Lippen.

Ja, Ihr hättet dort sein sollen. Vielleicht würde ich mir dann nicht so dumm vorkommen.

„Ich bitte um Verzeihung, Will."

Er drehte sich um und sah David Fuller, der am Rand der Lichtung neben ihm stand. Der Mann schob eine zerrissene Kapuze aus seinem Gesicht, wirkte verlegen und ein wenig ängstlich. Obwohl er kräftig gebaut war und für schwere Arbeit wie geschaffen schien, war er dünn geworden. Auf seiner Wange leuchtete rosa eine frische Narbe.

„Lasst die Vergangenheit ruhen", hörte Will sich sagen. Mitleid, nicht Rache, bestimmte sein Verhalten. „Was macht Ihr hier, Fuller?"

„Ein anderer verdammter Sheriff hat uns aus Nottingham vertrieben."

Geh weg. Geh weg!

Er hatte diesen einfachen Akt des Selbstschutzes vollbracht trotz Megs Flehen, und er könnte es wieder tun. Diese zerlumpten, verlorenen Leute gingen ihn nichts an, auch wenn sie einst seine Verbündeten gewesen waren. Sie waren nichts als ein Hindernis für ihn, eine Gefahr für seine Pläne und seine Pflicht Marian gegenüber.

Doch die Neugier und eine Spur Boshaftigkeit veranlassten ihn, eine weitere Frage zu stellen: „Was hat Finch Euch angetan?"

„Ihr habt doch für den Mann gearbeitet." Die ganze Haltung des Bauern drückte Erschöpfung aus, aber Will erkannte darin auch Abneigung. „Wollt Ihr damit sagen, Ihr wisst nicht, was geschehen ist?"

„Offensichtlich nicht."

„Bei jeder Auseinandersetzung ergreift er Partei für die Normannen", sagte Fuller. Unter seinen wässerigen grauen Augen lagen dunkle Schatten, und sein Blick schweifte rastlos umher. „Wenn Ihr nicht in der Umgebung des Schlosses lebt oder Französisch sprecht, könntet Ihr ebenso gut ein Ausgestoßener sein. Er sperrt jeden ein, der zu handeln versucht oder Schuldscheine anstelle von Gold benutzt. Kein Gold bedeutet keine Steuern, und er will jeden Penny haben."

„Aber hier leben?" Missbilligend ließ Will den Blick über die Lichtung mit den kargen Unterständen schweifen. Die ausgestoßenen Bauern scharten sich um ein halbes Dutzend Feuerstellen, um zu essen. Einige Frauen nahmen trockene Kleidungsstücke von den Bäumen, wo sie sie aufgehängt hatten. „Wie schlimm könnte es werden?"

Fuller betrachtete die Szenerie ebenfalls, doch er brachte

ein schwaches Lächeln zustande. „Nicht alle verabscheuen die Wälder so wie Ihr."

„Viele haben sie noch mehr gehasst, schwiegen aber."

„Aber von jenen die klagten, tat es niemand so laut wie Ihr."

„Ich würde es auch jetzt tun, Fuller, aber keiner ist so vernünftig, mir zuzuhören."

Als der ältere Mann lachte, besann Will sich um. Sich dem alten Gefühl von Kameradschaft mit einem Bauern hinzugeben, der ihn eben noch um ein Haar aufgehängt hätte, würde ihn nicht weiterbringen.

„Wir nutzten die Gelegenheit, in die Wälder zurückzukehren, so wie beim letzten Mal", sagte Fuller. „Gewiss könnt Ihr verstehen, was uns hergezogen hat."

„Wir wissen beide, warum es letztes Mal funktioniert hat, aber er ist jetzt in Frankreich."

„Dann schaffen wir es allein."

Will schüttelte den Kopf. „Dieser Dieb, Hugo – er ist nicht der Richtige, um Euch anzuführen."

Fuller kniff die wässerigen Augen zusammen. „Niemand sonst wollte diese Aufgabe übernehmen."

Obwohl die Jahre seinem Körper Tribut abgefordert hatten, ging Fuller mit ruhiger Würde davon. Als er die Feuer erreichte, lächelte er seinen Kameraden zu. Eine magere Frau unbestimmbaren Alters rieb ihm den Rücken und reichte ihm einen Krug mit Ale. Mit diesem einfachen Leben schien er beinahe zufrieden zu sein.

Und warum soll er auch nicht?

Fuller führte ein ruhiges Leben in einem Versteck – aber er lebte unter Freunden. Freunde, die vermutlich ihr letztes Essen mit ihm teilen oder für ihn sterben würden, um ihn zu verteidigen. Einst war Will mit offenen Armen bei ihnen aufgenommen worden. Er hatte voller Leidenschaft gelacht, geliebt und gekämpft. Damals hatten die Bäume für ihn noch nicht diesen Schrecken gehabt.

Sehnsucht überkam ihn, und verräterische Gedanken verstärkten seinen Kopfschmerz.

„Will Scarlet?"

Er fuhr herum und sah den jungen Mann, der Meg begleitet hatte. „Was willst du?"

„Mich vorstellen will ich." Der Junge bot ihm die Hand. Er konnte nicht älter als vierzehn sein. Gelocktes schwarzes Haar fiel ihm über die Ohren und bis über die Brauen. „Man nennt mich Jacob ben Asher, Milord."

„Ich bin niemandes Lord", erwiderte Will. „Sprich mich mit meinem Namen an, und wir werden uns gut verstehen."

Jacob trat von einem Fuß auf den anderen und grinste breit. „Ich weiß, wer Ihr seid. Ich habe viel von Euren Abenteuern gehört. Mir ist, als würde ich einem Wesen aus einem Märchen in leibhaftiger Gestalt begegnen. Kaum zu glauben."

„Erfreue dich an diesem Unsinn, wenn du willst, aber ich werde solche Lügen nicht weiter verbreiten."

Der Junge zuckte die Achseln. Seine schwarzen Augen wirkten undurchdringlich. „Verzeihung."

„Du bist ein Freund von Meg?"

„Ein Freund von Meg? Nein. Ich bin besser bekannt mit ihrer Schwester. Ihrer beider Vater arbeitete mit meinem Vater zusammen, mit Alchemie und dergleichen." Er sah sich auf der Lichtung um, dann beugte er sich vor und flüsterte: „Ehrlich gesagt, Meg flößt mir Angst ein."

„Dir und allen anderen hier." Will bemerkte, dass der Junge seine Hände stets in der Nähe seiner Waffen hielt und seine Haltung drückte Misstrauen und Kampfbereitschaft aus. „Bist du so gut im Umgang mit dem Bogen, wie es den Eindruck macht?"

Jacob sah ihm in die Augen. „Ja."

„Das werde ich mir merken. Und du wirst dir merken, dass zwischen der Wirklichkeit und den Balladen ein Unterschied besteht."

Der durchdringende Geruch von feuchten Blättern im Feuer zog über die Lichtung. Meg saß allein. Unter ihrem Kleid schlugen ihre Knie gegeneinander, eine Reaktion auf die Kälte, Erschöpfung und Enttäuschung. Sie streckte ihre steifen Arme aus und versuchte, nicht daran zu denken, wie schrecklich sie aussehen musste. Ihre Haut juckte. Ihr Haar war voller Kletten. Trotz des Flusswassers roch ihre Haut noch nach Liebe und Schweiß, eine ständige Erinnerung an ihre Nacht mit Scarlet, die sie fast in die Verzweiflung trieb.

Die Rufe von Fledermäusen und das Heulen einer Eule kündeten vom baldigen Einbruch der Nacht, und irgendwo in der Dunkelheit stand Scarlet und beobachtete sie. Es war ihr unmöglich, seinen genauen Standort auszumachen, aber sie war sicher, dass er sie nicht verlassen hatte. Bestimmt wollte er sie noch wegen des Eisenhuts zur Rede stellen, ein Gespräch, dem sie nur würde entgehen können, wenn sie die Lichtung verließ. Doch sie würde nicht ohne Dryden gehen, der ihre letzte und beste Chance bot, Ada zu befreien.

Sie verfluchte sich selbst beinahe so heftig wie sie Will Scarlet verfluchte.

„Hallo Meg."

Sie zuckte zusammen. „Hugo."

Als handelte es sich um ein Experiment, verfolgte sie aufmerksam, wie ihr Körper auf seine klirrende Stimme reagierte. Sie atmete schneller. Ihre Finger begannen zu zittern, das Blut in ihren Schläfen zu pochen. Die Kühnheit, die sie vorhin aufgebracht hatte, als sie wusste, dass ein Dutzend erwartungsvoller Blicke auf sie gerichtet waren, während sie sprach, löste sich immer mehr auf.

Übrig blieb nur die Erschöpfung, zusammen mit dem Wissen, dass sie sich kaum wehren konnte. Einst hatte sie Hugo geliebt, den Dieb von Tunneley Wood, und hatte ihn über alle Maßen begehrt. Die Vorstellung, dass diese sündhaften Empfindungen zurückkehren könnten, erschreckte sie ebenso sehr wie das laute Rauschen des Flusses. Sie konnte sich nichts Peinlicheres vorstellen, als sich noch einmal von ihm zum Narren machen zu lassen.

Bewusst erhob sie sich betont langsam. Sie wollte nicht sitzen bleiben, damit er sich über sie beugen und auf sie hinabblicken konnte. „Was wollt Ihr?"

„Euch warnen", sagte er. „Ihr wusstet, dass niemand Euch fortschicken würde, verrückte Hexe, die Ihr seid. Aber wenn Ihr Eure Tricks noch einmal an mir versucht, dann solltet Ihr mit offenen Augen – nein, Ohren schlafen." Als er näher trat, spürte sie seinen gleichmäßigen Atem. „Oder Ihr sucht Schutz in meinem Bett."

„Wohl kaum."

Er lachte, kalt und mitleidlos. „Wo ist Eure Schwester?"

„Sie ist verschwunden." Meg fühlte sich wie betäubt. „Aber ich nehme an, das wusstet Ihr schon."

„Vermutlich. Es überrascht mich, dass Ihr mir deswegen noch keine Vorwürfe gemacht habt."

„Ihr tragt an vielen Dingen die Schuld, aber nicht an ihrem Verschwinden."

„Euer Vertrauen wärmt mir das Herz, Meg." Er strich mit der Hand über ihre Schulter bis zu ihrem Ellenbogen, zog sie näher an sich. Sie betrat feindliches Terrain. „Kommt jetzt, wärmt auch den Rest von mir."

Meg erstarrte, dann erschauerte sie. „Lasst mich los."

Sie spürte, wie starke Arme sie umfingen, sich um ihren Rücken legten. Er roch nach Holzfeuer und Ale. Verführerisch streifte er mit den Lippen ihren Mund, lockte sie. Erinnerungen an vergangene Leidenschaft mischten sich mit Schamgefühl. Sie sollte ihn schlagen. Ihn treten. Ihn hassen.

Aber sie konnte nichts anderes empfinden als dass jemand sie in der Dunkelheit hielt. Und sie hasste nichts so sehr wie ihre Isolation. Sie schmiegte sich an ihn, Hitze umfing sie beide.

„Ich dachte, Ihr würdet mich willkommen heißen, wenn Ihr

nicht auf Ada Rücksicht nehmen müsst.“

Ein alter Schmerz loderte auf und drohte sie zu überwältigen. Bedauern und das Gefühl von Verrat verursachten ihr Kopfschmerzen.

„Ihr meint wohl, Euch in mir willkommen heißen? Ich bin nicht so wie Ihr, und ich bin nicht Ada. Haltet Ihr mich für so wenig loyal?“

„Nein“, flüsterte er und küsste sie noch einmal. „Ich halte Euch für so kühn.“

„Schuft.“

„Vielleicht kümmert sich Scarlet jetzt um Euch. Seid Ihr dankbar, dass ich Euch eingeführt habe?“

„Ich bin nur dankbar, dass aus unseren Begegnungen kein Kind entstanden ist.“

„Meg, Meg, Meg.“ Er presste sie an sich. „Wollt Ihr die Geschichte neu schreiben, indem ihr leugnet, wie sehr ihr Euch an mir erfreut habt?“

Endlich arbeiteten ihr Körper, ihr Verstand und ihr Stolz wieder zusammen. Sie schlug auf seine Arme, wehrte sich, bis er sie losließ – und sie wieder allein in der Dunkelheit stand. „Geht weg von mir.“

„Dann gibt es heute Nacht nichts mehr?“

„Küsst ihn noch einmal, Meg.“ Scarlets klarer Befehl durchdrang die Nachtluft wie ein sirrender Pfeil. „Aber nur, wenn ihr noch mehr Lauge habt.“

9. KAPITEL

Verflucht seiest du, Schurke, mich so zu hintergehen.
The Downfall of Robert, Earl of Huntington
Anthony Munday, 1601

Sie wollte sich auflösen, bis niemand sie mehr sehen konnte. Vor allem nicht Will Scarlet. Wenn sie durchsichtig war, könnte sie im Wald verschwinden und mit den Tieren fliehen. Sie würde nicht die Peinlichkeit ertragen müssen, als so lüsternes Geschöpf dazustehen. Welche Leidenschaft sie für Hugo auch immer empfunden haben mochte – Sehnsucht, Hass und Furcht –, für Scarlet empfand sie das Zehnfache.

„Das geht Euch nichts an", sagte Hugo.

„Was meint Ihr, Meg?" Sie hörte, wie ein Schwert gezogen wurde.

„Genug. Hugo, ich sehe keinen Grund, unser – unser Gespräch fortzusetzen." Sie verabscheute sich, weil sie so zögernd geklungen hatte.

„Keine Sorge", warf Hugo ein. „Mir entgeht nicht viel, wenn Ihr mir Eure schmutzige Gesellschaft versagt."

Aus der Ferne hörte man, wie das Abendessen vorbereitet wurde, untermalt von Liedern; der Klang lieferte den Hintergrund für ihr Drama. Scarlet trat näher, kein Geräusch im Wald war lauter als seine Schritte. „Geht."

Höhnisch lachte Hugo auf. „Ich frage mich, ob das ganze Theater hier bedeutet, dass Ihr die Wahrheit über sie herausgefunden habt."

„Und die wäre?"

„Wenn Ihr diesen reizvollen Körper berührt, verliert sie jeglichen Stolz."

Seine Worte trafen sie wie ein Faustschlag, und Meg rang nach Atem. Verlegenheit drohte ihr die Kehle zuzuschnüren.

Das Blut rauschte ihr in den Ohren, aber sie hörte dennoch, wie die beiden Gegner einander umkreisten. Laub raschelte unter ihren Füßen. Ein Zweig knackte. Ihr Atem durchdrang die Nacht. Hatte Hugo eine Waffe gezogen?

„Geht zurück, Meg. Fünf Schritte."

Ohne Widerrede befolgte sie Scarlets Anweisung. Sie hatte jegliches Gefühl für Orientierung verloren. Nur das beunruhigende Gefühl der Angst blieb. „Tut es nicht."

„Ich bin schon den ganzen Tag schlecht gelaunt", sagte Scarlet zu Hugo. „Ihr kommt gerade recht, um meine Hiebe zu schlucken."

„Lieber würde ich gegen euren Onkel kämpfen."

„Da wären wir schon zwei. Leider haben wir nur einander."

Stahl traf klirrend auf Stahl, ein Geräusch wie berstendes Glas. Meg zuckte zusammen. Sie stolperte zurück, stieß gegen einen Baum und fühlte die raue Rinde unter ihren Fingerspitzen. Schritte, Hiebe, Stöhnen sprachen von einem Kampf. Sie konnte nicht sehen, wie die Hiebe geführt wurden, daher blieb ihr nichts anderes übrig, als auf das Stöhnen zu warten, wenn eine Klinge auf einen Körper traf. Bei jedem Klirren hielt sie den Atem an.

Einer von beiden stolperte und traf auf etwas Hartes. Einen Baumstumpf? Einen umgestürzten Stamm? Hugo stöhnte auf. Ein Schwert fiel zu Boden, das Geräusch gedämpft vom Waldboden.

„Ich sage es noch einmal", hörte sie Scarlets Stimme. „Geht jetzt."

„Wie Ihr wollt." Hugo spuckte aus und stöhnte. „Ich verstehe nur nicht, warum sich jemand die Mühe macht, für die verrückte Meg zu kämpfen."

Scarlet holte tief Luft. „Geht!"

Sie konnte nicht länger einfach nur dastehen. Blindlings gegen eine Eiche zu laufen erschien ihr besser als weiterhin zwischen diesen beiden Männern zu warten. Sie machte kehrt und stolperte tiefer in den Wald.

Trotz seiner Niederlage drehte Hugo sich um und ging davon wie ein Mann, den nichts bekümmerte.

Wills Handflächen waren schweißnass. Am liebsten hätte er sein Schwert zwischen die Augen dieses gerissenen Diebes gerammt. Aber als er so allein am Rand der Lichtung stand, blieb ihm keine andere Wahl, als Meg zu folgen. Er blickte ihr nach in die Dunkelheit, erfüllt von Groll.

Und bei allen Heiligen, der Schmerz in seiner Schulter verfinsterte seine Stimmung noch.

Ohne darüber nachzudenken, hatte er sein Schwert gezogen, als er sah, wie die beiden sich küssten. Hugos schmierige Annäherungen und seine groben Bemerkungen hatten ihn angetrieben. Aber er musste sich eingestehen, dass sich tatsächlich etwas anderes hinter seinem Zorn verbarg. Hugos Beleidigungen boten ihm die ideale Ausrede, denn er sehnte sich nach einem Kampf. Irgendeinem Kampf. Er musste die Enttäuschung loswerden, die sich in ihm aufgebaut hatte – seit Jahren, wie ihm schien. Meg weckte in ihm den Wunsch, auf etwas einzuschlagen. Irgendetwas.

Einen Baum. Sie. Hugo.

Ja, Hugo war ihm gerade recht gekommen. Aber der Mann war ein Dieb, kein Kämpfer, und das kurze Duell hatte ihm keine Befriedigung verschafft. Die wenigen Augenblicke von Freiheit, die er während des Kampfes empfunden hatte, hatten nur sein Verlangen nach mehr Erleichterung verstärkt. Doch er konnte sich nicht vorstellen, welche Art von Kampf ihn jetzt überhaupt zufriedenstellen würde. Der Grund seines Unmutes war zu gewaltig – oder vielleicht auch zu klein, wie sie so dastand in dem Gras, die Schultern gesenkt.

„Was wollt Ihr von mir, Scarlet?“ Sie klang abweisend.

„Woher wisst Ihr, dass ich es bin?“

Sie hielt den Kopf gesenkt, das Gesicht verborgen hinter zerzaustem Haar. „Ich hörte, wie Hugo stürzte. Habt Ihr ihn verwundet?“

Nicht genug.

„Würde es Euch etwas ausmachen, wenn es so wäre?"

„Natürlich", sagte sie. „Wir müssten wieder fliehen, und ich bin heute ziemlich erschöpft."

„Er wird es überleben. Ich habe ihm kaum Schaden zugefügt, nicht einmal seinem Stolz, wie es scheint."

„Ich dachte, Ihr beide würdet eher prahlerische Geschichten austauschen als kämpfen."

Er ging auf sie zu. „Ihr meint, ich wäre genau wie er?"

„Nein, Ihr seid schlimmer." Ruhelos knetete sie den blauen Wollstoff ihres abgetragenen Rockes, der in der Nacht beinahe schwarz wirkte. „Ihr seid selbstsüchtig und betrügerisch, und doch gebt ihr Euch mir gegenüber höflich. Bei Hugo weiß ich, woran ich bin."

„Er ist ein Schwein."

Sie lachte und hob den Kopf. „Ja."

„Und was bin ich?"

„Verwirrend." Sie wurde ernst und streckte die Hand nach seiner verwundeten Schulter aus. „Ein Klotz an meinem Bein."

Unter der Berührung ihrer heißen Finger wich er zurück, auch wenn sie die einer Fremden zu sein schien. Die Frau, die seine Haut gestreichelt, ihn geküsst und geschmeckt hatte, stand nur ein Stück weit von ihm entfernt, doch sie hatte sich so tief in sich selbst zurückgezogen, dass er ihre nächtliche Begegnung genauso gut geträumt haben könnte. Sie schien für den Kampf gewappnet, aufs Äußerste gespannt zu sein, und doch erkundigte sie sich nach seiner Wunde.

Nur mit Mühe vermochte er seine Abneigung zu verbergen.

„Tut es sehr weh?", fragte sie.

„Der Schmerz ist nicht so groß wie jener, den die Lauge verursacht hat."

„Wenn Ihr irgendwann aufhört, Euch über die Beschwernisse der Heilung zu beklagen, dann hat die Lauge mehr als ein Wunder bewirkt."

„Ihr habt mich vergiftet.“

Ihre Miene wurde starr, als würde ihr Gesicht mit Eis überzogen. „Ich habe Euren Schmerz gelindert.“

„Ich hörte, im nächsten Leben wäre jeder Schmerz vorüber.“

„Wenn ich Euren Tod wünschte, dann wäret Ihr tot.“

„Verzeiht mir meine Verwirrung“, sagte er, öffnete und schloss seine Hände. Erst die linke, dann die rechte. Und noch einmal. „Ich habe in der vergangenen Nacht die unterschiedlichsten Botschaften empfangen. Was genau wolltet Ihr?“

„Euch. Aus meinem Kopf vertreiben.“ Sie stieß die Worte hervor, als wollte sie einen Dämon verjagen.

„Wenn es so schrecklich war, warum habt Ihr dann bei mir gelegen?“

„Mir gefiel Euer Geruch.“

Will schnaubte. „Mehr braucht Ihr nicht?“

„Betrachtet Euch als unwiderstehlich oder mich als verzweifelt. Es ist mir egal. Aber ich möchte wetten, dass Ihr keine besseren Gründe hattet.“

„Da Ihr auf mir gelegen habt, blieb mir kaum eine andere Wahl.“

„Dem hättet Ihr auf einfache Weise Abhilfe schaffen können. Mit einem Nein. Aber letzte Nacht hörte ich nichts dergleichen von Euch.“ Sie lachte höhnisch und gab ihm das Gefühl, ein Narr zu sein. „Jetzt lasst mich in Ruhe.“

Am liebsten hätte er aufgelacht. Sie war zwei Handbreit kleiner als er, blind, verhasst und gefürchtet von den Bauern, die sie widerstrebend aufgenommen hatten – und sie schickte ihn fort. Ja, er hätte gern gelacht, aber er war zu sehr damit beschäftigt, sich gegen die Stiche zu wehren, die sie seinem Stolz versetzt hatte.

Ein Erinnerungsfetzen tauchte auf. Ihm fiel ein, wie sie Hendon verlockt hatte, indem sie behauptete, mit dem Erben des Earls in Verbindung zu stehen. Unerwartete Eifersucht durchfuhr ihn, als er sich Meg und den Edelmann zusammen vorstellte.

Nein. Er konnte es sich nicht leisten, so zu denken. Marian. Sicherheit. Seinen Namen reinwaschen. Er hatte schon zu viel Zeit vergeudet. Nichts sonst ging ihn etwas an, nicht einmal die seltsame blinde Frau, die er Finch übergeben würde.

„Ich nehme an, Ihr habt keine Verwendung für mich, solange Ihr Dryden habt."

Der gleichmäßige Rhythmus, mit dem ihr Atem ihr Mieder gehoben und gesenkt hatte, stockte. „Wie bitte?"

„Ihr sagtet es zu Hendon. Dass Ihr den Sohn des Earls näher kennt."

„Ich habe gelogen."

„Stimmt das?"

Ihre unergründliche Miene verriet ihm nichts. „Ihr scheint nicht mitbekommen zu haben, dass ich sage, was nötig ist, um mein Ziel zu erreichen."

„Das ist keine Antwort."

„Nein. Es ist ein Urteil über Euer Wahrnehmungsvermögen. Er ist der Erbe des Earls und wird mir anstelle seines Vaters helfen."

„Ich traue ihm nicht."

„Oh, das ist gut, Scarlet! Er schlägt Euch im Zweikampf, und damit ist er nicht vertrauenswürdig."

Ihr leerer Blick war auf ihn gerichtet, konfrontierte ihn mit dem sichtbaren Zeichen ihrer Blindheit. Allmählich verstand er, dass es ein Zeichen der Herausforderung war, denn sie tat das nur, wenn ihr keine anderen Möglichkeiten mehr blieben oder wenn die Gefühle sie zu überwältigen drohten.

„Er ist bei dem Hinterhalt geflohen", sagte er. „Sein Vater wurde erschlagen, aber er blieb nicht, um zu kämpfen."

„Entsetzen. Angst. Ich bin sicher, Ihr habt beides empfunden."

Er musste zugeben, dass er aus lauter Angst angegriffen hatte, aber Will war noch nie vor einem Kampf davongelaufen, wenn er damit seine Waffenkameraden im Stich ließ. Er starrte auf Megs Lippen, hasste sich für den plötzlichen Wunsch, ihr seinen Wert zu beweisen, mochte es auch nur mit Worten sein. Aber alles, was mit Wert, Kühnheit und Mut zu tun hatte, rührte zu sehr an unerwünschte Erinnerungen. Er presste die Lippen zusammen und strich mit dem Daumennagel über die lange verheilte Narbe an seiner Handfläche, die einen deutlich fühlbaren Wulst bildete.

„Ihr traut ihm auch nicht", sagte er schließlich.

„Woher wollt Ihr das wissen?"

„Warum verheimlicht Ihr ihm, welche Rolle ich bei Adas Festnahme gespielt habe?"

Sie runzelte die Stirn. „Das geht ihn nichts an."

„Weil Ihr ihm nicht traut."

„Hört auf damit!"

Sie ballte die Hände zu Fäusten und stürzte sich auf ihn. Vielleicht bewegte sie sich langsamer, weil sie müde war, oder er hatte gelernt, sich vor ihren wütenden Angriffen zu schützen, die sie so schnell einsetzte. Schmeicheln. Herausfordern. Angreifen. Allmählich erkannte er das Muster hinter ihrem Verhalten. Jedenfalls packte er ihre schmalen Handgelenke und fing so ihre Schläge ab. Zwei Mal drehte er sie herum und stieß sie von sich. Meg taumelte und fiel in das Laub.

Sie rappelte sich wieder auf und wich vor ihm zurück. Will verspürte den kindischen Wunsch, den Atem anzuhalten, um sich vor ihren aufmerksamen Ohren zu verbergen, aber ein Anflug von Verlangen erschwerte ihm diese Aufgabe. Mit ihr zu ringen spielte seiner Selbstbeherrschung einen Streich.

„Ihr braucht mich immer noch", stieß er mit zugeschnürter Kehle hervor.

Meg fuhr herum. „Das ist lächerlich."

„Kennt Ihr Nottingham? Oder das Schloss? Nein."

„Aber Ihr kennt es vermutlich."

Er runzelte die Stirn. „So wie ich meinen Vater kenne."

„Nein, nein“, wehrte sie ab. „Ihr würdet mir vermutlich mehr Schwierigkeiten bereiten, als Ihr mir nützen könntet.“

„Wie das?“

„Wenn Euch der Sheriff sein Ohr leiht und Ihr ihm verratet, dass ich die eigentliche Alchemistin bin, dann wäre das Leben leichter für Will Scarlet.“

Ihre Blindheit hatte ihm nur Schwierigkeiten bereitet. Sie hätte seinen Namen reinwaschen oder ihre gemeinsame Flucht durch den Wald erleichtern können. Aber in diesem Augenblick war er froh über ihre Unvollkommenheit. Er war darauf vorbereitet gewesen, einen körperlichen Angriff abzuwehren, aber er hatte nicht damit gerechnet, dass sie so klar erkannte, was auf dem Spiel stand. Er ertappte sich dabei, dass er sie überrascht anstarrte.

„Das mag stimmen, aber ich brauche Dryden genauso sehr, wie Ihr ihn braucht“, gestand er. „Er ist der Einzige, der mir helfen kann, meinen Namen reinzuwaschen. Zumindest könnte er meinen guten Willen bestätigen, weil ich Euch zu Hilfe gekommen bin.“

„Ich wusste, Ihr hattet niedere Beweggründe.“

„Ihr habt mich verwundet.“

„Nein, ich habe Euch geheilt.“

Er verschränkte die Arme. „In Anbetracht unseres Bündnisses sehe ich da kaum einen Unterschied.“

„Ihr meint, wenn wir uns Drydens Einfluss in gewisser Weise beide zunutze machen, habt Ihr keinen Grund, mich zu betrügen?“

Doch er hörte das Misstrauen in ihrer Stimme. Wenn er Meg nach Nottingham bringen wollte, musste er sich ihrer vollkommenen Loyalität sicher sein. Keine Tränke, keine Tricks, kein Grund, ihn wegen Drydens Rang zu verlassen und stattdessen auf dessen unzuverlässige Tapferkeit zu bauen. Sie musste freiwillig mitkommen, und sei es nur um seiner geistigen und körperlichen Gesundheit willen.

Aber wie sollte er sie überzeugen? Die Wahrheit kam offensichtlich nicht infrage; sie erinnerte zu sehr an seine Missetaten, da spielte es keine Rolle, dass er sich um die Sicherheit von Robins Familie sorgte. Und wenn Hugo als Beispiel für ihre Verbündeten stehen sollte, dann würde sie Altruismus niemals anerkennen.

Der betrügerische, lüsterne, gierige Hugo.

Will grinste. „Und wenn Ihr mir ein paar dieser gefälschten Smaragde anbietet, dann würde ich das Angebot annehmen."

„Ihr schmieriger, schäbiger Mistkerl." Sie trat zu ihm und legte einen Finger auf die lederne Rüstung, die er trug. „Ihr habt meine Schwester verhaftet. Ihr solltet mich um Verzeihung anflehen, statt einen Preis für Eure Dienste zu fordern."

„Um ehrlich zu sein, ist der Preis nicht hoch", sagte er. „Wie groß kann das Opfer schon sein, sich von gefälschten Edelsteinen zu trennen? Edelsteine, die Ihr herstellen könnt?"

„Das Opfer besteht darin, Euch zu geben, was Ihr haben wollt."

Er strich mit dem Daumen über ihre Unterlippe und fühlte, welche Macht er hatte, als sie zurückzuckte. Ein Teil von ihm, der lustvolle Teil, rechnete mit der süßen Berührung ihrer Zähne, dass sie mit ihm kämpfte, ihn biss. „Ich habe von Euch schon bekommen, was ein Mann von einer Frau haben will."

Sie schlug seine Hand weg. „Kastrierter Bastard."

„Wenn ich kastriert wäre, hättet Ihr es schon bemerkt."

„Ihr seid nicht besser als Hugo."

Braves Mädchen.

„Zwei Männer, die für Euch arbeiten, sind besser als einer. Eure rücksichtslose Seele weiß das."

„Zum Teufel mit Eurem Angebot", fauchte sie.

„Nein, der Teufel machte Euch gerade ein Angebot. Lasst Euch von mir nach Nottingham begleiten."

10. KAPITEL

„Sie nennen sie weise,
ich sage: verrückte Hexe."
– Will Scarlet
The Sad Shepherd: Or, a Tale of Robin Hood
Ben Jonson, 1641

Meg rieb sich die Augen, die brannten von mangelndem Schlaf. Die zweite Nacht unter freiem Himmel, so verletzlich in der Umgebung von Fremden und Feinden, hatte es sinnlos gemacht, auf dem Waldboden liegend auf Schlaf zu hoffen. Auch wenn es ihr unmöglich erschien, sich von der Kühle der späten Herbstnacht zu erholen, wartete sie darauf, die Morgensonne auf der Haut zu spüren, als Zeichen dafür, dass diese entsetzliche Nacht ein Ende fand.

Sie hätte jeden Tropfen Blut gegeben, um zu den Träumen von Feuer zurückkehren zu können. Alles hätte sie darum gegeben, um die albtraumhaften Visionen verscheuchen zu können, die sie ertragen musste. Visionen von Will Scarlet.

Seit sie von ihrer Krankheit heimgesucht worden war, hatte sie von nichts anderem als von Feuer geträumt, ein allnächtlich wiederkehrendes Muster, das sie mit seiner Gleichförmigkeit und seinem Rhythmus beschwichtigte. Bei Tage ertrug sie das endlose Schwarz, aber in ihren Träumen sah sie Gold, Bernstein, Honig und Apfel. Blaue Blitze. Weiße Sterne. Die Farben des Feuers.

Kein einziges Mal hatte sie von einem Mann geträumt. Nicht einmal von Hugo.

Was sie bei Tage von Will Scarlet nicht sehen konnte, zeigte ihr der Geist im Schlaf mit verblüffender Deutlichkeit. Die kantigen Züge seines Gesichts. Der überhebliche Zug um seine Lippen, wenn er sie neckte oder küsste. Das feine gelockte Haar auf seiner Brust, das einen Pfad zu seinen harten Lenden bildete. In jener Nacht hatte sie mit gespreizten Beinen auf ihm gesessen, aber im Traum war er über ihr, bedeckte sie mit der erschreckenden Unnachgiebigkeit und Macht fester männlicher Muskeln.

Sie wollte mehr, wollte mehr kennenlernen. Von seinen Farben wusste sie nichts. Hatte er braunes Haar oder blondes? Dunkle Augen? Helle Haut? Die Kombinationen faszinierten sie, als sie die endlosen Möglichkeiten durchging. Und dabei fühlte sie die ganze Zeit, wie die Erinnerung an seine Zunge in ihrem Mund und der Nachhall seiner sinnlichen Stimme eine köstliche Glut zwischen ihren Schenkeln erweckte.

Meg drückte mit einem Finger gegen ihr Auge. Hätte sie nur eine Spur von Mut, nur etwas Würde, dann würde sie den Finger tiefer pressen und Scarlet aus ihren Gedanken verbannen. Aber sie besaß nichts davon, nur ein heftiges Verlangen, sich an jede verbotene Erinnerung zu klammern.

Sie rieb sich die Hände, hielt sie über das Feuer und wartete darauf, dass das Gefühl in ihre erstarrten Finger zurückkehrte. Das vertraute Knistern der Flammen beruhigte sie, lullte sie ein. Es wärmte ihre Beine durch den Stoff hindurch, verlockte sie mit seinem vertrauten und gefährlichen Ruf.

Feuer – willkommen, verlässlich und weitaus ungefährlicher als alle Gedanken an Will Scarlet.

Gewöhnlich pflegte sie das Feuer mit Holz, Wachs und Stoff zu nähren. Als ihre Neugier zunahm, versuchte sie es auch mit anderen Dingen zu füttern. Übung und wiederholtes Ausprobieren lieferten die Ergebnisse, die sie im Buch ihres Vaters beschrieben fand. Wenn man Bitumen erhitzte, ergab es Teer. Zinnobersteine ergaben geröstet Quecksilber, das seltsame flüssige Metall. Seewasser mit Ton zusammen zu sieden ergab Salzsäure. Sie wiederholte ihre Versuche, freute sich über die vorhersehbaren Muster der Natur im Zusammenspiel mit Feuer, vor allem, weil die Natur ihr einen so unerwarteten Streich gespielt hatte.

Hier auf der Lichtung hätte sie mit diesen Flammen gespielt, wenn sie allein gewesen wäre. Aber zahllose Augenpaare verfolgten jede ihrer Bewegungen – Jacob neben ihr, Hugo, der irgendwo im Lager herumlungerte. Und sie wusste, dass Scarlet sie beobachtete. Sie spürte seine Blicke auf ihrem Nacken, die sie daran erinnerten, dass die Hitze, die sie bei ihrem rätselhaften Beschützer erfahren hatte, weitaus gefährlicher war als irgendeine lockende Flamme.

Und noch immer stand sein Angebot zwischen ihnen.

„Wir gehen zu meiner Hütte", sagte sie.

Will, der auf der anderen Seite des Feuers lag, bewegte sich und gähnte. „Nein. Nach Nottingham."

Meg legte ihre Hände um einen Lederschlauch mit Ale und trank; sie hoffte, dass Scarlet die Nacht ebenso schlecht ertragen hatte wie sie. „Zuerst in meine Hütte."

Er fluchte, und als er sprach, klangen seine Worte undeutlich. „Eure Schwester hält sich in der Stadt auf. Dryden kann unser Treffen mit dem Sheriff erleichtern. Warum es aufschieben? Welchen Vorteil gewinnen wir von einem Umweg?"

Als Jacob den Schlauch genommen hatte, zerdrückte sie gedankenlos Blätter und warf sie ins Feuer. „Die Person, die meiner Schwester am meisten nützen kann, bin ich, und ich werde nicht ohne Ausrüstung in die Stadt gehen."

„Und mit anderen Kleidern", fügte Jacob hinzu.

„Oh, und Jacob kommt ebenfalls mit, auch wenn er zu viel redet."

„Warum?"

„Er empfindet große Zuneigung für Ada, ein Gefühl, das wir gemeinsam haben."

Der jüngere Mann sprach mit vollem Mund. „Das und eine Vorliebe für Explosionen."

„Asem wäre auch eine Bereicherung."

„Ich habe Asem nur Stöckchen holen sehen", gab Scarlet zu bedenken. „Die beiden wären nur eine Last."

Er sprach mit der gepressten Stimme, die er immer hatte, wenn er ärgerlich wurde und die Worte zwischen zusammengebissenen Zähnen hervorstieß. Seinen Zorn zu erregen verlieh ihr Selbstvertrauen und vertrieb die verwirrenden Vorstellungen. Sie hob ihr Gesicht zum Himmel. Noch immer kein Sonnenschein.

„Jacob kennt sich in Charnwood aus", sagte sie. „Er kann uns den schnellsten Weg zu meiner Hütte und nach Nottingham zeigen, außer Ihr möchtet noch mehr Zeit in diesen Wäldern verbringen, die Ihr so abscheulich findet."

Sein Schweigen bot ihr keinen Hinweis auf seine Gedanken. Die lange Pause lenkte ihre Aufmerksamkeit wieder auf die Flammen. Da alles brannte, was sich in Reichweite befunden hatte, suchten ihre rastlosen Finger nach einer neuen Beschäftigung. Sie zog ein Stück getrocknetes Fleisch aus ihrem Beutel und zupfte Streifen ab. Für jedes Stück, das sie aß, warf sie ein weiteres ins Feuer.

„Na schön. Jacob kann mitkommen."

Sie stand auf und streckte sich. „Will Scarlet trifft eine Entscheidung, und das alles ganz ohne den geheiligten Robin Hood."

Scarlet erhob sich ebenfalls und spürte, dass sie vor der zornigen Enttäuschung, die von ihm ausging, zurückweichen wollte. „Verdammt seien die falschen Edelsteine. Ich bin bereit, die Konsequenzen zu tragen, wenn Ihr scheitert", sagte er.

Seine Stimme klang verärgert und warf in ihr wieder die Frage nach seinem Verhältnis zu Robin Hood auf.

Sie lächelte. „Wenn Ihr wollt, geht schon voraus nach Nottingham."

„Und wo werdet Ihr bleiben?"

Sie umfasste seine Unterarme und stand beinahe auf den Zehenspitzen, um sein Ohr zu erreichen. „Ich werde hier bleiben. Im Wald. Mit zwei Dutzend Bauern, die mich für eine Hexe halten. Und mit Hugo als ihrem Anführer."

Er grub die Finger in die Haare an ihrem Nacken und zog Meg näher an sich. Sie spürte seine raschen Atemzüge an ihrer Nase und ihrer Stirn. „Ihr verwendet das bisschen Höflichkeit der vergangenen Nacht gegen mich."

„Und Euer Gewissen, Scarlet. Vergesst das nicht. Es arbeitet Euren Ambitionen entgegen." Anerkennend drückte sie die Muskeln an seinen Unterarmen und holte so tief Luft, dass es beinahe wie ein Seufzen klang. „Herrlich."

„Hört auf damit."

„Womit?"

„Ihr sagt, was nötig ist, um zu bekommen, was Ihr wollt."

Er stieß sie von sich, als wollte er ein gefährliches Tier ins Unterholz schleudern. Oh, wie sehr es ihr doch gefiel, wenn er die Selbstbeherrschung verlor.

„Ihr meint also, dass ich nur vorgebe, Euren Körper zu schätzen?"

„Ist meine Schlussfolgerung so absurd?"

Sie lachte. „Wenn ich mit einer Situation fertig werde, ohne dass Lügen nötig sind, dann gebe ich mich mit der Wahrheit zufrieden. Es ist nicht nötig, ein reines Gewässer zu trüben."

„Hexe", sagte er. „Ein besseres Wort für Euch fällt mir nicht ein."

„Ich wette, es fehlt Euch an Originalität."

Hugo hätte sie geschlagen, hätte sie es gewagt, so mit ihm zu sprechen, doch Scarlet – fast konnte sie hören, wie er mit den Zähnen knirschte. Sie bedrängte ihn, immer wieder – und dennoch wurde er nicht gewalttätig. Aber die unterschiedlichen Gefühle, die er in ihr weckte, erschreckten sie auf bisher unbekannte und unberechenbare Weise, verlockten sie, noch mehr Risiken einzugehen.

Des Teufels Angebot, in der Tat.

Asems lautes Gebell erregte jedermanns Aufmerksamkeit. „Was ist los, Jacob?"

Aber Megs Frage blieb unbeantwortet. Jacob umfasste die Leine seines Hundes, doch es gelang ihm kaum, das starke Tier zurückzuhalten. Es hielt die Nase auf ein Gebüsch gerichtet, das in dem Morgennebel geisterhaft wirkte, bleckte die Zähne und zerrte an der Leine.

Will drückte Megs Arm, ohne dass ihm bewusst war, danach gegriffen zu haben. „Holt Eure Sachen. Rasch."

Widerspruchslos drehte sie sich um und nahm nichts außer ihrem neuen Wanderstock. „Wer schleicht sich da an?"

„Ich will nicht das Risiko eingehen, es herauszufinden. Ihr?"

„Ich? Risiken eingehen?"

„Dryden, kommt. Weg von hier."

Vollkommen unerwartet sprangen drei Männer aus dem Gebüsch. In den Fäusten hielten sie weder Schwerter noch Schilde, als sie in Windeseile die Lichtung überquerten. Ihre reich verzierten Mäntel blähten sich hinter ihnen, und ihre Gesichter waren von Angst und Schweiß gezeichnet.

Verwirrung breitete sich auf der Lichtung aus. Bauern, die bei ihrem Frühstücksmahl gesessen hatten, standen auf und riefen wild durcheinander, ergriffen ihre Waffen, wichen den Männern aus.

Dryden nahm seine Habseligkeiten auf und stellte sich zu Will und Meg. Das Gesicht hinter dem Bart drückte Überraschung und Besorgnis aus. „Was ist das? Monthemer!"

Aus dem Trio löste sich ein blonder Mann und rief Drydens Namen. Er drängte seine beiden Begleiter, zurückzukommen. „Cousin! Hinter uns! Sie haben Mordabsichten!"

Ein Dutzend maskierte Marodeure stürmten auf die Lichtung. Mit Klingen hieben sie auf die Unterstände ein, und ihre Pfeile sirrten durch die Luft.

Asem riss sich los und stürmte mitten in die Gruppe der Eindringlinge. Jacob rief zwar seinen Hund beim Namen, schien aber nicht bereit zu sein, sein Leben zu opfern, indem er ihm nachlief. Er trat näher zu der kleinen Gruppe und lud seine Armbrust. Drydens Cousin zog einen Dolch, seine Miene wirkte entschlossen, die Panik war daraus verschwunden. Er war sehniger und kleiner als der dunkle, muskulöse Dryden, ein helles Abbild seines Cousins.

Meg runzelte die Stirn. „Sie tragen Kettenhemden. Sind es Soldaten?"

„Sie hat recht", sagte Dryden und zerrte an seinem Helm. „Ich höre das Metall."

Furcht klang in Drydens Stimme. Was war aus dem entschlossenen Krieger geworden, gegen den Will beim Fluss gekämpft hatte?

Die zerfetzten Tuchgewänder verbargen vollständige Kettenhemden. Noch ehe Asem angriff, zerstreuten sich die Eindringlinge, verteilten sich mit der Präzision ausgebildeter Krieger über die Lichtung und kreisten die Gruppe ein. Dies waren keine gewöhnlichen Straßenräuber.

Doch Will hatte keine Zeit, weiter darüber nachzudenken. „Allerdings versuchen sie, sich einen anderen Anschein zu geben. Noch etwas in dem Beutel da, Meg?"

„Das Letzte habe ich gestern verbraucht."

„Wir müssen uns unseren Weg erkämpfen, wenn wir hier weg wollen."

„Geht voran."

„Oh nein", sagte er. „Soldaten, Gefahr, ein blindes Mädchen. Das gehört nicht zusammen. Und wenn Ihr tot seid, könnt Ihr Eurer Schwester nicht mehr helfen." Ohne weitere Umstände stieß er sie in ein dichtes Gebüsch. „Ihr bleibt in dem Versteck, bis wir freie Bahn haben. Versprecht es mir."

Sie lächelte, sagte nichts und zog sich tiefer in die Deckung zurück.

In diesem Augenblick griff ein Mann ihn von hinten an. Will sprang zur Seite, um einem Schwerthieb auszuweichen, hastete weg von Megs Versteck. Sein Gegner folgte ihm. Will duckte sich und zog die Waffe. Während er jeden Hieb abwehrte, bewegte er sich dorthin, wo Dryden und die anderen einem weiteren Paar verkleideter Soldaten entgegentraten. Sein Fuß verfing sich in der Wurzel eines knorrigen Baumstamms, er fiel hin, das Schwert entglitt seiner Hand.

Als der Gegner zu einem tödlichen Hieb ausholte, schlang Will sein rechtes Bein um dessen Knie, sodass er nach vorn fiel, während sein Schwert sich neben Wills Kopf in den Boden bohrte. Aus dem Gürtel des Mannes zog er einen Dolch und stieß ihn zwischen dessen Schulterblätter.

Dann holte er sein Schwert wieder, und als er sich umdrehte, sah er, wie Jacob einen Pfeil zwischen die Augen eines Mannes schoss, der sich zu ihnen wandte. „Hab Dank", sagte er.

Der Junge tauschte seine Armbrust gegen ein Paar exotisch aussehender Krummmesser. „Wenn wir nach Norden gehen, werden die Sümpfe uns bei der Flucht helfen."

„Sümpfe? Ich glaube, Bäume wären mir lieber."

„Alles ist besser als das hier."

Will ging zu dem nächsten Unterstand und nahm einem toten Waldmann den Bogen weg. Er zog drei Pfeile aus einem Köcher, steckte sie in den weichen Erdboden und kniete nieder. Ohne sich viel Zeit zum Zielen zu nehmen, feuerte er sie rasch hintereinander ab. Der Schmerz in seiner Schulter beeinträchtigte seine Zielsicherheit, aber es gelang ihm, zwei der Marodeure zu treffen. Der Erste fiel und rollte zur Seite, wobei er sich den Oberschenkel umklammerte. Der andere krümmte sich und stürzte dann zu Boden. Ein Pfeil ragte aus seinem Bauch.

Will sah sich in dem Chaos um, auf der Suche nach Verbündeten. Hugo, Fuller und die anderen Bauern hielten die Stellung; sie standen bewaffnet und kampfbereit in kleinen Gruppen um die Unterstände, doch die Straßenräuber waren wählerisch und achteten nicht mehr auf sie. Sie schienen nur Augen für die drei Männer zu haben, die neben Jacob und Dryden kämpften.

Und dann sah er Meg.

Fast ganz verborgen in dem Durcheinander, kniete sie hinter dem höchsten Gebäude auf der ganzen Lichtung, einem Unterstand aus Lehm und Zweigen, groß genug für vier Menschen. Sie schnitt sich mit einem Dolch ihr Haar ab und häufte einzelne dunkle Locken auf einen kleinen Stapel Reisig.

Er begriff, was sie vorhatte, noch ehe sie einen Feuerstein aus ihrem Beutel zog. Sofort warf er Bogen und Köcher weg und rannte los, wich Zweikämpfen aus, sprang über leblose Körper, aber der erste Funke genügte ihr. Das Haar und der Reisig gingen in Flammen auf, erfassten den Unterstand. Meg saß vor dem allmählich größer werdenden Feuer wie ein Priester bei der Messe – hingegeben und voller Anbetung. Gesicht und Hände hob sie der aufsteigenden Hitze entgegen.

Will rutschte auf einem feuchten Grasfleck aus, fiel hin und landete unmittelbar neben ihr. Rauch stieg ihm in den Mund, er krümmte sich und hustete. Mit geschlossenen Augen packte er Megs Handgelenke und zog sie weg von den Flammen. Erst als sie in sicherer Entfernung waren, drehte er sich um, nahm ihr Gesicht in beide Hände und schob ihr die wilden Locken zurück.

„Seid Ihr verletzt?"

Ihre Miene wirkte weiterhin ehrfurchtsvoll. Leise lächelte sie vor sich hin und atmete mit bebenden Nasenflügeln tief die raucherfüllte Luft ein. „Sagt mir, wie es aussieht."

Er starrte sie an. „Was?"

„Beschreibt es mir. Das Feuer."

Sie drehte sich dem Inferno zu, doch sie konnte nichts sehen von der Zerstörung. Gelbe und goldene Flammen stiegen zum Himmel auf, ließen glühenden Regen über dem Tal niedergehen. Boshafte Winde trieben das Feuer von Unterstand zu Unterstand, bis die halbe Lichtung glühte von der sengenden Hitze. Menschen, die ihren Tag in den unbehauenen Bauwerken begonnen hatten, liefen schreiend davon, um sich in Sicherheit zu bringen, nahmen ihre Liebsten mit und die wichtigsten

Besitztümer, während die Flammen ihnen im Rücken saßen.

„Ihr wollt doch eigentlich gar nicht wissen, was ich sehe."

„Das stimmt nicht", gab sie schroff zurück. „Zeigt mir Elend und Pestilenz, und ich würde es mit Vergnügen ansehen."

Will umfasste ihren Arm und zerrte sie in das Unterholz. Sie stolperte. Ein Mal, noch ein Mal. „Ich glaube fast, Ihr wehrt Euch absichtlich."

„Ich glaube fast, es macht Euch Spaß."

„Was? Euer tollpatschiges Verhalten?"

„Nein. Eine Ausrede zu haben, um mit mir böse zu sein."

Er fuhr herum und stieß sie von sich. Zorn und Empörung erfassten ihn. Sie besaß die Fähigkeit, ihn innerhalb eines Augenblicks von einem Feind zu einem Beschützer zu machen, von einem Wahnsinnigen zu einem Weisen. Und das brachte ihn fast um den Verstand. „Ihr habt die Lichtung angezündet."

„Ich habe Euch das Leben gerettet!"

„Diese Menschen – das war vermutlich alles, was sie besaßen!"

„Was für ein verlogener Mist." Verächtlich sah sie ihn an. „Ohne mich hätten sie Euch aufgehängt. Ihr regt Euch nur auf, weil ich Euch wieder gerettet habe."

„Ich rege mich auf, weil der Schaden, den Ihr anrichtet, Euch überhaupt nicht zu interessieren scheint."

„Eure Skrupel scheinen Euch wichtiger zu sein als Euer Überleben. Das mache ich nicht mit."

„Es war nicht nötig, Meg." Rastlos fuhr er sich durchs Haar. Noch immer roch er das Feuer. „Diese Männer waren verkleidete Soldaten, wir Ihr gesagt habt. Aber sie wollten nicht die Waldmänner."

Der Mann mit dem silberblonden Haar durchbrach das Dickicht, Dryden und Jacob folgten ihm auf dem Fuße. In dem geisterhaften Rauchschleier erschien seine weiße Haut gespenstisch. „Ihr habt recht, Scarlet", sagte der blasse Mann. „Sie waren hinter mir her."

11. KAPITEL

Er glaubte, sein Vergehen bliebe ungesühnt,
entschlossen, sich in den Wäldern zu Robin Hood
zu gesellen. Und doch war es ratsam,
seinen Namen zu ändern. Er wurde getauft,
ohne den Segen eines Priesters,
mit Wein statt Wasser, auf den unvergesslichen
Namen Scarlet.
Maid Marian
Thomas Love Peacock, 1822

Die Gruppe wandte sich nach Norden und eilte durch den Wald. Dryden stellte ihnen seinen jüngeren Cousin als Stephen, Baron of Monthemer vor. Die beiden anderen Männer, Monthemers Begleiter, waren nirgends zu finden. Meg hatte während des Angriffs auch ihren zweiten Wanderstab verloren und hielt sich daher an Jacobs Arm fest. Asem lief hinter ihren her, hechelnd und offensichtlich unverletzt.

„Was ist da hinten passiert?", fragte Dryden.

Monthemers Stimme klang blechern, erschöpft und sehr besorgt. „Mein Vater und ich kamen von Uppingham und waren auf der Leicester Road unterwegs. Diese Straßenräuber haben ihn umgebracht. Meine Männer und ich sind seit gestern Abend auf der Flucht."

Meg erschauerte. Ihre Schwester war nur verschwunden – das war alles, aber es war schon schlimm genug. Und nun lief sie durch den Wald mit Edelmännern, deren Väter ermordet worden waren. Sorgen trafen auf Sorgen, und all das weckte in ihr eine böse Vorahnung. „Waren es Finchs Männer, Milord?"

„Ich weiß es nicht."

„Aber damit sind zwei Whitstowes in den letzten beiden Tagen gestorben", sagte Dryden, der ebenso erschöpft klang wie sein Cousin.

„Zwei, Cousin?“

„Meines Vaters Gruppe wurde ebenfalls überfallen. Finchs Mann Carlisle führte den Angriff an.“

„Bei allen Heiligen“, sagte Monthemer leise. „Mein Beileid.“

Scarlet hieb mit seinem Schwert durch das Gehölz. „Kann man jetzt davon ausgehen, dass mein Bericht über diesen Angriff allmählich an Bedeutung gewinnt?“

„Das würde ich einräumen, ja“, entgegnete Dryden. „Was vermutet Ihr?“

„Ich vermute, wir brauchen einen sicheren Ort, um uns zu sammeln.“ Bisher waren sie nach Norden gegangen, jetzt ließ er sie anhalten. „Meint Ihr nicht auch, Meg?“

Seine Worte klangen ärgerlich, und es schien, als wollte er ihr einen Waffenstillstand anbieten. Vielleicht fühlte er dasselbe wie sie – eine dunkle Vorahnung. Und das Bedürfnis, sich verlassen zu können auf unsichere Verbündete im Angesicht von ernsteren Gefahren.

Sie nickte. „Also in meine Hütte.“

Am späten Nachmittag erreichten sie Megs Hütte; sie schlichen durch das Unterholz wie Flüchtlinge, zu denen sie geworden waren. Will betrachtete die Hütte, die aus einem Raum bestand. Eine nüchterne Haltung wäre ihm lieber gewesen, aber er konnte seine Neugier nicht leugnen, mit der er ihr Heim betrachtete.

Die unauffällige Hütte wäre sicherlich eine angemessene Unterkunft für irgendeinen Händler oder erfolgreichen Bauern – abgesehen von dem Laboratorium.

Meg ging ohne Hilfe und sehr zielsicher zum Laboratorium und strich mit der Hand über die hüfthohe Arbeitsplatte. Sie betastete alles, was auf der Oberfläche lag: Eine Öllampe auf einer freistehenden Plattform, Teller, verschiedene beschriftete Behälter, Kochtöpfe in unterschiedlichen Größen, eine Waage, ein Stößel, ein Mörser. Sie untersuchte sie behutsam, aber gründlich. Ihre Miene war ausdruckslos, abgesehen von einem kleinen Lächeln.

Auf irgendeine Weise hatte sie das Sehvermögen eingebüßt, aber wenn sie an einem Ort wie diesem lebte, dann hatte offenbar auch ihr Geruchssinn Schaden genommen. Die abgestandene Luft in der Hütte roch, als hätte man feuchte Kleidungsstücke in der Wärme zu lange herumliegen lassen. Der beißende Geruch von Chemikalien, der stets gegenwärtige Essigduft, der schwere Geruch nach Dung bissen ihm in die Nase. Die Bündel getrockneter Wildblumen, die an Balken und Pfosten aufgehängt waren, trugen nicht dazu bei, den Gestank zu vertreiben.

Auch wenn er gegen seinen Willen neugierig war auf Megs Wohnort, so konnte er hier nicht bleiben. Mit eingezogenem Kopf ging er nach draußen, selbst überrascht, dass er den recht angenehmen Duft von Blättern und Tannen vorzog – obwohl er die Baumwipfel noch immer verabscheute, die ihm den Blick auf den Himmel versperrten. Eine Windböe riss trockene Blätter von den Zweigen und kündete unmissverständlich von nahenden Wintertagen.

Dunkle Erde umgab die Hütte, und eine Reihe bestellter Beete lag zur Rechten. Trotz des tierischen Geruchs sah er weder Vieh noch Ställe.

Dryden, der neben seinem Cousin stand, hielt sich die Ecke eines braunen Wollschals vor Mund und Nase. „Was für ein seltsamer Ort."

„Was für ein seltsames Mädchen", sagte Will.

„Wie groß ist die Wahrscheinlichkeit, dass sie auch nur die Hälfte von dem kann, was sie zu können behauptet?", fragte Dryden.

Verstimmt von der abwehrenden Reaktion auf seine Worte, zuckte Will die Achseln. „Ihr habt gesehen, welche Tricks sie mit den Waldmännern anwandte. Ob es Magie war oder Manipulation – sie hat ihr Ziel erreicht.“

Drydens Kettenhemd klirrte, als er die Arme verschränkte. Er ließ die Schultern hängen, als würden die vergangenen Ereignisse schwer auf ihm lasten. „Ich mag es nicht, wenn ich die Fähigkeiten meiner Verbündeten nicht einschätzen kann.“

Monthemer nickte. „Da sind wir einer Meinung.“

„Sie würde nicht ihre Hilfe anbieten, wenn dadurch die Befreiung ihrer Schwester gefährdet würde“, erklärte Will.

Die Andeutung eines Lächelns ließ Drydens Gesicht ein wenig freundlicher wirken. „Darf ich um ein paar mehr Beweise für ihre Fähigkeiten bitten?“

Will grinste. „Nein, außer Ihr wollt, dass Euer Gesicht schwarz und Euer Haar versengt wird.“

Jetzt trat Meg aus der Hütte und ging über den nackten Boden auf sie zu. Ihre Schritte wirkten sicher, ihre Haltung aufrecht und gelassen, sodass ihre Behinderung kaum auffiel. Doch Will erkannte mehr. Sie bewegte sich mit äußerster Selbstbeherrschung, kämpfte einen endlosen Kampf gegen ihre Beeinträchtigung. Wenn ihr Körper sie schon so im Stich ließ, weigerte sie sich, die Behinderung einzugestehen, geschweige denn eine Niederlage.

Er hatte angenommen, die Waldmänner fürchteten sich vor ihren scharfen Bemerkungen und Tricks. Aber es war ihre Konzentration, der Mantel aus Distanziertheit und Isolation, der sie von der Welt abschottete. Kein Wunder, dass eine Gruppe einfacher Bauern vor ihr zurückschreckte und an ihrem Aberglauben festhielt.

„Habt Ihr alles in Ordnung vorgefunden?“, fragte er.

„Wie meint Ihr das?“

„Dort drinnen. Es sah aus, als wolltet Ihr den Bestand überprüfen.“

„Nein, nein“, sagte sie und rieb sich die Nase. „Ich suchte nach der Ursache für diesen Gestank.“

Dryden grinste und hielt sich dabei die Hand vor den Mund,

doch Monthemer und Will lachten laut auf.

„Was ist?“ Erneut runzelte sie die Stirn. „Dachtet Ihr, dieser Gestank wäre normal?“

Will beugte sich vor. „Wer kann schon sagen, was bei einer Hexe normal ist?“, flüsterte er ihr ins Ohr.

„Ich lebe nicht im Schmutz“, wehrte sie ab. „Dann wäre Ada schon viel früher fortgelaufen.“

Dryden betrachtete sie genau. Er wirkte wieder gefasst, als er die behandschuhte Hand sinken ließ. „Und woher kommt der Gestank?“

„Vom Salpeter zum Beispiel. Habt Ihr die Gräben im Boden gesehen?“

Will betrachtete die tiefen Furchen, die von der Hütte wegführten. „Was ist damit?“

„Wir mischen Erde, Stroh, Asche und den Urin von Tieren. Das Ferment ergibt Pottasche, die die Felder fruchtbar macht.“ Sie zuckte die Achseln, als würde sie einem Kind etwas erklären, obwohl es offensichtlich war. „Wir haben es verkauft.“

„Ehe Ihr Euch Diebstahl und Betrug zuwandtet“, fügte er hinzu.

Sie legte den Kopf schräg, ging auf seine Bemerkung aber nicht ein. „Wenn ich die Beete nicht umgrabe und kein frisches Stroh auflege, beginnen sie zu stinken. Aber das ist nur ein Teil des Problems. Einer der Krüge in der Hütte war nicht luftdicht. Die Chemikalien darin reagierten mit der Luft, und das ergab diesen entsetzlichen Schwefelgestank.“

„Und nicht zu vergessen der Essig.“

„Genug von dem Essig, Scarlet.“

„Und hier an der Wand“, fragte Monthemer, „was ist das?“

Sie drehte sich zu der Hütte um. „Der Schmelzofen?“

„Ich glaube.“

„Der Earl of Whitstowe bot meinem Vater an, sich ein Geschenk auszusuchen als Dank für seine jahrelangen Dienste.“

Sie blieb vor einer gedrungenen, halbrunden Tonkugel stehen, eine Armlänge von dem Gebäude entfernt. „Vater ließ den Schmelzofen bauen. Es muss sehr teuer gewesen sein, und es hat Monate gedauert, ihn zu errichten."

„Aber wozu?", fragte Will. „Wozu ist er gut?"

„Vor allem für Experimente." Sie kniete nieder und wischte Blätter von dem rauen Lehm. „Man kann darin weit höhere Temperaturen erreichen als in einem Küchenfeuer oder den Backöfen im Dorf."

„Es muss sehr teuer sein, das zu unterhalten", sagte er. „Ist dafür viel Brennmaterial nötig?"

Sie wirkte bedrückt. „Ja."

„Was sollte dieser Blick eben?"

„Geld", sagte sie und stand auf. „Das ist der Grund, warum Ada begann, die gefälschten Smaragde zu verkaufen. Wir lebten ganz gut vom Verkauf der Pottasche. Es war ein gutes Einkommen."

Will begann allmählich zu verstehen. „Aber es reichte nicht, um das zu tun, was Ihr wolltet – die Experimente."

Sie besaß genug Anstand, um sich zerknirscht zu geben, und es gelang ihr nicht, ein sehr menschliches, wenn auch unwillkommenes Gefühl zu unterdrücken: Schuldbewusstsein.

Endlich.

„Alchemie ist eine teure Angelegenheit", sagte sie.

„Habt Ihr Ada zu dem Plan überredet?"

„Ich habe sie davon überzeugt, das für mich zu tun, ja."

„Und jetzt fühlt Ihr Euch schlecht, weil Ihr sie fortgeschickt habt, um damit … ich verstehe Euch nicht. Sie ist Eure Schwester. Wie könnt Ihr mit Menschen so umgehen?"

Sie breitete die Arme aus. „Wie sollte ich nicht? Die Menschen müssen sich meine gute Meinung verdienen. Euch ist das bisher nicht gelungen, und Ada auch nicht."

Er packte sie am Handgelenk, das schmal und zart in seiner Hand lag, und zog Meg in die Hütte. In der plötzlichen Dunkelheit blinzelte er und rümpfte wegen des Gestanks die Nase, während er versuchte, seinen Zorn zu unterdrücken. „Sind das hier ihre Blumen?“

„Welche Blumen?“

„An den Pfosten und Balken hängen ungefähr – na, drei Dutzend Sträuße getrockneter Blumen. Sie sehen nicht aus, als hättet Ihr sie gemacht, denn sie brennen nicht.“ Er sah ihre leeren Augen an. „Ihr wusstet nicht, dass sie dort sind.“

„Nein.“

Während er schwer atmete, starrte er zu Boden. Er brachte es nicht über sich, sie anzusehen. Zorn verschleierte seinen Blick und überlagerte sein Bedauern – Bedauern darüber, dass er sich genauso verhalten hatte, wie sie es erwartete. Sie erwartete Verrat und Lügen. Die teilte er mit der einen Hand aus, während er mit der anderen sein Schwert hob, um sie zu verteidigen.

Nein, Zorn war so viel leichter zu ertragen als alles andere.

„Ich dachte, ich hätte mich zwischen Euch und Eure Schwester gestellt und Euch die einzige Angehörige genommen. Ich fühlte mich schuldig, und ich empfand Mitleid.“ Als er spürte, dass dieser plötzliche Anflug von Ehrlichkeit ihn selbst verwirrte, zog er sich auf vertrauteres Terrain zurück, und sein Tonfall wurde spöttisch. „Jetzt bin ich bis zum Ende mit Euch verbunden, Meg. Ich will Ada zurückholen, um Euch beide vereint zu sehen. Das wird mir sehr kostbar sein.“

„Meg?“ Jacob stand in der Tür, das Licht fiel hinter ihm ein. „Es ist kein Zucker mehr da.“

Sie rümpfte die Nase. „Nicht einmal im Vorratskeller?“

„Ich habe überall nachgesehen.“

„Ihr habt gehört, was der Junge sagte, Scarlet. Wir brauchen Zucker.“

Will kämpfte noch mit dem faulen Nachgeschmack ihres Streites. Er schluckte schwer. „Ich muss zugeben – ich verstehe kein Wort.“

„Salpeter ergibt, wenn es erhitzt und destilliert wird, eine Säure. In Verbindung mit Zucker entwickelt diese Säure Rauch. Eine große Menge Rauch.“ Ihr überheblicher Tonfall erinnerte ihn viel zu sehr an Robin. „Der Rauch könnte uns helfen, wenn wir irgendwo hin- oder wegkommen wollen, wo wir nicht sein sollten.“

„Ihr seid verrückt“, beschied er. „Aber das ist keine schlechte Idee. Wo gibt es Zucker?“

„Ich denke, in der Apotheke in Keyworth.“

„Aber Zucker ist teuer“, warf Jacob ein.

Meg zuckte die Achseln. „Da hat er recht. Ihr werdet ihn stehlen müssen.“

Dryden folgte Jacob in die Hütte, und seine Gestalt hielt noch mehr Tageslicht fern. „Wir sollten auch Pferde suchen, wenn wir schon anfangen zu stehlen.“

„Und Jacob kann hier bleiben, um mir zu helfen.“

Der junge Jude sah sie an. „Habt Ihr etwas, das er sich leihen könnte, Meg – Kleidung, in der er nicht schon von Weitem wie Will Scarlet aussieht? Jeder erkennt ihn an den beiden scharlachroten Löwen auf seiner Tunika. Er trägt sie seit der Zeit mit Robin Hood.“

Mit gerunzelter Stirn ging sie auf Will zu. Als sie seine Tunika berührte, raubte sie ihm damit den Atem und den Verstand. Es machte ihm kaum etwas aus, nicht atmen zu können, nicht in dieser stinkenden Hütte, aber die Fähigkeit zu denken war ihm wichtig. Sie fuhr mit den Fingern die Umrisse der aufgenähten Löwen entlang. Nichts entging ihren geschickten Händen, nicht einmal die kleinen aufgestickten Pranken.

„Kein Wunder, dass jeder Euch erkennt“, sagte sie und verzog das Gesicht. „Und die ganze Zeit über waren diese hier auf Eurer Tunika? Wie konnte mir das entgehen?“

„Ihr könnt nicht sehen“, flüsterte er. „Und irgendwann kam Euch der Gedanke, dass das, was unter der Tunika steckt, interessanter sein könnte.“

„Ihr eitler Bock." Abrupt drehte sie sich um und deutete auf eine alte Truhe. „Die Sachen meines Vaters. Umhang, Kapuze – was immer Ihr braucht."

„Morgen, Dryden, haben wir zu tun." Will hustete und sehnte sich danach, hinauszukommen und frische Luft zu atmen. „Aber bei allen Heiligen – heute Nacht schlafe ich draußen."

12. KAPITEL

Niemand wird fragen, woher wir kommen,
auf unserem Weg, gekleidet als Pilger.
„Robin Hood and the Prince of Aragon"
Ballade, 17. Jahrhundert

Ich vertraue ihm nicht."

Meg drehte sich zu Jacob um, der ihre Truhen durchwühlte. „Wem? Und was suchst du?"

„Scarlet", erwiderte Jacob. „Und ich suche das Vitriol."

Sie tastete mit zwei Fingern an dem oberen Regal entlang, schob Jacob beiseite und zählte von links sechs Gefäße ab. Dann tippte sie auf das irdene Gefäß mit dem spitzen Deckel. „Das ist es."

„Tausend Dank. Und was ist mit Scarlet?"

Sie wandte sich ab. Es gefiel ihr nicht, dass Ashers Sohn ihn ins Gespräch brachte, da sie ihn ohnehin nicht aus ihren Gedanken zu bannen vermochte und so in ihrer Konzentration noch mehr gestört wurde. Nie zuvor war es ihr so schwergefallen, die grundlegenden Schritte einer Formel zusammenzubringen. Eine ganze Nacht Schlaf, ein Bad und ein sauberes Kleid hatten wenig dazu beigetragen, ihre wirren Gedanken zu ordnen.

„Ich traue ihm ebenso wenig, aber er hat seine Gründe zu helfen." Sie fand den doppelten Tiegel und verließ die Hütte. Jacob folgte ihr zum Schmelzofen. „Wenn das, was wir über den Sheriff vermuten, stimmt, dann ist auch Scarlet ein Opfer."

„Das heißt aber nicht, dass Ihr ihm trauen solltet."

„Wenn es mir gelingt, ihn und Dryden daran zu hindern, einander zu bekämpfen, dann kann jeder von ihnen seinen Teil beitragen. Und Scarlet hat mir jetzt schon

das Leben öfter gerettet, als ich zu zählen vermag."

„Er könnte es aus Eigennutz getan haben."

Sie biss sich auf die Unterlippe. „Wir werden Ada finden, und dann ist das erledigt", sagte sie. „Bitte gib mir das Vitriol."

Jacob legte ihr die kantigen Kristalle in die Hand. Sie rief sich deren Farben in Erinnerung: die eisigen verschiedenen Grün- und Blautöne, und die Art, wie das Licht sich in der glasigen Oberfläche brach. Sie hatte die endlosen Farbvarianten gern betrachtet und sich das Meer vorgestellt, so wie ihr Vater die schaumgekrönten Wellen beschrieben hatte und den Rhythmus, das Spiel der Farben.

Sie löste sich aus dem Kummer über ihren Verlust und warf mehrere Hände voll der Kristalle in den größeren Topf des Tiegels. „Würdest du das Feuer in dem Ofen anfachen? Wir brauchen für die Sublimation so viel Hitze wie nur möglich."

Jacob holte mehrere Armvoll Feuerholz und fütterte damit den gierigen Schlund des Schmelzofens.

Doch die Erinnerung an Scarlets zornige Bemerkungen verdarben ihr die Freude. Er hatte keinen Grund, seinen Zorn an ihr auszulassen. Denn zum einen hatten ihre Feuer ihnen allen zur Flucht verholfen, und zum anderen stand er jeglicher Moral so zwiespältig gegenüber, wie ein Mann das nur tun konnte. Dass ihre Lieblingswaffe sie so faszinierte, bedeutete nicht, dass sie überstürzt oder ohne nachzudenken gehandelt hatte. Doch ihr aller Leben war wichtiger als die schäbigen Hütten ein paar unwissender, feindseliger Bauern.

Und wenn das, was sie getan hatte, Hugo von dem unbedeutenden Thron stieß, auf den er sich gesetzt hatte – umso besser.

Sie platzierte den kleineren der beiden Tiegel in die

Mitte des größeren und stellte diesen auf den kleineren Haufen des grünen Vitriols. Ein großer Deckel verschloss den äußeren Topf. Wenn die starke Hitze des Schmelzofens die zarten Kristalle verbrannt hatte, würden sie ihr Geheimnis in Form von Gas freisetzen. Das Gas würde sich an der Innenseite des Deckels sammeln und kondensieren, dann als Salzsäure in den kleineren Topf rinnen.

Als er den Tiegel in den glühenden Schmelzofen stellte, sagte Jacob: „Nun, das war der erste Schritt."

„Jetzt warten wir."

Die Worte wogen schwer. Sie wartete auf mehr als nur die Ergebnisse des alchemistischen Vorgangs. Sie wartete darauf, ob Scarlet wohl mit dem Zucker zurückkehren würde, oder ob er überhaupt zurückkehrte. Vielleicht war er fort, lange schon fort, irgendwohin gegangen zu einem Ort, der weit von ihrer schäbigen kleinen Hütte entfernt lag – einer Hütte, die voll war von Gerüchen, Zaubern und alten Geistern.

Aber vielleicht wäre es so am besten. Das jedenfalls hatte sie geglaubt, als sie ihm eine Überdosis Eisenhut gegeben und die Wälder seiner Hilfe oder seiner anstrengenden Gesellschaft vorgezogen hatte. Der einzige Grund, warum sie überhaupt einen Mann brauchte, war Ada. Wer es war, hatte keine Bedeutung, solange er sich ihrem Vorhaben fügte, ihr zu helfen.

„Ich komme natürlich mit Euch, wenn Ihr geht."

„Jacob, du musst dich nicht dazu verpflichtet fühlen", sagte sie. „Das ist nicht dein Problem."

Jacob blieb nahe genug, um den Topf beobachten zu können, und setzte sich neben sie. „Euch wäre es lieber, ich wäre bei Vater und würde den ganzen Tag Chemikalien mixen. Grausame Frau."

Sie lächelte. „Aber du bist ein ganz hervorragender Gelehrter."

„Das will ich nicht sein. Denn dadurch ist mir auch kein Ruhm beschieden, nicht wahr?“

„Ich finde es sehr ruhmvoll, mich mit Alchemie zu beschäftigen“, entgegnete sie. „Und dieser Ruhm reicht für mein ganzes Leben.“

Er lachte. Es klang ein wenig herablassend, und es gefiel ihr nicht. „Und da ist noch die Sache mit der Jungfer in Not.“

„Du bist zu gut für eine wie meine Schwester.“

„Ada hat mir noch nicht das Herz gebrochen.“

Sie stand auf, streckte die Beine und den Rücken. Der Prozess der Sublimation würde eine Weile dauern, und sie hatte keine Lust, diese Zeit mit einem Gespräch über Alchemie, Ada oder Will Scarlet zu verbringen. Am liebsten würde sie den Flammen dabei zusehen, wie sie ihre Magie vollbrachten, aber das war unmöglich.

„Damit, Jacob, gehörst du zu einigen wenigen Glücklichen.“

Will zog sich die wollene Kapuze über die Augen, hielt sich nah an der Sandsteinmauer der Dorfkirche und bog vorsichtig um die Ecke.

Keyworth bestand nur aus ein paar Dutzend planlos verteilten, grob zusammengezimmerten Gebäuden. Auf dem Markt hingegen, wo Waren an die Bauern der umliegenden Wälder verkauft wurden, herrschte reges Treiben. Verschleierte Frauen in abgetragenen wollenen Tuniken liefen auf den beiden staubigen Wagenfurchen hin und her und zeichneten so ein Muster aus Fußspuren zwischen den einzelnen Marktständen, wo sie handelten und kauften. Ihre Körbe aus Stroh und Waid wurden immer schwerer. Gelegentlich kam ein Reiter vorbei und wirbelte Staubwolken in die Luft, die sich wie ein Nebelschleier über die Szenerie legte. Stimmen vermischten sich mit den Lauten der Tiere, dem Hämmern des Schmieds und den Geräuschen aus dem Wald, die die Mittagszeit ankündigten.

Hinter dem Dorf, das Herzstück der Gegend, lagen Felder für Weizen und Gerste, die inzwischen abgeerntet waren. Die Dörfler arbeiteten mit gebeugten Rücken über den welligen Furchen. Die kühle Luft trieb sie zur Eile an.

Wie eine lange Reihe von Feldern fügten sich die Tage eines Bauern aneinander, unterbrochen nur von Bier und groben Lustbarkeiten. Will wollte davon nichts wissen, weder von der harten Arbeit noch von der Gleichförmigkeit. Er wollte nicht an den zermürbenden, ewig gleichen Rhythmus eines gewöhnlichen Lebens gefesselt sein, und er wollte auch keine Opfer bringen, wie er es während der verdammten Jahre als Geächteter in Sherwood getan hatte.

Er hatte sich vom Sheriff anstellen lassen, um dieser Eintönigkeit zu entgehen. Er stellte sich ein bequemes Leben vor, jeden Tag von früh bis spät. Reichtum, Frauen und Lieder – nichts weniger als das würde ihn dafür entschädigen, für Finch die schmutzige Arbeit zu erledigen.

Aber das leichte Leben und die mühelosen Entscheidungen schienen sich ihm zu entziehen. Der unerklärliche Hexenzauber einer ganz bestimmten Frau führte ihn sehr weit weg von diesen festgelegten Zielen.

Will schloss die Augen, und die Bilder verschwammen. In einem idealen Tagtraum würde er seine Zukunft vermutlich dem ersten anständigen Herrn widmen, der ihn nehmen würde. Aber der einzige anständige Herr, der ihm je begegnet war, trug den Namen Loxley. Wenn er nicht in Robins Dienste zurückkehren wollte, würde er besser daran tun, seinen Namen reinzuwaschen, für Marians Sicherheit zu sorgen und neu anzufangen, vielleicht irgendwo im Süden.

Dass sich sein Vorhaben jedoch verzögerte, bereitete ihm Sorgen. Wie viel Zeit würde ihm bleiben, ehe Carlisle und Finch von Hendons Tod erfuhren? Wie viele Tage hatte er noch, bis sie ihre Drohungen gegen Marian und den kleinen

Robert wahr machen würden?

Während es gegen jeden gesunden Menschenverstand zu sprechen schien, dem örtlichen Apotheker Zucker zu stehlen, hatte Meg ihn neugierig gemacht. Die Lauge, die Explosionen im Wald – er würde wirklich gern mehr sehen, und sei es nur, um zu erfahren, wie weit ihr Zauber reichte. Und wenn er Glück hatte, könnte er sich vielleicht von seiner wachsenden Faszination befreien.

Und jetzt trug auch er etwas Zauberei mit sich. In einer kleinen Tasche an seiner Taille bewahrte er ein paar Dutzend der kleinen explodierenden Bündel auf, die sie gegen Hugos Leute eingesetzt hatte. In kleinen Leinenfetzen, nicht größer als sein Daumenabdruck, gab eine Mischung aus gemahlenen Steinen, Sägespänen und feinem Schwarzpulver den Bündeln ihre gedrungene, beinahe runde Form. Meg hatte den Donner eingefangen und gezähmt.

Will würde ihr Zucker besorgen. Am nächsten Morgen würde er sie nach Nottingham schaffen, wenn es sein musste, und dann wäre dieser Albtraum vorbei. Und Carlisle, der sich in Keyworth inmitten einer kleinen Schar von Soldaten bewegte, würde dabei nur im Wege sein.

„Was seht ihr?“ Dryden, in einen mottenzerfressenen Wollumhang gehüllt, hatte bemerkt, wie Will rasch den Blick senkte. Monthemer neben ihm duckte sich und presste sich in den Schatten der Kirchenmauer.

„Carlisle und sechs Soldaten“, antwortete Will. „Sie stehen vor der Apotheke.“

„Haben sie Pferde dabei? Könnten wir irgendeinen Vorteil geltend machen?“

Will spähte um die Ecke des Kirchengebäudes. Unschuldige Dorfbewohner, unübersichtliches Gelände. Zu viele dunkle Nischen konnten zu viele mögliche Feinde beherbergen. Sie waren verkleidet als demütige Pilger, denn ihr Plan hatte es erforderlich gemacht, sich einzuschleichen, statt einen offenen Zusammenstoß mit Nottinghams Soldaten zu riskieren – nicht an diesem ungünstigen Ort.

„Sie haben vier Pferde und einen Karren, den ein Maultier zieht."

Vorsichtig richtete Dryden sich auf und gesellte sich zu Will, um das Ganze zu beobachten. Er zog seinen Umhang so zurecht, dass dieser den größten Teil seines Gesichts verbarg und sonst nur die Fingerspitzen freiließ. In der Hand einen Wanderstab, der Megs grobem Ast ähnlich sah, ging er um die Ecke und wartete mit gesenktem Kopf vor der vorderen Kirchenmauer. Er wirkte beinahe demütig.

Über die Entfernung hinweg waren von Carlisles Worten nur schroffe, ungeduldig klingende Laute zu vernehmen. Die metallenen Ringe am Saum seiner ledernen Rüstung schimmerten wie Silbermünzen in all dem Schmutz des geschäftigen Marktes. Mit knappen Bewegungen seiner riesigen Hände schickte er zwei seiner Soldaten fort.

Die bewaffneten Soldaten, die in die Farben des Sheriffs gewandet waren, zogen große Leinensäcke aus der wohl geräumigen, aber schäbigen Hütte des Apothekers, offenbar zu dessen großem Missfallen. Der gebückte ältere Mann hielt eine Börse, die vermutlich seine Bezahlung enthielt, doch seine Miene wirkte finster. Er stritt mit dem Soldaten, der ihm zunächst stand. Sie lieferten sich einen heftigen Wortwechsel, von dessen Inhalt nichts über den freien Platz drang.

Drohend hob der Apotheker die Faust gegen den beladenen Karren, sein Gesicht gerötet. Sofort versetzte der Soldat ihm einen Hieb an die Schläfe. Der ältere Mann stürzte zu Boden und umklammerte seinen Kopf, seine Schultern bebten vor Angst, von Schluchzen oder unterdrücktem Zorn. Die Menschen im Dorf mieden die Szene, zogen die Köpfe ein und eilten weiter.

Dryden wandte sich direkt an Will. „Was laden die da auf den Karren?"

Der spähte mit leicht zusammengekniffenen Augen über den Platz und zuckte die Achseln. „Offenbar etwas, das sie in Nottingham nicht bekommen können. Fragt sich nur, was?“

„Ist es das Risiko wert?“

„Natürlich nicht.“ Ein neuer, weitaus heftigerer Kopfschmerz drohte ihm die Sicht zu verschleiern. Er kämpfte dagegen an und bemühte sich, einen klaren Kopf zu bewahren. „Aber sie müssen eine Absicht verfolgt haben, wenn sie Eure Familien umbrachten, um Verwirrung zwischen den Tätern zu stiften.“

„Und was geht Euch das an?“

„Bis mein Name reingewaschen ist vom Tod Eures Vaters, bin ich mit dem verbunden, was Carlisle vorhat. Was immer sie mit diesen Vorräten tun wollen, es kann damit zu tun haben.“

Monthemers blasses Gesicht leuchtete unter der wollenen Kapuze seines Pilgermantels hervor. „Wir könnten sie überfallen“, flüsterte er.

„Nein“, erwiderten Will und Dryden wie aus einem Mund und sahen einander an, ehe ihr Blick zu dem jungen Baron ging.

„Es sind nur fünf Männer.“ Monthemer richtete sich hastig auf. Sein Eifer überstieg seine Vorsicht und drohte sie alle zu verraten. „Wir sind zu dritt, und wir haben die Überraschung auf unserer Seite.“

Mit einem kräftigen Griff hielt Will ihn zurück. „Ich habe Nein gesagt. Carlisle ist kein Dummkopf. Er hat Whitstowes obersten Wächter in die Tasche gesteckt. Wer weiß, wie viele von diesen armen Leuten er gekauft hat?“

„Er hat recht, Stephen.“ Drydens sonst gelassene Stimme klang beunruhigt.

„Das ist kein Grund, hier eine Szene zu machen.“ Will stieß sich von der Mauer ab und wandte sich dem Wald zu, der hinter der Kirche begann. Er klopfte dem jüngeren Mann auf den Rücken, als Zeichen für ihre Gemeinschaft. „Sie werden auf der Landstraße nach Nottingham zurückreisen.“

Monthemer nickte, noch immer viel zu enthusiastisch. „Was ist mit dem Zucker?“

„Zuerst Carlisle. Ich möchte meinem früheren Anführer einen guten Tag wünschen.“

„Hallo Meg.“

Sie ließ einen Zinnbecher fallen und fuhr herum.

„Hugo! Du dreckiges Schwein, es macht dir Spaß, mich zu erschrecken, was?“

„Du weißt, ich bin ein fauler Mensch.“ Er betrat die Hütte in seiner üblichen lässigen Anmut. „Alles, was nicht anstrengend ist, macht mir Spaß, und nichts ist einfacher, als eine blinde Frau zu überraschen.“

Meg rieb sich die Oberarme. „Ich habe einmal eine Schlange in mein Bett gelassen, dabei hätte ich sie in Stücke hacken sollen.“

Er war jetzt näher gekommen, stand auf der anderen Seite des breiten Arbeitstisches und lachte. „In jener ersten Nacht gab es kein Bett. Und das Einzige, in das du mich eingelassen hast, war deine enge kleine Spalte.“

„Reizend gesagt, Hugo.“ Bei seinen groben Worten hätte sie zusammenzucken müssen, doch sie empfand nur Verärgerung. Und Langeweile. Ihre ungute Verbindung hatte viel zu lange gedauert. „Ich habe leider keine Zeit, mir noch mehr anzuhören, außerdem würde ich dir ohnehin kein Wort glauben.“

„Will Scarlet würdest du eher glauben?“

„Kaum.“

„Und doch vermutest du, dass er dir hilft, Ada zu finden.“

„Im Moment schon.“ Sie ging um den Tisch herum zu den Regalen, eng an das Holz gepresst. „Es dient seinen eigenen Zwecken, mir zu helfen. Ich beabsichtige, seine Hilfe in Anspruch zu nehmen, solange es mir nützlich erscheint, aber ich traue ihm nicht.“

„Du holst ihn nur zwischen deine Beine. Ich verstehe. Du

bist nicht gerade dafür bekannt, sachlich zu bleiben, wenn dein Körper einen Mann begehrt."

Sie unterdrückte die mahnenden Stimmen in ihrem Kopf. „Sag, was du willst, Hugo. Ich habe zu arbeiten."

„Ah ja, deine kostbare Arbeit." Er stieß einen Krug zu Boden. Meg zuckte zusammen. Der durchdringende Geruch von Teer erfüllte die Luft. „Nichts als Unsinn, sage ich."

„Du gehst wohl besser."

„Warum sollte ich? Du wirst gesucht. Es heißt, der Sheriff ist hinter dir her, nun, da er weiß, dass Ada keine Alchemistin ist."

„Wer hat ihm das gesagt? Du?"

„Du bist hier in Charnwood berüchtigt. Das weißt du. Vielleicht hat sich jemand etwas zu sehr gelangweilt oder wurde zu hungrig, daher hat er beschlossen, die Geschichte zu verkaufen. Vielleicht waren es diese armen Kerle, deren Hütten du abgebrannt hast. Für eine Weile ist es dir gelungen, der Aufmerksamkeit zu entgehen, aber der Wald hat immer noch Augen und Ohren."

Er schlenderte näher heran und stand jetzt neben ihr bei den Regalen. Seine Stimme war nur noch ein verschwörerisches Flüstern. „Oder …"

„Was?"

„Ada. Sie ist nicht das stärkste Mädchen in England, wie du weißt. Oder die Verlässlichste, wenn es darum geht, dich zu schützen."

„Damit kennst du dich aus."

„Wie kommst du darauf, sie würde einer – sagen wir – verschärften Befragung standhalten?"

Bei seiner Andeutung schlug ihr Herz schneller. Nicht nur wegen der Vorstellung, dass Sheriff Finch eine weibliche Gefangene quälte. Meg hätte Hugo mit seinen böswilligen Anschuldigungen die Tür vor der Nase zuschlagen sollen, doch der Gedanke, Ada könnte sie verraten, hielt sie zurück. Ada hatte es schon einmal getan.

„Und du würdest mich für ein Lösegeld verraten, nicht wahr?"

„Ich? Natürlich nicht. Meg, ich habe an nichts dergleichen gedacht. Will Scarlet dagegen ..."

Sie erschauerte. „Was ist mit ihm?"

Versonnen spielte er mit einem Ende ihres Ärmels, jenem, den sie am Morgen versengt hatte. Er berührte sie nicht, versuchte vielmehr, sie einzuschüchtern. „Von der Geschichte über Robin Hood hast du nicht viel gehört, während du dein ausgesprochen langes Schläfchen gehalten hast."

„Nein", sagte sie und entzog ihm ihren Ärmel. „Was ich seither gehört habe, erscheint zu seltsam, um wahr zu sein."

„Vermutlich hast du recht." Er trat zum Tisch. Meg hörte, wie er aus einem Bierkrug mit großen Schlucken trank. Dann schmatzte er. „Robin of Loxley heiratete Lady Marian DuBois. Sie waren sehr verliebt. Als Robin in den Krieg zog, blieb Marian mit Scarlet zurück, ihrem tapferen Beschützer. Ein paar Monate später verließ er das Anwesen und kehrte nie wieder zurück."

Mit gerunzelter Stirn gelang es ihr, fehlende Stücke zusammenzusetzen. „Warum erzählst du mir das?"

„Die Gerüchte besagen, dass Finch seine Männer zu Marian schicken wird, wenn Scarlet dich nicht ausliefert. Wie es scheint, wird dein Kerl alles tun, damit diese Frau in Sicherheit ist."

Sie hatte keinen Grund, diesem wertlosen Dieb zu trauen, doch ihr Herz schlug wieder schneller, und sie atmete schwer. Seit er sie an der Landstraße gerettet hatte, hatte Scarlet immer wieder eine neue Entschuldigung gefunden, warum er bei ihr bleiben musste. Zum Teufel mit den Smaragden. Der Gedanke, dass es aus reiner Habgier geschehen war, schlug ihr auf den Magen. All das, was sie gehört hatte, schien so falsch wie ihre funkelnden Edelsteine.

Aber durch den Wald zu wandern, um die Sicherheit der Frau seines Onkels zu gewährleisten? Das klang so dumm, dass es zu Will Scarlet passen konnte.

„Du hast meine Frage nicht beantwortet, Hugo. Warum erzählst du mir das?"

„Ich dachte, du würdest meine Warnung zu schätzen wissen, mich vielleicht belohnen, dass ich ein so aufmerksamer Zeitgenosse bin."

„Zum Teufel mit dir."

„Ach, komm schon. Eine kleine Tändelei um der alten Zeiten willen? Aber du musst deine grässlichen Augen geschlossen halten. Immerhin ist es Tag."

Meg wandte sich dem Regal zu und holte tief Luft. Sie zwang sich, die Hände ruhig zu halten, leerte ein Gefäß und drehte sich zu ihm um. „Ich habe etwas für dich. Nimm es und geh."

Er zögerte. „Ist es gefälscht?"

„Natürlich. Aber am richtigen Ort …"

„Auch du bist ein Dieb, Meg", erwiderte er und entriss ihr den Klumpen falsches Gold. „Wenn auch von einer anderen Sorte."

„Ich will nie wieder etwas von dir hören."

Er beugte sich vor, als wollte er ihre Hand küssen. Stattdessen blies er darauf, sodass sie eine Gänsehaut bekam. Sie holte aus und trat ihm mit aller Kraft gegen das Schienbein.

Hugo stöhnte, dann lachte er. „So launisch sind die Frauen."

Erst als er tatsächlich fort war, sank sie auf den Boden. Aber sie weinte nicht.

13. KAPITEL

„Und du, Will Scarlet, sollst sie führen,
weil du sie klug zu beeinflussen weißt.“
– Robin Hood
The Merry Adventures of Robin Hood
Howard Pyle, 1883

Carlisle lenkte seinen Wallach aus dem winzigen Dorf und weg von dessen schmutzigen, dumpfen Seelen. Es fiel ihm schon schwer, sich mit seiner Stellung in Nottingham abzufinden, die wenig angesehen war verglichen mit der in London, aber Besuche in so elenden menschlichen Siedlungen wie Keyworth weckten in ihm den Wunsch, Augen auszureißen – seine oder die von anderen, das spielte keine Rolle.

Je schneller er mit seiner Beute in die Festung der Stadt zurückkehrte, desto eher konnte er sich auf dem bevorstehenden Festmahl vergnügen. Und ein Bad nehmen. Er würde zurückkehren in sein Heim, eine Oase aus Komfort und den verschiedensten Schätzen, die immer wieder seinem Stolz schmeichelten, nach all der Unbill niederer Dienste.

Ja, das Leben auf Kosten des Sheriffs barg viele Vorteile. Für den Augenblick.

Dennoch konnte Carlisle sich gut vorstellen, dass sein Bündnis mit Finch irgendwann enden würde. Plötzlich und auf Dauer. Der Mann hatte sich als erstaunlich zurückhaltend und viel zu vorsichtig erwiesen, trotz des makabren Plans, den er entwickelt hatte.

Seit wann gehörte es dazu, einen weiblichen Magier zu beteiligen, wenn man Macht erlangen wollte? Erfolgreiche Männer kauften sich Macht, und wenn ihnen das nicht gelang, dann entrissen sie sie anderen mit der Spitze eines Schwerts. Bei ihm gehörten jedoch Schikanen und Ränkeschmieden zu seinem

Waffenarsenal, doch all das strapazierte nur Carlisles Geduld.

Aber das war egal. Bald schon, und das war so vorhersehbar wie der Beginn eines neuen Tages, würde Finch einen Fehler begehen. Carlisle wartete nur auf den Augenblick, in dem er diesen Fehler zu seinem Vorteil nutzen konnte. Reichtum, Einfluss. Seine Rückkehr nach London.

Während er hoch zu Ross in langsamem Schritt hinter dem Eselskarren her ritt, wischte er eine Stelle an seiner Rüstung sauber, die von Schlamm bespritzt war. Nur selten verbrachte er Zeit zwischen diesen abscheulichen Leuten, doch der Geruch nach Unrat und Dung schien ihn nicht loszulassen. Ebenso gut hätte er seine Geschäfte in einem Schlammloch erledigen können und grunzend und schnaubend mit einer Horde Schweine sprechen.

Ein plötzlicher Knall am Ende der Straße erschreckte das Leitpferd. Das Tier wieherte laut und scheute, wobei es um ein Haar seinen Reiter abgeworfen hätte. Zwei Männer in Umhängen, einer mit einem Schwert und einer mit einem Bogen, sprangen aus ihrem Versteck hervor. Auch Carlisles Pferd scheute und drehte sich herum. Ein dritter Schwertkämpfer, auch er mit einem Umhang aus grober Wolle bekleidet, trat aus dem Gebüsch und schloss den Kreis hinter ihnen.

Einen Moment lang wartete er auf die Forderungen der Räuber. Doch die Männer in den Umhängen zückten nur ihre Waffen. Beinahe bewunderte er ihre Direktheit.

„Packt sie!“

Der vordere Schwertkämpfer schlug auf Carlisles zwei Fußsoldaten ein – Soldaten, die so langsam reagierten, als wären sie aus Holz geschnitzt. Der Angreifer hieb mit sicheren, gleichmäßigen Schlägen auf sie ein. Nach einem blutigen Kampf waren von dem kleinen Tross aus sechs Männern nur noch vier übrig.

Die beiden hinteren Wachen stritten mit ihren jeweiligen Gegnern. Schwerter klirrten und Hiebe wurden getauscht. Der

Mann in Carlisles Rücken hielt sich die berittenen Soldaten mit schnellen, geübten Bewegungen vom Leib. Nur der weite Umhang schien ihn zu behindern, und er warf ihn zurück. Eine funkelnde, blitzende Rüstung kam zum Vorschein.

Dies war kein gewöhnlicher Straßenräuber.

Carlisles Unmut wuchs. Die Männer, die ihm verblieben waren, kämpften wie unerfahrene junge Burschen und wirkten auf ihren Pferden plötzlich unbeholfen. Ihr Schicksal war ihm egal, aber er wollte die wenigen Leute nicht verlieren, die zwischen ihm und seinen Gegnern standen.

Der vordere Kämpfer, von dessen Schwertspitze Blut tropfte, wandte sich ihm zu. Mit einem Seufzer holte Carlisle aus und traf mit dem Stiefelabsatz die Stirn des Angreifers. Das Geräusch, das dabei entstand, zauberte ein Lächeln auf Carlisles Gesicht. Der Mann taumelte rückwärts und brach dann zusammen. Dabei fiel die Kapuze seines Umhangs zurück und enthüllte das blonde Haupt von Stephen, Baron of Monthemer. An seinem Haaransatz war eine blutige Wunde zu sehen.

Blitzartig durchzuckten tausend Fragen Carlisles Kopf. Monthemer war ein nutzloser, übereifriger Wirrkopf, aber ein spontaner Überfall am hellen Tag lag außerhalb der Möglichkeiten des jungen Adligen. Er drehte sich herum, um herauszufinden, wer die anderen Angreifer waren.

Der Bogenschütze, der den Köcher einfach über den Umhang geschlungen trug, tastete auf seinem Rücken nach einem Pfeil. Ein Mal, zwei Mal griff er daneben, dann zog er einen heraus. Mit unbeholfenen Bewegungen legte er an. Die weißen Gänsefedern sirrten durch die Luft, dann verschwand der Pfeil im Wald.

Beim Anblick des Soldaten, der in voller Rüstung auf dem Eselskarren stand, hätte der Schütze wohl treffen können, aber da er nicht gezielt hatte, flog der Pfeil weit vorbei. Der Fahrer des Karrens, der dem Tod noch einmal entkommen war, nutzte die Gelegenheit und trieb das Maultier mit der Peitsche an. Der

Karren machte einen Satz nach vorn und hatte genug Schwung, um über den Arm eines der Toten zu rollen.

Der Soldat an der Spitze zerrte an den Zügeln seines Pferdes, das noch von dem lauten Knall verstört war, der den Angriff angekündigt hatte. Mit angespannten Muskeln riss er das Tier herum, bis es in Angriffsposition stand. Dann zog er sein Schwert, holte gegen den Bogenschützen aus und traf nur Stoff. Ein Stück Wolle fiel zu Boden.

Unverletzt sprang der Bogenschütze vor. Er lief um einen Baum, stellte sich auf einen Stein, zielte – nicht auf den berittenen Angreifer, der immer näher kam, sondern wiederum auf den Mann, der den Karren lenkte. Jetzt wirkte er sicher und gar nicht mehr unbeholfen. In hundert Fuß Entfernung, die Beine zum festen Stand gespreizt und entspannt, schoss er einen Pfeil durch den Wald. Der tödliche Stahl traf den Fahrer am Kopf, genau an die Stelle zwischen dem Helmrand und dem Kettenhemd.

Der Bogenschütze achtete nicht darauf, wie der Mann zusammensank und fiel. Er zielte auf den nutzlosen Mann an der Spitze der Gruppe. Noch ein Pfeil wurde abgeschossen. Gellend schrie der Soldat auf und umklammerte den Pfeil, dort, wo dieser in sein Auge gedrungen war. Sein Körper zuckte in Krämpfen, seine Schreie hallten im Wald wider. Das erschrockene Pferd bäumte sich auf, warf den toten Reiter ab und galoppierte zwischen die Bäume.

Der Schütze hängte sich den Bogen über die Schulter und sah dem Pferd nach. Er visierte das Ziel an, sprang von der steinigen Erhebung und landete auf dem Rücken des Tieres. Mit aller Kraft zerrte er an den Zügeln. Der Hengst bockte und bäumte sich auf, lieferte ihm einen wilden Kampf, aber er vermochte den Reiter nicht abzuschütteln.

Hinter sich hörte Carlisle ein Stöhnen. Er sah, wie der andere Schwertkämpfer den ersten von zwei berittenen Widersachern erledigte. Blut färbte den Boden schwarz. Das Pferd, das jetzt von seinem Reiter befreit war, lief in Richtung Keyworth. Der letzte noch verbliebene Reiter drehte sein Pferd herum. Mit seinen Hufen trat es den Kämpfer, sodass dieser auf Hände und Knie sank und sein Schwert nutzlos zu Boden fiel. Carlisles letzter Mann holte mit einem Arm aus, bereit zuzuschlagen.

Auf der anderen Seite der Überreste dieser unglücklichen Gruppe zog der Bogenschütze seinen letzten Pfeil. Carlisle glaubte, seinen Augen nicht trauen zu können. Bogenschützen schossen niemals vom Pferd aus, das konnten sie nicht. Nicht ohne Grund standen sie immer auf festem Boden. Aber dieser Mann schoss seinen Pfeil zielsicher auf die verletzliche Stelle unter dem erhobenen Arm des Soldaten. Der letzte Wachsoldat bog den Rücken durch und schrie auf, ehe er sich der tödlichen Wirkung des Pfeils fügte. Klirrend fiel sein Schwert zu Boden.

Der Bogenschütze, noch immer hoch zu Ross, warf den Bogen weg und zog unter seinem Umhang ein Schwert hervor.

Carlisle drehte das Pferd herum, suchte nach Hilfe, fand aber niemanden mehr unter den toten Körpern. Da spürte er den ungewohnten Geschmack der Angst auf der Zunge. Er vergeudete keine Zeit damit zu überlegen, welche Verluste es gegeben hatte und wie seine Chancen standen. Er presste die Fersen in die Flanken seines Pferdes und preschte davon.

Will sprang vom Rücken seines wilden Pferdes, hielt die Zügel des Tieres fest, das sich heftig wehrte, und grub die Absätze in den weichen Boden. Er murmelte sinnlose Worte, die beruhigend klingen sollten, doch nichts davon schien bei dem Tier zu wirken.

Auf der anderen Seite der Straße erhob sich Dryden und kam mit zitternden Knien auf ihn zu. Mit steifen Bewegungen nahm er seinen Umhang ab. Er sah aus, als wäre ihm schwindelig, als er sich auf ein Knie stützte. Dann reichte er den Umhang hoch.

Will schlang dem Pferd den Umhang um den Kopf. Die Dunkelheit beschwichtigte es rasch, und es hörte auf, sich zu wehren. Es dauerte nicht lange, dann hatte das Tier sich beruhigt und stand still, doch Will überkam ein unbehagliches Gefühl. Anders als Tiere sahen Menschen in der Dunkelheit nichts Beruhigendes. Tatsächlich zauberte die Finsternis unheimliche Schatten und Geister aus harmlosen Worten, Berührungen und Lauten. Pferde vertrauten ihren Besitzern und überließen ihnen ihr Schicksal. Menschen aber wehrten sich dagegen, die Kontrolle abzugeben, und ihr Gedächtnis war gut genug ausgeprägt, um das zu betrauern, was sie verloren hatten.

Verärgert darüber, dass er wieder einen Grund gefunden hatte, an Meg zu denken – schlimmer noch, sie wegen ihrer Lage zu bemitleiden –, führte er sein neues Pferd zu einer Birke. Er befestigte die Zügel sicher an dem Stamm mit der weißen Rinde und holte das andere Pferd, das er neben dem ersten festband.

Dryden stand auf und sah auf den Soldaten herab, dem Will ins Auge geschossen hatte. „Gute Arbeit."

„Hätte ich den ersten Pfeil nicht verschossen, hätte ich auch Carlisle erwischt, damit man ihn hätte befragen können. Aber ich hatte seit Jahren keinen Bogen mehr in der Hand – bis gestern."

„Ich will gar nicht daran denken, wie Ihr getroffen hättet, hättet Ihr Zeit genug gehabt zum Üben." Dryden zog sich den Lederhandschuh aus. „Mein Dank gebührt Euch, Scarlet. Ihr habt mir das Leben gerettet."

Will schüttelte die zitternde Hand des Edelmannes.

Ein tiefes Stöhnen schreckte sie auf. Sie drehten sich um und sahen Monthemer auf dem Boden liegen, der seine verletzte Stirn hielt. Wieder stöhnte der junge Mann auf, zog die Knie an und rollte sich hin und her.

Mit unsicheren Schritten ging Dryden zu seinem Cousin. „Hast du beschlossen, zusammen mit uns unter den Lebenden zu bleiben, Stephen?“

Sie knieten neben dem jungen Baron nieder. Dessen Gesicht war von Blut und Schweiß bedeckt, was seinem hellblonden Haar eine unschöne gelbrote Farbe verlieh. Will zog seinen Umhang aus und benutzte den zerfetzten Wollstoff, um den Schmutz abzuwischen. Dryden zog die Hände seines Cousins von dessen Stirn weg. Eine halbmondförmige Wunde gab den Blick frei auf ein Stück Schädelknochen.

Monthemer stöhnte, krümmte sich zusammen und erbrach sich. Stöhnend fragte er: „Wie sieht es aus?“

„Ich habe schon Schlimmeres ertragen, und Ihr vermutlich auch.“ Will zog seinen Dolch und schnitt den Mann behutsam aus seinem Umhang. Er wickelte Wollstreifen um Monthemers Wunde und nahm damit innerhalb weniger Minuten absichtlich ein zweites Mal einem Lebewesen die Sicht. Dann tauschte er mit Dryden einen besorgten Blick und sagte ruhig: „Meg wird Euch helfen. Ihr werdet eigenartig riechen, aber Ihr werdet es überleben.“

Dryden faltete den Rest von Monthemers Umhang zu einer Art Kissen zusammen und schob es seinem Cousin unter den Kopf. „Ruhe dich einen Moment aus.“

Erneut bemerkte Will dessen zitternde Hände. „Wie ist es Euch ergangen? Seid Ihr verletzt?“

„Euer zweites Pferd hat mich getreten.“

„Zu der Zeit war es noch nicht mein Pferd. Ich bin nicht verantwortlich für seinen Mangel an Respekt.“

Dryden grinste matt und richtete sich wieder auf. „Sehen wir nach, welchen Plunder wir für all den Ärger bekommen haben.“

Die beiden Männer fanden das Maultier am Straßenrand, wo es allein ein paar Blätter fraß. Auf der Rückseite des Karrens bohrte Will ein kleines Loch in die beiden prall gefüllten Leinensäcke und kostete behutsam von dem Inhalt. „Wie es scheint, hat jedermann heutzutage Appetit auf Süßes. Das ist Zucker.“

Stirnrunzelnd sah Dryden ihn an. „Was sollten die wohl mit all dem Zucker machen?"

„Nun, wir können ihn jedenfalls brauchen. Carlisle war so aufmerksam, uns eine zweite Fahrt nach Keyworth zu ersparen."

„Könnte sonst noch jemand Megs Tricks kennen? Ihre Schwester vielleicht?"

Will unterdrückte ein Lachen. „Ihr meint, ich würde mich bei dieser Frau auskennen?"

„Jedenfalls habt Ihr Zeit mit ihr verbracht", sagte Dryden. „Ist sie geschickt im Lügen?"

„Sie würde den Tag zur Nacht erklären, wenn sie der Meinung ist, dass ihr das hilft. Aber zurück zu Eurer Frage. Warum will Carlisle Zucker haben, oder warum will Finch ihn haben? Nicht, um damit Rauch herzustellen, das ergibt keinen Sinn, egal, ob Meg nun lügt oder nicht."

„Ich bin nicht vertraut mit der Situation."

„Das ist offensichtlich", sagte Will. „Und ich bin nicht vertraut mit Euch beiden, aber zumindest arbeiten wir auf dasselbe Ziel zu."

Dryden lächelte, ein Anblick, der so verstörend wirkte, dass Will versucht war, selbst das bisschen Vertrauen aufzugeben, das er dem Mann gegenüber inzwischen aufbrachte. „Ich will nicht behaupten, Eure Ziele zu kennen, Scarlet, aber ich wünsche mir Carlisles Kopf auf einem silbernen Tablett, der dann Finch serviert wird. Das Ganze vor meinem gezückten Schwert."

„Gut und schön", erwiderte Will und unterdrückte ein Schaudern. Aber die Worte des Adligen brachten ihn auf eine Idee. „Wartet – welcher Tag ist heute?"

Ratlos sah Dryden ihn an, zuckte die Achseln und blickte zu seinem Cousin hinüber. Monthemer stöhnte nur, konnte aber nichts zu der Frage beitragen.

„Keiner von uns weiß, welchen Tag wir haben." Voller Abscheu schüttelte Will den Kopf. „Wenn wir zu viel Zeit im Wald verbringen, können wir jede Hoffnung auf ein zivilisiertes Leben aufgeben."

„Warum fragt Ihr?"

„Wann beginnt das Erntefest in Nottingham?"

„Diese Woche, glaube ich. Woran denkt Ihr?"

Panik durchzuckte ihn – Panik und der dringende Wunsch, alles zu vergessen, was er in den vergangenen Tagen erlebt hatte. „Ihr beharrt darauf, mich um Antworten zu bitten. Warum?"

„Weil Ihr in der Lage zu sein scheint, welche zu finden."

„Eine Süßigkeit", sagte Will schließlich. „Vielleicht wollen sie eine Zuckerskulptur für das Fest machen."

„Das könnte sein."

Das könnte es in der Tat sein. Die Tradition der Zuckerbäckerei – üppige geschnitzte Zuckerstatuen, die zum Festtag präsentiert werden – passte zur Erntezeit. Und eine so prachtvolle Schöpfung würde zu Nottingham passen, wenn die Stadt vorhatte, ihren wachsenden Einfluss zur Schau zu stellen.

Will warf sich einen der Säcke über die gesunde Schulter und erstarrte. Mit großen Augen blickte er auf das, was unter den Zuckersäcken lag.

Verwirrt sah Dryden ihn an. „Was ist das?"

„Die Frage sollte besser lauten, was will Carlisle damit anfangen?" Will sah sich rasch zwischen den Bäumen und auf der ruhigen Straße um. „Ich werde diese Frage einer gewissen jungen Frau stellen, die wir alle kennen."

14. KAPITEL

Die Bäume behängt mit Blumen, der Boden bestreut mit Blüten, werden wir tanzen, geschmückt mit Blumen …
Maid Marian
Thomas Love Peacock, 1822

Meg versuchte, nicht zu atmen.

Schon vor langer Zeit hatte sie sich an die unangenehmen Gerüche gewöhnt, die ihre Tätigkeit mit sich brachte, doch die Arbeit mit den Salpeterbeeten stellte auch ihre Widerstandsfähigkeit auf eine harte Probe. Jacob hatte schon mehr getan, als nötig gewesen wäre, hatte sich um den Schmelzofen gekümmert und den Tiegel im Auge behalten. Jetzt war er gegangen, um sich im Schwertkampf zu üben – gegen die umstehenden Bäume. Daher war es nun an ihr, gegen die Übelkeit zu kämpfen, während sie den Beeten ihre kostbare, übelriechende Flüssigkeit entlockte.

Nachdem sie ein großes Gefäß voll gesammelt hatte, ging sie zurück zur Hütte, wo Jacob den Tiegel zum Abkühlen hingestellt hatte. Sie wischte sich die Hände an den unteren Falten ihres Kleides ab und suchte dabei nach einem Stück Stoff, das noch nicht mit den Beeten in Berührung gekommen war.

Schließlich hielt sie inne und lauschte. Aus einiger Entfernung, aus südlicher Richtung, hörte sie Jacob, der Metall gegen Holz schlug. Ansonsten war der ganze Wald so still wie sie es war – gemeinsam schienen sie den Atem angehalten zu haben. Sie war allein. Und für einen Moment gelang es ihr, sich einzureden, dass Einsamkeit ein Segen war.

Statt sich um die restliche Formel zu kümmern, stieg sie auf die Bank, die neben dem langen Esstisch stand. Mahlzeiten, Experimente, Studien – der Tisch hatte sie durch die Abläufe ihres ganzen bisherigen Lebens begleitet.

Das Leben mit ihrem Vater. Das Leben mit Ada. Ein Leben, das es nicht länger gab.

Sie stemmte den Wanderstab auf den Boden, suchte mit den Sohlen ihrer Stiefel Halt und richtete sich langsam auf. Die Bank kippte nicht. Sie reckte sich hoch, tastete in die Luft. Dann ging sie auf der Bank weiter und hob eine Hand zur Decke. Schweiß lief ihr über den Nacken und über den Rücken, aber sie machte weiter.

Scarlet musste sich täuschen.

Aber er hatte recht.

Sie berührte Blütenblätter, die so trocken waren wie Herbstlaub. Die Blumen, die sie berührte und von den Dachbalken und dem Reetdach nahm, waren sorgfältig getrocknet worden. Im Abstand von nur wenigen Fuß sammelte sie sechs kleine Sträuße. Die spröden Blätter kitzelten, als sie sie zwischen ihren Fingerspitzen rieb, ein Klang wie das letzte Knistern eines verlöschenden Feuers. Sie hielt die Nase an die sorgfältig zusammengebundenen Sträuße, doch kein Duft entströmte ihnen, um sie zuordnen zu können.

Schwer ließ sie sich auf die Bank sinken. Scarlet hatte gesagt, dass drei Dutzend Gebinde die Hütte zierten. Drei Dutzend Mal hatte Ada daran gearbeitet, verschiedene Wildblumen zu trocknen. Drei Dutzend Mal hatte sie den Tisch benutzt, um sie an der Decke zu befestigen.

Und drei Dutzend Mal war Meg zu beschäftigt gewesen, um es zu bemerken.

Draußen vor der Hütte wurde es unruhig. Sie errötete vor Schuldbewusstsein. Dann erhob sie sich, drehte sich herum und überlegte, wo sie die Blumen in ihrer Hütte verstecken könnte. So wie die Schande, dass sie mit ihrer eigenen Schwester wie eine Fremde gelebt hatte.

Sie fand das dicke, zerlesene Buch ihres Vaters und schlug die abgegriffenen Seiten auf. Dutzende Briefe lagen ungeordnet dazwischen, Briefe, die ihr Großonkel Adelard of Bath geschrieben hatte, der berühmte Lehrer von König Richards verstorbenem Vater, Henry II. Sie wusste, wie jeder einzelne davon sich anfühlte. Die verzierte Schrift des berühmten Gelehrten konnte sie nicht mehr sehen, aber sie wusste, was in den Briefen stand: Beobachtungen, Übersetzungen, Theorien über die Welt der Natur, und die Geschichten von Adelards weiten Reisen.

Während sie die Seiten berührte, dachte sie an diesen erstaunlichen Verwandten, seine Reisen und seine großartigen Ideen. Ihr Vater hatte ihr und Ada diese Briefe wie ein Bänkelsänger vorgetragen, hatte ihre Neugier geweckt und sie veranlasst, Fragen zu stellen. Sie hatten ihre eigenen Beobachtungen beigetragen und das Familienerbe erweitert.

Und zu diesem Familienerbe fügte Meg die Blumen hinzu. Behutsam presste sie den getrockneten Strauß gegen das gegerbte Leder des hinteren Einbands und berührte die brüchigen Blütenblätter.

„Sie sind hübsch", erklang plötzlich Will Scarlets Stimme.

Meg schlug das Buch zu und fuhr herum. Mit einem dumpfen Knistern gaben die getrockneten Blätter nach. Er kam zu ihr, füllte den kleinen Raum mit seiner unverkennbaren Gegenwart. Sie erschauerte.

„Ihr seid dafür nach oben gestiegen?"

„Geht weg."

Noch keine drei Stunden war es her, da hatte Hugo neben ihr gestanden und mit abscheulichen Bemerkungen ihren Selbstschutz durchbrochen. Aber Scarlet regte ihre Sinne an, schüchterte sie mit einer anderen Art von Bedrohung ein. Selbst aus respektvoller Entfernung spürte sie die Wärme seines Körpers. Er roch nach Schweiß, Leder und nach warmem Metall – animalisch. Gefährlich. Sie wandte sich ab und umfasste den dicken Einband des Buches, um ihre Hände von ihm fernzuhalten.

„Was ist das?"

„Das geht Euch nichts an."

„Und ich vermute, Euer plötzliches Interesse an getrockneten Blumen geht mich ebenfalls nichts an."

Mit einem Mal wurde ihr bewusst, wie sie aussah und wie sie roch, und sie errötete. Sie hätte froh sein sollen, den Schmutz der Beete als Schutz an sich zu tragen, doch Scarlet machte sie verlegen, vor allem nachdem er mit so viel Abscheu auf den unglückseligen Geruch ihres Heims reagiert hatte.

Sie rieb sich mit dem Daumen über die Unterlippe und dachte an Hugos Warnung. Zum Teufel, die Vorstellung, einem Mann zu glauben, der Verwirrung und Unruhe stiftete, gefiel ihr nicht. Aber er hatte recht. Will Scarlet war gefährlich.

„Lasst mich in Ruhe."

„Nein", sagte er. „Wir brauchen Eure Hilfe bei Monthemer. Er ist verletzt. Dryden bringt ihn herein."

Tief holte sie Luft, darum bemüht, mutig zu wirken, dann nickte sie und schob die zerdrückten Blumen beiseite. Es war ihre Hütte. Ihr Leben. Nichts davon ging ihn etwas an.

„Was ist passiert?"

„Carlisle drückte ihm den Stiefelabsatz auf die Stirn."

„Carlisle war in Keyworth?"

Scarlet seufzte tief, und die Erschöpfung war ihm anzusehen. „Ja, und der Apotheker war darüber nicht so besonders glücklich."

Dryden und Scarlet zogen Monthemer zu dem Strohsack und berichteten von ihrem Ausflug und dem darauf folgenden Gefecht.

Jetzt kehrte auch Jacob aus dem Wald zurück. „So ist das also. Ich bleibe hier, um Steine zu kochen, und Ihr kämpft mit den Männern des Sheriffs."

Meg kniete neben Scarlet am Lager nieder. Er führte ihre Hände zu Monthemers Stirn, um ihr zu helfen, die Verletzung einzuschätzen. Sie spürte warmes Blut an ihren Fingern.

Dryden bewegte sich hinter ihnen, und sein Kettenhemd klirrte. „Wird er es überstehen?"

„Bei allen Heiligen, mir scheint, Carlisle trägt eine Klinge an seinem Absatz“, sagte sie. „Die Wunde ist tief. Er muss genäht werden.“

„Das kann ich machen“, erklärte Dryden. „Habt ihr irgendetwas gegen seine Schmerzen?“

„Das habe ich, Milord.“

Will lachte leise auf, verkniff sich aber jeden Kommentar zu dem Beruhigungsmittel. „Komm mit, Jacob. Du kannst helfen, den Zucker abzuladen. Ich fürchte allerdings, dass deine Fähigkeiten mit dem Schwert dafür nicht nötig sind.“

Eine Stunde lang arbeitete Meg mit Dryden, um das Blut seines Cousins zu stillen. Sie zerstampfte Eisenhutblüten zu einer Paste, während der Adlige einen Faden durch ein Nadelöhr zog und die Wunde nähte. Gelegentlich stöhnte ihr Patient, aber er blieb bewusstlos und verhielt sich ruhig. Als die Naht geschlossen war, tupfte sie die Stiche mit einer reinigenden Salbe ab, ehe sie seinen Kopf mit langen Bändern aus Leinen umwickelte und ihn dann ruhen ließ.

Als Will zur Hütte zurückkehrte, sagte er: „Ihr beide habt gute Arbeit geleistet.“

Dryden seufzte tief. „Ich wünschte nur, ich hätte ihm die Verletzung ersparen können.“

„Meg, Ihr müsst es uns sagen: Welche Verwendung könnten Finch und Carlisle für den Zucker haben?“

Sie tauchte die Hände in einen Eimer voll Wasser und wusch sich das klebrige Blut ab. „Im Hinblick auf Alchemie?“

„Ja“, sagte Will. „Könnte Eure Schwester ihnen von Eurem Zauber erzählt haben?“

„Das hat nichts mit Zauberei zu tun.“

„Gut.“ Seine Stimme klang so scharf wie Essigsäure. „Könnte Eure Schwester etwas von Eurer Magie verraten haben?“

Sie unterdrückte einen Fluch, dachte aber über seine Frage nach. Ja, ihre Schwester hatte geholfen, Beobachtungen aufzuschreiben und hatte laut Rezepte aus dem alten Buch ihres Vaters vorgelesen, aber ihr Interesse an Alchemie beschränkte sich darauf, Meg zu gehorchen. Sie war immer mehr von den fremden Sprachen angezogen worden, die das alte Buch enthielt, nicht von den Fakten und Formeln.

„Ich denke nicht“, entgegnete sie schließlich.

„Vielleicht war der Zucker doch für das Erntefest bestimmt.“

Dryden räusperte sich. „Habt Ihr ihr von dem Kupfer erzählt?“

„Welches Kupfer?“

„Kommt mit“, sagte Will. Ihre Neugier veranlasste sie, ihm zu gehorchen. Sie folgte ihm hinaus und zu den grasenden Pferden. Ein scharfes Klirren ertönte, als etwas Metallisches zu Boden fiel. „Dieses Kupfer.“

Mit gerunzelter Stirn kniete sie nieder und berührte drei Platten glatten Metalls, so breit wie ein Mensch und halb so hoch. Als Will sich neben sie kniete, knarzte das harte Leder seiner Knieschützer. „Wir haben es in Carlisles Karren gefunden, versteckt unter den Zuckersäcken. Wozu könnten sie es gewollt haben?“

Sie strich über das Kupfer und versuchte, einen Fehler darin zu finden mit ihren empfindsamen Fingerspitzen. Das Metall erwies sich als makellos, glatt, ebenmäßig an den Kanten und Rändern. „Wie ist die Farbe?“

„Soll ich poetisch werden?“

„Eine Beschreibung genügt“, sagte sie kopfschüttelnd. Die Aufregung und eine Vorahnung machten sie kribbelig. „Könnt Ihr Unterschiede in der Farbe sehen? Irgendwelche Streifen oder Fehler? Jacob – bitte hilf ihm dabei, es genau zu untersuchen.“

Jacob und Dryden prüften das Kupfer ebenfalls. Meg wartete ab. Trotz ihrer Besorgnis amüsierte sie die Vorstellung, wie die drei aussahen, als sie sich über die Platten beugten. „Habt

Ihr irgendetwas gefunden?“

„Es ist makellos“, sagte Dryden.

Sie nickte. „Dann ist es aus Zypern.“

„Das würde ich auch vermuten“, meinte Jacob. „Auch wenn ich so reines Kupfer bisher nur vom Hörensagen kannte.“

„Was heißt das?“

Scarlets hörbare Verwirrung mischte sich mit ihrer Furcht um die Sicherheit ihrer Schwester. Ihr wurde übel. Sie stellte sich eine ganze Reihe entsetzlicher Dinge vor, alle in den lebhaftesten Farben.

„Es heißt, der Sheriff hat einen Weg gefunden, Ada zum Sprechen zu bringen.“

Er spaltete noch einen Scheit mit der langstieligen Axt, obwohl seine Schulter pochte und sich gegen die harte Arbeit wehrte nach dem morgendlichen Kampf gegen Carlisle. Will genoss es, seine Enttäuschung abzuarbeiten. Die Anstrengung, genügend Holz für den Schmelzofen zu spalten, brachte ihn außer Atem, aber der körperliche Schmerz war leichter zu ertragen als seine ständige Verwirrung.

Jacob war wiedergekommen, um einen weiteren Armvoll Holz zu holen, und blieb neben dem Block stehen. Sein schwarzes Haar hing ihm in verschwitzten Locken in die Stirn; sein Gesicht wirkte offen und freundlich, als hätte es ein heiterer Künstler gezeichnet. Während des späten Nachmittags hatte er pausenlos Fragen gestellt und alles wissen wollen über Robin Hood. Will kam seinem Wunsch nach, denn er hatte vor, für sich selbst auch einige Antworten zu finden.

„Wie ist sie blind geworden?“, fragte er schließlich.

Jacob grinste breit, beinahe spöttisch, als hätte er diese Frage erwartet. Es ärgerte ihn, dass selbst ein unerfahrener Junge wie Jacob seine Absichten durchschaute.

„Fragt sie selbst, Scarlet.“

„Ich frage aber dich.“

„Angst?“

„Ich will nur eine einfache Antwort. Ich habe heute nicht mehr die Kraft für einen weiteren Kampf.“

Jacobs Miene wurde ernst, und Will erinnerte sich daran, wie geschickt der Junge mit dem Bogen und seinen seltsamen gebogenen Messern umgehen konnte. Der Mörder trug die Maske des Narren.

„Vor ungefähr fünf Jahren wurde sie krank. Die Symptome waren nicht anders als bei einer leichten Erkältung. Fieber, Schüttelfrost, Lichtempfindlichkeit. Dann begannen die heftigen Kopfschmerzen.“ Jacob hielt inne, wischte sich die Handflächen an der Hose ab und kauerte sich neben den Block. „Ich habe es natürlich erst später erfahren, von meinem Vater. Irgendwann schlief sie ein.“

Will runzelte die Stirn, dann hockte er sich neben den Jungen. „Sie schlief ein?“

„Für sechs Monate, ja.“

„Das ist unmöglich.“

Jacob hob die Hände. „Ich sage die Wahrheit. Als sie erwachte, konnte sie nicht sehen, und ebenso wenig vermochte sie sich an irgendetwas zu erinnern.“

Zu seiner Beunruhigung empfand Will Mitleid für sie. Es musste entsetzlich gewesen sein, die Sehkraft zu verlieren, und doch hatte sie es ertragen. Sie hatte sich ein Leben geschaffen, hier im Wald, ein Leben, das er in Unordnung gebracht hatte, indem er ihr Ada nahm. Schuldbewusstsein überkam ihn.

„Sie quälte sich wie ein Tier“, fuhr Jacob fort. „Ada blieb bei ihr in jenen Wochen und sprach mit ihr, das hat sie mir erzählt. Ihr Gedächtnis kehrte zurück, aber es wurde gemunkelt, sie wäre verrückt geworden, oder schlimmer noch: Dass der Teufel von ihr Besitz ergriffen hätte.“

Die verrückte Meg.

Er erinnerte sich an die ängstlichen Worte der Waldmänner, und erschauernd begriff er. Wegen einer Krankheit vollkommen von der Gesellschaft ausgeschlossen zu sein – er konnte sich kaum vorstellen, was sie durchgemacht haben musste. Sie und ihre Familie.

„Und ihr Vater?"

„Er begann den Kampf um ihr Augenlicht." Jacob blinzelte und rieb sich die Augen, wie ein Kind, kurz bevor es einschlief. „Ada sagte, er wäre der beste aller Männer gewesen. Aber nachdem Meg erblindet war, zählte nur noch für ihn, ein Heilmittel dagegen zu finden – das er niemals fand."

„Sprecht ihr über mich, Jacob?"

Meg stand ein paar Schritte entfernt. Ganz in das Zwielicht des anbrechenden Abends getaucht, hätte sie ebenso gut einen Schleier tragen können, so wenig verriet ihr Gesicht von ihren Gefühlen. Ihre Miene war ausdruckslos. Leer. Nicht einmal ihre Haltung drückte etwas von dem aus, was in ihr vorging. Sie trug den Umstand, einmal mehr der Gegenstand von Gerede zu sein, mit der Reglosigkeit einer Statue.

„Zu schade, Scarlet", sagte Jacob und grinste breit. „Ihr habt den Streit dann doch nicht vermeiden können."

Will hatte erwartet, dass der Junge die Flucht ergreifen würde, doch er lud geduldig eine weitere Ladung Holz auf seine Arme, ehe er davonging.

„Ihr hättet mich fragen können", sagte sie.

Ihr kühler Ton verbat ihm jede Widerrede. Ihr trauriges, müdes Gesicht, umgeben von einer dunklen Kapuze und halb im Schatten, rührte an einen empfindsamen Teil seiner Seele. Aber er hatte Jacob die Wahrheit gesagt. Die Vorstellung, wieder mit ihr zu streiten, widerstrebte ihm. Mit mehr Kraft als Geschick schlug er die Axt in den Block. „Das hätte ich, aber ich habe Jacob gefragt."

Wortlos machte sie kehrt und ging zurück zu ihrer Hütte.

Ein wohlbekanntes Gefühl von Erniedrigung veranlasste sie, über den Vorplatz zum Wald zu gehen. Scarlet und Jacob im

Gespräch über sie zu ertappen, erinnerte sie an den Augenblick, als sie Ada und Hugo zusammen entdeckt hatte. An das Gefühl, betrogen worden zu sein. An die Enttäuschung, die sie empfunden hatte. Ihre Hände zitterten und verrieten, wie tief diese Enttäuschung sie getroffen hatte. Sie verspürte keineswegs den Wunsch, von Scarlet gemocht zu werden, doch sie wünschte sich Respekt, vielleicht weil sie sich bereits in einer Weise benommen hatte, die ihr den Respekt jedes anständigen Mannes versagte.

Er ging ihr nach, seine langen Schritte raschelten auf den trockenen Blättern, die ihre Hütte umgaben. Meg wappnete sich, körperlich und seelisch, dennoch zuckte sie zusammen, als er ihren Arm umfasste.

„Wartet bitte", sagte er. „Wie geht es Monthemer?"

„Er ruht. Dryden kümmert sich um ihn."

Scarlet ließ die Hand sinken. „Das freut mich. Er hat heute gut gekämpft, wenn auch ohne Erfolg."

„Wurdet Ihr verletzt?"

Am liebsten hätte sie die Frage sofort zurückgenommen, kaum dass sie sie ausgesprochen hatte. Seine wichtige Rolle bei ihrem Vorhaben rechtfertigte nicht die Besorgnis, die sie verspürt hatte, seit er im Morgengrauen nach Keyworth aufgebrochen war.

Stumm blieb er stehen. Sie spürte, wie er sie musterte. Vielleicht war er von ihrer Sorge ebenso überrascht wie sie selbst.

„Zum Glück nicht", antwortete er leise. „Ich konnte den Bogen gut gebrauchen."

„Das sagte Dryden schon." Ein Lächeln umspielte ihre Lippen, setzte sich gegen ihre schlechte Stimmung durch. „Er meinte, es hätte ausgesehen, als wäre der Bogen ein Teil Eures Körpers."

„Dryden übertreibt."

„Das würde nicht zu ihm passen. Wie auch immer, ich sollte Eure Schulter untersuchen, wenn Ihr mit dem Holzhacken fertig seid."

„Warum?"

Weil ich es genieße, mich selbst zu quälen. Weil ich Euch berühren will.

Sie schluckte schwer. „Um nach Anzeichen für eine Entzündung zu suchen."

„Wenn Ihr wollt, dass ich meine Tunika ausziehe, müsst Ihr es nur sagen."

„Ich sollte es so belassen, bis Euch der Arm abfault", gab sie mit glühenden Wangen zurück.

„Das klingt nicht besonders freundlich."

„Es ist mehr als Ihr verdient."

Langsam beugte er sich vor, bis sie seinen Atem warm an ihrer Wange spürte. „Öffnet Euren Mund."

Ihr stockte der Atem. „Wie bitte?"

„Ich sagte, macht den Mund auf. Ich habe etwas für Euch."

„Ihr seid albern." Ihr Herz schlug wie bei einem wilden Tier auf der Flucht, schnell und flatternd. Aber ihre Füße regten sich nicht.

„Glaubt mir einfach für den Moment, dass ich nicht vorhabe, Euch zu schaden."

Der sanfte Klang seiner Stimme weckte verführerische Bilder in ihr. Sie kniff die Augen zu, um sie zu vertreiben. „Und warum sollte ich Euch vertrauen?"

„Weil ich mich davor fürchte, dass Ihr mir wieder schmerzhaft zwischen die Beine greift."

„Ihr hattet es verdient."

„Bei allen Heiligen, Frau, kein Mann verdient das." Er rückte noch näher, und sie spürte seine Haare auf ihrer Stirn. Er umfasste ihren Nacken, massierte sanft ihre verspannten Muskeln. Sie hätte ein Kätzchen sein können, das am Nacken getragen wurde, so vollkommen wehrlos fühlte sie sich. „Öffnet den Mund, ehe ich Euch zu Boden werfe und Eure Lippen auseinander zwinge."

Sie vergaß jede scharfe Erwiderung, jede abweisende Bemerkung. Flehte nicht einmal um Gnade und bat ihn auch nicht, sie zu verschonen. Zuerst Hugo und seine abscheulichen, beißenden Beleidigungen. Dann Scarlet – die Sorge, die Vermutungen, die vergeblichen Versuche, ihn zu verstehen. Sich vor seinem Einfluss zu schützen war, als wollte sie versuchen, Rauch zu fangen. Er war ein starkes Gift in männlicher Gestalt, dazu bestimmt, sie in den Wahnsinn zu treiben.

„Öffnet Euch für mich, Meg."

Der sinnliche Klang, mit dem er diesen Befehl aussprach, erschreckte sie. Ihr wurde heiß, am ganzen Körper, zwischen ihren Schenkeln. Verlangen wuchs in ihr, mischte sich mit einer Ahnung von Gefahr und Neugier. Die Hitze berührte ihre Haut wie Feuer, in dessen Flammen ihre Vernunft verglühte.

Sie öffnete den Mund.

Mit dem Finger berührte er ihre Zunge. Süße breitete sich aus, und beinahe wären ihr die Knie weich geworden, so schön war dieser Geschmack. Jeder klare Gedanke verschwand. Sie schloss die Lippen um seinen Finger und sog daran, genoss jeden einzelnen Zuckerkristall, den er ihr darbot.

Scarlet zog seinen Finger zurück. Er atmete schwer, sie fühlte ihn ganz nahe bei sich. „Noch mehr?"

Sie nickte kurz. Er berührte ihre Unterlippe, verrieb kleine Stücke auf ihrer empfindlichen Haut. Wieder hielt sie seinen Finger fest und leckte ihn ab. Er drückte ihren Nacken fester, so fest, dass es beinahe wehtat. Sie schmeckte eine Mischung aus Zucker und diesem Mann, auf ihrer Zunge, in ihrer Kehle. Ihr Körper schien zu glühen. Ihre Brüste schmerzten, fühlten sich schwer an. Ein vertrautes Gefühl der Leere breitete sich aus, sehnte sich danach, erfüllt zu werden. Er bot ihr mehr Zucker an. Doch sie wollte mehr von ihm. Erneut berührte sie seinen Finger mit ihrer Zunge, sog wieder daran. Er stöhnte auf und erschauerte. Länger konnte sie es nicht ertragen. Sie grub die Finger in sein Haar, zog ihn an sich. Ihre Lippen berührten sich, drängten zueinander, heiß und süß. Er schob die Zunge in ihren Mund. Der sirupartige Rest des Zuckers mischte sich mit seinem Geruch. Er umschlang ihre Taille, küsste sie leidenschaftlicher. Ihre Brustspitzen richteten sich auf, und das harte Leder seiner Rüstung rieb daran, als sie sich an ihn presste, erregt und enttäuscht zugleich.

Sie spürte seine Hüften, und seine Erregung bewies ihr, dass er sie begehrte. Stöhnend flüsterte er ihren Namen und bedeckte ihren Hals mit Küssen. Sie verwünschte das enge Mieder, das ihn daran hinderte, sie weiter zu küssen, doch dann spürte sie seine Zunge an ihrem Ohr. Er knabberte und sog daran, grub seine Finger in ihr Haar. Ihr war schwindelig, als sie sich an ihn presste in dem Gefühl, dass eine Ewigkeit vergangen war, seit sie ihn das letzte Mal im Arm gehalten – seit er sie das letzte Mal gehalten hatte.

Will.

Und wie eine Ertrinkende, die endlich wieder zu Atem kam, kam sie wieder zu sich.

15. KAPITEL

Wie viele Meilen trennen mich von deiner Liebe?
Komm sag es mir, mit reinem Herzen.
„Robin Hood and Allin a Dale"
Ballade, 17. Jahrhundert

Zucker und Meg, Sanftheit und Glut – ihre Küsse waren wie eine wahr gewordene Fantasie. Sie hatte sich an ihn geklammert, sich an ihn geschmiegt, war mit seinem Körper verschmolzen, mit seinem Geist, bis die Erfüllung nahe zu sein schien. Und dann war sie davongelaufen.

Was hatte er falsch gemacht?

Eine Weile stolperte er durch den mondbeschienenen Wald, ehe er Meg fand. Sie stand inmitten eines Kreises aus hohen Birken, beleuchtet von fahlem Licht. Die schlanken Arme hatte sie um das Gesicht geschlungen, als wollte sie ihren Kopf festhalten, die Finger in ihr Haar gegraben. Ihr Weinen hallte wie das Rufen wilder Geister durch den Wald, und Angstschauer liefen ihm über den Rücken.

Er hasste die Wälder, aber ihr Weinen und Wimmern machte aus dieser unwirklichen Szene einen Albtraum.

Als sie ruhiger wurde, ließ sie die Arme sinken, noch immer heftig zitternd. Mit einer ungeduldigen Bewegung warf sie dann ihre dunkelgrüne Kapuze auf den Waldboden. Sie legte den Kopf zurück, sodass das lange Haar ihr wie ein Wasserfall aus dunklen Locken bis zur Taille reichte.

Dann begann sie, sich zu drehen. Der schmutzige Saum ihres Kleides streifte Gras und Schlamm. Ihre gleichmäßigen Bewegungen folgten dem Wogen der Bäume, und der bleiche Mond schien auf ihr Gesicht.

Will war ein wenig in Sorge über das, was sie da tat, sah aber fasziniert zu. Sie hielt ihre weiten Röcke und begann, von einer Seite zur anderen zu schwingen, dann drehte sie sich wieder, formte Kreise voller Energie und Kraft. Immer schneller drehte sie sich, bis sie auf die Blätter stürzte. Dort blieb sie schweratmend sitzen.

Er seufzte, bewegte seine verletzte Schulter, doch der Schmerz in seinem Kopf rührte nicht nur von der Verwundung. So zusammengekauert wirkte sie wie ein Kind, nicht größer und nicht tapferer, ein zitterndes, verlassenes Kind. Doch irgendwo in diesem Geschöpf gab es eine starke Frau.

„Warum dreht Ihr Euch?“

Aufgeschreckt fuhr sie herum. „Habt Ihr mich beobachtet?“

Er trat in die Mitte der kleinen Lichtung, schob sein Schwert zur Seite, setzte sich neben sie und verkreuzte die Beine. „Beruhigt Euch.“

„Nein. Ich kann es nicht ertragen, wenn ich – wenn ich ...“

„Im Nachteil bin“, ergänzte er. „So wie in jenem Moment, da Ihr bemerktet, dass Jacob und ich über Euch sprachen.“

„Ja.“

„Verzeiht mir. Ich wollte nicht – ich hätte Euch selbst fragen sollen.“ Ohne auf seine Schulter zu achten, ließ er sich auf den Rücken sinken. „Ihr habt meine ganze Aufmerksamkeit. Mehr kann ich nicht bieten.“

Sie zupfte an einem Blatt, bis nur noch der Stiel und ein paar Adern übrig waren. „Einmal, als ich mich so drehte und mir schwindelig wurde, glaubte ich, Farben zu sehen.“

„Habt Ihr sie seither noch einmal gesehen?“

„Nein. Aber ich versuche es weiter.“

Ihre Stimme klang so voller Schmerz und Hoffnung zugleich, dass er jedes ihrer Worte wie einen Stich empfand. Ihre Verletzlichkeit machte es ihm unmöglich, den Wunsch zu unterdrücken, sie zu beschützen. All die Ablehnung, die er empfunden hatte, schmolz dahin.

„Seid ehrlich zu mir“, bat er. „Hättet Ihr Hugo gegenüber so etwas auch zugegeben?“

„Nein.“

„Und warum nicht?"

„Er hätte mich ausgelacht."

„Vergesst das nicht, Meg", sagte er. „Denkt zwei Mal darüber nach, ehe Ihr mich mit diesem Bastard auf dieselbe Stufe stellt."

Er setzte sich auf und berührte sie jetzt fast mit seinen Lippen. Er könnte sich vorbeugen. Sie könnte ihm entgegenkommen. Vielleicht könnten sie gemeinsam lachen. Jede Bewegung würde sie zusammenführen. Wieder einmal. Die Aussicht darauf brachte sein Blut in Wallung, in freudiger Erwartung und in Zorn. Er wollte diese Frau nicht begehren und das Gefühl verspüren, sie beschützen zu wollen. Aber genau das tat er. Er tat es mit einer Heftigkeit, die jenseits aller Vernunft lag. Die Vorstellung, sie noch einmal zu küssen, war süß – so süß wie der Zucker auf ihrer Zunge.

„Warum habt Ihr das getan?" Warm spürte er ihren Atem auf seiner Zunge. „Weshalb habt Ihr für den Sheriff gearbeitet?"

Verwirrung und ein Anflug von Bedauern ließen ihn zurückweichen. Wie kompliziert das alles war. Und er hasste jeden Moment dieses Durcheinanders.

„Nottingham ist korrupt", sagte er. „Und man verbirgt es nicht einmal. Ich hatte es satt, vom Geld begüterter Freunde zu leben, aber ich wollte auch nicht in Armut leben. Finch bezahlt jene Männer gut, die seine Version von Recht und Gesetz vertreten."

„Und was ist mit Ada?"

„Carlisle sagte uns, der Sheriff suchte einen verlässlichen Alchemisten. Jedem, der einen beschaffen könnte, würde eine Belohnung winken sowie die Möglichkeit, einer von Finchs Leibwächtern zu werden."

Sie runzelte die Stirn. „Die Möglichkeit?"

„Das war meine Aufgabe auf der Straße nach Nottingham." Die Erinnerung ließ ihn erschauern – wie er die Anspannung und das Unbehagen gefühlt hatte kurz vor dem Überfall. „Ich stand seit fast einem Jahr in Finchs Diensten. Ich sollte meine Loyalität als Teil seines persönlichen Kaders beweisen, unter Carlisles Führung. Jetzt glaube ich, dieser ganze Test diente nur dazu, ein Netz zu weben, um denjenigen Dummkopf darin zu fangen, der sich über den Mord an Lord Whitstowe beschwerte – und ihm das Verbrechen zuzuschieben."

„Euch."

„Ja."

„Ihr habt das alles für Geld getan."

„Ja", sagte er langsam. „Und ich bin nicht besonders stolz darauf."

„Ihr fühlt Euch schuldig?"

„Macht keinen Heiligen aus mir, Meg."

Sie kniff die Augen zusammen. „Daran würde ich niemals denken, zumal ich Eure Hilfe mit gefälschten Smaragden erkauft habe. Bei allen Heiligen – ich verstehe Euch nicht."

„Mich versteht Ihr nicht? Ihr seid ein ewiges Rätsel. Ihr seid ebenso furchtlos wie ängstlich."

„Dazu habe ich allen Grund."

„Warum – weil Ihr blind seid? Glaubt Ihr wirklich, dies hier wäre einfacher, wenn Ihr sehen könntet?"

„Das wäre möglich." Sie ließ die Überreste eines zerrissenen Blattes fallen und nahm sich ein anderes. „Doch, so wäre es. Denn dann könnte ich sehen, dass Ihr mich anschaut."

„Wen sollte ich sonst anschauen?"

Sie legte den Kopf schräg und sah aus, als fühlte sie sich nicht gut. Endlich begriff er.

„Oh, es geht um Hugo, nicht wahr? Hugo und Eure Schwester."

„Woher wisst Ihr das?"

„Ich hörte es, als er Euch küsste." Er holte tief Luft, und Zorn stieg in ihm auf. „Bei allen Heiligen, Meg. Was haben sie getan?"

Es schien, als sähe sie sich suchend um. „Nach Vaters Tod

begann er, mich in der Hütte zu besuchen. Nach dem, wie man mich behandelt hatte, gefiel es mir, wie er die Erwartungen der Gesellschaft mit seinen Diebereien täuschte. Außer Ada hatte ich niemanden auf der Welt, und so hatte ich außerdem noch Hugo. Ich war glücklich. Wir – irgendwann … Er und ich, wir haben – weil ich es wollte …"

Zunächst sprach sie immer leiser, dann verstummte sie.

Will wünschte sich nichts sehnlicher als zwei Minuten allein mit Hugo; er würde sogar bereitwillig auf eine Waffe verzichten. Mit bloßen Händen würde er diese Strafe vollziehen. Aber die Verbitterung folgte seinen Gewaltfantasien unmittelbar auf dem Fuße. Hatte er sich denn besser benommen als dieser Dieb?

Meg rieb sich mit dem Handrücken die Nase. „Er hielt sich an keine Regeln, und ich war dumm genug zu glauben, er würde für mich eine Ausnahme machen. Er saß mit meiner Schwester und mir im selben Zimmer und tat freundlich mit ihr. Er liebäugelte mit ihr, und ich konnte nicht sehen, was sich direkt vor meiner Nase abspielte."

„Wie habt Ihr die Wahrheit herausgefunden?"

„Ich habe sie im Wald vor der Hütte entdeckt. Sie haben mich ausgelacht, weil ich so gutgläubig war. Ada lachte mit ihm zusammen über meine Blindheit. Als ich mich ihnen zeigte, ergriff Hugo die Flucht, und Ada gestand mir ihr Verhältnis."

„Hat es ihr leid getan?"

„Sie gab mir die Schuld. Sie sagte, mich zu versorgen hätte sie einsam gemacht, sodass sie genauso gut auch hätte blind sein können. Das war der Zeitpunkt, da ich sie überredete, für mich die Smaragde zu verkaufen."

Enttäuschung zerrte an seiner Geduld. Seit ihrer ersten Begegnung hatte sie jedes erdenkliche Gefühl gegen ihn ausgespielt, und doch konnte er immer noch nicht echte Gefühle von Manipulation unterscheiden. Offensichtlich war es nicht unter ihrer Würde, ihre Schwester mit derselben Verachtung und

Missachtung zu behandeln.

Er spürte einen bitteren Nachgeschmack im Mund. „Überredet? Oder genötigt?"

„Sie war es mir schuldig! Lasst Eure Enttäuschung nicht an mir aus", sagte sie, und ihre Worte klangen beißend. „Wenn Ihr alles mit Eurem Onkel geklärt habt, versöhne ich mich mit Ada."

„Also werdet Ihr noch eine Weile getrennt bleiben."

„Dann soll es so sein."

„Aber warum durchquert Ihr das halbe Land, um sie zu retten? Warum?"

„Ich liebe sie." Er wollte widersprechen, doch sie hob abwehrend die Hände. „Sie ist alles, was ich habe. Ich weiß, ich kann ihr nicht trauen, aber ich möchte, dass alles wieder so wird, wie es einmal war. Ehe Hugo kam."

„Und darauf richtet Ihr Eure Hoffnungen?" Er schüttelte den Kopf und verlieh seinem Zorn Ausdruck, indem er die Hände zu Fäusten ballte. „So einfach ist das Leben nicht, das könnt Ihr mir glauben. Manchmal können wir nicht zurückgehen."

„Und was sollte ich Eurer Meinung nach stattdessen tun? Schließlich seid Ihr Will Scarlet – der Mann, der absolut sicher weiß, was seine Aufgabe auf Erden ist."

„Was soll das heißen?"

Nachdem sie ihre Haube zwischen den Blättern gefunden hatte, stand sie hastig auf. „Stimmt es nicht, dass Ihr eine einflussreiche Familie habt, die sich für Euch beim Sheriff einsetzen könnte?"

„Es ist nicht so, dass …"

„Stattdessen lehnt Ihr diese Hilfe ab", fuhr sie fort und schob ihr Haar unter die Haube. „Ihr geht in den Wald, den Ihr verabscheut, zusammen mit einem blinden Mädchen, einem jüdischen Jungen und einem Haufen von Leuten, die Euren Kopf gefordert hätten, wäre da nicht ein Adliger gewesen, der versucht hat, Euch umzubringen. Welche Antworten habt Ihr mit absoluter Gewissheit parat?“

„Ich wusste, dass Ihr es mir schwer machen würdet.“

Er stand auf und führte sie zurück zur Hütte.

„Will?“

Als er zum ersten Mal seinen Vornamen aus ihrem Mund hörte, wäre er um ein Haar stehen geblieben. Aber dann hätte er sie auch geküsst. Und wenn er sie geküsst hätte, wäre aus dieser unangenehmen Angewohnheit, sich für den schwierigen Weg zu entscheiden, eine feste Einrichtung geworden.

„Will, was wollt Ihr damit sagen?“

„Dass ich mich sorge“, erklärte er über die Schulter hinweg. „Ihr macht es mir schwer, mich um das zu kümmern, was aus Euch wird.“

In der Dunkelheit öffnete Meg die Augen und rang nach Luft. Feuchte Nachtluft drang ihr in Mund und Nase und raubte ihr den Atem. Sie versuchte, einen Traum aus ihrer Erinnerung zu verbannen, doch sie fand keine Ruhe. Immer wieder drängten sich ihr die Bilder von ineinander verschlungenen Armen und Beinen auf, vernebelten ihr die Sinne, ließen sie zwischen den Schenkeln feucht werden.

Als ihr Herz wieder ruhiger schlug, nahm sie Will sein Eindringen übel. Aber es war ihr unmöglich, die Erinnerung an ihre leidenschaftliche Begegnung zu unterdrücken. Seine Stimme, sein Geruch, jede seiner Eigenschaften widersetzte sich ihrem ansonsten so starken Willen.

Und seine Küsse.

Sie wollte vor ihm davonlaufen, aber ihr gesunder Menschenverstand war ein Opfer der Leidenschaft geworden. Nicht einmal in den Schlaf und den Zauber des Feuertraums konnte sie sich zurückziehen. Will folgte ihr überallhin.

Langsam und leise setzte sie sich auf und rief sich die Einrichtung der Hütte ins Gedächtnis zurück, um sich zu orientieren. Irgendwo neben der Tür schlief Jacob tief und fest und schnarchte mit geöffnetem Mund. Will hatte einen Platz auf dem Boden eingenommen, parallel zu ihrem Arbeitstisch, und Dryden hatte sich ein Lager neben seinem Cousin eingerichtet. Er wollte sich während der Nacht um Monthemers Bedürfnisse kümmern.

Ein Lächeln umspielte ihre Lippen und lenkte sie weiter ab von dem Traum mit seinen eindeutig sinnlichen Inhalten. Abgesehen von Jacob hatten sie und Ada niemals Gäste gehabt. Der Raum bot kaum genug Platz für mehrere Menschen, die nun um die Möbel herum lagerten.

Doch in Abwesenheit ihrer Schwester beherbergte Meg nun zufällig vier Gäste. Vier Männer schliefen unter ihrem Dach. Sie sollte das als anstößig empfinden oder Angst haben, aber Anstößigkeit hatte für sie schon längst keinen Schrecken mehr. Und was die Angst betraf, in der Dunkelheit der Nacht von vier verschiedenen männlichen Gestalten umgeben zu sein, so brachte sie nicht genug Energie dafür auf. Die vergangenen Tage hatten genügend Schrecken mit sich gebracht, um die schlimmsten Albträume einer Frau wahr werden zu lassen.

Nur einer von diesen vier Männern machte ihr Angst.

Ein Stöhnen schreckte sie aus ihren Gedanken, und sie wandte sich Monthemers Strohsack zu.

Einen kleinen Moment lang schob sich ihr Traum wieder in den Vordergrund, mit Stöhnen und Seufzen. Sie presste die Fingerspitzen an die Schläfen, als könnte sie so ihre Gedanken ergreifen und sie zwingen, sich aus ihrem Kopf zurückzuziehen.

Reglos wartete sie auf das nächste Geräusch. Ein weiteres Stöhnen? Ob Dryden erwachte? Der schwache Rest einst lodernder Flammen knisterte in der Feuerstelle. Draußen begann eine mutige Lerche ihr erstes Lied, was ihr einen Hinweis darauf gab, wie spät es war.

Von Monthemers Strohsack ertönte ein weiteres Stöhnen.

„Milord?“

Ihr leises Flüstern, an Dryden gerichtet, durchdrang kaum

die Stille der Nacht. Keine Antwort. Sie legte einen Umhang um ihre Schultern und ging das kleine Stück zu Monthemer hinüber. Der Geruch von Blut und Eisenhut stieg ihr in die Nase. „Milord?"

„Hier."

Sie presste die Hände vor den Mund, um nicht laut aufzuschreien.

„Entschuldigung", sagte Dryden. „Ich dachte, ich sage lieber etwas, anstatt Euch nur am Arm festzuhalten."

Sie nickte. „Wie geht es ihm? Ich hörte, dass er sich bewegte."

„Ihr müsst Euch keine Sorgen machen, Meg. Ich habe ja gesagt, ich würde mich um ihn kümmern, sollte er etwas brauchen."

„Er ist unser beider Patient. Ich möchte wissen, wie es ihm geht." Sie kniete nieder und berührte eine Hand. „Ist das Eure oder seine?"

„Wie bitte?"

„Also ist es seine Hand."

Wieder stöhnte Monthemer auf. Sie tastete danach, ob er fiebrig war, doch seine Haut fühlte sich noch immer kühl an. Weder zuckte er zusammen noch wachte er auf, als sie die Leinenverbände untersuchte, die er um seinen Kopf trug.

„Ich habe ihm noch mehr Eisenhut gegeben."

„Tatsächlich?" Sie beugte sich tiefer über den bewusstlosen Mann und roch den betäubenden Duft der Pflanze. „Auf die Wunde?"

„Nein, ich fütterte ihn damit."

Sie fragte sich, ob Dryden wohl erkannte, dass ihr das nicht gefiel, oder ob er im Dunkel der Nacht in der Hütte ebenso wenig sehen konnte wie sie. „Ich habe ihm genug gegeben, ehe Ihr die Wunde genäht habt."

„Eben hat er sehr laut gestöhnt." Seine Stimme klang ungeduldig, als er fortfuhr: „Ich habe schon früher mit der Pflanze zu tun gehabt."

„Zu viel davon kann seine Atmung so weit verlangsamen, dass er stirbt."

„Ja." Dryden seufzte. „Aber genau die richtige Dosis wird für einen ruhigen Schlaf sorgen."

Meg biss sich auf die Unterlippe. Sie ließ das Thema fallen, aber sie wusste, dass ein heftiger Streit daraus geworden wäre, wäre Will ihr Gegner gewesen. Welche Reaktion hätte sie wohl mehr geärgert? Wills Fähigkeit, ihren Unmut zu erregen, oder Drydens unberechenbares Temperament?

Die Erinnerungen an Zucker, Küsse und nächtliche Bekenntnisse stiegen in ihr auf. Als sie Will betäubt und verlassen hatte, um in die unsicheren Wälder aufzubrechen, hatte sie es wider besseres Wissen getan. Instinktiv hatte sie beschlossen, den Ort ihres peinlichen Verhaltens zu verlassen. Sie hätte alles getan, um den Erinnerungen an ihre Verletzlichkeit zu entfliehen – vor allem einer gut aussehenden und enttäuschenden Erinnerung. Das war dumm gewesen, gewiss, aber lebensnotwendig.

Jetzt empfand sie denselben Wunsch zu fliehen. Will Scarlet lag nichts an ihr. Er wollte ihr nicht helfen. Alles, was er tat, diente dazu, sie zu beeinflussen. Vielleicht zu seinem eigenen Vorteil, vielleicht um die Sicherheit seiner Familie zu gewährleisten, würde er sie an den Sheriff verraten.

Und seine Küsse. So süß waren sie. Die Angst, wieder einmal als gutgläubige Närrin dazustehen, drohte ihre Entscheidungen zu beeinflussen.

Aber nein, diesmal war die Vernunft auf ihrer Seite. Die Umstände hatten sich verändert. Sie würde sich nicht allein auf unbekanntes Terrain begeben. Es gab einen anderen Verbündeten, der ihr helfen würde und der möglicherweise weitaus mehr Einfluss besaß als Will.

„Milord, ich möchte, dass Ihr mich nach Nottingham begleitet."

„Wie bitte?"

Sie richtete sich auf und zupfte am Saum eines ihrer langen, weiten Ärmel. „Ihr besitzt das Recht, mit dem Sheriff zu sprechen und eine Erklärung zu verlangen. Er kann einem Edelmann keine Audienz verweigern."

Beunruhigt trat Dryden von einem Fuß auf den anderen. „Was ist mit Scarlet?"

„Er hat seine Gründe, mich dem Sheriff zu übergeben."

„Seid Ihr sicher?"

„Nein, aber ich kann das Risiko nicht eingehen."

„Verhandlungen übersteigen meine Fähigkeiten", sagte er. „Vater pflegte solche Dinge zu übernehmen."

„Ihr unterschätzt Euch."

„Und Ihr habt sehr viel Geduld mit mir." Er lachte leise. Wieder wirkte er verlegen, so wie kürzlich, als über sein Verhalten bei Carlisles Angriff gesprochen wurde. „Es muss Euch schwerfallen zu glauben, dass ich meinem Vater mit all meiner Kraft und meinen Fähigkeiten diente, nach all den Feigheiten, die Ihr von mir hörtet."

Meg schüttelte den Kopf. Sie fühlte sich unbehaglich, wenn er so geringschätzig über sich sprach. „Hier geht es nicht um Mut oder Feigheit, sondern darum, ein Recht in Anspruch zu nehmen."

Eine ganze Weile verging. Eine weitere Lerche begrüßte den anbrechenden Tag. Bald würde die Welt erwachen. Und sie würde Will endgültig zurücklassen. Sie wartete darauf, dass Dryden ihre Pläne Wirklichkeit werden ließ.

Tief holte er Luft. „Mein Vater übernahm die Verantwortung für Euch, und ich werde dasselbe tun. Ich hatte es zwar schon gesagt, aber ich werde mein Versprechen in die Tat umsetzen."

Sie lächelte erleichtert. „Ich danke Euch, Milord."

„Dankt mir, wenn Eure Schwester zurück ist. Und jetzt sagt mir, was Ihr Euch für Scarlet überlegt habt."

16. KAPITEL

Kein größerer Dieb lauert unter den Himmeln,
als die Schönheit, eingefangen in den Augen der Frauen.
„In Sherwood Lived Stout Robin Hood“
Robert Jones, 1609

Ich kann nicht behaupten, dass das gänzlich unerwartet kommt“, sagte Will.

Er richtete seine Aufmerksamkeit abwechselnd auf Drydens dunkelbraune Augen und die Schwertspitze des Edelmannes, die so gehalten wurde, dass sie Wills Kopf von seinem Körper trennen könnte.

„Ich sagte, die Waffen fallen lassen, Scarlet.“

Er hütete sich, auf der Suche nach einer Erklärung zu Meg hinüberzublicken, solange Drydens Waffe auf ihn gerichtet war. Aber dennoch richtete er seine Worte an sie. „War das Eure Idee?“

Sie besaß Anstand genug, eine verlegene Miene aufzusetzen, ehe sie sich abwandte. Hätte sie sehen können, so hätte sie seinen Blick gemieden.

Will grinste, ungeachtet des Schwertes. Gleich würde er sich mit Dryden beschäftigen. Doch im Moment beobachtete er Meg, wie sie mit sich selbst rang. Entweder wurde sie eine immer bessere Lügnerin, die sogar so tun konnte, als würde sie zweifeln, oder ihr Gewissen gewann allmählich die Oberhand über ihre Vorbehalte. Inzwischen konnte er auch besser ihre Miene deuten. Er war ihr in die Falle gegangen, doch wenigstens gelang es ihm zu erkennen, wie unbehaglich sie sich dabei fühlte, ihm jetzt gegenüberzutreten.

Sie verzog das Gesicht und betastete den kopfgroßen Beutel, den sie trug. „Ändert das etwas an der Situation? Ihr würdet mir ohnehin nicht glauben, ganz egal, was ich sage.“

„Senkt die Waffe“, forderte Dryden noch einmal. Er hob die

Klinge höher und spannte die Muskeln an, bereit für den tödlichen Hieb.

„Da habt Ihr wohl recht", meinte Will an Meg gewandt und lachte auf, voller Bitterkeit. Er schnallte den Gurt ab. „Ich glaube Euch nicht. Und ich kann nicht glauben, dass ich den ganzen langen Weg zurückgelegt und mehr als einmal Euer miserables Leben gerettet habe – und dies hier soll mein Dank dafür sein."

Klirrend fiel sein Schwert auf die Erde. Dolche, der Bogen und ein paar Pfeile folgten.

Mit einer Kopfbewegung deutete Dryden auf eine nahe stehende Eiche. „Setzt Euch an den Stamm des Baumes da. Macht schnell."

Da Meg unerbittlich blieb wie ein Fels, der zu keinem Gefühl des Mitleids fähig war, wandte er sich stattdessen mit seiner Bitte an den Mann ihm gegenüber. „Ihr wisst, dass ich Euren Vater nicht getötet habe, Milord. Wollt Ihr es mir überlassen, meinen Namen reinzuwaschen? Ohne Zeugen, die das bestätigen können?"

Auf Drydens Miene zeigte sich Unsicherheit. Er schluckte, ehe er sich daran machte, Will an den Baum zu fesseln. „Ich bin verpflichtet, das Versprechen einzuhalten, das mein Vater Meg gegeben hat. Aber ich werde beim Sheriff für Euch sprechen."

„Und wenn er hinter dem Komplott steckt?"

Keiner von beiden beantwortete seine Frage, denn sie wussten von der Wahrscheinlichkeit, einen weiteren Betrug aufzudecken. Und doch wollten sie ihn nicht dabeihaben. Es war sinnlos.

Meg stieß mit ihrem Stab gegen den Baumstamm und kniete nieder. Sie legte den Stab hin und zog sich den ledernen Gurt des Beutels von der Schulter. Dann tastete sie nach Wills Kopf und strich ihm das Haar aus dem Gesicht. „Ich will nichts weiter als mein Leben zurückhaben, so wie es war."

„Ihr habt keine Ahnung, auf was Ihr Euch einlasst. Nottingham ist eine Schlange, seine Männer sind hinterhältig, und das Schloss ist ein verdammtes Labyrinth."

„Dryden wird mir helfen. Er besitzt Einfluss."

„Ihr habt eine Söldnerseele, Meg."

„Das müsst Ihr gerade sagen."

„Aber Ihr seid auch ein Feigling. Das hier hat nichts mit strategischem Vorgehen zu tun. Es hat mit den Küssen zu tun, die Euch ein bisschen zu gut gefielen."

„Darüber will ich nicht sprechen."

„Warum nicht? Wann hat meine Hilfe für Euch je etwas Schlechtes zur Folge gehabt?" Er fühlte, wie Bitterkeit in ihm aufstieg. Gern hätte er ausgespuckt, doch sein Mund war wie ausgedörrt.

Langsam verzog sie den Mund zu einem Lächeln. Ein scheuer Kuss, sie berührte nur seine Lippen, sonst nichts. Aber Wärme durchströmte seinen Körper, breitete sich in seinen Adern aus, umnebelte seinen Geist. Er hielt den Atem an, als sie die Finger über seine Wange gleiten ließ, an seinem Kinn entlang, bis zu seinem Bauch. Er hielt den Atem an, bis seine Lungen brannten.

Ihr langer, heller Hals verlockte ihn. Er könnte sich vorbeugen und ihre kühle Haut küssen, den sauberen Duft einatmen, sie beißen – aber er rührte sich nicht. Forschend ließ sie ihre Hand weitergleiten, über seinen Körper, seine Hüften. Er holte tief Luft und kniff die Augen zusammen, um nicht zu sehen, wie sie den Kopf beugte, nur wenige Zentimeter von seinen Lenden entfernt.

Sie bewegte die Hände weiter, immer tiefer, bis zu seinen Füßen. Dann breitete sich ein Lächeln auf ihrem Gesicht aus, und triumphierend zog sie ihm die abgetretenen Stiefel aus. Ihre Miene und der letzte Rest seines gesunden Menschenverstandes ließen ihn erkennen, was sie vorhatte.

„Verdammt, Meg!"

Aber es war zu spät. Schon entfernte sie die Dietriche aus seinen Stiefeln.

Ihr Lächeln verschwand, als sie sich einen Schleier über das Gesicht zog. Dann stand sie auf, nahm ihren Beutel und wandte sich an ihren Begleiter. „Wir sind fertig."

Dryden warf Wills Waffen in den Wald und verscheuchte dessen Pferd. Ohne ein weiteres Wort stiegen sie auf ihre eigenen Pferde und wandten sich in Richtung Nottingham. Wills Blick ruhte auf Megs Hinterkopf; er sah, wie der Wind sich in ihrem Schleier fing und ihn wie ein Segel aufblähte. All das sah er, aber er konnte nicht glauben, was hier geschehen war. Und seine Fassungslosigkeit brachte sie nicht dazu, das Pferd zu zügeln und zu ihm zurückzureiten.

Mit einem leisen Fluch überprüfte er die Fesseln. Der Strick grub sich nur noch tiefer in seine Schultern. Von seiner Verletzung zuckte ein lähmender Schmerz durch seine Gliedmaßen, ein sich allmählich steigerndes Pochen, das nicht nachlassen wollte. Und sein Körper schien noch immer zu glühen, sehnte sich nach Megs neugierigen Händen, wollte ihren Mund auf seinem spüren. Er spürte, wie ein wahnsinniges Lachen in ihm aufstieg.

Wie sehr er sich doch wünschte, ihr gegenüber nur noch Gleichgültigkeit zu empfinden.

In seinem liebsten Tagtraum stellte er sich vor, wie er die beiden davonreiten lassen würde. Nie wieder würde er an sie denken. Meg würde tun, was immer ihr Dummes durch den Kopf ging, und sie würde irgendein männliches Wesen, ob freiwillig oder nicht, in ihre Pläne hineinziehen. Er würde ihr nicht helfen, aber er würde sie auch nicht an Finch ausliefern. Beides würde bedeuten, dass er ihr wieder nahe kommen müsste, und nichts versetzte ihn mehr in Angst, nichts versuchte ihn mehr. Da war es ihm schon lieber, an einen verdammten Eichbaum gefesselt zu sein.

Er stemmte sich gegen die Rinde und versuchte, die Stricke zu lockern. Die unbequeme Position versetzte ihm einen Schmerz im unteren Rückenbereich. In seiner Schulter pochte es, als würde ein glühendes Eisen dagegen gepresst. Derselbe kühle Herbstwind, der Megs Schleier hatte flattern lassen, strich nun über die Schweißperlen, die sich auf seiner Stirn sammelten, sein Haar und seine nackten Fußsohlen.

Er blickte nach Osten und zu der unebenen Straße hin, die zwischen den Bäumen des Charnwood hindurchführte. Obwohl nirgendwo jemand zu sehen war, musste er sich eingestehen, dass kein einziger Mensch ihm aus seiner misslichen Lage helfen würde, selbst wenn sie zu Hunderten vorbeikämen. Er vermutete, dass selbst Marian, die einzige Person, die ihn gegen Verleumdungen und Verdächtigungen verteidigt hatte, den Blick abwenden und an ihm vorbeigehen würde. Um seiner trotzig verteidigten Unabhängigkeit willen hatte Will alle Brücken hinter sich rücksichtslos abgebrochen.

Bedauern stieg in ihm auf. Er zählte bis drei, die Anzahl der Jahre, in denen Robin eine gute Meinung von ihm gehabt hatte. Heftig schluckte er und wich vor dem alten Schmerz zurück wie ein Feigling von einem Kampf.

Und er war es gewesen, der Meg Stolz und Vereinsamung vorgeworfen hatte – er, ein Mann, der ganz allein war, gefesselt, an einen Baum gefesselt.

Von einem Zügel geführt und voller Vertrauen in Drydens Leitung presste Meg die Knie gegen die Seiten des Sattels. Hohl klapperten die Hufe der Pferde auf der Holzbrücke, die hoch über den Trent führte. Das Rauschen der Fluten dröhnte ihr in den Ohren, wie die endlosen Rufe der Krähen oder die erstickten Schreie einer Frau, ehe sie in die Tiefe sank. Sie kniff die Augen zusammen und versuchte, einen Anflug von Übelkeit zu vertreiben.

Mit feuchten Händen hielt sie die Zügel umklammert und konzentrierte sich darauf, das Gleichgewicht zu halten. Ihre missliche Lage hätte sie eigentlich davon abhalten sollen, ihre Flucht vor Will noch einmal zu durchdenken, doch das Gegenteil war der Fall. Ihre Gedanken erschwerten ihre Aufgabe nur noch zusätzlich. Sie musste sitzen bleiben, den Kopf aufrecht halten und darauf vertrauen, dass ihre Entscheidung richtig gewesen war.

Aber als das Pferd wieder festen Boden betrat, verschwand ihre Selbstsicherheit. Sie fühlte sich unbehaglich und verletzbar. Während sie in die unbekannte Dunkelheit zurückkehrte, schien die Welt um sie herum ihr den Atem zu rauben. Sie wusste ebenso wenig, was sie da tat, wie sie die Farbe der Blätter um sich herum sehen konnte. Bestenfalls konnte sie Vermutungen anstellen und auf ein glückliches Ende hoffen.

Als sie sich mit Dryden verbündete, hatte sie gehofft, dass die Zweifel verschwinden und sie mehr Sicherheit empfinden würde. Doch ihre Ängste wurden nur noch schlimmer. Auch wenn er ein Edelmann war, erregte seine mangelnde Zuversicht ihre Besorgnis.

„Müsst Ihr einen Moment lang anhalten?"

Drydens höfliche Frage rettete sie vor ihrer nicht enden wollenden Unsicherheit. Wenn er spürte, wie wenig zuversichtlich sie selbst war, würde er vielleicht nicht mehr bereit sein, ihr zu helfen.

Sie hielt den Schleier fest, damit der Wind ihn nicht fortriss. „Was habt Ihr gesagt?"

„Ich wollte wissen, ob Ihr eine Pause machen wollt", wiederholte er und zügelte die Pferde. „Vielleicht, um Euch auszuruhen? Ihr wirkt erschöpft."

„Nein, es geht mir gut."

Die Zeit schritt langsamer voran als das Pferd und quälte Meg mit den Einzelheiten eines Albtraums, den sie selbst erschaffen hatte. Die Aufregung ließ ihr Herz schneller schlagen; dieselbe Wirkung hätte auch Will mit seinem sarkastischen Tonfall erzielt. Diese Stimme, die ihr ein böser Trick ihres Verstandes vorgaukelte, plagte sie. Immer wieder musste sie an das denken, was sie sich nicht eingestehen wollte: Sie hatte den

Mann im Stich gelassen, der ihr das Leben gerettet hatte.

Und das nicht nur ein Mal.

Gefährliche Gedanken gingen ihr durch den Kopf. Sie leckte sich über die Lippen, erwartete beinahe den Geschmack von Zucker, erwartete, ihn zu schmecken und seine süße Zunge.

Zwei Mal holte sie tief Luft, dann waren die Gedanken an den Fluss verscheucht. Sie richtete sich auf. Es war eine vernünftige Entscheidung gewesen, mit Dryden zu reisen. Sie würde nach Ada suchen und mit ihr in die Hütte zurückkehren, in die Sicherheit. Denn trotz seiner Galanterie, trotz der vielen Male, in denen er sich vor sie gestellt und sie vor Gefahr geschützt hatte, bedrohte Will Scarlet ihr Herz mit einer scharfen Klinge.

Dann hörte sie Stimmen, Worte auf Englisch und auf Französisch. Verschiedene Akzente und Tonlagen übertönten das Rauschen des Wassers, zeichneten sich einzeln ab, ehe sie wieder leiser wurden und in dem allgemeinen Gemurmel verschwanden. Frauenstimmen, hell wie Lerchen, Männerstimmen, tief wie das Brüllen eines Stieres, sie alle vermengten sich zu einem harmonischen Klanggebilde.

Menschen. Überall, auf dem Wasser und an Land – überall Menschen.

Dryden ließ die Pferde langsamer gehen. „Willkommen in Nottingham."

„Sind wir auf dem Markt?"

„Nein, der Markt ist innerhalb der Tore. Wir warten hier auf Einlass."

Meg zuckte zusammen, als fremde Leiber, die sie nicht sehen konnte, sich gegen ihre Füße und Waden drängten. Ihr Pferd scheute, wich zur Seite aus und steigerte noch ihre Angst. Dryden hielt seine Pferde fester und führte sie langsam durch die Menge.

„Halt!"

Sie erstarrte. Beim Klang der tiefen Männerstimme richteten

sich die Härchen auf ihren Unterarmen auf.

„Lasst uns passieren." Drydens Befehl klang kühl, und obwohl sie froh darüber war, schien es nicht zu ihm zu passen. „Ich bin Gregory Dryden, Erbe des Earl of Whitstowe, und ich habe etwas mit dem Sheriff zu besprechen."

Meg hatte sich dem Edelmann angeschlossen, weil er Einfluss besaß, und gleich würde sie erfahren, ob er Zutritt zum Schloss erhalten würde. Das Herz klopfte ihr bis zum Hals, während sie wartete.

„Verzeiht mir, Milord. Bitte setzt Euren Weg fort."

Die tiefe Stimme schrie hinter ihnen weitere Befehle, kontrollierte die Menge und gab Anweisungen. Sie ritten durch das Tor. Das Gedränge ließ nach, aber die Laute und die Gerüche wurden stärker. Gemästete Schweine grunzten, Hunde bellten, gelegentlich wieherte ein Pferd, und das alles vermengte sich mit den Stimmen ihrer jeweiligen Besitzer. Händler riefen durcheinander, sie hörte die Geräusche von Metall und Holz. Über all dem ertönten Kirchenglocken.

Ehe sie sich nach Charnwood zurückgezogen hatte, war Meg in dem kleinen Weiler Keyworth aufgewachsen und hatte das Stadtleben nie kennengelernt. Diese Kakophonie verwirrte ihre Gedanken und stellte ihre Fähigkeit, Geräusche zu erkennen, auf eine harte Probe. Erstaunen und zugleich Furcht erfüllten sie. Sie wollte mehr erfahren, wollte dieses wilde Durcheinander deuten lernen, und zugleich wäre sie am liebsten nach Hause geflohen. Die liebevollen Erinnerungen an ihre Hütte waren ihr nie tröstlicher, aber auch nie lähmender erschienen.

„Wir sind da."

Dryden hielt die Pferde an und saß ab. Der Ledersattel knarrte bei seiner Bewegung. Höflich half er ihr aus dem Sattel. Sie rückte den Beutel zurecht, den sie sich umgehängt hatte, und war froh, dass sie für eine Weile nichts mit Männern zu tun hatte, die sie einschüchterten oder in Versuchung führten.

„Das Schloss liegt zu Eurer Linken, umgeben von normannischen Bauten auf dem Schlossberg“, sagte er. „Die älteren Befestigungen aus angelsächsischer Zeit liegen auf der anderen Seite des Marktes, bei Weekday Cross.“

So sehr sie ihre Augen auch anstrengte, sie konnte den Markt nicht erkennen, ebenso wenig wie die Menschenmenge, ihre Häuser, die Stadtmauern oder das Schloss. Sie verbat sich die lächerliche Bitte, Dryden zu fragen, ihr die Szenerie zu beschreiben. Aber Will hätte sie gefragt. Und er hätte ihre Bitte belustigt erfüllt und sie mit seinen Worten geneckt.

Hart biss sie sich auf die Lippe. Sie hätte alles darum gegeben, die Gedanken an ihn vertreiben zu können. Doch sie blieben. Schuldgefühle und Zweifel quälten sie, und beides gefiel ihr nicht.

Dryden lehnte sich zu ihr hinüber. Er roch nach Pferd und nach Eisenhut, das er seinem Cousin verabreicht hatte. „Ins Schloss zu gelangen wird nicht so leicht sein, wie durch das Tor zu reiten.“

„Ich bin bereit.“ Meg bemühte sich, in ihren Tonfall so viel Zuversicht zu legen, wie sie zu empfinden hoffte. „Sagt mir, was ich tun soll.“

„Wenn Ihr könnt, versucht, Eure Blindheit zu verbergen. Das würde Euch an Finchs Männer verraten. Ich will keine unnötige Auseinandersetzung heraufbeschwören.“

Sie zog ihren Schleier zurecht und fühlte nach, ob er ihre Augen verdeckte. „Gebt mir Euren Arm und führt mich.“

17. KAPITEL

Wie die Blätter im Herbst fallen im Wald,
verlassen mich meine Freunde,
wenn mein Herz ist in Not so kalt.
Robin Hood and His Adventures
Paul Creswick, 1903

Jacob Ben Asher streckte seinen Arm so lang wie nur möglich aus, während er versuchte, Asem zurückzuhalten. Er hatte begriffen, dass er einen sinnlosen Kampf ausfocht, so sehr er sich auch bemühte. Der Hund würde sich nicht von seinem Weg abbringen lassen. Er hielt die Nase in die fauligen Herbstblätter gepresst und führte ihn immer weiter durch den Wald.

Noch einmal fragte er sich, ob es wohl klug gewesen war, Megs Hütte zu verlassen, aber er konnte es nicht ertragen, zurückgelassen zu werden. Wohin Will Scarlet auch immer gehen mochte, der Ärger folgte ihm auf dem Fuß. Die Balladen erzählten Geschichten von seinen Abenteuern, Lieder, die in Jacob die Sehnsucht nach eigenen Kämpfen weckten. Jetzt reiste Scarlet zusammen mit einem Edelmann mitten hinein in Nottinghams furchteinflößendste Festung, während er die verrückte Meg vor Schurken und ihren eigenen seltsamen Einfällen beschützte.

Jacob würde lieber auf die letzten zwanzig Jahre seines Lebens verzichten als auf den bevorstehenden Kampf.

Er verspürte einen Anflug von schlechtem Gewissen, als er an den Baron dachte. Monthemer, der kaum älter war als Jacob selbst, lag noch immer in tiefem Schlummer, eingehüllt in Umschläge aus verschiedenen Heilkräutern aus Megs Arzneischrank. Jacob konnte nur darauf hoffen, dass der junge Adlige nach Hause zurückkehren würde, sobald er erwachte. Die Frage, ob er überhaupt erwachen würde, plagte Jacob. Er wusste genug, um dem Mann zu helfen, aber die Fähigkeiten und Mittelchen, die er von seinem Vater gelernt hatte, lockten bei Weitem nicht so wie die Aussicht auf eine Schlacht.

Asem, eines der schönsten Tiere, die Jehova je geschaffen hatte, bewegte seine kräftigen Schultern, während er immer größeren Abstand zwischen sich und die Hütte brachte. Die Muskeln unter seinem Fell bewegten sich. Seine Flanken bebten. Er bellte nicht und winselte nicht, doch er hielt die Schnauze auf den Boden gesenkt und führte Jacob, wie es schien, auf denselben Weg, den Meg genommen hatte.

Aber der riesige Mastiff fand Meg nicht. Er fand Will Scarlet – ohne Waffen und ohne Schuhe, an eine Eiche gefesselt und leblos.

Oder scheinbar leblos. Sein Kopf war vornüber gesunken, und sein glattes Haar fiel ihm über die Augen.

„Scarlet?"

Als der Mann nichts erwiderte, trat Jacob näher. Die Vorstellung, dass Scarlet sterben sollte, während er an einen Baum gefesselt war, hilflos und ohne die Möglichkeit zu kämpfen, erschien ihm mehr als ungerecht. Welches Lebewesen würde ihm so etwas antun?

Hugo, dessen Name für Jacob gleichbedeutend war mit Unehre und Verrat, kam ihm in den Sinn, dicht gefolgt von Meg. Obwohl Jacob sie gleichermaßen bewunderte wie fürchtete, gefielen ihm ihre Ränke nicht. Ihre Abneigung gegenüber Ada verletzten überdies seine Gefühle als Kavalier. Beiden würde er zutrauen, Scarlet in eine solche Lage gebracht zu haben.

Asem setzte sich in die Nähe der Eiche und wirkte so weitaus größer als der gefesselte Mann. Lautes Gebell durchdrang die Stille des Waldes.

Scarlet schreckte so plötzlich hoch, dass sein Kopf gegen den rauen Stamm schlug.

„Um Himmels willen!"

„Ihr seid am Leben!"

Jacob fiel auf die Knie, zog seinen Dolch hervor und durchschnitt die Stricke mit einer Geschicklichkeit, auf die er selbst stolz war.

„Ja, ich bin am Leben. Wenigstens hat sie mich nicht vergiftet." Aus seinen Worten hörte Jacob Enttäuschung und Schmerz heraus, aber auch – Belustigung.

„Sie? Meg also?"

Scarlet streifte die Stricke ab und rieb sich den Hinterkopf. Auf seinen schlanken Fingern zeigte sich Blut. „Ja, und Dryden ist bei ihr."

„Sollen wir ihr nach Nottingham folgen?"

Scarlet erhob sich und kraulte Asem zwischen den Ohren. Der Hund hechelte. „Wir?"

„Ich habe euch gerettet."

„Das stimmt, aber ich kann nicht zulassen, dass du mich begleitest."

„Warum nicht? Ihr habt selbst gesagt, dass ich sehr geschickt mit dem Bogen umgehen kann. Sagt mir nicht, dass ich zu jung bin." Entsetzt hörte er, wie seine Stimme sich überschlug.

„Das würde ich niemals wagen." Scarlet grinste, hob seine Waffen auf und legte Dolche, Köcher, Bogen und Schwert wieder an. Von einem wehrlosen, gefesselten Mann verwandelte er sich zurück in einen Krieger – einen Krieger ohne Stiefel.

„Ich war in deinem Alter, als Robin Hood König Richard zu Hilfe kam", erzählte Scarlet. „Sie haben Nottingham Castle besetzt, wo John die Regentschaft seines Bruders an sich reißen wollte. Ich war mitten in den Gefechten. Und ich hätte jeden Mann erschossen, der gesagt hätte, ich wäre zu jung."

Jacob platzte fast vor Bewunderung. „Dann lasst Ihr mich mitkommen."

„Nein."

„Bitte!"

Scarlet hob die Stricke auf. „Du hast zwei Möglichkeiten, mein junger Freund. Du kannst deinen Hund in Megs Hütte zurückbringen und für Monthemer tun, was in deiner Macht steht, oder du kannst meinen Platz hier im Wald einnehmen."

„Ihr würdet mich hier fesseln, nachdem ich Euch geholfen habe?"

„Schrecklich, aber wahr." Will lachte leise. Meg war nicht die einzige Seele im Wald, die nicht ganz richtig im Kopf zu sein schien. „Ich folge dem Beispiel einer gewissen skrupellosen Frau, die wir beide kennen."

„Warum darf ich nicht mitkommen?"

„Monthemer ist ein wertvoller Mann. Vielleicht stößt Dryden heute etwas zu, oder irgendeinem von uns, dann könnte Monthemer als Zeuge in dieser Sache aussagen. Aber das kann er nicht tun, wenn er angegriffen oder getötet wird."

Still stand Jacob da, während angespannte Erwartung durch seine Adern pulsierte. Er verfluchte die Aufgabe, sich um Monthemers Wohlergehen zu kümmern, aber er hatte nicht bedacht, dass der Mann ein Ziel abgeben könnte. Noch immer zogen Soldaten durch Charnwood.

„Ihr wollt, dass ich ihn bewache?"

„Genau. Bring ihn zu dem Anwesen seiner Familie in Winhearst. Dort treffen wir uns wieder." Er lächelte, umfasste Jacobs Schultern und versicherte ihn noch einmal seiner wichtigen Aufgabe. „Jetzt leih mir deine Stiefel."

Der junge Mann verschwand im dichten Wald. Die neue Aufgabe und der Stolz auf seine Verantwortung verliehen ihm einen federnden Schritt. Widerstrebend trottete Asem hinter ihm her.

Zwar wusste Will es zu schätzen, dass Jacob ihn gerettet hatte – denn niemand sonst hier im Wald hätte ihm helfen können –, doch er durfte nicht erlauben, dass der Junge ihn nach Nottingham begleitete. Die Chancen auf einen Erfolg standen schlecht, und daher musste er Jacob schützen.

Obwohl er nicht einmal eine entfernte Ahnung hatte, wie

er für einen Erfolg sorgen könnte.

Aber er hätte lieber seine linke Hand gegeben, als den Stolz des Jungen zu verletzen. Für Jacobs jugendliche Würde empfand er nichts als Respekt, und seine Verantwortung war nicht auf die leichte Schulter zu nehmen.

Als Will Robin und König Richard gegen Prinz John begleitet hatte, hatte er sich für einen erwachsenen, fähigen Mann gehalten. Robins Versuche, auf ihn aufzupassen, hatten seiner jugendlichen Überheblichkeit zugesetzt. War er tatsächlich so jung gewesen? So jung wie Jacob? Hatte er so viel Schutz gebraucht, vor sich selbst und den Gefahren? Von seinem jetzigen Standpunkt aus veränderten sich die Erinnerungen an jene Tage, und gegen seinen Willen musste er Robins Bemühungen, ihn zu leiten, anerkennen.

Er stieg in Jacobs enge Stiefel und schloss die Bänder an der Innenseite. Dann strich er sich mit zitternden Händen durchs Haar und versuchte, seine angespannten Schultern zu lockern. Den halbvollen Köcher hängte er sich über den Rücken. Nur ungern gestand er sich die Wahrheit ein, aber es hatte sich gelohnt, den Bogen wieder in die Hand zu nehmen. Die rhythmischen Bewegungen des Spannens und Schießens, die Zufriedenheit, als er das Ziel getroffen hatte – die Waffe hatte einen Teil von ihm wieder zum Leben erweckt, der es genoss, geschickt und erfolgreich zu sein.

Sich wegen Robin so gegen sein Naturell zu verwehren ergab weniger Sinn denn je.

Matt erhellte das Sonnenlicht den stahlgrauen Himmel. Es war beinahe Mittag. Mit etwas Glück und Geschick könnte er noch vor Einbruch der Dämmerung das Schloss verlassen, nachdem er seine Angelegenheiten mit Finch erledigt hatte. Mit langen Schritten legte er die Strecke auf der Landstraße zurück, erfüllt von einem Unbehagen, dessen Ursache er lieber nicht ergründen wollte.

Nachdem er den Trent überquert hatte, verließ er die Brücke, damit er nicht sofort gesehen werden konnte. Hohe Mauern, aus Granit errichtet, umgaben die südöstliche Seite der Stadt. Die Granitblöcke waren importiert worden, weil der hier verbreitete Sandstein zu weich war für Verteidigungsmauern. Am südöstlichen Tor warteten Dutzende von Händlern, Bauern, Soldaten und Festbesuchern darauf, eingelassen zu werden.

Die Farbe Braun, die zum Teil praktisch war, zum Teil durch den Schmutz und Staub des Landlebens entstand, war häufiger vertreten als jede andere Farbe. Zwischen den Leuten, ihren Tieren und Waren wirkten eine gelegentlich aufblitzende Rüstung oder eine bunt gefärbte Tunika wie eine Eiche mitten in einem abgeernteten Feld. Ein junges Mädchen mit wehendem langem Haar in einer himmelblauen Tunika tauchte immer wieder auf und verschwand wieder.

Will betrachtete die Szenerie und genoss die Farben mehr als je zuvor. Megs verfluchter Einfluss dehnte sich auf die Sinne aus, mit denen er die Welt wahrnahm. Sie war wie der Wind, der vor einem Regenguss aufkam, eine elementare Präsenz, und sie war irgendwo hier.

Aus dem Köcher an seinem Rücken zog er eine lederne Tasche heraus. Er wusste nicht, wie eine voll ausgerüstete Armee Megs Schwarzpulver einsetzen würde, aber zumindest könnte er die Schlange am Tor vielleicht damit verkleinern. Er ließ eine Handvoll davon in die Aufschläge von Jacobs Lederstiefeln gleiten und hielt eine weitere bereit. Die Kapuze seines Umhangs würde sein Gesicht vor möglichen Beobachtern verbergen, auch wenn sie sein Blickfeld einschränkte.

In Sichtweite der Tore bemerkte er vier leicht gerüstete Streitrösser. Normannische Ritter erhoben sich stolz in ihren Sätteln zwischen den Bürgerlichen, ihre blauweißen Tuniken flatterten im Wind, und die silbernen Rüstungen schimmerten matt unter dem bleischweren Himmel.

Mit gesenktem Kopf schlüpfte er zwischen den Wartenden hindurch, den Blick auf ein Ziel gerichtet: Das Leitpferd. Unruhig scharrte es mit den Hufen direkt vor dem Tor, beunruhigt durch diese Menge von Menschen und Waren. Der Ritter auf dem Rücken des Tieres – kerzengerade aufgerichtet zwischen einer Ansammlung von Waffen und Rüstungsteilen – hielt gelassen die Zügel.

Nach einem raschen Gebet zu den Heiligen, die die Narren beschützten, sprang Will vor das große Streitross und warf eine Handvoll der leinenen Beutelchen unter die beschlagenen Hufe. Ein Dutzend Mal knallte es laut wie Donnerschläge.

Chaos brach aus. Der große Hengst bäumte sich auf, die Vorderhufe erhoben sich hoch über Wills Kopf. Der duckte sich, sprang beiseite und rannte geradewegs gegen das Mädchen in Himmelblau. Sie stolperten übereinander, verwickelten sich im Stoff ihrer langen Tunika, fielen in den Schmutz. Beinahe erstickt von Will, stieß das Mädchen prompt einen Schrei aus.

Der Ritter versuchte vergeblich, sein verstörtes Pferd zu beruhigen, während Will sich darum bemühte, das schreiende Mädchen zu besänftigen. Er sah in ihre weit aufgerissenen Augen. Sie waren himmelblau. Wie ihre Tunika.

Es schien unmöglich, doch sie riss die Augen noch weiter auf. Dann wurden ihre Schreie markerschütternd.

Über seine Schulter hinweg erhaschte Will einen Blick auf das, was ihr solche Angst machte: Der halb verrückte Hengst, der hinter ihnen scheute. Die Hufe hoch erhoben, zeigte das Tier ihnen den hellen Bauch. Will fasste das Mädchen und rollte sich mit ihm zur Seite, weiter und weiter, bis Schwindel und Schmutz ihm die Sicht raubten. Als sie aus der Reichweite des Hengstes waren, zerrte er das Mädchen auf die Füße und stieß sie gegen die Außenmauer der Stadt.

„Bleib hier." Der Staub und die Erregung ließen seine Stimme zu einem heiseren Flüstern werden.

Das Mädchen duckte sich und schien bereit zu sein, davonzustürmen, ohne Rücksicht auf Richtung oder Sicherheit.

Angst lag in seinem Blick. Die schmutzige Tunika des Mädchens verschmolz jetzt mit dem Braun der anderen. Er umfasste ihr Kinn. „Bleib hier, bis alles ruhig ist. Hast du mich gehört?“

Sie nickte matt und erlaubte Will damit, zu entkommen.

18. KAPITEL

Nicht kämpfen konnte er, noch fliehen.
und wusste nicht, was tun …
„Robin Hood and the Beggar, II"
Ballade, 17. Jahrhundert

Meg presste eine Hand flach auf ihren Bauch; längst war das flaue Gefühl der Anspannung dem Hunger gewichen. Seit sie die Hütte vor Tagesanbruch verlassen hatten, hatte sie nichts mehr gegessen. Die Gerüche von gebratenem Fleisch, Gemüse und frischem Brot ließen sie schwindelig werden vor Verlangen. Die Festbesucher schlürften und schmatzten zufrieden. Das Lärmen und Klappern in dem überfüllten Bankettsaal übertönte das Knurren ihres Magens.

Aber sie gratulierte sich dazu, eine kluge Entscheidung getroffen zu haben. Gregory Dryden, der künftige Earl of Whitstowe. Sein Name und seine Person öffneten Türen. Arm in Arm waren sie durch das Haupttor des Schlosses geschritten, so mühelos, wie sie die Stadt betreten hatten.

Sie wollte essen, aber sie wagte es nicht, von der Wand wegzutreten, an der Dryden sie zurückgelassen hatte. Sie fühlte sich, als wäre sie gestrandet wie ein Bootsmann ohne Ruder, und zwang sich, so viele Eindrücke wie möglich aus der Halle in sich aufzunehmen. Hundert Menschen, vielleicht mehr. Eine hohe Decke, so wie die Stimmen widerhallten, und Teppiche an den Wänden. Jedes Wort wurde drei Mal wiederholt, eine Eigenheit, die sie erschöpfte, wenn sie versuchte, den Gesprächen zu lauschen.

Hundert Leiber und die knisternden Feuer mehrerer Kamine erhitzten den Raum. Schweiß hatte sich unter Megs Armen gesammelt, und der enge Kragen ihres hoch geschlossenen Kleides drohte ihr die Kehle zuzuschnüren. Die schwüle Hitze, die dreifach widerhallenden Wörter, die intensiven Gerüche – das alles überflutete ihre Sinne und raubte ihr die Orientierung.

Aber sie durfte ihren Platz nicht verlassen.

Erschöpft lehnte sie sich an die Wand, doch der Stein hatte die Wärme des Raumes in sich aufgenommen und verschaffte ihr keine Erleichterung. Sie presste sich fester dagegen, und der Druck des Steines gegen ihre Knochen, der leichte Schmerz nahm ihr den Schwindel, sodass sie klarer zu denken vermochte.

Wieder drückte sie die Hand gegen ihren Magen.

Wohin war Dryden gegangen?

Vielleicht sollte sie sich erst selbst beglückwünschen, wenn der Edelmann mit guten Nachrichten zurückkehrte – dass Finch vor ihm kapituliert hatte und Ada freigelassen würde, sobald der reumütige Sheriff die Schlüssel für das Verlies gefunden hatte. Doch natürlich wusste sie es besser. Trotzdem war jeder noch so lächerliche Gedanke weitaus angenehmer als die Vorstellung, dass Dryden sie im Stich gelassen haben könnte.

Schlimmer noch, sie fürchtete, er könnte sich als weniger wertvoll erweisen als der Mann, den sie an einen Baum gefesselt zurückgelassen hatte.

Nein, sie konnte nicht fortgehen und sich den Weg nach Hause suchen. Sie konnte nichts anderes tun, als an die Wand gepresst dastehen und abwarten, ob Dryden sein Wort hielt. Langsam atmete sie ein und aus, um ihr wachsendes Unbehagen zu vertreiben.

Am Ende der Halle wurde es unruhig, als zwei Herolde erschienen und in ihre Fanfaren bliesen. Sie hörte, wie etwas über den steinernen Boden geschoben wurde, offenbar wurden Tische oder Bänke verschoben. Rufe und Gelächter ertönten, gefolgt von Applaus.

„Das ist die Zuckerspeise."

Sie fuhr zusammen, holte aus und boxte Dryden in die Schulter. „Ihr dürft mich nicht erschrecken."

„Verzeiht mir."

Es gefiel ihr, dass seine Entschuldigung ehrlich klang; nichts lag darin von Hugos Grausamkeit oder von Wills Neckereien. „Habt Ihr Finch gefunden?“

„Er hält sich mit seinem Gefolge am anderen Ende der Halle auf, aber ich habe noch nicht mit ihm gesprochen.“ Dryden nahm ihre Hand und legte ein großes Stück Brot hinein. „Hier, esst das. Ich habe es von einem der Bäcker.“

„Vielen Dank!“ Sie hob das duftende Weizenbrot hoch, hielt es unter ihre Nase und atmete den würzigen Geruch tief ein. Ihr lief das Wasser im Mund zusammen, doch sie aß langsam und genüsslich.

„Soll ich dem Mundschenk winken, damit er Ale oder Wein bringt?“

Meg runzelte die Stirn. Zwar wusste sie zu schätzen, dass er sich um ihre Bedürfnisse kümmerte, aber sie wunderte sich über seinen Mangel an Scharfsinn. Schließlich durften sie nicht noch mehr Aufsehen erregen, als sie es schon durch ihre Ankunft getan hatten. Ja, sie hätte gern zusammen mit allen anderen gegessen und getrunken, aber jetzt war nicht der rechte Zeitpunkt zum Feiern. Drydens mangelnde Vorsicht beunruhigte sie und veranlasste sie, auch jene Entscheidungen infrage zu stellen, die vernünftig gewirkt hatten. Sie wollte ihn drängen, damit er etwas unternahm.

„Nein, das Brot genügt“, sagte sie. „Wie ist es mit der Zuckerfigur?“

„Sie bringen sie mit einem Karren in die Mitte der Halle. Sie ist mehrere Handbreit hoch und hat die Form eines Schwans.“

Fragend hob sie die Brauen. „Ich frage mich, woher sie all den Zucker haben.“

„Und rechtzeitig für das Fest. Ich bin beeindruckt.“

„Offenbar verfügt der Sheriff über Vorräte.“ Sie verzog das Gesicht, da ihr wieder bewusst wurde, warum sie hier waren. „Das weckt in mir Befürchtungen in Bezug auf das, was uns hier erwarten könnte.“

Er murmelte etwas Unverständliches und stellte ihre Geduld damit auf eine harte Probe. „Der Verwalter hat das Zeichen gegeben, die Tischtücher wechseln zu lassen, was bedeutet, dass bald mit der Unterhaltung angefangen wird."

Ehe Dryden seinen Satz beendet hatte, brach die Menge in Applaus aus. Musik erfüllte die Halle mit den Klängen von Lauten und Trommeln. „Was passiert jetzt?"

„Zuerst kommen die Akrobaten, die Maskenträger warten noch auf ihren Auftritt."

Gegen ihren Willen musste sie lächeln, als sie sich an die Feste aus ihrer Kindheit erinnerte. Einmal im Frühling hatte sie Ada und ihren Vater zum Maifest auf Lord Whitstowes Schloss begleitet. Die Akrobaten hatten zweifarbige Tuniken getragen, verziert mit Samtbändern, deren Goldfäden bei jedem Kunststück geglitzert hatten. Narren, die Gesichter hinter Masken aus Gold und Weiß verborgen, hatten die Menge durchstreift auf der Suche nach Opfern für ihre Scherze. Seite an Seite mit Ada hatte sie mit den anderen gelacht und gejubelt, genau wie es die Gäste des Sheriffs jetzt taten.

Bitterkeit mischte sich in die träumerischen Erinnerungen an die Vergangenheit. Die Gedanken daran, dass sie und ihre Familie vor Jahren noch eins gewesen waren, versetzten ihr einen Stich ins Herz.

Die Gäste sangen einen Kanon und erfüllten die Halle mit ihren unterschiedlichen Stimmlagen. Hohe Soprane erklangen über tiefen Bässen, während die Unmusikalischen unter ihnen versuchten, sich einzufügen. Dryden wandte sich um. Sein Tonfall und seine Haltung erzwangen eine peinliche Vertrautheit. „Meg, in Finchs Gefolge habe ich jemanden entdeckt, dessen Anwesenheit mich beunruhigt."

„Wen?"

„Es ist Gilbert, der jüngste Bruder meines Vaters."

„Was befürchtet Ihr, Milord?"

„Wenn Stephen und ich ums Leben kommen, fällt das Land

unser beider Familien an Gilbert. Die Tatsache, dass er gemeinsam mit dem Sheriff speist, nur wenige Tage nach dem Mord an meinem Vater, lässt mich ein Bündnis vermuten. Finch könnte meinen Onkel dahingehend manipulieren, ein reiches Pfand einzubringen."

„Ihn manipulieren? Glaubt Ihr tatsächlich, dass er zu diesem Verbrechen fähig wäre?"

„Gilbert ist … er ist ein Dummkopf, mit einer Neigung zu …" In seiner Stimme klang Schmerz mit. „Ihm fällt kaum etwas ein, das nichts mit Boshaftigkeit oder Abartigkeit zu tun hat. Solange er glücklich ist und seinen perversen Appetit stillen kann, würde er jedem folgen."

„Dann seid Ihr in Gefahr, genau wie Euer Cousin."

Dryden zögerte. „Ja", sagte er schließlich. „Ich hatte so etwas nicht für möglich gehalten. Sonst hätte ich mich nicht dazu entschieden, ihm direkt gegenüberzutreten."

Der Mut verließ sie. Ihr Verbündeter, der genügend Macht besaß, um Nottingham Castle zu betreten, verfügte nicht nur über einen geradezu peinlichen Mangel an Initiative, er hatte sogar gute Gründe, so schnell wie möglich von hier fortzukommen. Seine Autorität würde ihr nicht helfen, ihre Schwester zu befreien.

Dryden beugte sich näher zu ihr. „Aber wenn ich während der Vorführungen mit Finch rede, werde ich weniger Aufmerksamkeit erregen. Es wäre ein günstiger Moment."

„Ihr besteht darauf, mit ihm zu reden?"

Er lachte leise, ein verlegener Laut, den sie schon öfter bei ihm gehört hatte. „Ich bin wohl kein großer Held?"

„Milord, ich habe nichts dergleichen gesagt. Ihr wart mir eine große Hilfe." Aber die Röte in ihren Wangen verriet die Wahrheit, das wusste sie.

„Ich habe gezögert, aber ich kann diesen Plan nicht aufgeben." Ein Anflug von Empörung lag in seinen Worten. „Mein Vater ist tot, Eure Schwester wird vermisst, und diese Männer hier sind bereit, noch Schlimmeres zu tun. Einige dieser Feiernden werden ihre sichere Stellung verlieren, wenn der Sheriff noch mehr an Macht gewinnt. Vor hundert Zeugen wird er nichts gegen mich unternehmen."

Beinahe glaubte sie, aus seiner Erklärung eine Frage herauszuhören. Aber Dryden trat vor, bereit, etwas zu unternehmen, trotz der Gefahren, denen er sich ausgesetzt sah. Endlich.

Kraftlos sank der Narr in sich zusammen, mit blutender, gebrochener Nase. Will rieb sich die Knöchel seiner rechten Hand und entschuldigte sich leise murmelnd bei dem bewusstlosen Mann. Einem Mann, der geschlagen wurde nur wegen seines Gewerbes. Er zog den bewusstlosen Narren in einen Alkoven und nahm dessen farbiges Gewand an sich. Der weite Schnitt der zweifarbig in rot und blau gemusterten Tunika passte mühelos über sein Kettenhemd. Ein Zuviel an Stoff hing ihm bis über die Knie, sodass er im unpassenden Moment zu stolpern drohte.

Der herrliche Nachtisch wurde mit Applaus und Rufen begrüßt. Schankmädchen drehten wieder mit Bierkrügen ihre Runden, während andere Wasserschüsseln anboten, damit die Gäste sich die Hände waschen konnten. In wenigen Augenblicken, noch ehe die Narren ihre Vorstellung beendet hatten, würde das Zuckerwerk nur noch Erinnerung sein, in Stücke geschnitten und verschlungen von hundert gierigen Mündern.

Will wartete mit den anderen Spielern vor der Halle und zupfte angespannt an seiner Maske. Die scharfkantige Keramik drückte gegen seinen Daumen. Ohne jegliche Neugier sah er dem Mummenschanz zu, gelangweilt von den stummen Bewegungen und lautlosen Tänzen. Denn ihn drängte es, Meg zu finden.

Was er tun würde, wenn er sie fand – darauf hatte er noch keine Antwort. Zweifel und sich widersprechende Wünsche machten einen Strich durch jeden Plan, den er gefasst hatte.

Nottingham hatte sich nicht verändert, seit er das letzte Mal in seinen Mauern genächtigt hatte. Oder seit seinen ersten Tagen in Robins Bande. Das mineralreiche Wasser, das durch das Fundament aus Sandstein gefiltert wurde, beförderte das Handwerk der Gerber, Färber und Brauer und erhob die Stadt damit über den Status eines Zentrums für rein landwirtschaftlichen Handel. Der Markt lockte Hunderte von Menschen an, vergrößerte die Bevölkerung wöchentlich und brachte Waren und Geld aus dem Land in die Stadt, das jeder neue Sheriff dem Volk unweigerlich wieder abnahm.

Nein, Nottingham hatte sich nicht verändert. Als er die blasierte Art und Weise betrachtete, in der die einflussreichen Bürger es sich auf dem Erntefest gut gehen ließen, fragte er sich, ob es sich wohl jemals ändern würde. Die Bauern würden wohl kaum die Tore stürmen und Gerechtigkeit verlangen, nicht einmal, wenn ihre Freunde und Familien von der wachsenden Macht des nächsten Sheriffs bedroht wurden.

Aber er hatte sich verändert. Die Gleichgültigkeit, die er sich zugelegt und die er gepflegt hatte, war verschwunden. Er schüttelte den Kopf. Wie war es Robin nur gelungen, überhaupt Widerstand zu organisieren? Wie, ohne den Verstand angesichts solcher Apathie zu verlieren, die von Will eingeschlossen?

Noch einmal überprüfte er seine Maske, und dann, als sein Zeichen kam, stürmte er zwischen die langen rechteckigen Tische. Zwei andere Narren in gleichen Kostümen taten so, als stießen sie die Darsteller des Mummenschanzes fort. Ein vierter Mann sprang auf eine Anrichte und begann, mit Brotlaiben zu jonglieren. Seine roten Stiefel brachten die Teller auf dem offenen Regal zum Klirren. Als sich der verärgerte Schankwirt auf ihn stürzte, sprang er von dem Schrank wieder hinunter und lief um die Halle. Gelächter brach aus und verwischte die Grenze zwischen Wahrheit und Spiel.

Inmitten der Narren stand Will und verbeugte sich übertrieben in alle vier Himmelsrichtungen, auf der Suche nach

Feinden und Widersachern. Finch und Carlisle entdeckte er am Haupttisch, umgeben von einem Dutzend gut bewaffneter Soldaten. Zwischen den Verbeugungen sah er, wie Dryden sich der Gruppe des Sheriffs näherte.

Als er in die Richtung blickte, aus der der Edelmann gekommen war, erspähte er Meg. Sie stand da, an die Wand gepresst, verschleiert und halb verborgen hinter Wandbehängen. Ihre angespannte Haltung verriet ihm, dass sie voller Furcht war. Vermutlich ärgerte sie sich auch, weil Dryden ihr Ada noch nicht gebracht hatte.

Ein Narr ging vorüber mit einem schreienden Schauspieler über der Schulter. Er lief zwischen den rechteckigen Tischen hin und her und zeigte für einen so dünnen Menschen erstaunlich viel Kraft. Als ein weiterer Narr auf ihn zukam, begann Will, den anderen nachzuahmen, von der Armhaltung bis zu der Art, wie er den Kopf bewegte. Der Mann ging darauf ein, und zusammen setzten sie das Spiel fort.

Sein Gegenüber nahm eine Fasanenkeule aus der Hand einer bleichen jungen Frau und forderte ihn zu einem Duell auf. „Zum Angriff, Schurke!“

Will trat zurück und griff nach einem leeren Tablett, das zu seinem Schild wurde. Anfeuerungsrufe ertönten, als sie ihr Duell begannen. Jedes Mal, wenn die Fasanenkeule gegen das silberne Tablett traf, gab es ein dumpfes Geräusch, als ob ein Schädel auf einen harten Gegenstand treffen würde.

Während er den lächerlichen, übertriebenen Angriffen des anderen Mannes auswich, sprang Will hin und her. Dann schlug er mit der Faust gegen die Innenseite des Tabletts. „Ist das alles, was Ihr zu bieten habt?“

Der Narr ging auch darauf ein. Er sprang von einem Fuß auf den anderen, sodass seine Kappe hin und her pendelte. „Ich habe noch mehr zu bieten, aber das hebe ich mir besser für die Dirnen auf.“

„Diese Dirne?“ Der Jongleur hatte die Brotlaibe fallen lassen und hielt jetzt eine stämmige Frau in den Armen.

„Genau!“ Wills Gegner warf seine Waffe fort und packte seine neue Beute. „Die Nacht ist für die Liebe da, nicht für den Kampf!“

Das Gesicht der Frau wurde rot vor Empörung. Ein weiteres halbes Dutzend Frauen, einige freiwillig, während andere von den Bänken gezogen werden mussten, gesellte sich zu einem wilden Tanz.

Während er Dryden und Finch am anderen Ende der Halle aus dem Augenwinkel beobachtete, nutzte Will das Durcheinander, um seine Rolle als Narr aufzugeben. Er lief über den mit duftenden Kräutern und Stroh bedeckten Boden und sprang über einen Tisch, um nicht länger im Mittelpunkt zu stehen. Als die Behänge an der Nordwand ihn vor Blicken schützten, nahm er die Maske ab. Die dumpfe, warme Luft in der großen Halle fühlte sich nach so vielen Minuten hinter der Keramik angenehm kühl an, und er spürte seinen Atem nicht mehr feucht auf seiner Haut.

Meg stand in derselben Ecke, die Hände zu beiden Seiten ihrer Hüften fest gegen die Wand gepresst. Sie schien von Panik erfüllt. Vermutlich hatte sie Angst. Dryden war noch nicht zurückgekehrt, und Zweifel raubten ihr sicherlich die Ruhe. Allein hier zurückgeblieben zu sein, ohne einen Verbündeten oder eine Möglichkeit zur Flucht – nicht einmal sie konnte angesichts eines solchen Albtraums die Fassung bewahren.

Er erinnerte sich an die Frau, die sich im Mondlicht um sich selbst gedreht hatte, auf der Suche nach Farben, die sie nie wieder sehen würde. Mitleid, aber auch widerwilliger Stolz verwirrten seine Gedanken, seine Gefühle und Reaktionen. Diese eigensinnige Frau machte ihn wütend.

Das vertraute Bedürfnis, sie vor der Welt zu beschützen – oder mehr noch, vor ihren eigenen übereilten Entscheidungen –, stand im größtmöglichen Widerspruch zu seinen eigenen Interessen. Wie leicht könnte er es sich doch machen! Er musste nur eine blinde Frau an drei Dutzend speisenden Gästen vorbei zum Platz von Finch ziehen und ihm seine Trophäe präsentieren.

Die Belohnung, damit wieder in der Gunst des Sheriffs zu stehen und Marians Sicherheit garantieren zu können, hätte genügen sollen, ihn zu überzeugen. Stattdessen wollte Will ihre Hände nehmen, sie auf sein Gesicht legen und ihr Versprechungen machen. Versprechungen, die er tatsächlich halten wollte.

19. KAPITEL

„Auch wenn uns die Pflicht in
hässlichem Gewand erscheint,
küsse sie und du wirst sehen,
dass abfällt jeder Schrecken."
– Will Scarlet
The Merry Adventure of Robin Hood
Howard Pyle, 1883

Wie wäre es mit einem Tanz, Milady?"

Meg zuckte zusammen und schlug nach ihm, wobei sie seinen Unterarm traf. „Muss jeder hier mich erschrecken? Macht Euch das Spaß?"

Will grinste. „Jawohl."

„Grässlicher Mann."

Dieser gerissenen Frau gelang es beinahe, ihre Furcht hinter Zorn und Verärgerung zu verbergen. Doch er war froh, die Wahrheit heraushören zu können. Endlich begann er sie zu durchschauen.

„Ich sollte jetzt fragen, wie es Euch gelang, Euch zu befreien, aber es interessiert mich nicht", beschied sie schroff. „Ihr kommt zu spät, um hierbei noch schädlichen Einfluss ausüben zu können."

„Das bezweifle ich", erwiderte er. „Seid Ihr bereit, mit Finch zu sprechen?"

Sie rührte sich nicht und wirkte mehr denn je wie ein in die Ecke getriebenes wildes Tier. „Dryden ist schon zu ihm gegangen."

Will beugte sich näher zu ihr. Mit einem Finger hob er eine Ecke ihres Schleiers hoch, sodass ihr Hals und ihr Kinn zum Vorschein kamen. Genau, wie es sich hinter der Maske angefühlt hatte, spürte er wieder seinen eigenen Atem auf seinen Lippen und sah, wie sie eine Gänsehaut bekam. „Ah ja, Dryden. Ich habe ihn gesehen. Ihr scheint Euch recht nahe zu stehen."

„Ihr habt uns beobachtet? Seid Ihr eifersüchtig oder tut ihr nur so, um meinen Zorn zu erregen?"

„Ich weiß nicht. Sollte ich eifersüchtig sein, Meg? Habt ihr die Absicht, eure Zuneigung auf ihn zu richten?" Er schob den Schleier zurück, weil er ihre Miene sehen wollte. „Ihr habt bereits bewiesen, dass Ihr dazu fähig seid. Indem Ihr seine Hilfe meiner vorgezogen habt. Wird er auch in anderer Hinsicht meinen Platz einnehmen?"

„Ihr habt bei mir keinen Platz, den er einnehmen könnte." Mit einer Hand, die sie gegen sein Gesicht drückte, stieß sie ihn weg. Er spitzte die Lippen und küsste ihre Handfläche. Sie entzog sie ihm. Ihre Glieder fühlten sich an, als wären sie aus Glas: starr und zerbrechlich zugleich. „Geht jetzt, ehe Euch jemand erkennt."

„Das ist unmöglich."

Er führte ihre Hand zu seiner Narrenkappe und beobachtete belustigt, wie sie die Stirn runzelte. Sie betastete die unverkennbare Form, die Zierbänder, und ließ die Finger dann über seine viel zu weite Tunika gleiten. „Was habt Ihr da an?"

Er lächelte breit. „Für Euch mache ich mich zum Narren."

„Davon bin ich überzeugt."

„Euer Plan läuft soweit also wie gewünscht?"

„Ihr wisst überhaupt nichts."

„Entweder gehen Euch die Lügen aus, oder ich beginne sie inzwischen zu durchschauen."

„Unsinn."

„Nun, dann wollen wir doch mal sehen, was vor sich geht." Er spähte zwischen den Vorhängen hindurch. Die Narren setzten ihr heiteres Spiel fort und hatten schon die Hälfte der Gäste in ihre immer vulgärer werdenden Scherze einbezogen. „Euer Mann, Dryden – er spricht wahrhaftig mit dem Sheriff. Immerhin hat er den Mut dafür aufgebracht. Was habt Ihr gesagt oder getan, um ihn so weit zu bringen?"

Sie presste die Finger wieder gegen die Mauer und tastete nach porösen Stellen zwischen den Steinen. Mörtelbrocken fielen zu Boden. „Er verhält sich ritterlich und löst ein Versprechen ein."

„Einst habt Ihr es bewundert, dass Hugo sich nicht um Versprechen kümmerte. Ich vermute, dass Ihr Ritterlichkeit jetzt für eine wertvolle Eigenschaft erachtet, weil es Euch von Nutzen ist."

Sie kniff die Augen zusammen. „Und Ihr seid mir ganz und gar nicht von Nutzen."

Eine plötzliche Bewegung erregte seine Aufmerksamkeit. Finchs Wachsoldaten griffen nach ihren Waffen. Carlisle, so makellos gekleidet wie immer, stand auf und rief den Soldaten Befehle zu. Eine dunkle Vorahnung überkam Will. Er tastete nach den Dolchen an seiner Hüfte, die einzigen Waffen, die er mitgenommen hatte, als er durch die Tunnel in das Innere des Schlosses gekrochen war.

„Wir müssen hier fort. Jetzt gleich!"

„Was soll das heißen?"

„Sie haben Dryden verhaftet."

Meg rang nach Luft und riss die Augen weit auf. „Will, lügt mich nicht an. Nicht jetzt."

„Es ist die Wahrheit." Er nahm ihre Hände und zog Meg durch den Gang zwischen der Mauer und den Vorhängen. „Hört hin, Meg. Die Musik ist verstummt. Lauscht in den Raum, wie sich alles verändert hat. Sie bringen ihn fort."

Ihre Miene wurde vollkommen starr, als sie sich konzentrierte. Ihr Geist schien weit fort zu sein. Als sie die Wahrheit begriff, kehrte das Leben in sie zurück, erfüllte sie gleichermaßen mit Furcht und mit Vernunft.

„Was ist das für ein Schurke? Niemand wird entkommen können, wenn er eine solche Tat vor so vielen Zeugen vollbringt." Sie zog ihren Beutel so, dass er vor ihrem Körper hing, und legte eine Hand darauf. Nach ein paar Fehlversuchen gelang es ihr, ihn mit der anderen Hand zu berühren. Dann drückte sie Wills Unterarm; es war ihre Art, ihn darum zu bitten, sie zu führen.

„Darüber können wir uns später Gedanken machen. Wir müssen fort."

„Ohne Ada?"

„Habt Ihr einen anderen Vorschlag?"

Er erwartete eine Antwort, einen schnippischen Vorschlag, gerissen und von zweifelhafter Moral – irgendetwas, das sie in Sicherheit bringen würde. Stattdessen fuhr sie sich mit der Zunge über die Lippen, ohne ein Wort zu sagen.

Carlisles Stimme und die Rufe der Wachen wurden lauter.

Will fluchte. „Zu spät."

Nein. Nein. Nein.

Sie konnte sich nicht konzentrieren. Dieses eine Wort erstickte jeden Gedanken.

Wie auf Whitstowe vor ihm hatte sie alle ihre Hoffnungen auf Dryden gerichtet. Als Edelmann, der für die Schlacht ausgebildet worden war, hätte er der Richtige sein sollen, um Ada zu befreien. Seine Familie besaß Einfluss, und dieses, sein Geburtsrecht, war es, das ihre Hoffnung trotz seines zögerlichen Verhaltens genährt hatte.

Doch wie sein Vater und wie Megs Plan scheiterte Dryden, weil er seiner eigenen Autorität vertraute. Der berüchtigte Sheriff von Nottingham nutzte sowohl diesen Glauben als auch die Autorität aus. Indem er ihren Verbündeten ins Verlies schaffen ließ, trat Finch das Recht mit Füßen und zeigte, dass selbst die Adligen vor seinen hinterhältigen Plänen nicht sicher waren.

Nachdem der Mann, auf den sie sich verlassen hatte, verschwunden war, blieb ihr nichts anderes übrig als mit dem zu fliehen, dessen Gier Ada überhaupt erst ins Gefängnis gebracht hatte – der Mann, der sie bisher noch nicht enttäuscht hatte.

„Treppen! Abwärts!“

Sie achtete auf seine Worte. Auf Wills Hand gestützt, verdrängte sie alle Gedanken aus ihrem Kopf und konzentrierte sich vollkommen auf ihr Handeln. Ihr Instinkt musste sich auf seine Anweisungen verlassen. Sie lauschte nur auf seine Stimme und die Informationen, die er ihr über die Schulter hinweg zuflüsterte.

„Letzte Stufe.“

Nur kurz stolperte sie und hatte schon bei dem zweiten Schritt auf ebenem Boden das Gleichgewicht wiedergefunden.

„Links. Und wieder links.“ Sie folgte seinen Befehlen wie der Nadel auf einem Kompass. „Kopf einziehen. Vorsichtig.“

Am anderen Ende eines Durchgangs nahm sie die Hand zur Hilfe, um die niedrige Decke zu ertasten, und wünschte sich, vom Schrecken dieser Flucht kurz ausruhen zu können.

Doch das erlaubte Will nicht. „Hier entlang.“

Verwirrt und ohne Orientierung überließ sie sich ganz seiner Obhut. Er könnte sie in ein Feuer führen oder sie den Männern des Sheriffs überlassen – nichts davon spielte mehr eine Rolle. Ihr Selbstvertrauen löste sich wie so vieles andere zusammen mit ihrem Stolz in Nichts auf. Ihr Orientierungssinn verließ sie zusehends mehr, bis am Ende nichts anderes als Will blieb.

„Ihr da!“, rief in diesem Moment ein Mann mit tiefer Stimme. „Stehen bleiben!“

„Runter, Meg!“

Sie ließ sich zu Boden fallen. Ihr Knie schmerzte, als es den harten Stein berührte. Dann hörte sie, wie die Klinge eines Schwertes klirrend gegen eine Mauer prallte. Kleine Steine regneten auf ihren Schleier. Während sie die Geräusche eines Zweikampfes vernahm, versuchte sie, sich zu erinnern, ob Will eine Waffe getragen oder sie wegen des Narrenkostüms abgelegt hatte.

Sie presste sich gegen die nächste Wand und tastete suchend

in ihrem Beutel. Als sie eine bestimmte Glasphiole fand, zog sie sie hervor und hielt sie hoch. „Will!“

Ohne eine Frage zu stellen, nahm er die Phiole. Glas splitterte, dann stieß der andere Mann einen Schrei aus, und sie hörte, wie er in seinem Kettenhemd zu Boden fiel. Stahl rieb auf Stahl rieb, doch das Geräusch erklang zu kurz, um von einem Schwert zu stammen. Will sprang vor. Das Leben des anderen Mannes endete mit einem gurgelnden Geräusch.

Meg versuchte, sich aufrecht zu halten, doch ihre zitternden Knie versagten ihr den Dienst. „Ein Dolch?“

„Zwei Dolche, um genau zu sein.“ Er steckte die Waffen wieder ein und atmete hörbar ein und aus. „Lauge?“

„Fermentierter Urin, um ehrlich zu sein.“

„Stellt Ihr eigentlich irgendetwas her, das nicht stinkt?“

„Falsche Edelsteine.“

„Wirklich sehr komisch.“ Er zog sie hoch, und in ihren Knien pochte der Schmerz. „Dreht Euch nach rechts.“

Nachdem sie ein schier endlos erscheinendes Labyrinth durcheilt hatten, umfasste er ihre Taille und zog Meg eng an sich. In einem winzigen Zwischenraum wurden ihrer beider Körper eng aneinander gepresst. Sie hörte, wie die Geräusche von klirrendem Metall und Männerstimmen näher kamen und sich dann wieder entfernten.

Will atmete schwer, und sie spürte jeden Lufthauch an ihrer Schläfe. „Leise jetzt“, flüsterte er.

Einen Moment lang gab sich Meg ihrer Furcht hin. Sie lehnte sich an ihn und genoss seine tröstliche Umarmung. Als er sie fester hielt, erschien es ihr wie ein Versprechen. Er würde sie verteidigen. Ungeachtet seiner Lügen oder Missetaten, ungeachtet all der Dinge, die sie falsch gemacht hatte, würde er sie verteidigen.

„Ich wüsste zu gern, wie viel von alldem hier Eure Schuld ist“, sagte sie.

Nicht eben sanft stieß er sie gegen die Wand, die Hände auf

ihren Hüften. „Ehe Ihr darüber entscheidet, lasst mich Euch von meinem großartigen Plan berichten, wie ich Dryden verhaften ließ, kurz bevor er uns hätte von Nutzen sein können."

„Hört auf mit diesen Narrheiten."

„Ich trage noch immer mein Kostüm."

„Würde es Eurem Sinn für Humor ein Ende setzen, wenn Ihr es auszieht?"

Seine Lippen waren jetzt den ihren sehr nahe, und sie spürte jedes seiner Worte auf ihrer Haut. „Ihr seid besessen davon, dass ich mich ausziehe."

Ihre Gesichter waren nur wenige Zentimeter voneinander entfernt, doch ihr Stolz trennte sie wie ein Abgrund voneinander und hinderte sie daran, ihn zu berühren. Sie wollte ihn schlagen, ihn von sich stoßen, seine Anwesenheit einfach leugnen, doch die Aussicht, ihn zu umarmen, war zu verlockend.

„Wo sind wir?"

„In einem Alkoven", entgegnete er. „Es ist recht hübsch hier. Sehr abgeschieden."

„Ihr habt mein Vertrauen in Eure Fähigkeit, angemessene Verstecke zu finden, bereits schon einmal enttäuscht."

„Ihr macht einem Mann Vorwürfe, der zu jener Zeit ernsthaft verletzt war? Das ist nicht sehr nett, Meg. Aber ich versichere Euch, dieser Alkoven ist ein weitaus besseres Versteck als das bisschen Sträucher."

„Gut."

„Was sieht Euer Plan weiter vor?"

Sie presste die zitternden Finger auf ihre Augen und rieb sich das Gesicht, als könnte sie damit die Irrtümer der vergangenen Tage verschwinden lassen. Kummer stieg in ihr auf, und Trauer und Hoffnungslosigkeit drohten sie zu verschlingen.

„Ihr verabscheut es tatsächlich, wenn Ihr Euch irrt", sagte er. „Selbst jetzt könnt Ihr es nicht zugeben."

„Das werde ich nicht tun."

„Wie sehr würde ich es begrüßen, wenn Ihr einfach einmal etwas eingestehen könntet, anstatt zu widersprechen." Er küsste sie auf die Stirn, doch der feste Druck seiner Hände auf ihren Hüften zeigte, welche Spannung zwischen ihnen bestand.

Sie schluckte. Ihre Stimme klang tiefer und seltsam fremd, als sie sprach. „Ich gebe es zu. Ich irre mich nicht gern."

„Schon besser."

Und dann küsste er sie.

Sie fühlte seine Wärme, und ihr wurde heiß. Sein Geschmack, seine Berührungen erregten ihre Sinne. Sie spürte jede Einzelheit, fühlte seine Zunge, seine Lippen. Jegliche Gefahr, alle Gedanken, ihr Widerspruchsgeist – alles verschwand. Angenehme Wärme und Trägheit strömten durch ihren Körper. Das Kettenhemd, das er trug, störte sie, eine Schranke zwischen ihren Händen und den festen Muskeln auf seinem Rücken. Stattdessen umfasste sie jetzt sein Gesicht, sein Kinn, seinen sehnigen Hals.

Als Meg die Finger in sein Haar grub, hob er den Kopf. „Ich habe vieles wiedergutzumachen", sagte er sanft. „Lass mich auf dich aufpassen."

„Woher soll ich wissen, ob du die Wahrheit sagst?"

„Weil ich auch ein Geständnis machen muss. Ich bin hierhergekommen, um dich an Finch zu übergeben. Und doch stehen wir jetzt hier zusammen."

Manches an Meg war so vorhersehbar wie die Tatsache, dass am nächsten Tag die Sonne wieder aufgehen würde. Sie konnte schwach sein, mutlos, aber sie wich niemals einem Kampf aus.

Will lächelte und wollte sie wieder küssen, doch sie hatte die Lippen zusammengepresst und erstarrte in seinen Armen. „Erkläre es mir", sagte sie schließlich.

Mühsam zwang er sich zur Ruhe, als er ihr von der Vereinbarung mit Hendon erzählte und dessen Drohung gegen Marian. Seither waren nur einige Tage vergangen, doch die Verwirrung, die er an jenem Abend empfunden hatte, erschien ihm immer mehr wie eine ferne Erinnerung. Vieles hatte sich seither verändert, vielleicht am allermeisten Will selbst.

„Ich stand nur dreißig Schritt vom Sheriff entfernt, zusammen mit dir in dem Bankettsaal, aber ich habe nichts gesagt. Ich habe nichts getan, das dich verraten könnte."

„Vielleicht aus einem Anflug von schlechtem Gewissen? Oder einem Gefühl von Verpflichtung?"

„Zwischen uns besteht weit mehr als nur eine Verpflichtung."

„Auch Lügner können schöne Worte sagen, Will." Ihr Gesicht wirkte weiterhin ausdruckslos, eine starre Maske aus Schatten und Licht. „Du wusstest, dass deine Vereinbarung wertlos war, nachdem Dryden verhaftet worden war."

„Meg, ich bitte dich! Du hast da drinnen wie ein verlorenes Kind gewirkt."

„Dann war es Mitleid."

Er grub seine Finger in ihr offenes Haar. „Hast du in diesem Kuss auch nur eine Spur von Mitleid gefühlt?"

„Jeder Mann hat seinen Preis."

„Das mag so sein, aber ich kann nur für mich sprechen. Du bist mein Preis. Ich habe Freunde und Vermögen aufgeben. Ich habe meine Familie und mein Leben aufs Spiel gesetzt, und nun sind wir hier. Ich werde dich jetzt nicht gehen lassen, nachdem ich so viel aufgegeben habe." Er musterte ihr Gesicht auf der Suche nach irgendeiner Reaktion in ihrer ausdruckslosen Miene. „Meg?"

„Ich glaube dir."

Sein Herz drohte stillzustehen. „Wie bitte?"

„Hugo kam zu mir in die Hütte. Er hat dasselbe über deine Absichten erzählt und auch die Geschichte von Marian."

„Wann?"

„Als du wegen des Zuckers nach Keyworth unterwegs warst. Ihm sind Gerüchte über deine Absichten zu Ohren gekommen, von welchen seiner Spione auch immer."

Ein seltsames Gefühl regte sich in ihm. „Hat er dir etwas getan?"

„Wenn ich so an Hugo denke, könnte ich mich geradezu an deine Ritterlichkeit gewöhnen."

„Meg …"

„Genug davon. Er hat mir nichts getan." Ihr scherzhaftes Lächeln verschwand. „Es ging nie um die Smaragde, oder?"

„Nein."

„Als du mich in der Halle gefunden hast, beschloss ich, abzuwarten. Du würdest mich entweder dem Sheriff ausliefern oder – oder eben nicht."

Erstaunen verdrängte seine Furcht. „Du glaubst mir wirklich. Du spielst mir nichts vor."

„Der Himmel stehe mir bei, aber ich glaube dir. Hugo hätte mich an den ersten Besten verkauft, der ihm begegnete, aber du …"

Falls Will widersprechen wollte, so kam er nicht mehr dazu, denn sie griff in sein Haar, zog ihn an sich und küsste ihn. Rasch, grob, verlangend. Ihre Lippen besiegelten mit ihm einen Vertrag: Sie würden ihre komplizierte Lage überleben, um einander neu zu erforschen, oder er würde sie verraten – dann würde sie sich an ihm rächen. In beiden Fällen besiegelte dieser Kuss ihr Bündnis.

„Meg, wir sollten gehen." Dass er so schwer atmete, lag nicht an ihrer Flucht aus der Halle.

Rasch unterdrückte sie einen Anflug von Verwirrung und legte eine Entschlossenheit an den Tag, die er zu fürchten gelernt hatte. „Meine Pläne haben sich nicht geändert. Ich bin gekommen, um Ada zu befreien."

„Dass ich dich nicht an Finch ausgeliefert habe, bedeutet nicht, dass ich seine Gefangene befreien will. Das eine hat mit dem anderen nichts zu tun."

„Wir sind hier", sagte sie. „Ich habe ebenfalls Waffen mitgebracht. Warum sollten wir sie jetzt im Stich lassen?"

Es fiel ihm schwer, seinen Unmut zu unterdrücken, und er zwang sich zu flüstern: „Sie ist nicht meine Schwester, und dir war sie keine gute Schwester."

„Ich kann sie nicht im Stich lassen, und du hast sie in diese Situation gebracht."

„Verdammt, fällt dir denn zu allem ein Widerwort ein? Hast du Ada auf diese Weise genötigt, sich deinen Wünschen zu fügen? Beinahe tut sie mir leid."

Er hatte mit Widerstand gerechnet. Vielleicht sogar damit, dass sie handgreiflich wurde oder ihm böse Worte an den Kopf warf. Doch was er sah, waren Tränen. Mit jeder Träne schien ein Stückchen gesunder Menschenverstand fortgespült zu werden.

„Will, ich kann sie nicht im Stich lassen, solange diese Kluft zwischen uns besteht. Sie ist meine Schwester, und ich habe etwas wiedergutzumachen."

„Was du da verlangst, ist unmöglich. Du hast selbst gesagt, wenn sie vor hundert Zeugen einen Edelmann abführen können ..."

„Dann kann uns niemand helfen." Sie wischte die Tränen fort, doch es kamen sofort neue. „Das ist mein Preis. Bitte."

Ein großer Teil von ihm, der vernünftige Teil, wollte sich wehren. Und zwar heftig. Noch immer sah er die verlockende Szene vor sich, den Traum, der durch seine missliche Lage ein Ende gefunden hatte. Frauen, Lieder. Ein Leben in Geborgenheit und Sicherheit. Aber Meg würde ihn überallhin verfolgen. Wenn er floh, würde das, was er ihrer Schwester angetan hatte, eines Tages übermächtig werden und seinen Frieden stören. Das Leben, das dann vor ihm liegen würde, wenn er Meg und ihre tränenreiche Bitte übergehen würde, wäre öde und trostlos.

Und sie hatte bitte gesagt.

„Nun, gut, Meg. Du hast gewonnen."

20. KAPITEL

Musik erklang, und wir alle gaben
uns dem Tanze hin …
„Robin Hood's Birth, Breeding, Valour, and Marriage"
Ballade, 17. Jahrhundert

Meg stellte sich vor, sie würde zu einem Schatten werden, der mit dunklen Spalten und verborgenen Winkeln verschmolz. Sie entzog sich der Entdeckung, so wie die Sicht sich ihr entzog. Musik, die von einem Trio von Lauten und einer Querpfeife stammte, wurde ihr Fluchthelfer. Sie folgte der Melodie zum offenen Himmel hinauf. Soldaten, gewöhnliche Festbesucher – niemand würde sie finden.

„Zieh deine Füße an." Will zerrte an ihrem Schattenwesen. Sein Drängen verlieh ihr wieder Körperlichkeit, sie war wieder sterblich und erdverbunden. „Jemand könnte dein Kleid sehen."

„Ich finde es schwierig, mich zu verstecken, wenn ich das Versteck nicht sehen kann."

„Wir sind hinter der Balustrade eines Balkons, der auf den größten Versammlungsraum hinausgeht." Er führte ihre Hände über üppig geschwungenen Sandstein, um seine Worte zu unterstreichen. „Halte dich zwischen dieser Brüstung und der Säule an deinem Rücken. Der Eingang zu den Verliesen befindet sich am Fuß der Treppe auf der gegenüberliegenden Seite des Saals. Das glaube ich jedenfalls."

„Du glaubst es?"

Sie spürte seinen Atem an ihrem Gesicht. Sein männlicher Duft, so süß und beinahe tierhaft, erinnerte sie an ihren Kuss, an die Nähe und die sinnlichen Kämpfe ihrer Leiber. „Wenn dir unser letztes Versteck gefallen hat, hätte ich dich dort lassen sollen."

„Ich glaube deinen Drohungen nicht mehr."

„Und ich achte nicht mehr auf deine Beleidigungen", gab er zurück.

„Aber erst gestern hast du behauptet, dass du dieses Schloss so gut kennst wie deinen Vater."

Will lachte leise. „Wenn du so lange im Wald lebst, entwickelst du einen Sinn für Sarkasmus. Nicht umsonst wurde ich von meinem Onkel aufgezogen."

Endlich begriff sie. „Dann hatte ich also recht, als ich dich einen Bastard nannte?"

„Ja." Er umfasste ihre Wange. Sie unterdrückte das Bedürfnis, sich in seine Hand zu schmiegen. „Aber es hat mich mehr getroffen, als du mich ein Schwein nanntest. Spar dir das für jemanden wie Hugo auf."

„In Ordnung."

Er versuchte innerhalb des engen Verstecks seine Haltung zu verändern. „Zuletzt war ich hier vor fünf Jahren, während König Richards Belagerung. Robin erinnerte mich immer wieder an meine Unerfahrenheit. Ich folgte seinen Anweisungen und versuchte, möglichst geschickt zu wirken."

Ihr Vertrauen schwand dahin. „Du weißt also wirklich nicht, wo wir sind?"

„Ich kenn mich hier kaum aus."

„Also hast du dich verirrt", sagte sie. „Was genau weißt du noch?"

„Dass wir uns noch innerhalb des Schlosses befinden."

„Außerordentlich beruhigend. Wirklich."

„Und allein wärest du besser zurechtgekommen?"

„Alle Achtung, Will. Dein Orientierungssinn ist besser als der einer blinden Frau."

„Ich bin froh, von Nutzen sein zu können." Sie konnte sich vorstellen, wie er breit grinste, voller Spott, und am liebsten hätte sie die Finger nach seinen Lippen ausgestreckt. „Von den Verliesen trennt uns nur noch eine Treppe auf der anderen Seite der Halle“, erklärte er. „Die Halle ist voll von Feiernden, die einen Reigentanz aufführen.“

Ihr stockte der Atem. „Tänzer?“

„Ja. Ich schlage vor, wir gesellen uns dazu und tanzen im Kreis herum bis auf die andere Seite. Schließlich wollen wir kein Misstrauen erregen.“ Er presste seine Lippen auf ihren Handrücken. Sein Lächeln, Küsse, Worte – sein Mund und seine herausfordernde Art ließen sie erzittern. „Darf ich um diesen Tanz bitten, Milady?“

„Ich habe dich vorhin schon abgewiesen, und das mit gutem Grund.“

„Und ich war ein Narr, deine Ablehnung hinzunehmen, was ja zu meinem Kostüm passt.“

„Nein. Ich tanze nicht.“

„Komm schon, Meg. Hier geht es nur um einen Tanz, nicht um eine Flucht vor Soldaten. Was kann passieren?“

Sie blinzelte. Will verlockte sie dazu, Entscheidungen danach zu treffen, ob etwas Spaß machte, und nicht, ob sie damit Schmerz abwenden konnte. Aber ein Tanz würde sie nur in schreckliche Verlegenheit bringen. „Es fällt mir schon schwer, auf ebenem Boden zu gehen, geschweige denn, dabei noch auf Takt und Anmut zu achten.“

„Gehen musst du allein, aber beim Tanzen hast du einen Partner.“ Bei seinen verführerischen Worten stellten sich ihr die feinen Härchen auf dem Handrücken auf. „Erinnerst du dich, Meg? Wie wir uns zusammen bewegt haben? Ich bin ein guter Partner für dich.“

Die unterschiedlichsten Empfindungen drängten sich ihr auf. Der scharfe Geschmack seiner Haut. Die Bewegung seiner schmalen Hüften. Sein rauer Atem an ihrem Ohr. Sie leckte sich über die Lippen, als sie seine Küsse zu schmecken glaubte und sich bemühte, die Erinnerungen zurückzuholen. Die Anstrengung, die es sie kostete, nicht ständig daran zu denken, war nur noch mit ihrem Bemühen vergleichbar, seinen Mut nicht zu bewundern.

Doch die Angst hielt sie fest umklammert, lähmte ihre Bewegungen und nahm ihr den Mut. „Ich will nicht hinfallen."

„Ich passe auf."

Sein Versprechen. Er hatte noch nie ein Versprechen gebrochen. Verdammt, sie konnte nicht leugnen, dass sie seine Versicherungen brauchte, seinen Halt.

„Dann um meiner Schwester willen."

„Natürlich."

Er zog sie an seinen starken Körper, duldete keinen Widerstand mehr. Der Wunsch, beschützt zu werden, der stärker war als jedes körperliche Verlangen, drängte sie dazu, sich an ihn zu schmiegen. Sie berührte seinen Hals mit ihren Lippen, ohne ihn zu küssen. Sie wollte ihn nur fühlen, mit ihm verbunden sein. Jeder Augenblick, den sie in seiner Nähe verbrachte, verzauberte sie, wie ein Spaziergang in der Dunkelheit ohne Sicherheiten und Gewissheiten. Dass sie ein Risiko einging, hatte nichts zu tun mit gefährlichen Plänen und Schurken. Nur mit der Gefahr, enttäuscht zu werden.

In der Dunkelheit hörte sie seine geflüsterten Worte: „Komm jetzt. Finden wir heraus, welche Schandtaten wir abwenden können."

Auf Händen und Knien, und in dem Gefühl, ein wirklicher Narr zu sein, schlich Will am Rand des Balkons entlang, der auf den Saal hinausging. Er vermisste sein Schwert, das er abgelegt hatte, ehe er ins Schloss ging, war aber froh, dass er es jetzt nicht dabei hatte, weil es nur Lärm verursachen würde. Lautlos an der Balustrade entlangzuschleichen erforderte schon genug Konzentration, auch ohne dass gehärteter Stahl gegen den Steinfußboden schlug.

Meg kroch direkt hinter ihm. Ihr Beutel lag auf ihrem Rücken. Irgendwie gelang es ihr, sich trotz Unterkleid und Rock lautlos zu bewegen. In jeder Situation war sie fähig, das Unmögliche zu tun. Hätte Will vorgeschlagen, durch die Halle zu fliegen, so hätte sie vermutlich Flügel bekommen.

Sie gelangten an die Treppe und stiegen in den Saal hinab. Er spürte ihre Anspannung. Auf der letzten Stufe drehte er sie in seinen Armen herum.

„Halt deinen Beutel gut fest“, flüsterte er und setzte die Maske wieder auf. „Wende dich nur nach links, um mir zu folgen. Lass auf keinen Fall meine Hand los.“

„Ganz ruhig, Will“, sagte sie und zog den Schleier vors Gesicht. „Hier geht es nur um einen Tanz, und nicht darum, Soldaten zu entkommen.“

„So ist es.“ Er nahm ihre Hand und beobachtete die Tänzer, bis er eine Lücke in dem Kreis entdeckte. „Jetzt!“

Sie liefen in den Saal und fassten die Hände der anderen Tänzer. Die schrillen Klänge der Lauten und Pfeifen trieben sie zu einem immer schnelleren, animalischen Tanz an. Von überall her erklang Gelächter, übertönte beinahe die Musik und die Stimmen der anderen, die sich auch im Saal befanden. Die raschen Bewegungen ließen den Saal zu einem Meer von Schatten und Lichtern verschwimmen.

Will drückte Megs Hand und warf ihr einen raschen Blick zu. Ihr Schleier war vom Kopf gerutscht und flatterte mit einer losen Haarsträhne hinter ihr her. Die Augen geschlossen, den Kopf gereckt, tanzte und sprang sie, als hätte sie nie einen Moment der Angst verspürt. Sie wirkte glücklich, wie damals, als sie sich um sich selbst gedreht hatte, als er sie geküsst, sie ihren Stolz und ihre Furcht abgelegt hatte. Diese Heiterkeit vertrieb Zorn und Misstrauen aus ihrem Gesicht und zeigte die Frau dahinter. Eine hinreißende Frau.

Endlich hatte er einen Grund gefunden, der es wert war, sie nahe bei sich zu behalten.

Die Musik führte sie in großer Runde um den Saal. Als sie sich der Treppe näherten, erkannte Will zwei von Carlisles Waffenträgern. Sie lungerten in einfachen Tuniken dort herum, allem Anschein nach unbewaffnet, doch sie beobachteten die Menge.

Er blickte wieder zu Meg. „Schwindelig?"

„Nein."

„Gut. Dann noch eine Runde."

Sie lächelte breit, wie eine Frau, die sich amüsierte.

Weitere atemlose Minuten vergingen in ausgelassenem Tanz. Seine Füße, die an Jacobs enge Stiefel nicht gewöhnt waren, begannen zu schmerzen. Meg jedoch schien nicht müde zu werden. Vielleicht hätte sie weiter getanzt und dabei Wills Hand festgehalten, hätten die Musiker ihren schnellen Rhythmus beibehalten.

Doch die Musik wurde langsamer. Die Querpfeifen setzten zu einer sehnsuchtsvollen Melodie an. Zwei Lauten stimmten ein in das bittersüße Lied, in dem die Harmonien wie Liebende zueinander fanden. Auf der anderen Seite der Halle folgten Männer und Frauen paarweise der Musik. Bekannte, die sich an den Tischen zusammengefunden hatte, hoben die Krüge und erzählten sich Geschichten von längst vergangenen Liebeleien und Abenteuern.

Will ließ die Hand der Frau vor ihm los und löste Meg aus dem Kreis der Tanzenden. Sie fühlte sich warm an in seinen Armen. Kleine Schweißperlen bedeckten ihre Stirn, und ihre Wangen waren von der Anstrengung leicht gerötet. Sie umklammerte seine Unterarme so fest, dass ihre Fingernägel in seine Haut drückten. Er stellte sich vor, wie sie sich auf seiner Brust anfühlen mochten, und stöhnte leise auf.

„Hast du dich wieder verlaufen?"

„Nur ein unbedeutender Umweg", sagte er. „Sonst nichts."

„Wie du meinst."

Liebevoll betrachtete er ihr Gesicht mit dem offenen Lächeln. Noch immer spürte er den bittersüßen Geschmack ihres Kusses auf seinen Lippen, der sein Blut in Wallung brachte und ihn nach mehr verlangen ließ. Genau wie von gutem Wein und feinem Essen wollte er mehr – mehr als gestohlene Küsse und ihre widerstrebende Fügsamkeit. Doch seltsamerweise wurde sein Hunger mit jedem Bissen, den er kostete, nur größer – ein unersättlicher Hunger.

„Was empfindest du jetzt in meinen Armen?“

„Furcht“, sagte sie. Ihr glückliches Lächeln verschwand. Beinahe bedauerte er, die Frage gestellt zu haben, doch ihm gefiel ihre Offenheit. Ein einziges Wort nur. Ein Wort, sehr entschlossen gesagt, ohne Vorspiegelungen und Lügen.

Ja, er wollte mehr.

Will gab ihr einen Kuss auf die Nasenspitze. „Das schaffen wir auch noch.“

„Was meinst du damit?“

„Ich möchte, dass du dich eines Tages in meinen Armen so sicher fühlst wie sonst nirgendwo.“

„Das wird niemals geschehen“, flüsterte sie. „Mit dir bin ich verloren.“

„Nein, das bist du nicht.“ Er umfasste ihr Gesicht und strich zärtlich über ihre Brauen. „Mit mir niemals.“

Sie lächelte. „Nun, was deinen Orientierungssinn betrifft, so haben wir dessen Grenzen ja bereits erforscht.“

Verlangen überkam ihn. Er wollte sie fortbringen von diesen gefährlichen Sälen – zum Teufel mit Gerechtigkeit, Ehre und ihrer seltsamen Schwester. Nie zuvor war ihm Ritterlichkeit mehr eine Last gewesen.

Ein vertrautes Gesicht in der Menge störte seine Tagträume. Er zog Meg fester an sich und drängte sie weiter in die Menge der Tanzenden. „Das Unheil folgt dir noch schneller als ich.“

„Wie das?“

„Hugo.“

Sie zog sich den Schleier wieder über das Gesicht. „Er ist hier?“

„Ja. Zusammen mit Carlisle.“

„Vermutlich wissen sie also inzwischen auch von meiner Verkleidung.“

„Davon gehe ich aus.“ Bewaffnete Männer gingen neben Hugo und Carlisle am Rand des Saals entlang. Dass sie sich zusammengetan hatten, erschien ihm unnatürlich. „Warum sollte er dir hierher folgen? Was verschweigst du mir?“

Sie stolperte, zum ersten Mal an diesem Abend.

„Meg?“

„Du beunruhigst mich. Du kannst weder in meinen Augen lesen noch mein Gesicht hinter dem Schleier sehen.“

„Aber du verheimlichst mir etwas.“

„Ja. Ärger.“

„Erzähl mir davon.“

„Als er zu mir in die Hütte kam, sagte er mir, dass der Sheriff ein Kopfgeld auf mich ausgesetzt hat. Ich möchte wetten, dass er versucht, als Erster an diese Belohnung zu kommen. Und er sagte, er verlange eine Entschädigung, weil er uns Schutz geboten hat.“

Hinter der Maske verzog Will das Gesicht. „Schutz, pah! Und was für eine Entschädigung verlangte er?“

„Smaragde natürlich. Ich gab ihm stattdessen Asem.“

„Jacobs Hund? Das wäre passend.“

„Nein, Asem. Eine Mischung aus falschem Gold und Silber. Eine Legierung.“ Ihre Erklärung zeigte, was sie wusste, mit jener typischen Spur leiser Verachtung, aber sie zeigte auch Erregung und Staunen. „Es ist eine Mischung aus weichem Zinn und weißem Kupfer – geschmolzen, gepresst und viele Male poliert. Wenn es richtig gemacht ist, können nicht einmal Künstler Asem von richtigem Gold unterscheiden.“

„Schöner Betrug.“

„Aber die Qualität von meinem war schlecht, daher haben wir es nicht auf den Markt gebracht. Bei höheren Temperaturen verändert sich ständig die Konsistenz. Nur ein Dummkopf würde glauben, dass diese Barren für etwas anderes gut sind, als damit eine Tür aufzuhalten.“

„Vielleicht erklärt das seine Verletzungen im Gesicht. Von

mir hat er sie jedenfalls nicht." Selbst von Wills Platz aus waren die dunkelblauen Flecke deutlich zu erkennen.

Sie lachte leise. „Deine süßen Worte werden noch zur Gewohnheit."

„Konntest du ihn nicht mit etwas beschwichtigen, das weniger Ärger bereitet?"

„Er wollte meinen Körper, aber ich hoffe, du verzeihst, dass ich ihn damit nicht belohnen wollte."

Er verzog das Gesicht. „Ich verzeihe dir."

„Das ist überaus reizend und großzügig."

„Hör auf zu scherzen."

In diesem Augenblick zeigte Hugo in ihre Richtung. Carlisle nickte und zog sein Schwert. Die Wachen schwärmten im ganzen Saal aus, unterbrachen den Tanz und brachten die Musik zum Verstummen. Eine Frau schrie. Männer stellten sich zwischen ihre Partnerinnen und die Soldaten, während sie nach Ausgängen und Fluchtwegen suchten. Auch Will stellte sich so, dass er Meg mit seinem Körper schützte, aber er hatte nicht vor zu fliehen – Narr, der er geworden war.

„Hugo könnte uns vielleicht trotzdem noch nützlich sein", sagte er.

„Wie das?"

„Indem er uns einen anderen Grund liefert, ins Verlies zu gehen."

„Bleibt wo Ihr seid, Scarlet." Carlisles schroffer Befehl hallte durch den hohen Raum.

„Da hast du deinen anderen Grund!", flüsterte Meg. „Warst du schon immer so optimistisch?"

Er warf die nutzlos gewordene Maske weg. „Im Vergleich zu dir, ja."

„Lasst die Waffen fallen", befahl Carlisle. „Ihr werdet hängen für den Mord an dem Earl of Whitstowe. Ist das das Mädchen?"

Hugo, an Carlisles Seite, nickte. „Das ist sie."

Meg warf den Schleier zurück wie ein Krieger, der eine Herausforderung annimmt. „Überlegt, ob ihr nicht alles Wertvolle hier im Schloss in Sicherheit bringt. Denn Wertgegenstände haben die Neigung, in Gegenwart dieses Mannes zu verschwinden."

„Verrücktes Frauenzimmer." Hugo spuckte ihr vor die Füße und bekreuzigte sich. „Sie trägt Teufelsdinge in diesem Beutel."

Will straffte sich. Er hatte Megs Hüften losgelassen, ihr Tanz war zu Ende, und es juckte ihn in den Fingern, die Fäuste zu benutzen. Hugos Gesicht hatte noch lange nicht genug blaue Flecken. „Wir beide werden nie einer Meinung sein, Dieb."

Hugo schnitt eine Grimasse, und die Wunden entstellten ihn noch mehr. „Vielleicht weil wir beide so niedere Frauen bevorzugen."

„Sie hat Euch wiederholt abgewiesen", warf Will ein. „Ihr müsst wohl noch tiefer sinken."

„Seid Ihr der Richtige, in diesem Punkt Ratschläge zu erteilen? Bisher waren Edeldamen Eure Gefährtinnen, Scarlet."

„Genug!" Carlisles Ruf vertrieb auch die letzten Gäste aus dem Haus. Er hob sein Schwert, um seinen Worten Nachdruck zu verleihen. „Frau, gebt mir den Beutel! Und Scarlet, ich will die Dolche auf dem Boden sehen."

Will sah sich einer Gruppe von bewaffneten Männern gegenüber und fühlte sich tapfer und gleichzeitig jeder Verantwortung enthoben. Angst stand neben Übermut. Er grinste breit, wie ein Wahnsinniger. „Wohl kaum."

21. KAPITEL

Warum, Will Scarlet, kommst du nicht,
zu Robin, Will Scarlet, komm.
Ich weiß doch, dass Liebe und Freude in dir brennt,
weiß um deine Wunde, die dich in Schweigen hemmt.
„Robin Hood's Flight"
Leigh Hunt, 1820

Die Tür wurde verschlossen. Ein Riegel klickte. Meg fiel zu Boden und tastete angstvoll über den Boden des Verlieses. Ihre hektischen Bewegungen klangen wie das Trappeln von Nagetieren.

„Will? Will, sag etwas!"

„Ich bin hier."

Sie ertastete seine Hüfte, seinen Oberkörper, sein Gesicht. „Ich habe dich aufschreien gehört. Bist du verletzt?"

Sie fühlte, wie er unter ihren Fingern lächelte. „Du hast dir Sorgen gemacht?"

„Ja."

„Oh wie schön." Lachen erfüllte ihre enge Zelle. Er umfasste ihren Kopf und zog sie an sich. Sie fühlte und schmeckte ihn, als er sie rasch küsste. „Das ist mein Mädchen."

Begehren, begehrt zu werden – das Gefühl der Zusammengehörigkeit erregte sie. „Will, bitte."

„Einer dieser Bastarde traf ausgerechnet meine verletzte Schulter."

„Das ist alles?"

„Alles?" Als er jetzt wieder lachte, lag Schmerz darin. „Frau, es ärgert mich."

„Aber sonst ist nichts passiert? Ich dachte, du wärest vielleicht von einem Schwert verletzt worden."

„Nein, sonst nichts."

„Deine Schulter wird niemals heilen, wenn du ihr keine

Zeit dafür lässt."

„Ich soll ihr Zeit lassen? Ich habe mich ja nicht selbst geschlagen."

Er streifte das Narrenkostüm ab. Sie ertastete seinen Arm, ließ die Finger hinaufgleiten zu seiner Schulter, die unter Schichten von Stoff und Leder lag. Seine Haut fühlte sich glatt und warm an.

„Lass es sein, Meg. Es gibt hier unten kein Licht."

„Ich brauche kein Licht."

Nachdem sie den Verband ertastet hatte, machte sie sich daran, die Wunde zu untersuchen. Sie hatte damit gerechnet, dass die Stelle nässen oder schlecht verheilen würde, doch sie fühlte einen trockenen Verband und eine saubere Wunde. Erstaunt schüttelte sie den Kopf.

„Wie machst du das? Du hast immer wieder gekämpft. Die Wunde ist noch nicht verheilt, aber du hältst durch. Wie machst du das?"

Er legte sich auf den Boden. „Vielleicht liegt es an der Lauge?"

„Und ich? Wie machst du das mit mir?"

„Was mache ich mit dir?"

Sie berührte ihn weiter, behutsam, rieb seine Haut, wollte die Muskeln massieren, bis die Spannung darin nachließ. „Ich kann nicht vernünftig denken, wenn du in meinen Gedanken bist."

„Lass mich raten", flüsterte er. „Du fragst dich, warum. Warum dies? Warum jetzt?"

„Ja."

Er holte tief Luft, es klang erschöpft. „Mich quälen dieselben Fragen."

Vorsichtig streckte sie sich neben ihm auf dem Boden aus. Sie berührten einander nur an den Händen, hielten sich fest.

Aber sie stellte sich die Frage, ob sie seine Absichten missdeutete. Er war ihr gefolgt aus Sorge um eine andere Frau. Die Neugier plagte sie.

„Hast du sie geliebt?"

„Marian?"

„Ja."

„Vielleicht", erwiderte er. „Oder vielleicht wollte ich nur etwas haben, was Robin gehörte."

„Du bewunderst deinen Onkel, auch wenn du ihn hasst. Kein Wunder, dass du begehrtest, was er hat."

„Es gefällt mir nicht, dass du so viel von mir weißt." Er seufzte und bewegte sich auf dem harten Boden. „Vom ersten Tag an, den ich bei Robins Gesetzlosen verbrachte, hat sie mich verteidigt – selbst als ich ihre Hilfe gar nicht wollte."

„Du und dein Stolz."

„Oh ja. Bis ich sie zum ersten Mal küsste, sah ich in ihr so etwas wie eine ältere Schwester. Dann – dann sahen wir einander plötzlich in einem anderen Licht."

„Wenn Gott so freundlich war, dir eine ältere Schwester zu ersparen, dann solltest du dich nicht seinem Willen widersetzen und dir eine erschaffen."

Er setzte sich auf. Dann stöhnte er vor Schmerz, und doch klang das Geräusch erregend. Auf dem Höhepunkt der Lust, als er in ihr gewesen war, hatte Will genauso gestöhnt. Immer wieder kehrten diese Erinnerungen zurück, aber sie erschienen ihr wie ferne Träume. Der Wunsch, dieses herrliche Gefühl erneut zu erleben, erfüllte ihre Sinne, bis alles – Gerüche, Geräusche, Gefühle – nur noch um ihn kreiste.

„Meg? Ich habe gefragt, ob Ada so schrecklich war. Ich meine, vorher."

Die sinnlichen Tagträume verschwanden. Scham umfing sie, doch sie wollte nicht so empfinden. Sie wollte nur Will und die Freiheit, mit ihm zusammen neue Fehler zu machen. Doch ihre misslungene Beziehung zu Ada blieb ein Makel, eine Wunde, die sie mehr behinderte als ihre Blindheit.

„Zu viel Zeit ist seither vergangen. Damals war ich noch eine andere, nur ein Mädchen."

„Du wirst die Möglichkeit bekommen, es richtigzustellen, wenn du das willst."

Doch hinter Wills Versicherung lauerte eine andere, unerfreuliche Möglichkeit: Dass eine von ihnen sterben würde, ehe sie die Gelegenheit dazu bekamen. Die einzige Möglichkeit, das zu verhindern, war, ihre Schwester endlich aufzuspüren. Und hier im Verlies waren sie Ada näher als je zuvor.

„Dann also Flucht", sagte sie. „Sag mir, dass du die Dietriche bei dir hast."

Er lachte, ein Laut, so erfrischend wie eine Brise. „Nein, Milady, ich bedaure. Da war so ein Frauenzimmer, das hat sie in den Wald geworfen, wo sie für immer verschwunden sind."

„Soll ich das auf die Liste der Dinge setzen, für die ich mich entschuldigen muss?"

„Du führst so eine Liste?"

„Ich sollte es tun."

„Wenn du zugibst, dass du bei dem Versuch, mir zu schaden, dir selbst geschadet hast, genügt das als Entschuldigung."

„Ich werde darüber nachdenken." Sie löste ihr Haar und strich mit den Fingern hindurch. „Hast du sonst noch etwas in deinen Stiefeln versteckt?"

„Es sind genau genommen Jacobs Stiefel. Und das habe ich, in der Tat."

„Schade, dass du deine Prinzipien hast, Will", sagte sie und begann, sich das Haar zu flechten. „Du denkst jedenfalls wie ein Gesetzloser."

„Ob Prinzipien oder Gesetzlosigkeit, ich habe von den Besten gelernt."

Hugo verließ das Schloss. Als er an den Wachen vorüberkam, tippte er sich grüßend an die Kappe. Die Goldmünzen in seiner Börse bildeten mit ihrem Klirren den Nachklang eines äußerst unterhaltsamen Nachmittags. Er grinste, als er sich heiter daran erinnerte, wie erstaunt Scarlet ausgesehen hatte, als Carlisle und seine Männer ihn überwältigten. Bei dem Gedanken an diese Demütigung und die tödliche Strafe, die den anderen erwartete, lächelte Hugo noch breiter.

Und dann Meg. Das verrückte Mädchen. Ihren neuesten Beschützer zu verlieren musste eine schreckliche Niederlage für sie sein. Einst hatte Hugo ihre gesetzlosen Methoden bewundert und sie dazu gebracht, dass sie bereitwillig sein Bett teilte. Ein paar freundliche Lügen hatten sie wie Butter in seinen Händen schmelzen lassen.

Er hatte gehofft, dass Scarlet sie auf dieselbe Weise benutzen würde. Es hätte ihm viel Befriedigung gebracht zuzusehen, wie sie von dem nächsten Opportunisten gestürzt wurde. Aber da der Schwächling nicht die Absicht hatte, Meg zu brechen, würde Hugo Beifall klatschen, wenn Scarlet gehängt wurde.

Aber das Lächeln bereitete ihm Schmerzen. In seinen Wangen pochte es. Die Erinnerung an die Schläge, die er in Keyworth hatte einstecken müssen bei dem Versuch, Megs schlechtes Asem zu verkaufen, minderte seine Befriedigung. Sie an Finch zu verraten führte nur dazu, dass sie eingesperrt wurde. Ihr neuer Liebhaber würde gehängt werden, das schon, aber Hugos Zorn verlangte nach mehr.

Er ging bis zum Fuß des Schlossbergs. Die Buden, Tische und Karren mit Waren hatte man für das bevorstehende Fest weggeräumt. Einige Frauen kochten, andere schmückten den Platz, während ein halbes Dutzend Männer das Holz für ein Freudenfeuer aufschichtete. Das gewöhnliche Volk kam genau wie die besseren Leute im Schloss zusammen, um zu essen, zu trinken und das Ende der Erntezeit zu feiern. Selbst die Soldaten nahmen daran teil, lächelten den Mädchen zu und nahmen Getränke entgegen.

Doch die Nachricht von dem Scharmützel innerhalb des Schlosses hatte die Leute beunruhigt. Gerüchte würzten das einfache Fest mit Verdächtigungen und Misstrauen. Noch hatten die Männer ihre Waffen nicht gegen Braten und Met eingetauscht. Die Frauen achteten darauf, dass ihre Kinder in der Nähe blieben, sprachen über das Geschehene und schmückten die Gerüchte mit immer mehr Details aus. Ein einziger Funke würde genügen, um die Stimmung zu entzünden wie einen trockenen Heuhaufen.

Hugo nahm von einem halbwüchsigen Mädchen einen Becher entgegen und verzog das Gesicht, als sie sich errötend abwandte. Aber er lächelte trotz der Schmerzen in seinem Gesicht und betrachtete ihre jugendliche Brust. Beim letzten Erntefest war sie vermutlich noch mit den anderen Kindern herumgelaufen und hatte gespielt. Doch das eine Jahr hatte sie an die Schwelle zur Frau geführt. Die Verlockung, die dieser junge Körper bot, ließ ihm das Wasser im Mund zusammenlaufen und das Blut in den Lenden pulsieren. Ein Schluck kühlen Ales löschte das Brennen in seiner Kehle, auch wenn sein Verlangen nach einem anderen Vergnügen noch stärker wurde.

„Vielen Dank, Miss“, sagte er.

Sie hielt den Kopf gesenkt und nickte.

„Meine Liebe, du musst dich nicht dafür schämen, dass du meine Wunden nicht ansehen willst.“ Ihr Blick aus blauen Augen traf kurz sein Gesicht, dann sah sie wieder zur Seite. „Ich nehme an, du bist neugierig zu hören, was mir passiert ist.“

Wieder nickte sie und errötete noch tiefer. Unschuld und Neugier rangen mit Abscheu, eine Mischung, die Hugo außerordentlich erregend fand. Und bei ihrer hellen Haut würden diese rosigen Farben genau die Farbe ihrer Knospen wiedergeben.

Er trank noch einen Schluck Ale. „Ich wurde geschlagen. Im Schloss, wo der Sheriff eine Hexe gefangen hält.“

„Eine Hexe?“

„Genau.“ Er kam näher, folgte ihrer Fährte wie ein Hund der eines Fuchses. „In Charnwood ist sie für ihre Zauber bekannt. Gott verfluchte sie, indem er ihr das Sehvermögen raubte, weil sie nicht gehorsam sein wollte.“

Das Mädchen sah ihn aus großen Augen an. „Ist sie hässlich?“

„Nein“, entgegnete er. „Sie ist recht reizvoll, trotz ihrer Bösartigkeit. Nichts im Vergleich zu deiner Schönheit, meine Liebe, aber sie benutzt ihr hübsches Äußeres, um die anderen zu täuschen.“

„Warum ist sie hier?“

„Wer weiß? Was immer der Sheriff vorhat, ganz gewiss kann er nicht dulden, dass eine wie sie sich zwischen guten Leuten aufhält.“

„Natürlich nicht!“

„Als ich mich ihrer Gegenwart in unserer angesehenen Stadt widersetzte, haben die Männer des Sheriffs mich geschlagen. Es gelang mir nur schwer, mich zu befreien. Sie verfolgen mich noch immer.“

Sie öffnete den Mund zu einem runden O, das aussah wie eine blühende Rosenknospe.

„Willst du mir zur Gerechtigkeit verhelfen, meine Liebe?“ Er schob seine Hand in ihr Haar, umfasste ihren Hinterkopf. Sie zuckte nur ein wenig zurück und öffnete ihre Lippen. Ein zögerndes Nicken war ihre Belohnung. „Dann geh. Geh zu deinen Freunden und deiner Familie. Erzähl jedem, den du kennst, dass im Schloss eine Hexe nur darauf wartet, uns mit ihrem bösen Zauber zu belegen.“

Sie fuhr herum und lief rasch davon, sodass ihre Röcke den reizvollen Körper umflogen. Hugo sah ihr nach und trank den Rest seines Ales aus. Sie würde die Erste sein, die seine Geschichte verbreitete, bis jeder der Feiernden glaubte, der Sheriff würde die Braut des Teufels in seinem Gefängnis festhalten.

Er tauschte seinen leeren Krug gegen einen vollen ein und grinste noch einmal, trotz der Wunden in seinem Gesicht und der pochenden Lust in seinen Lenden. Das Mädchen hätte ihn befriedigt; aber erregt, wie er war, würde ihm jetzt jede Frau genügen. Er setzte sich in Bewegung, um sein Gold auszugeben.

Will sog den Duft von Megs Haar ein, während sie sich eng an ihn schmiegte. Eine seltsame Wendung des Geschicks. Für jede Minute, die sie einander Freude bereitet hatten, waren sie einander eine Stunde an die Kehle gegangen. So friedlich mit ihr zusammen zu sein war etwas Neues.

Die Erfahrung hatte ihn gelehrt, nicht an die Dauer dieses Friedens zu glauben, aber er hoffte, dass es anders sein würde. Ein Gefühl der Zusammengehörigkeit erfüllte ihn so sehr, dass wenig Raum blieb für Sorgen, Zweifel und Furcht.

Sie bewegte sich. „Wie lange sind wir schon hier? Stunden?"

„Jetzt könnte es ungefähr Tagesanbruch sein", sagte er.

„Warum hält Finch uns wohl fest, ohne uns zu befragen?"

„Vielleicht möchte er, dass wir etwas Zeit miteinander verbringen können?"

Sie setzte sich auf, und er spürte, wie ihm ohne ihren warmen Körper kalt wurde. „Und das passt zu seinem großen Plan?"

„Er hofft, wir kratzen einander die Augen aus, während wir warten."

„Heute Morgen hätte das stimmen können."

In ihrer Stimme lag ein Anflug von Schüchternheit. Er wünschte, er hätte eine Fackel, irgendein Licht, um ihr Gesicht sehen und den Ausdruck darin erkennen zu können. Die Erkenntnis, dass sie diesen Wunsch in jedem Augenblick fühlte, der verging, ließ ihn erschauern.

Um nicht in Mitleid zu vergehen, das Meg beleidigend gefunden hätte, entschied er sich, dem Gespräch eine andere Wendung zu geben. „Jetzt besteht unser einziger Streit nur noch darin, wer zuerst dem Drang nachgibt, den Abort zu benutzen."

„Tu, was du nicht lassen kannst", sagte sie. „Ich warte, bis ich es nicht mehr aushalten kann."

Er grinste und setzte sich neben sie, wobei er die schmerzende Schulter bewegte.

„Will, kannst du etwas sehen? Bewege die Finger vor deinen Augen – irgendetwas?"

Auch wenn es sinnlos war, versuchte er es. Er bewegte die Finger, spürte den Lufthauch an seinem Gesicht, doch alles blieb dunkel. „Ich sehe Schatten und etwas Bewegung, sonst nichts. Warum?"

„Ich habe über unsere Situation nachgedacht."

„Um Himmels willen."

„Leise", mahnte sie. „Die Wachen werden bewaffnet sein, wenn sie kommen, hast du gesagt, und sie werden Fackeln mitbringen."

„Ja."

„Aber wenn die Tür aufgeht, wirst du blinzeln, bis sich deine Augen an das Licht gewöhnt haben. Ich nicht."

Sie konnte wieder logisch denken, aber er war nicht sicher, ob das ein Fluch war oder ein Segen. „Was schlägst du vor?"

„Gib mir die Feuerwerkskörper."

Er unterdrückte den Impuls, ihre Forderung abzulehnen. „Und was willst du damit anfangen?"

„Was wir geplant haben."

Sie nahm seine Hände und legte sie auf ihre verkreuzten Fußknöchel. „Nach der Explosion wirst du blind sein, als hättest du in die Sonne gesehen."

„Im Gegensatz zu dir."

„Wenn ich irgendetwas kann, ohne zu sehen, dann ist es, ein Feuer zu erschaffen." Sie berührte eine Narbe auf der Innenfläche seiner Hand. „Wie ist das passiert? Es fühlt sich an, als hätte dich ein Pfeil getroffen."

Sein Verlangen verebbte. Das wohlbekannte Gefühl einer Niederlage ergriff von ihm Besitz. „So war es."

„Was ist geschehen?"

„Robin", sagte er. „Es war Robin."

„Dein Onkel hat dir das angetan? Warum?"

„Weil ich es verdiente."

Sie streichelte die beschämende Narbe, als könnte sie sie damit verschwinden lassen. „Hattest du es verdient, dass auf dich angelegt wurde?"

Er umfasste ihre Hände, damit sie stillhielt. „Er warf mir vor, ein Feigling zu sein, und statt meinen Standpunkt zu begründen, zog ich mein Messer und griff ihn an, als er mit dem Rücken zu mir stand. Er lehrte mich, dass Feigheit einen Mann dazu bringen kann, schreckliche Dinge zu tun. Ich hätte gut daran getan, das nicht zu vergessen."

„Hat er immer recht? Robin, meine ich?"

„Es scheint zumindest so." Seine Stimme klang so kindlich, als wären seither nicht so viele Jahre vergangen.

„Heißt das, du irrst dich immer?"

„Als er mir das hier verpasst hat, irrte ich mich."

„Vielleicht", sagte sie ruhig. „Aber bist du deshalb gezwungen, dich bei jeder Gelegenheit als ihm unterlegen zu verhalten? Stattdessen könntest du versuchen, dich mit meinen Augen zu sehen."

„Du siehst mich überhaupt nicht."

Mit zarten Bewegungen berührte sie sein Gesicht. Dann setzte sie sich mit gespreizten Beinen auf ihn, und Will schloss sie in seine Arme.

„Ich kann dich sehen, und das macht uns beiden Angst", flüsterte sie. „Du bist tapfer. Du bist gut."

Er umfasste ihre Schenkel. Das Blut schien aus seinem Kopf direkt in seine Lenden zu strömen. „Versucht du, mich zu verführen, Meg, oder willst du mir nur klar machen, was du meinst?"

„Beides." Er spürte an seiner Wange, dass sie lächelte. „Ich sehne mich nicht gerade nach weiteren Gefahren, aber was dies angeht, habe ich recht. Wenn die Wachen kommen, schließ deine Augen, bis der Blitz vorbei ist. Verzichte darauf, den Helden zu spielen."

„Den Helden zu spielen? Ich habe versucht, einer zu sein."

„Befreie meine Schwester und mich aus diesem Ort, und ich werde dich wie einen Helden belohnen." Er spürte ihren Atem, noch ehe ihre Lippen ihn berührten. Dann wurde sie kühner und bewegte die Hüften auf seiner erregten Männlichkeit. Er stöhnte. „Bis dahin lass mich das tun, was ich kann."

Es hatte eine Zeit gegeben, da hatte Will sie beherrschen wollen, hatte sie überlisten oder einfach nur verstehen wollen. Aber als er spürte, wie Gelächter und Verlangen gleichermaßen in ihm aufstiegen, während Bewunderung und Erregung sein Blut zum Kochen brachten, wollte er nur noch, dass sie überlebte.

„Du hast gewonnen."

Sie erstarrte. „Das ist gut. Sie kommen."

22. KAPITEL

Vergebens haben wir gesucht,
doch niemand war so kühn genug,
dass Leib und Leben er riskiert,
die Dame zu befrei'n.
„Robin Hood and the Prince of Aragon"
Ballade, 17. Jahrhundert

Robin hatte ihn gelehrt, seinen Waffenbrüdern zu vertrauen. Jahrelang hatte Will danach gelebt, hatte die Vorteile genossen, die es mit sich brachte, beschützt zu werden, verwöhnt, Freunde im Kampf zu haben. Doch die Monate, die er im Bunde mit korrupten Soldaten, Verrätern und Dieben verbracht hatte, hatten sein Vertrauen erschüttert. Und niemals hätte er geglaubt, dass er Meg auf diese Weise vertrauen würde. Sie war nicht gerade der ideale Kamerad im Kampf, doch sie war bereit.

Will drückte ihr die wenigen verbliebenen Feuerwerkskörper in die Hand. „Die sind für dich."

Sie trat beiseite und löste damit die Nähe auf, die sie eben noch verbunden hatte.

Auf dem Gang draußen waren Schritte zu hören. Er konnte keine Unterschiede hören, nur eine Reihe von Lauten, doch Meg sagte: „Vier Männer."

„Bist du sicher?"

„Nein."

Er zuckte die Achseln. „Na schön."

Als die Schlüssel im Schloss klapperten, nahmen sie ihre Positionen ein. Meg drückte sich in die Ecke neben dem Eingang. Will hingegen kauerte unter der niedrigen Decke, die Füße weit gespreizt, den Rücken dem Eingang zugekehrt. Sein Herz schlug schneller vor Aufregung.

Er schloss die Augen.

Der Schlüssel wurde herumgedreht. Die Tür ging auf und schlug gegen Wills Rücken. Das zischende Geräusch einer Fackel drang in die Zelle. Blitzschnell holte Will aus und packte den Arm des Wächters.

„Jetzt, Meg!"

Donnerndes Getöse erfüllte die Luft. Der Wächter schrie auf. Beißender Rauch stieg Will in die Nase, aber er hielt die Augen fest geschlossen, den Rücken gegen das Holz gepresst. Seine Schenkel schmerzten. Er schob mit aller Kraft, fand aber kaum Halt in dem weichen Boden. Meg sprang aus ihrer Ecke heraus und kam zu ihm, den Rücken ebenfalls gegen das Holz gestemmt. Sie hörten, wie Knochen knackten, dann einen weiteren Schrei, der ihnen sagte, dass sie ihr Ziel erreicht hatten.

Will gab ein wenig nach, bis der Wächter seinen Arm aus der Türöffnung gezogen hatte. Die Tür schlug zu.

„Kannst du etwas sehen?"

Er öffnete die Augen und blinzelte. Das flackernde Licht der Fackel, die der Wächter hatte fallen lassen, huschte über die Wände. Allmählich vermochte er die Umrisse des Raumes auszumachen.

„Ja." Er bückte sich, hob die Fackel auf und drückte sie Meg in die Hand. Sie trat zur Seite. „Bist du bereit für die nächste Runde?"

Ein harter Schlag kam statt einer Antwort. Beinahe hätte Will dabei den Halt verloren, doch er fing sich ab und hielt dagegen.

Er hatte Zeit genug, um seine Augen an das Licht zu gewöhnen und die verschiedenen Farben auszumachen. Als er klarer sehen konnte, entdeckte er Meg in einer Ecke, mit angezogenen Knien, die Fackel in den ausgestreckten Händen. Die Flamme warf Schatten auf ihr Gesicht.

Seine Beine zitterten. Die Angriffe der Wächter gegen die Tür erfolgten jetzt in rhythmischen Abständen; zwei oder drei Männer versuchten, die Tür zu öffnen, die Will geschlossen hielt. Bei jedem neuen Schlag schlugen auch seine Zähne aufeinander. Er biss sich auf die Zunge und spie Blut auf den Boden der Zelle. „Bist du bereit?“

„Ja.“

Sofort sprang er zur Seite. Die Tür flog auf, und zwei Wächter fielen übereinander. Ihre Schwerter blieben stecken, sodass sie niemandem nutzen konnten. Will riss einem der Männer den Helm ab und nahm von Meg die Fackel entgegen. Während ein dritter Mann im Gang saß und sich den Arm hielt, sprang der letzte mit gezogenem Schwert in die Zelle.

Sie hatte recht gehabt. Vier Männer.

Der enge Raum gab dem Soldaten wenig Möglichkeit, mit der Waffe auszuholen. Er wirbelte das Schwert ein Mal herum, doch Will duckte sich, sodass der gehärtete Stahl nur auf den weichen Sandstein traf. Der Wächter musste ziehen, um die Klinge wieder frei zu bekommen.

Will nutzte den Moment und sprang vor. Er packte den Gegner mit seinem Helm unter dem Kinn und stieß ihm die Fackel ins Gesicht. Der Mann schrie. Dann ließ er das Schwert fallen und stürzte hintenüber. Der Gestank von verbranntem Fleisch vermengte sich mit dem nach Schimmel.

Einer der zuvor gestürzten Wächter versuchte, ihn aus dem Gleichgewicht zu bringen, indem er seinen Fußknöchel umfasste. Will trat ihm gegen den Kopf und packte das Schwert des verbrannten Mannes. „Keine Bewegung!“

Dann sprang er in den Gang hinaus, wo der Soldat mit dem zerschmetterten Arm kauerte. Will nahm ihm das Schwert ab und hielt nun beide Waffen hoch. „In die Zelle – schnell.“

Meg nahm den anderen Wächtern die Helme ab. Während Will überlegte, was er mit den unerwünschten Gefangenen tun sollte, nahm sie die Schlüssel und zwei Paar Handschellen.

„Ich glaube, die waren für uns gedacht“, sagte sie.

„Einfach skandalös, wie sich die Menschen in Nottingham gegenüber Gästen verhalten.“

„Ich werde nicht wieder herkommen."

Er fesselte die Wächter und warf die Waffen in die Zelle.

„Nimmst du die Schwerter nicht mit?"

„Ich kann nur zwei tragen. Es ist besser, sie bleiben hier eingeschlossen als draußen im Gang, wo andere sie sehen könnten."

„Gib mir eines."

„Frau, du wirst jemandem den Fuß abschneiden."

„Das werden die hier kaum noch merken. Außerdem brauche ich etwas, auf das ich mich stützen kann. Irgendetwas."

Er seufzte, dann reichte er ihr die zierlichste der Waffen, ein Schwert mit einem leichten Knauf und Verzierungen an der Klinge. „Sei vorsichtig."

Sie nickte nur, hastete aus der Zelle und überließ es ihm, die Tür hinter ihnen zu schließen. Sein Herz schlug wie rasend, aber der Kampf war noch nicht zu Ende. Hier in dem engen Korridor des Verlieses konnte er ebenso wenig anhalten und sich ausruhen, wie er sich die Zeit nehmen konnte, Meg zu küssen, obwohl ihn nach beidem geradezu schmerzlich verlangte.

Zuerst die Freiheit.

„Wir haben nicht viel Zeit", sagte er. „Deine Schwester muss irgendwo hier sein."

Mit entschlossener Miene packte sie seinen Arm. In diesem Moment, zusammen in dem fahlen Licht, hätte er beinahe ihre Augen vergessen – nicht, dass sie blind war, sondern den seltsamen Glanz, den er immer so befremdlich gefunden hatte. Und der ihm verriet, dass sie wieder nachdachte. „Ich habe eine einzige Fackel bemerkt, ist das richtig?"

Am liebsten wäre er sofort geflohen, hätte irgendetwas getan, doch er wartete ab. „Ja."

„Haben sie sie mitgebracht oder von einer Befestigung an der Wand genommen?"

Er blickte den Gang entlang. Ein Dutzend Fackeln erhellten ihn, und nur wenige Stellen lagen im Schatten, abgesehen von der dunklen Nische neben ihrer Zellentür. Eine Halterung war leer.

„Von der Wand“, entgegnete er.

„Sieh dir den Gang an und präge dir ein, was du siehst.“ Sie blinzelte und lächelte. „Dann lösch die Fackeln.“

Abwehrend verzog er das Gesicht. Dass er sich seit Kurzem angewöhnen sollte, im Dunkeln umherzustolpern und ganz auf Meg zu vertrauen, gefiel ihm nicht.

„Vertrau mir.“ Sie hatte seine Gedanken erraten. „Und jetzt geh.“

Die letzte der Fackeln verlöschte zischend. Will fluchte, als er gegen irgendeinen Gegenstand stieß. „Verdammt!“

„Alles in Ordnung?“ Meg versuchte gar nicht, ihre Belustigung zu verbergen, trotz der Gefahr.

„Nein, und das weißt du genau. Wie kommst du jeden Tag damit zurecht?“

Sein widerstrebendes Kompliment dämpfte ihre Erheiterung. Sie schlug mit dem leichten Schwert an die Mauer zu ihrer Rechten. Stein, Stein. Holz. Sie hielt inne und schlug mit der Hand dagegen. „Sollen wir losgehen?“

Die Zeit verstrich, während sie sich langsam den Gang hinunter bewegten, ohne Erfolg zu haben. Sie öffneten jede Tür, nur um eine leere Zelle zu finden oder eine elende Gestalt, die wegen dieses oder jenes Verbrechens festgehalten wurde. Immer drängender wurde ihr Bedürfnis, in jedem Winkel nach Ada zu suchen. Ihre Finger tasteten voller Unruhe über den Stein, an dem sie entlang gingen, trugen Kratzer und Wunden davon bei jeder unachtsamen Bewegung. Sie fühlte einen üblen Geschmack im Mund. Sie durften jetzt nicht scheitern, nachdem sie so weit gekommen waren. Die wenigen Momente, die ihnen noch blieben, zerrannen ihnen zwischen den Fingern.

Will nahm ihre Hand. „Bleib ruhig, Meg. Wenn du dich nicht konzentrieren kannst, sind wir verloren.“

Sie holte tief Luft. Dann hörte sie etwas. Einen Laut. Jemand rief ihren Namen.

„Hör doch."

Er blieb stehen. „Was denn?"

„Ein Mann. Er ruft meinen Namen. Und deinen." Sie beugte sich vor, dann ging sie weiter. „Dryden."

Meg schritt durch die Dunkelheit, dicht gefolgt von Will, der fluchte und sich mühsam vortastete. Sie zählte vier Zellen, an denen sie vorüberkamen, ohne sie zu überprüfen. Doch zuerst wollten sie Dryden befreien. Dann wären es drei Menschen, die nach Ada suchen würden.

Wieder tastete sie mit dem Schwert, bis sie die Holztür fand, die sie von Dryden trennte. „Hier, Will."

„Scarlet! Meg! Seid Ihr es?"

„Leise, Milord", flüsterte Will. „Wartet."

Meg klemmte sich das Schwert zwischen die Knie und nahm den Schlüsselring von ihrem Handgelenk. In der Stille des Verlieses klirrte das Metall unnatürlich laut. Sie betastete das Schlüsselloch, um Größe und Form zu erkennen, dann wiederholte sie dasselbe bei der Suche nach einem passenden Schlüssel. Keiner schien der richtige zu sein. Noch ein Schlüssel. Noch ein Versuch.

Dann klickte das Schloss. Die Tür ging nach innen auf.

Bewundernd drückte Will ihren Arm. „Gut."

„Ja. Vielen Dank, Meg", sagte Dryden erleichtert. „Haben wir keine Fackel?"

Sie schob ihre Hand wieder durch den Schlüsselring und nahm das Schwert hoch. „Vorhin schien es ein guter Plan zu sein, im Dunkeln zu gehen."

„Und das ist es immer noch", sagte Will. „Meine Knie und Zehen leiden zwar ein wenig, aber wir werden jedem Widersacher aus der Dunkelheit gegenübertreten, das ist unser Vorteil. Dryden, seid Ihr verletzt?"

„Nein. Wütend, ärgerlich – aber nicht verletzt. Euch geht es gut?"

Will lachte leise. „Für den Augenblick."

„Und jetzt suchen wir nach Ada", erklärte Meg.

Dryden seufzte. „Vor einigen Stunden noch hätte ich gesagt, dass wir uns an die Behörde wenden, die uns eingesperrt hat, um die Freilassung Eurer Schwester zu erwirken. Aber dies ist einfach abscheulich. Es war naiv von mir zu glauben, ich könnte Euch allein mit Titeln und Einfluss helfen. Wir müssen das hier allein klären."

Laute Geräusche vom anderen Ende des Ganges wurden hörbar. Meg spannte alle Muskeln an, aber niemand kam.

„Wir haben nur noch wenig Zeit", erklärte Will. „Deine Schwester kann nicht weit sein."

Aus einiger Entfernung flüsterte Dryden ihren Namen. „Sie ist hier."

Meg eilte an zwei Türen vorbei und prallte gegen Dryden. „Verzeihung."

„Hört!", sagte er. Hinter der Tür weinte eine Frau.

„Ada", flüsterte sie. „Woher wusstet Ihr das?"

„Vor einer Stunde habe ich neben meiner Zelle Soldaten gehört, und die Schreie einer Frau", antwortete Dryden. „Ich dachte, wir sollten hier anfangen."

Eine weitere Reihe falscher Schlüssel verzögerte ihr Weiterkommen, ehe Meg endlich die Tür öffnen konnte. Dryden und Will standen hinter ihr, als sie die Zelle betrat. Der enge, stickige Raum verwirrte ihre Sinne, da jeder Laut von den Wänden widerhallte.

„Ada?"

„Meg?" Zweifel lag in der Stimme einer Frau, die zu träumen glaubte. „Du bist hier?"

„Ja." Endlich trat sie zu ihrer Schwester und umarmte die schmale, zitternde Frau. Dass sie einander hier wiedersahen, ließ sie die Jahre der Bitterkeit vergessen.

Ada schluchzte, aber dann erwachte ihre Hoffnung. „Gepriesen sei die Jungfrau Maria! Ich bin frei."

„Nein, nein. Wir werden noch verfolgt und sind in Gefahr."

„Ich verstehe nicht."

„Wir haben keine Zeit für Erklärungen. Wir müssen fliehen. Soldaten kommen." Meg wischte Ada das verschwitzte Haar aus der Stirn. „Bist du verletzt?"

„Ich ..." Ein ersticktes Schluchzen erklang. „Meine Füße. Er hat mich geschnitten."

„Wer?"

„Der Sheriff. Finch."

„Dieses Ungeheuer", zischte Dryden vom Gang aus.

„Wer ist das, Meg? Wer ist noch hier?"

Meg zwang sich zu einem leichten Tonfall. „Ich habe Verbündete mitgebracht. Das ist der Sohn des Earl of Whitstowe, mit einem Begleiter."

Eine Tür ging auf, und die Befehle von Soldaten durchdrangen die Stille des Verlieses. Ihre Zeit war abgelaufen.

„Meg", flüsterte Will. „Bleib in der Zelle."

Sie löste sich aus Adas angstvoller Umklammerung und trat ihm in der Tür entgegen. „Damit du im Dunkeln herumstolperst? Nein. Allein zu sein wäre beängstigender als zu kämpfen."

„Um der Sicherheit willen ..."

„Ich werde es nicht tun."

Sie dachte zurück an den großen Saal, wo sie allein gewesen war, ohne eine Möglichkeit, sich zu verteidigen oder sich in Sicherheit zu bringen. Ihr kamen die Tränen. Gern hätte sie ihn berührt, sich an ihm festgehalten, sich an seine Rüstung aus Metall und Leder geklammert.

Stattdessen schluckte sie ihren Stolz hinunter, beugte sich zu ihm und flüsterte: „Du hast gesagt, ich hätte dort in dem Saal wie ein verlassenes Kind ausgesehen. Genauso hilflos habe ich mich auch gefühlt. Will, lass mich nicht allein."

„Du hast jetzt Ada. Sie braucht dich."

Und ich brauche dich.

Aber sie sprach die Worte nicht aus.

Sie fühlte seinen ruhigen Atem. „Halt das Schwert fest in der Hand“, sagte er. „Bleib bei deiner Schwester. Sie scheint nicht in der Verfassung zu sein, sich verteidigen zu können. Dryden und ich werden mit dieser Meute schon fertig werden.“

„So einfach?“

„Natürlich. Wir werden durch die Tunnel fliehen, durch die ich hereingekommen bin – und dort werden wir dich brauchen, Meg.“ Er zögerte kurz, dann küsste er sie auf die Schläfe. „Bis dahin lass mich das tun, was ich kann.“

„Irgendwelche Vorschläge?“

„Nein.“

„Hier“, sagte Will. „Nehmt das andere Schwert.“

Dryden nahm die Waffe und versteckte sich zwischen den vielen Schatten. „Ich habe diesen Unsinn satt. Sollen wir dem Ganzen ein Ende bereiten?“

„Vermutlich schaffen wir es heute noch nicht. Aber ich bin froh über die Gelegenheit und auch über Eure Hilfe.“

Ein rascher Blick in die Zelle, kaum erhellt von den sich nähernden Fackeln, versicherte ihm, dass Meg gehorchte. Sie hatte sich zusammen mit ihrer Schwester in eine Ecke gekauert und streichelte ihr über das Haar. Das Schwert funkelte zu ihren Füßen.

Schuldgefühle nagten an seinem Gewissen. Er hatte sie voneinander getrennt – ohne es zu wissen, und ganz bestimmt ohne die Absicht, Ada zu verletzen. Aber er hatte dazu beigetragen, dass es so weit gekommen war. Um die Dinge wieder richtigzustellen, würde er sein Versprechen halten. Und zum Teufel mit Megs Unmut – er musste wissen, dass ihr nichts passieren konnte.

Seine Entscheidung fiel spontan, aber sie war notwendig. Er warf die Tür zu, schloss die Schwestern vor dem bevorstehenden Zusammenstoß ein. Das schwere Eichenholz erstickte beinahe Megs empörte Rufe.

Ein Mann nach dem anderen kam durch den Eingang des Verlieses. Kettenhemden und Rüstungen klirrten, während die Soldaten die vier Stufen hinabschritten. Die Fackeln warfen zuckende Lichter auf die Wände, aber es gab noch viele dunkle Stellen.

Will stand gegenüber von Dryden, genau wie er mit dem Rücken zur Wand, und zählte die Gegner. Acht, neun – er verlor die Übersicht, als die Zahl von Männern und Schatten sich zu verdoppeln schien.

„Weiter ins Dunkle", flüsterte Dryden.

„Wir können uns nicht ewig verstecken." Will runzelte die Stirn. Dass Dryden zögerte, gefiel ihm nicht. „Und es werden noch mehr, wenn wir noch länger warten."

Langsam trat ein entschlossener Ausdruck in Drydens Gesicht – schwacher Abglanz des Kampfgeistes, der in Wills Adern pulsierte. Er schluckte, dann nickte er und hob das Schwert.

Will holte tief Luft, dann hielt er den Atem an, bis seine Lungen brannten. Er drückte den Griff seines Schwertes so fest, dass seine Fingerknöchel zu brechen drohten. Bunte Lichter tanzten vor seinen Augen, sein Geist war wie umnebelt. Als er es nicht länger aushalten konnte, stieß er den Atem aus und griff an.

23. KAPITEL

Zäh und verbissen,
rangen sie um den Sieg …
„Robin Hood and the Shepherd“
Ballade, 17. Jahrhundert

Ada zuckte zusammen und drängte sich noch näher in die Arme ihrer Schwester. Aber keine Umarmung konnte das Klirren der Waffen zum Verstummen bringen. Es war in der Zelle so deutlich zu hören, als stände die Tür weit offen.

„Was ist da los? Wo ist der Earl? Meg?“

„Sei still. Hör zu.“

Ada löste sich aus Megs steifen Armen. Verwirrung und Unmut bemächtigten sich ihrer. Da die Verwirrung der Angst zu ähnlich war, die sie seit Wochen unentwegt empfunden hatte, konzentrierte sie sich auf den Unmut.

„Ich denke gar nicht daran“, gab sie zurück. „Ich verlange zu wissen, was hier los ist.“

„Und ich versuche, es herauszuhören.“

Ada fuhr zusammen. Noch nie hatte Meg in so scharfem Ton mit ihr gesprochen; ihre Stimme hatte geklungen wie das Zischen einer Schlange.

Jemand fiel auf der anderen Seite gegen die Wand. Beide Frauen zuckten zusammen. Dann schrie draußen im Gang jemand auf. Meg unterdrückte einen Aufschrei. Ungeachtet ihrer eigenen Sorge fühlte Ada den Wunsch, sie zu beruhigen. „Wir werden durchhalten.“

„Das hoffe ich, ja.“

Ein weiterer Angriff ließ die Tür erzittern. Ein Schwert traf in das Holz. Ein Schlag ertönte. Ein anderer Mann schrie etwas. „Haltet ein! Wir geben auf!“

„Meg, wer hat da gesprochen?“

„Dryden." Meg stand auf. Das Schwert in ihrer Hand schabte über den Fußboden. „Er hat sich ergeben."

„Was heißt das für uns?"

„Das weiß ich noch nicht." Draußen klirrten erneut Schlüssel. „Stell dich hinter mich."

Ada erhob sich. Ihre Fußsohlen schmerzten. Vorsichtig trat sie mit den Fersen auf und versuchte, die behelfsmäßigen Verbände nicht zu belasten. Sie berührte den erhobenen Arm ihrer Schwester, mit dem diese das Schwert hielt.

„Hör auf, Meg, bitte. Wenn der Sohn des Earls sich ergeben hat, welche Hoffnung bleibt dir dann noch?"

„Keine." Ein unerwartetes Schluchzen erstickte das eine Wort.

In diesem Moment flog die Tür auf. Vor einer Wand aus Waffen und Fackeln erschien der Umriss von Sheriff Finch in der Tür. Ada wich zurück. Schmerz durchzuckte ihre Fußsohlen, und sie schwankte. Nur die Sandsteinwand, die sie mit der Schulter berührte, verhinderte, dass sie stürzte. „Geht weg von mir."

Meg umfasste das Schwert. „Wer ist das, Ada?"

„Ah, Ihr müsst mein ungebetener Gast sein", sagte der Sheriff.

Der ruhige Klang seiner Stimme brachte auch das letzte Anzeichen eines Konfliktes im Verlies zum Verstummen. Jetzt gab es nur noch ihn und die leise Drohung, die von ihm ausging. „Ada, sagt Eurer Schwester, dass man sich in Nottingham niemals über gezogenen Waffen einander vorstellt. So etwas Barbarisches zeugt von schlechten Manieren."

„Bitte, Meg", flüsterte Ada. „Er wird dich umbringen."

Meg hielt ihr Schwert höher. „Nein, das wird er nicht. Er braucht mich."

Finch lächelte, zeigte seine Zähne wie ein Raubtier vor einem Angriff. „Sie ist nicht dumm. Und auch nicht feige – anders als manch anderer in dieser verpfuschten Angelegenheit."

Ada blickte an dem Sheriff vorbei und begegnete kurz Drydens Blick. Eine Mischung aus Scham und Abscheu bedeckte sein Gesicht, dann wandte er sich ab.

„Aber sie kennt mich noch nicht so gut wie Ihr es tut, Ada“, fügte Finch hinzu. „Sie weiß nicht, wie überzeugend ich sein kann.“

„Bitte!“ Ada wusste selbst nicht, ob sie Finch um Gnade anbettelte oder Meg, damit sie vernünftig wurde.

Finch betrat die Zelle. Hätte Meg sehen können, sie hätte ihm mit einem Schlag den Kopf abtrennen können. „Ihr habt recht, Meg, meine neue Freundin. Ich brauche Euch. Aber Ihr müsst das Schwert senken. Sofort.“

Vier bewaffnete Männer mit Helmen betraten die Zelle und stellten sich an Finchs Seite. Ein Mann in einer blutverschmierten Tunika trat vor. Er drängte Ada an die Wand und presste die Hand in deren Nacken. Dann hob er sein Schwert und berührte mit der Spitze sanft ihre Haut am Hals.

„Meg“, flüsterte Ada. „Bitte.“

Meg schloss die Augen, obwohl es nicht nötig gewesen wäre. Sie hätte die Lider zurückziehen und mit einem Messer hineinschneiden können, es hätte keinen Unterschied gemacht. Aber sie schloss die Augen. Sie musste sich konzentrieren.

Ada zitterte spürbar an ihrer Seite. Die Furcht, die von ihr ausging, verursachte Meg Übelkeit und machte sie schwindeln. Was immer Finch ihrer Schwester angetan haben mochte, es bewies, dass er die Drohungen in die Tat umsetzte, die er in ruhigem Tonfall ausstieß. Weitere Männer drängten sich in die Zelle, ihr schwerer Atem erinnerte an die Geräusche von Pferden im Stall. Mehr Männer warteten draußen im Gang.

Und Dryden hatte sich ergeben. Er musste unter ihnen sein.

Aber Will. Sie konnte Will nicht hören. Die Versuchung, seinen Namen zu rufen, war groß.

„Seid doch ein kluges Mädchen“, sagte Finch. „Lasst die Waffe sinken.“

Sie runzelte die Stirn und dachte über das nach, was er gesagt hatte. In seinem Tonfall hatte eine Drohung gelegen. Eine Drohung, die anders geklungen hatte als alle, die sie bisher gehört hatte. Ein Schauer überlief sie. Aber sie würde sich von diesem Mann nicht unterbuttern lassen. Er war ein Dieb und ein Grobian, und nur sein Rang unterschied ihn von einem Schurken wie Hugo.

Sie öffnete die Augen und auch die Hand. Klirrend fiel das Schwert zu Boden. Ein Soldat ließ es über den Boden schleifen, als er es aufhob.

„Vielen Dank", sagte Finch.

Meg neigte den Kopf. Wenn Will tot war, dann hing ihr Überleben davon ab, wie weit es ihr gelang, den Sheriff zu beeinflussen. Sie verdrängte alle Furcht und ein erstaunlich heftiges Gefühl von Trauer. Von irgendwo tief in ihrem Innern fand sie die Kraft, sich demütig zu geben.

„Ich bitte um Verzeihung, Sheriff. Ich bin zu jeder Zusammenarbeit bereit, zu der ich fähig bin. Bitte lasst sie frei."

„Welch eine umgängliche Schwester du hast, Ada. Weit zugänglicher als du es bei unserer ersten Begegnung warst. Hast du ihr vielleicht von deinen Füßen erzählt?"

„Ja." Adas Stimme klang heiser, gebrochen.

„Sie ist tapfer, und sie lernt schnell." Mit seinen behandschuhten Fingern berührte Finch Megs Kinn. „Das erklärt wohl ihre Erfolge in den alten Künsten."

„Lasst sie los! Ich verlange eine Audienz bei Finch!"

Ihre Knie drohten nachzugeben. Ihr Herz schlug schneller.

Will! Will ist am Leben!

Aber Geheimnisse konnten ihre Chance zur Flucht entscheidend verbessern. Und das einzige Geheimnis, das Meg barg, war, dass sich ihre Gefühle für den Mann, der einst ihr Gegner gewesen war, geändert hatten.

„Haltet diesen Mann von mir fern", sagte sie verächtlich. „Er ist ein Lügner und ein Verräter."

„Meg, Meg – kein Grund, beleidigend zu werden.“ Wills spöttischer Tonfall zeigte ihr, dass er mit ihrer Strategie einverstanden war, eine Übereinkunft, die sie ohne Zögern getroffen hatten.

„Aber gewiss habe ich dafür einen Grund“, fuhr sie fort. „Ihr habt mich mit dem Versprechen gelockt, meine Schwester zu befreien. Stattdessen habt ihr mich mit ihr zusammen eingesperrt! Lasst mich sofort heraus!“

Die Wachen schoben sie in den Gang hinaus. Ada klammerte sich an Megs Arm und wimmerte vor Schmerzen. „Meg, du bist mit Will Scarlet hergekommen?“

„Und mit Dryden, ja.“

„Aber er ist einer von ihnen! Vor Wochen hat er mich entführt und mich dann Finchs Launen überlassen.“

„Ich habe keine Launen, Ada“, sagte der Sheriff. „Ich verfolge Absichten. Und ich beabsichtige, deine Schwester für mich arbeiten zu lassen.“

„Zum größten Teil ist es mir zu verdanken, dass sie hier ist“, erklärte Will und schien an schweren Fesseln zu zerren. „Ich will nur meine Belohnung, dann ziehe ich meiner Wege.“

„Wohl kaum, Scarlet“, widersprach Finch. „Ihr habt zwei meiner Männer hier umgebracht und mindestens ebenso viele im großen Saal, ganz zu schweigen von der Liste der Verbrechen, deretwegen Ihr gesucht werdet. Was war noch das erste? Der Mord an dem Earl of Whitstowe?“

Ada drückte Megs Arm. „Wie konntest du nur?“

„Das ist eine lange und ermüdende Geschichte“, erwiderte Meg. „So wie es lange und ermüdend war, an diesen Mann gebunden zu sein.“

Will lachte, es klang verächtlich. „Ich freue mich unendlich, Euer verrücktes Gerede nicht mehr hören zu müssen.“

„Ich hatte nicht die Absicht, nach Nottingham Castle zu gehen, um Ärger zu bereiten“, sagte sie. „Es ist seine Schuld. Ich wollte nur, dass meine Schwester in Sicherheit ist.“

Der Sheriff trat näher. Sie fühlte seinen Blick auf ihrem Gesicht, fühlte, wie er sie abzuschätzen versuchte. „Seid Ihr bereit, mir im Tausch für etwas anderes Eure Dienste anzubieten?“

„Natürlich.“

„Vor dieser lächerlichen Gewaltattacke war ich bereit, Euch die Wahl zu lassen.“

Ihr wurde heiß. „Ich verstehe nicht.“

„Im Tausch für Eure Dienste könnt Ihr wählen, wer freigelassen wird – und wer aufgehängt.“

Es verschlug ihr die Sprache, und sie vermochte keinen klaren Gedanken mehr zu fassen. Sie erschauerte. Will sagte nichts. Auch Ada schwieg. Aber in Megs Kopf wirbelten zahllose Worte herum, Worte, die geschrieen, die geschluchzt wurden.

Der Sheriff streichelte über ihre Wange. „Die Wahl liegt bei Euch, Meg. Will Scarlet oder Eure Schwester.“

Wills Kopf schmerzte an der Stelle, an der einer der Wächter ihn gegen die steinerne Mauer gestoßen hatte. Er zerrte an den Handfesseln und versuchte, sich an die Minuten zu erinnern, die er bewusstlos verbracht hatte. Ihm war nur klar, dass die Wortgefechte mit Meg eine Herausforderung boten.

Sie biss sich auf die Lippe. „Wie bitte, Milord Sheriff?“

Finch verschränkte die Arme und grinste Scarlet an. Am liebsten hätte Will ihn gepackt und geschüttelt. Ohne Waffen, ohne irgendetwas. Nur mit seinem Unmut, der sich auf einen einzigen abscheulichen Menschen konzentrierte. „So, wie Ihr mit Scarlet oben im Saal getanzt habt, hätte ich gemeint, Ihr hättet die Seiten gewechselt.“

„Meg, du hast mit ihm getanzt?“

Sie zuckte zusammen, ging auf die Frage ihrer Schwester aber nicht ein, sondern konzentrierte sich auf den Sheriff, als würde sie ihm in die Augen sehen. „Das kann ich nicht entscheiden.“

„Aber Ihr werdet es tun“, sagte Finch. „Das ist ein Teil meines Vergnügens. Und es ist mein Preis dafür, dass ich einen von beiden frei lasse."

Sein Gesicht strahlte vor Belustigung – ein Gesicht, von dem Will froh war, dass sie es nicht sehen konnte. Meg hätte sich sonst nicht zurückhalten können – jedenfalls hoffte er das. Er hätte eine Portion ihres Ärgers gut gebrauchen können. Zwischen Finch und ihrer Schwester schien es ihr beinahe unmöglich, stillzustehen.

Jetzt wurde die Tür zum Verlies aufgerissen. Alle drehten sich um, als Carlisle die vier Stufen herunterkam. Ihm folgten ein Dutzend weiterer Männer. Will warf Dryden einen bösen Blick zu. Der hielt sich geduckt zwischen zwei Wächtern, den Kopf gesenkt wie zum Gebet. Hätte der Edelmann doch nur ein wenig Mut und Rückgrat – aber nein, sie saßen wahrhaftig in der Falle.

Carlisle trat zu den Wächtern und ihren Gefangenen. „Scarlet."

„Carlisle."

Der Sheriff näherte sich Meg. Sie schnupperte und rümpfte dann die Nase – Meg, das Mädchen, das zwischen den übelsten Gerüchen in ganz England arbeitete. „Und wenn ich mich weigere?", fragte sie. „Ihr könnt mich nicht zwingen, für Euch zu arbeiten."

„Ihr wisst sehr gut, dass ich beide zum Tode verurteilen kann, ohne einen Widerspruch."

„Ich kann nicht."

Ada begann zu weinen. „Der Sheriff hat mich gefoltert. Und du überlegst, ob du den Mann befreien sollst, der mich hierher gebracht hat?"

Will hörte Ada mit großem Interesse zu. Sie sprach mit ihrer Schwester wie eine Frau, die daran gewöhnt war, dass man ihr gehorchte. Meg zog sich bei jedem Wort weiter zurück, wie eine Weide, die von einem Sturm gebeugt wurde.

„Warum denkst du überhaupt darüber nach?" Tränen liefen

über Adas schmutziges Gesicht, und ihre Augen waren gerötet.

„Wir wissen beide, warum ich vielleicht in Versuchung kommen könnte", flüsterte Meg.

Jetzt war es an Ada, zurückzuweichen. „Du willst mich noch immer bestrafen? Und so hart? Hast du die Vorstellung genossen, wie ich leide? In dieser Zelle?"

„Wenn dem so wäre, wäre ich jetzt nicht hier."

„Du weißt doch gar nicht, was ich durchgemacht habe."

Meg hob den Kopf. Sie löste sich von dem Griff ihrer Schwester. „Und du hast keine Ahnung, was ich durchgemacht habe."

Will unterdrückte ein finsteres Lächeln und erwiderte die zornigen Blicke, mit denen Ada ihn bedachte. Sie wusste nicht zu schätzen, was Meg auf sich genommen hatte, um in dieses finstere Verlies zu gelangen. Es fiel ihm nicht schwer, seinen Unmut gegen sie zu richten.

„Langsam verliere ich die Geduld", sagte Finch. „Trefft Eure Entscheidung. Wir haben heute Abend noch die Zeit, Euren weniger glücklichen Freund der Menge draußen zu präsentieren."

Meg erbleichte, und ihre Miene war starr, als sie sich an Finch wandte. „Ich werde tun, was Ihr von mir verlangt, Sheriff Finch. Bitte lasst meine Schwester frei."

Er lächelte. „Ehrlich gesagt, das ist die weniger interessante Entscheidung. Ich hatte mich darauf eingestellt, mit Ada einen persönlichen Handel wegen ihrer Freilassung abzuschließen, aber so soll es dann wohl sein."

Dryden rührte sich. „Und was wird aus mir?"

„Jetzt meldet Ihr Euch zu Wort, Feigling", rief Will und versuchte, die Wachen abzuschütteln, die ihn hielten. Die Ketten an seinen Handgelenken klirrten. „Eine blinde Frau hat länger mit dem Schwert gekämpft als Ihr!"

Aber Dryden ging nicht darauf ein. Er sah Finch an und machte dabei ein Gesicht wie ein Hund, der auf einen Knochen hofft.

„Meg, Ihr habt Euch interessante Verbündete für dieses unsinnige Unternehmen gesucht", feixte der Sheriff.

„Mir blieb keine andere Wahl, nachdem Eure Männer Lord Whitstowe getötet hatten."

Er grinste noch immer. „Wir haben bereits geklärt, dass Euer Freund Scarlet für dieses Debakel verantwortlich ist. Habe ich recht, Carlisle?"

„Natürlich. Und dafür wird er hängen."

Will bedachte seinen früheren Kommandanten mit einem verächtlichen Blick. Dabei bemerkte er, dass Megs Tasche über Carlisles Schulter hing. Er ließ den Blick über seine Gegner schweifen, darunter auch Dryden. „Werde ich dabei Gesellschaft haben?"

„Leider nein", sagte Finch. „Einen Edelmann zu hängen ist eine schwierige Angelegenheit, weitaus schwerer, als so einen wertlosen Bastard loszuwerden wie Euch. Ich habe ihn lange genug festgehalten." Der Sheriff wandte sich zu Dryden und bedeutete der Wache, ihn loszulassen. „Bringt Ada aus Nottingham heraus. Wenn Ihr über das schweigt, was Ihr zugestoßen ist, werden wir nie wieder miteinander zu tun haben."

Dryden nickte. Sein Gesicht unter dem Bart war bleich und schweißbedeckt. „Verzeiht mir, Meg, bitte, ich kann nicht …"

Sie unterbrach ihn mit einer raschen Kopfbewegung. Dabei lösten sich einzelne Haarsträhnen aus ihrem Zopf, die ihr zorniges Gesicht umrahmten. „Ich weiß zu würdigen, was Ihr anstelle Eures Vaters getan habt, aber Ihr bittet mich ein Mal zu viel um Verzeihung. Bringt meine Schwester in Sicherheit, das genügt."

24. KAPITEL

Der Tag hat es bewiesen,
dass dankbarer Liebe kein Opfer zu schmerzlich,
keines zu groß.
„Robin Hood: A Fragment"
Robert and Caroline Southey, 1847

Die Wachen trieben ihre Gefangenen aus dem Verlies. Weiter vorn begleiteten ein halbes Dutzend Männer Ada und Dryden hinaus. Meg hörte keine Entschuldigung von ihrer Schwester, keinen Dank, es gab keinen letzten Blick zurück. Will presste die Lippen zusammen und überlegte kurz, welchen der beiden freigelassenen Gefangenen er weniger mochte.

Obwohl er bewacht wurde, gelang es ihm, einen Schritt näher an Meg heranzutreten. „Bist du verletzt?"

„Nein. Und du? Ich hörte, wie du gegen die Wand geprallt bist." Ihre Miene war starr.

„Ich habe Sterne gesehen. Offenbar lange genug für Dryden, um sich zu ergeben."

„Sind sie fort?"

„Ja", sagte Will. „Ada ist in Sicherheit."

„Aber du nicht."

Er spürte, wie er resignierte, während seine Zukunftspläne sich in Nichts auflösten. Wenn er nicht irgendein Wunder zustande brachte, würde er hängen. Und es hörte sich beinahe an, als wäre Meg deswegen traurig.

Als sie den großen Saal betraten, versetzte eine der Wachen ihr von hinten einen Stoß. Sie stolperte und verlor das Gleichgewicht, fiel auf die Knie und schrie auf. Will sank neben ihr nieder und hielt sie mit seinen gefesselten Händen. In ihren blauen Augen glitzerten Tränen.

„Meg?"

„Hoch mit dir!“, herrschte Carlisle ihn an. Er und eine weitere Wache zerrten Will auf die Füße.

Ein anderer Mann zog Meg hoch, wobei er ihre Brüste umfasste. Sie erbleichte und wehrte sich gegen seine Berührung. Will sah rot. Er zerrte an seinen Fesseln, doch das Eisen gab nicht nach. „Lasst sie los.“

Carlisle übergab Will an zwei Soldaten und wischte sich die Hände an der Hose ab. „Ihr solltet Euch besser um Euren eigenen Hals sorgen, Scarlet.“

„Da das Schicksal meines Halses bereits besiegelt ist, sage ich es noch einmal: Lasst sie los!“

Der Wachsoldat drehte sie herum, umfasste ihren Kopf und ihre Hüften und küsste sie. Carlisle und die anderen Soldaten lachten. Selbst Finch zog eine Braue hoch und wirkte beinahe belustigt.

Meg wand sich, wehrte sich, versuchte, sich ihm zu entziehen, doch der Mann ließ nicht los. Er schob seine Zunge zwischen ihre Lippen. Und dann biss sie zu.

„Verdammt!“

Vor Schmerz schrie der Wachsoldat auf, und Blut rann ihm über das Kinn. Er holte aus und versetzte ihr einen Fausthieb. Ihre Wange platzte auf, und mit einem Aufschrei fiel sie zu Boden.

„Meg!“

Will sprang und landete auf dem Soldaten. Gleich darauf lagen sie am Boden, sein Fuß unnatürlich abgewinkelt. Er presste die Kette seiner Handschellen über die Kehle des Mannes. Der Soldat rang nach Luft, während sein Gesicht dunkelrot wurde. Drei weitere Wachsoldaten zerrten Will von ihm weg und schleuderten ihn zu Boden. Wieder tanzten Sterne vor seinen Augen. Als Carlisle mit der Stiefelspitze in seinen Bauch trat, krümmte er sich zusammen.

„Genug, Scarlet“, sagte Carlisle und stemmte die fleischigen Hände in die Hüften. Er öffnete eine der Handschellen und deutete mit einer Kopfbewegung auf das andere Ende des Saals. „Bringt ihn hoch."

Will wurde auf die Füße gezogen und humpelte weiter, während er bei jeder Bewegung stöhnte. Die Soldaten zerrten ihn zu einem niedrigen Pfeiler zwischen der Mauer und einem Stützbalken. Carlisle zog ein Ende der Handschellen über den Balken und befestigte sie wieder, sodass Will dort hing. Gerade eben berührte er noch mit den Zehen den Boden. Das Metall schnürte in seine Handgelenke.

Belustigt schlug Carlisles ihm auf die Wange. „Er gehört Euch, Smithson."

Der Wachsoldat trat vor, rieb sich über die Kehle und grinste. Sein Kinn war blutverschmiert. „Kann ich ihn töten?"

Finch wehrte ab. „Ich will ihn lebend, damit er morgen früh gehängt werden kann."

Smithson nickte. Ohne zu zögern schlug er Will mit der Faust in den Bauch. Dann in die Nieren. Dann ins Gesicht. Noch ein Fausthieb. Noch ein Stöhnen. Will kämpfte gegen die Bewusstlosigkeit, versuchte, irgendwo eine Waffe zu finden. Doch die einzigen Waffen, die er sah, waren auf ihn gerichtet.

Wie im Traum hörte er aus weiter Ferne Meg schreien, sie sollten aufhören. Die Schreie wiederholten sich und wurden lauter. Schreien und Rufe. Stimmen. Er hörte immer mehr Stimmen, sie dröhnten in seinen Ohren, fügten ihm weitere Schmerzen zu.

Aber er war nicht verrückt. Andere hörten die Stimmen auch. Die Wachen wandten die Köpfe weg von Smithsons Schlägen. Finch trat zu einer Fensteröffnung, von der aus er über den Hof des Schlosses blicken konnte, und spähte in die abendliche Dunkelheit hinaus, die von den Feuern des Festes erhellt wurde.

Auf der anderen Seite des Saales, in dem Will und Meg getanzt hatten, schlugen viele Fäuste lautstark gegen die schweren Eichentüren. Die Tür erzitterte in den Angeln.

Carlisle warf dem Sheriff einen schnellen Blick zu. „Finch, was ist los?“

„Der Mob.“

„Was wollen die Leute?“

„Hört hin.“

Es wurde still im Raum. Aller Ohren richteten sich auf die Rufe Hunderter von Stimmen, die sich zu einer einzigen blutrünstigen Forderung verdichteten. Zwei Silben nur, immer und immer wieder.

Panik raubte Will den Atem. Er blickte zu der Stelle, an der Meg saß, die Beine weit von sich gestreckt. Abgesehen von dem Blut, das zwischen ihren Fingern hindurchrann, war sie aschfahl. Auch sie hörte den Ruf – ein einziges Wort.

Hexe.

Und dann wurde die Tür aufgerissen.

Meg konnte Wut und Schrecken nicht sehen, doch das Stimmengewirr sagte ihr genug. Furcht lag in der Luft. Sie hörte Stiefel und nackte Füße, die über den Steinfußboden liefen. Aber sie konnte sich ebenso wenig gegen jene wehren, die sie anklagten, wie sie sie sehen konnte. Sie konnte nicht laufen. Und kämpfen – sie war zu erschöpft, um zu kämpfen. Als sie hochgezogen wurde, empfand sie nichts. Keine Kraft mehr. Kein Erstaunen.

Sie wäre der Gnade des Mobs ausgeliefert, und Will würde hängen, wenn die Soldaten ihn nicht vorher totschlugen. Mit seinen Rufen gelang es ihm nicht, die Leidenschaft in ihr zu wecken, die sie brauchte, um sich zu wehren. Zu viele Jahre des Misstrauens und der Angst führten zwangsläufig zu einem solchen Schicksal. Sie versteckte sich in den Wäldern. Sie übte alte Künste aus, heimlich. Aber das Schicksal hatte sie eingeholt und zerrte sie vor den Richter.

Finger zogen an ihrem Haar und an ihrem Kleid. Kalt spürte sie den Abendwind an ihren Beinen, als sie herumgedreht wurde. Mit großen Augen suchte sie nach Farben und versuchte, sich den Himmel vorzustellen. Waren Wolken vor dem Mond? Würden die Sterne zusehen, wenn diese verängstigen, aufgebrachten Leute sie vom Leben zum Tode beförderten?

Der Pöbel zog sie mit sich und brachte sie zu etwas, das ein geschmückter Baum gewesen sein könnte. Sie versuchte, aufrecht zu stehen, doch ihre Stiefel rutschten auf Holzscheiten ab. Mit einem Strick fesselten die Männer ihr die Arme auf den Rücken und banden sie an den Baum. Vielleicht waren damals Mädchen darum getanzt und hatten ihn mit bunten Bändern umwickelt. Sie stellte sich vor, wie die Bänder jetzt über ihrem Kopf flatterten und ihr zusahen, so wie die Sterne.

Und dann kam das Feuer.

Zuerst roch sie es, den Rauch und die Fackeln. Flammen zischten und knisterten, überdeckten die Rufe, besänftigten sie. Der durchdringende Geruch nach verbranntem Holz und Stoff stieg gen Himmel. Das Leder ihrer Stiefel wurde warm.

Sie stand auf einer Insel aus Feuer. Nicht mehr lange, dann würden die Flammen sie verschlingen. Seine Kraft, seine alten Geheimnisse würden ihren Körper in Asche verwandeln. Sie würde mit dem Rauch in den Himmel aufsteigen, bis kein Schmerz, keine Bitterkeit und kein Verrat mehr übrig sein würden. Die Menge würde sich in eine Schar ordentlicher Bürger zurückverwandeln. Sie würden vor Sonnenaufgang nach Hause gehen und ein wenig ruhiger schlafen – sie würden sich nicht mehr so fürchten, und ihre eigene Furcht würde gänzlich verschwunden sein.

Sie schloss die Augen, leckte sich über die Lippen und dachte an Wills Kuss.

„Verbrennt sie!“

Hugo.

Er war für all das verantwortlich. Sie kannte ihn, sie kannte seine dunklen Gedanken. Er hatte den Pöbel angestachelt. Und er würde sie umbringen, würde lächeln und sie quälen während ihres langsamen Todes.

„Verbrennt sie! Sie ist eine Hexe!“

Ihr Zorn weckte in Meg die Leidenschaft, die der Gedanke an den Tod nicht hatte wecken können. Sie wollte nicht sterben, wenn Hugo daneben stand und lachte.

Ihre Starre löste sich auf, als das Feuer sich nun gegen sie wandte. Die Flammen waren nicht mehr beruhigend, nicht mehr heiter, sie zerrten an ihr. Rauch stieg ihr in die Lungen. Das Leder ihrer Stiefel begann zu brennen. Sie trat mit den Absätzen, versuchte, die Flammen auszutreten. Und sie schrie.

Will wand das linke Handgelenk, das schmalere von beiden, in den Handfesseln hin und her. Er zog und zerrte, fühlte, wie die Haut abgerieben wurde. Rote Rinnsale strömten über seine Unterarme. Er zog die Knie an und nutzte das Gewicht seines Körpers, um an den Fesseln zu ziehen. Das Eisen grub tiefe Furchen in das Holz. Blut bedeckte die Haut zwischen seinen Gelenken und dem Metall. Er biss sich auf die Innenseite seiner Wangen. Ein Schrei aus dem Innenhof erregte seine Aufmerksamkeit. Das unheimliche orangefarbene Licht wurde heller.

„Verdammt, Finch.“ Schweiß lief ihm über die Stirn. „Nach all dem, was geschehen ist, lasst Ihr sie sterben? Eure kostbare Alchemistin?“

Der Sheriff drehte sich zu ihm um. Er war allein in dem Saal mit Will und Carlisle und wandte sich jetzt ab von dem Spektakel unter dem Fenster. „Niemand kann sie mehr aufhalten. Meine Männer müssten die halbe Stadt umbringen, um zu ihr zu gelangen. Wir werden einen anderen finden.“

Erneut fiel Wills Blick auf den Beutel, den Carlisle noch trug. „Ich kann den Pöbel aufhalten. Löst meine Fesseln.“

„Ich will nicht zwei Gefangene an einem Tag verlieren“, sagte Finch und runzelte die Stirn. „Meine Wachen sollen lieber das Schloss beschützen und die Verbündeten innerhalb dieser Mauern.“

Wieder ertönten Rufe aus der Menge. Und Meg schrie.

„Schurke!“ Will zerrte mit aller Kraft, sodass der Balken über seinem Kopf knarrte.

„Bindet ihn fest, Carlisle.“

Der stämmige Soldat setzte sich in Bewegung. Will beobachtete ihn wie ein Tier, das ein anderes in einer Arena erwartet. Schweiß versperrte ihm beinahe die Sicht. Der Schmerz verwirrte ihm die Sinne. Aber als Carlisle in seine Reichweite kam, versetzte er ihm einen Tritt unter das Kinn.

Carlisle fuhr herum. Er spuckte Splitter von Zähnen aus, zusammen mit Blut. „Scarlet!“

Will grinste. Seine Stimme klang wie die eines beinahe Wahnsinnigen, als er sagte: „Ich muss zugeben, Carlisle, ich mochte Euch noch nie.“

Schatten tanzten in der Halle umher, Zerrbilder in Orange und Schwarz. Carlisles Schwert funkelte im Licht. Er holte aus.

Will trat gegen seine Hand, und das Schwert flog in hohem Bogen nach oben. Dann stieß er sich ab und schwang nach vorn. Er brüllte, getrieben nur noch von seinem Zorn. Mit einer ruckartigen Bewegung aus der Hüfte heraus machte er Carlisle bewegungsunfähig.

Mit bebenden Schenkeln hielt Will den Körper des anderen fest. Er zerrte an der Fessel, die sein linkes Handgelenk hielt, setzte dabei zu seinem eigenen Gewicht noch das von Carlisle ein. In seinem Daumen knackte ein Knochen. Er schrie auf, als der Schmerz seinen Körper durchzuckte. Doch sein Handgelenk war nun frei. Die Kette löste sich von dem Balken, die jetzt nur noch an einem Arm befestigt war. Dann fiel er zu Boden und landete auf Carlisles Körper.

Er hörte, dass Finch die breite Treppe vorn im Saal hinauflief, aber der Schurke konnte warten. Meg konnte das nicht.

Er rollte sich von Carlisle weg, ohne Gefühl in der linken Hand. Bewegungslos hing sie an seinem Arm herunter. Dann holte er Megs Beutel und schlang ihn sich über die Schulter. Das Schwert jedoch ließ er zurück. Er konnte nicht das Gewicht der Handschellen tragen und dazu noch ein Schwert, da seine linke Hand nutzlos war.

Während Meg einen weiteren schrecklichen Schrei ausstieß, lief er durch den Saal und in den Hof hinaus. Wind war aufgekommen und trieb nun Funken in den Nachthimmel, wo sie mit den Sternen um die Wette leuchteten. Der Rauch wirbelte in den Schatten um die Schlossmauern. Die Bürger sangen und tanzten um das Feuer, ermunterten es, seine grausige Tat fortzusetzen.

In der Mitte erkannte er Megs Silhouette. Sie schrie und trat um sich. Jeder Tritt, den sie den glühenden Scheiten versetzte, trieb eine neue Woge aus Funken an ihren Beinen hoch.

Will nahm die lose Handfessel in die rechte Hand und prüfte ihr Gewicht, drehte die Kette und bildete daraus eine Art Morgenstern. Dann rannte er über den Hof und schwang die Handfessel um den Knöchel eines Wachsoldaten. Mit einem raschen Zug stürzte der zu Boden. Will trat auf die Hand des Mannes und nahm seinen Schild.

Mit dem Schild über dem linken Arm drängte er sich durch die Menge. Was er sich damit nicht an Platz verschaffte, das gelang ihm mit der Handfessel, die er schleuderte und damit Körper und Köpfe traf. Verwirrt von dem Wahnsinnigen in ihrer Mitte, wichen die Bürger Nottinghams zurück.

Vor dem Feuer ließ er den Schild auf die Steine fallen und zog die schwere Tüte mit Zucker aus dem Beutel. Er schüttete ihn auf den Schild, ließ den Beutel darauf fallen und schlug mit der Handfessel darauf. Megs Schwarzpulver explodierte. Die verschiedensten Säuren schäumten blasig auf und verstärkten den Rauch noch.

Schreiend wichen die Leute zurück. Will packte einen Mann und nahm ihm sein Kurzschwert und seinen Umhang ab. Der beißende Rauch versperrte ihm die Sicht, und er krümmte sich, als ein Hustenanfall ihn packte. Der Rauch brannte in seinen Lungen und raubte ihm den Atem.

„Bleibt hier! Das ist das Werk der Hexe!“

Beim Klang der vertrauten Stimme fuhr Will herum. Etwa zweihundert Menschen umstanden das Feuer, aber nur zwei davon interessierten ihn.

Meg. Und Hugo.

Aber Hugo konnte warten.

Er tauchte den Umhang in ein Fass mit Regenwasser, dann zog er ihn über den Kopf. Rasch hastete er an Hugo vorbei und kletterte an dem Scheiterhaufen hinauf. „Meg!“

Er rechnete damit, dass sie bewusstlos war. Er rechnete damit, dass sie mindestens so außer sich war wie der Pöbel. Und vermutlich rechnete er damit, dass sie sich verändert hatte.

Aber sie war immer noch dieselbe, und sie war wütend.

„Hugo hat das getan!“

„Ich weiß.“

Schmerzhaft versengten die Flammen seine Beine. Mit dem Kurzschwert durchtrennte er die schmorenden Stricke und befreite ihre Hände. Dann hielt er den feuchten Stoff an ihr Gesicht. Nach vier Schritten sprangen sie aus dem Feuer und landeten auf den Steinen des Innenhofs.

Schwer atmend sank sie auf Hände und Knie, den Kopf tief gebeugt. Will schlug mit dem Umhang auf ihr Kleid und erstickte ein Dutzend kleine Feuer. Er schlang die versengte Wolle um ihren Körper und drückte ihr das Kurzschwert in die Hand. „Bleib hier. Ich komme gleich wieder.“

Damit machte er kehrt und rannte zurück zu dem Scheiterhaufen.

Hugo versuchte, seine zurückweichenden Getreuen zu halten. „Sie muss brennen! Der Rauch beweist ihre Sünden!“

Er drehte sich herum und trat damit direkt in Wills Reichweite. Die herabhängende Metallfessel traf ihn an der Stirn. Blut strömte ihm aus der Nase. Das Knacken der Knochen weckte in Will den Wunsch nach mehr. Finch, Carlisle, nicht einmal Dryden, der Feigling – keiner von ihnen spielte jetzt eine Rolle.

Sein Zorn entlud sich an dem niederträchtigen, elenden Dieb.

Hugo zog einen Dolch aus seiner Tunika, aber Will sprang zur Seite. Dabei stolperte er über einen Holzscheit am Fuß des Scheiterhaufens und stürzte. Die Flammen verbrannten seine Hüften. Dann sah er den schmorenden Schild zu seiner Linken. Er rollte sich von den Flammen weg und nahm ein glühendes Holzstück mit. Hugo stieß mit dem Dolch zu und verfehlte nur knapp seinen Hals.

Der Griff des Schildes war inzwischen verbrannt. Will schüttelte seine verletzte Hand, doch nichts geschah. Mit dem Gegner im Rücken und ohne Möglichkeit, den Schild zu benutzen, konnte er das Metallstück nur mit dem Fuß treten. Hugo wich aus und sprang auf ihn zu.

Mit dem Feuerholz schlug Will seinem Gegner auf den Kopf, dessen Mütze Feuer fing. Der Dolch streifte Wills Unterarm, doch er empfand keinen Schmerz mehr. Alle Empfindungen vermischten sich zu einer einzigen.

Er drehte sich herum und warf sich mit aller Kraft gegen Hugos Körper, sodass der zusammensackte. Sein Kopf traf mit einem dumpfen Geräusch den steinernen Boden. Als sein Haar Feuer fing, schrie Hugo auf.

„Scarlet!" Er wand sich, warf sich hin und her. Flammen stiegen von seinem Kopf auf. „Ich flehe Euch an!"

Will drückte sein Knie auf den Arm des Diebes und packte den Dolch. „Du wirst ihr nie wieder wehtun."

Die Flammen hatten Hugos Gesicht erreicht. Seinem Leben ein Ende zu bereiten war ein Gnadenakt, den er nicht verdiente. Aber mit einer raschen Bewegung des Dolches tat Will genau das.

25. KAPITEL

In Leidenschaft bin ich entbrannt,
für den wilden Wald.
Frei mögen wir sein, so sag mir,
gehst du dorthin mit mir bald?
The Foresters: Robin Hood and Maid Marian
Alfred Lord Tennyson, 1892

Schreiend stoben die Leute um sie herum auseinander. Die Abendluft war erfüllt von dem Geruch nach verbranntem Holz und stinkendem Schwefel, zusammen mit dem beißenden Aroma von Salzsäure. Will musste zusätzlich Rauch gemacht haben. Meg schluckte schwer, hustete und erbrach sich dann.

Benommenheit drohte sie zu überwältigen, aber sie kroch weg von dem Feuer. Eine Hand vor, dann ein Knie. Das Schwert mitnehmen. Noch einmal. Ruhige, gleichmäßige Bewegungen. Diese Aufgabe erforderte ihre volle Konzentration. Will hatte ihr gesagt, sie solle warten, aber sie brauchte die Sicherheit einer Mauer oder eines Alkovens. Der versengte Umhang bot ihr keinen Schutz.

Der Boden um sie herum schien sich zu drehen, so sehr hatte sie die Orientierung verloren. Aber da, ein Hindernis. Behutsam strich sie mit den Fingerspitzen über den groben Sandstein und berührte eine runde Öffnung in der Hofmauer. Sie roch einen Gestank, der noch abscheulicher war als der des Schwefels.

Der Eingang zu einem Abwasserkanal.

Sie zerrte an den metallenen Riegeln, die den Eingang versperrten. Das Gitter sprang auf, und sie kroch hinein. Sie zog das verrauchte Tuch über ihren Kopf und ihren Rücken, während sie das Schwert weiter in der Hand hielt. Ganz aus der Nähe drangen Schreie an ihr Ohr. Soldaten rannten über den

Hof, an dem Klirren ihrer Kettenhemden erkannte sie alles, was sie taten. Sie konnte nur warten und hoffen, dass sie sie nicht bemerken würden. Stattdessen wünschte sie sich Will herbei. Wieder einmal.

Er hatte das Feuer besiegt. Meg hatte sich für ihre Schwester entschieden, aber er war trotzdem gekommen.

Ihr wurde wieder schwindelig unter dem Ansturm der Gefühle, die sich ihrer Gedanken bemächtigten und sie nicht mehr losließen. Tränen der Erschöpfung, der Furcht und der Dankbarkeit rannen ihr über das Gesicht. Sie mischten sich mit der Asche auf ihren Wangen und bildeten eine breiige Paste. Sie wischte sie fort, immer wieder, aber die Tränen wollten nicht versiegen.

„Meg?" Wills ängstlicher Ruf weckte sie aus ihrer Trance.

Sie steckte den Kopf aus dem Tunnel. „Will! Ich bin hier!"

Er zog sie in seine Arme. Sie knieten beieinander, hielten sich fest, eng umklammert. Im Hof herrschte das Chaos, aber Will hielt sie fest.

„Diesmal ist das Versteck besser gewählt", sagte er.

„Ich versuche, dazuzulernen."

Er gab ihr einen Kuss auf die Schläfe. „Hugo ist tot."

„Du hast mir das Leben gerettet, und jetzt bringst du mir noch ein Geschenk." Voller Verlangen grub sie die Finger in sein Haar, wollte ihn an sich ziehen, in sich hineinziehen. Wollte ihn sehen. Ihn nicht verlieren. „Ich verdiene dich gar nicht."

„Doch, das tust du", sagte er. „Jetzt komm. Wir müssen noch aus der Stadt herauskommen."

„Nie hätte ich gedacht, dass du Sehnsucht nach den Wäldern verspürst."

„Ich gehe dorthin, wo du hingehst, Meg. Hier entlang."

„Nein. Hier."

Er zögerte. „Der Abwasserkanal?"

„Warum nicht? Er wird uns zum Fluss führen. Das Wetter war schön. Der Wasserstand sollte nicht allzu hoch sein."

Er umfasste ihr Gesicht. Seine Haut roch nach Asche, nach Chemikalien und nach Blut. „Du? Und der Fluss?“

Sie schüttelte den Kopf. „Erinnere mich nicht daran. Nicht jetzt.“

Gleich darauf kehrte er mit einer Fackel in der Hand zurück. Als sie die Flamme hörte, zuckte Meg zurück. Zum ersten Mal, seit sie sich erinnern konnte, fürchtete sie sich vor Feuer. „Hier“, sagte er. „Nimm meinen Arm.“

Geduckt betraten sie den Eingang. Sie tauschten das Durcheinander des Hofes mit einem engen, stinkenden Tunnel, der sie zum größten Fluss der Midlands führen würde. Zitternd holte sie Luft. „Haben wir noch andere Waffen?“

„Ich habe nur Hugos Dolch, aber am Fluss habe ich meinen Bogen und mein Schwert versteckt.“

„Dann solltest du das Schwert nehmen, oder nicht, Will?“

„Nimm du nur meinen Arm und halte das Schwert gut fest.“ Seine Stimme klang gepresst.

Als Meg behutsam seine linke Hand ergriff, stöhnte er auf. Mit zitternden Fingern ertastete sie die Verletzung. Sein Daumen stand in einem unnatürlichen Winkel ab. Sein Handgelenk war geschwollen und blutverschmiert, die aufgerissene Haut pochte und fühlte sich unnatürlich heiß an.

„Was ist passiert?“

„Ich habe mich von den Fesseln befreit.“ Er ließ die Kette klirren, die noch an seiner anderen Hand hing. „Zur Hälfte jedenfalls.“

Ihr Magen rebellierte, zum Teil von den schrecklichen Bildern, die er heraufbeschwor, zum Teil von dem Gestank des Abwassers. „Und deswegen kannst du nicht ein Schwert und eine Fackel gleichzeitig halten?“

„Mit dieser Hand kann ich überhaupt nichts halten“, entgegnete er. „Wenn ich all das hinter mir habe, dann brauche ich eine schöne lange Ruhepause.“

„Und ich werde dir dabei Gesellschaft leisten.“

Die Worte waren heraus, ehe sie darüber nachdenken konnte, ehe Überlegung oder Stolz sie verhindern konnten. Hinter ihrer Furcht flackerten Kühnheit und Verletzlichkeit auf.

Er wandte den Kopf, und sie spürte seinen Atem an ihrem Ohr. „Tatsächlich? Du willst davon Abstand nehmen, gegen mich zu kämpfen oder mich zu vergiften …"

„… oder dich an einen Baum zu fesseln", fügte sie hinzu und konnte sich ein Lächeln nicht verkneifen. „Ja. Ich werde davon Abstand nehmen."

„Dann ja. Leiste mir Gesellschaft." Er drückte ihre Hand, es war ein Versprechen. „Nachdem wir uns lange ausgeruht haben, kannst du meine Verletzungen behandeln."

„Und ein Bad nehmen."

„Oh ja."

Die Fackel in seiner Hand war nahezu heruntergebrannt und spendete kaum noch Licht. Ihn schmerzte der Rücken von dem gebeugten Gehen im Tunnel, ein dunkler Ort, an dem es verfault roch. Nirgends sonst außerhalb der Hölle konnte es einen Ort geben, der übler roch. Sie sprachen wenig und atmeten durch den Mund. Meg ging still hinter ihm.

Zumindest folgte ihnen niemand. Möglicherweise warteten hundert Soldaten und zehn Mal so viele aufgebrachte Bauern dort, wo der Tunnel in den Trent mündete, aber für den Augenblick waren sie in Sicherheit.

Will hörte das Rauschen des Flusses lange bevor er ihn sehen konnte. „Jetzt ist es nicht mehr weit. Schaffst du das?"

„Wenn du den Wald erträgst, dann ertrage ich den Fluss."

„Das klingt nicht gerade beruhigend."

Megs Zittern übertrug sich auf ihn. „Warum magst du die Wälder nicht?"

„Soll das wieder zu einem Streit führen? Dazu habe ich nicht die Kraft."

„Nein, wirklich nicht. Ich – du machst mich neugierig."

Vielleicht lag es an seiner Erschöpfung, dass er den Wunsch verspürte, ehrlich zu sein. Vielleicht lag es daran, dass sie einander immer näher kamen. Aber die Worte kamen ihm leicht über die Lippen, ohne dass er den Wunsch verspürt hätte zu schweigen. „Als meine Mutter schwanger wurde, entführte mein Vater sie aus Loxley Manor. Mein Vater war ein Taugenichts, der sich weigerte, sie zu heiraten. Sie hasste es, in unserem kleinen Walddorf zu wohnen, und ich wuchs auf mit Geschichten über die Privilegien, die sie einst genossen hatte und von denen sie mir verbittert erzählte."

Der Tunnel führte nun abwärts. Das Abwasser ergoss sich in den Fluss und erschwerte es ihnen zu gehen. Die Strömung zerrte an seinen Füßen. „Als ich zwölf war, habe ich ihren Liebhaber umgebracht. Er hätte sie sonst totgeschlagen. Statt mich dem Gesetz zu stellen, floh ich nach Sherwood und lebte monatelang im Verborgenen."

„Allein?"

Fast erdrückt von den Erinnerungen und der schlechten Luft, rang Will nach Atem. „Ja, bis ich Robin und seine Männer fand. Wir erfuhren erst nach Wochen, dass wir verwandt waren; danach hat Robin es sich zur Aufgabe gemacht, mich aufzuziehen. Ich wurde leicht wütend und wollte nichts davon wissen."

Er rutschte aus, und sein Herz schlug schneller. Meg ließ ihn nicht los und schaffte es mit der Stärke ihres schlanken Körpers, ihn zu stützen.

„Wenn du fällst, falle ich auch", sagte sie und rang nach Luft. „Also versuche, dich auf den Füßen zu halten."

„Aber wenn wir in den Fluss rutschen, dann bekommen wir unser Bad."

„Wenn du möchtest, gebe ich dir einen Schubs."

Er grinste. Es blieb ihm nichts anderes übrig als zu lächeln, sonst würde er zusammenbrechen, und das wollte er verhindern, um nicht mit dem Unrat in Berührung zu kommen. „Großzügig wie immer, Meg."

„Sind Jacob und Monthemer noch in meiner Hütte?"

Er atmete aus und war froh, nicht weiter über seine Jugend sprechen zu müssen. „Ich hoffe nicht. Jacob war es, der mich von deinen Fesseln befreit hat."

Sie lachte. „Und ich dachte, du hättest irgendeinen Trick angewandt, den ich noch nicht entdeckt hatte."

„Nein, nein, keine Tricks", wehrte er ab. „Ich bat ihn, Monthemer nach Winhearst zurückzubringen."

„Und er war einverstanden? Ich dachte, er sehnt sich zu sehr nach Abenteuern."

„Er war einverstanden, aber das bietet noch keinerlei Garantie. Ich hatte angedeutet, dass Monthemer der Einzige sein würde, der erklären könnte, was geschehen ist, sollten wir drei in Nottingham scheitern. Auf ihn aufzupassen erschien ihm wohl als eine Aufgabe, die wichtig genug war."

„Stephen, Baron of Monthemer, wird begleitet von dem Sohn eines jüdischen Alchemisten. Dieses Unternehmen hat einige ungewöhnliche Bündnisse hervorgebracht."

„Unseres eingeschlossen."

Meg stolperte und schwankte. Hilfe suchend umklammerte sie seinen Arm. Er ließ die Fackel los, um sie an der Taille zu halten. Das schwache Licht verlosch, und um sie herum wurde es schwarz.

„War das die Fackel?"

„Ja."

„Tut mir leid."

„Wenn du fällst, falle ich auch." Für einen Moment lehnte er die Stirn gegen ihre und schloss die Augen. Seine Augen brannten vor Erschöpfung und von dem Rauch des Feuers. Der entsetzliche Gestank kitzelte in seiner Nase.

„Will?"

„Hm?"

„Kannst du mir verzeihen?"

Er runzelte die Stirn. „Wegen der Fackel?"

„Wegen der Entscheidung, die ich getroffen habe", flüsterte sie.

Er hob den Kopf und setzte sich wieder in Bewegung. Mit der rechten Schulter an der Tunnelwand, schob er den Arm vor, um den Weg zu ertasten. Meg ging hinter ihm her und hielt sich an dem verletzten linken Arm fest. Tasten, einen Schritt machen, rutschen, sie kamen unendlich langsam voran.

„Finch hat dir im Grunde keine Wahl gelassen", sagte er schließlich. „Hättest du Ada zum Galgen schicken wollen? Oder zulassen wollen, dass sie sich um der Freiheit willen auf einen unheiligen Handel mit Finch einlässt? Ich fühle mich geschmeichelt, dass du so viel darüber nachdenkst."

„Von Ada kann man das nicht behaupten."

„Du bist ein eigenwilliges Mädchen, Meg. Ich kann dein Lächeln hören."

„Jetzt weißt du, wie ich durchs Leben komme. Ich höre immer zu."

„Wie lästig."

Plötzlich vernahmen sie das Geräusch eines Wasserfalls. Will streckte den Arm aus, so weit es ging, und ertastete Stein, noch mehr Stein und endlich nichts mehr. Luft. Er blieb stehen. Meg stieß gegen seine Schulter, sodass er um ein Haar vornüber gefallen wäre. Aber er lächelte, als die frische Luft seine gequälten Sinne umfing.

„Halt dich jetzt fest", sagte er. „Wir stehen am Rand."

Er drehte sie so herum, dass sie mit dem Rücken zur Wand stand, lehnte sie dagegen und achtete darauf, dass sie mit leicht gespreizten Füßen in der Strömung stand, um Halt zu finden. Will stellte sich genauso hin, umfasste den Rand des Tunnels mit der gesunden Hand und streckte den Kopf hinaus.

Die schmale Silhouette des Mondes verbreitete kaum Licht. Will blickte den Fluss hinauf und hinunter. Kahle Eichen und

Buchen standen reglos da. Niemand erwartete sie am gegenüberliegenden Ufer. Das Wasser fiel etwa sechs Fuß nach unten, eine Wand aus flüssigem Abfall, die direkt in den Trent führte.

„Das Beste kommt noch."

„Was denn? Will?"

Er zog den Kopf wieder zurück in den Tunnel, hungrig, erschöpft und mit gequälter Miene. „Eines Tages hoffe ich sagen zu können, dass das Schlimmste hinter uns liegt."

„Heute nicht?"

„Nein."

„Was müssen wir tun?"

„Springen."

Sie fuhr sich mit der Hand durchs Haar und strich sich feuchte Strähnen aus der Stirn. Nur halb vom Licht des Mondes beschienen stand sie da und schluckte schwer. Dann schüttelte sie den Kopf – von einer Seite zur anderen in stummem Protest.

„Du kannst das, Meg."

„Ich kann nicht sehen. Und ich kann nicht schwimmen." Sie schlug mit dem Schwert gegen die Tunnelwand. „Stich mich nieder, dann ist das erledigt."

Mit seiner gesunden Hand packte er ihren Oberarm und drückte ihn fest, so lange, bis sie aufschrie. „Du musst, hörst du mich? Hier kann nicht einmal eine Ratte bleiben."

Sie kniff die Augen zusammen. „Will …"

„Ich lasse dich nicht ertrinken", sagte er beschwichtigend. „Und wir werden endlich doch noch unser Bad bekommen. Hörst du mich?"

Sie nickte, dann warf sie das Schwert mit einem Schrei in den Fluss. Will warf den Dolch hinterher.

Meg ergriff seine gesunde Hand und verschränkte ihre Finger mit seinen. „Wenn du mich loslässt, werde ich dieses Schwert suchen und dir den Kopf abschlagen."

Er strich mit der Hand über ihre Wange. Ihre Haut konnte

er spüren, auch wenn seine Finger sich nicht bewegen ließen. „Bist du bereit?“

Es verschlug ihr den Atem. Instinktiv verlangte es sie nach Luft. Sie atmete ein und bekam Flusswasser in den Mund. Wills Finger entglitten ihr.

Entsetzen überkam sie und verdrängte alle Instinkte – oder steigerte sie sogar noch. Sie trat um sich, ohne Halt zu finden. Überall war nur Wasser, nichts als Wasser. Die Strömung raubte ihr jede Orientierung. Sie wusste nicht mehr, wo oben und unten war. Ein zweites Mal bekam sie Wasser in den Mund. Mit dem Fuß stieß sie gegen einen Felsen, ihre Hüfte streifte einen anderen. Die Kälte betäubte ihre Haut, drang in ihre Muskeln. Ihre Kräfte ließen schnell nach.

Aber die Farben.

Farben wirbelten in ihrem Kopf umher. Betörende Farben. Sie sah Teile des Regenbogens und des Sternenlichts, wirbelnd, flirrend. Ihre Muskeln entspannten sich. Ihr wurde warm.

Und dann empfand sie tiefen Frieden.

26. KAPITEL

Ich begab mich in die Wälder.
Und die Liebe folgte mir.
„In Sherwood Lived Stout Robin Hood"
Robert Jones, 1609

Sie stieß gegen ein weiteres Hindernis, das ihr die Arme um die Taille schlang. Es war Will, der sie hochzog und ihren Kopf über die Oberfläche des wilden Stroms hielt. Sie keuchte. Das Wasser in ihren Lungen vertrug sich nicht mit der Luft. Sie hustete und würgte, als er sie sich über die Schulter legte.

„Meg? Sprich mit mir, Mädchen."

Als sie wieder regelmäßig atmete, entschied Meg, dass der angenehme Klang seiner Stimme ein fairer Tausch war für die allmählich verblassenden Farben. Sie hätte es ihm gern gesagt, doch der Husten verschlug ihr die Sprache.

„Meg? Dein Kleid ist durchnässt. So kann ich dich nicht tragen."

Ihre Füße berührten feuchten Boden. Land. Sie brach zusammen, ein Häufchen aus nassem Stoff und bebenden Gliedern.

„Ein bisschen weiter noch", bat er und hielt sie noch immer um die Taille gefasst. „Wir müssen einen Platz zum Ausruhen finden."

„Wie wäre es, wenn wir hier ausruhen?"

„Ich habe dich noch nie für einen Faulpelz gehalten. Komm jetzt. Steh auf."

Sie hob den Kopf und versuchte, die Dunkelheit zu vertreiben. Noch immer spürte sie die Angst. „Du nimmst einiges auf dich, um mich am Leben zu erhalten."

„Das stimmt."

„Zumindest kann ich allein gehen."

„Ja, das kannst du."

Sie nahm ihre Kräfte zusammen und stand auf. Die vom Wasser schweren Säume ihres Kleides und Unterkleides schleiften hinter ihr her. Sie erschauerte vor Kälte und stolperte, aber sie wollte nicht aufgeben, nicht jetzt, da Will seinen Teil bereits erledigt hatte. Er hatte sie nicht dem kalten Fluss überlassen, obwohl eine ungeheure Kraft dies fast unmöglich gemacht hatte.

„Hier", sagte er. „Ein Vorsprung."

Sie sank zu Boden, und Will legte sich neben sie. „Du suchst immer besonders gemütliche Stellen aus."

„Stets nur das Beste."

„Wir sollten deine Handgelenke verbinden." Sie tastete nach seiner linken Hand. „Der Unrat, durch den wir durchgegangen sind, wird deiner Heilung nicht zuträglich sein."

„Aber keine Lauge."

„Keine Lauge. Ich verspreche es."

„Schlaf zuerst, Meg. Komm schlaf."

Nie zuvor hatte sie irgendetwas mehr ersehnt, als sich an seinen muskulösen Körper zu schmiegen. Und sie tat es, müde und erschöpft. An ihn geschmiegt, war sein Körper für sie der wärmste Ort in ganz England.

Will erwachte von einem hellen, fahlen Licht. Er war nicht sicher, ob es das Morgengrauen oder die anbrechende Dämmerung war, die ihn mit ihrem sanften Licht begrüßte. Hunger nagte an seinem Inneren, und ihn quälte das verwirrende Gefühl von Orientierungslosigkeit. Er lag auf dem Rücken, auf einer Matratze aus frischem Stroh, die bedeckt war von einer rauen Wolldecke. Sie roch alt, war aber sauber. Ein Reetdach lag auf weiß verputzten Wänden. Wie hinter einem Schleier sah er Rauch, der sich auf eine Öffnung zwischen vier Balken zu bewegte, dahinter Büschel von getrockneten Blumen.

Megs Hütte. Ja, sie hatten es geschafft.

Sie ging an ihm vorbei, hatte jedoch noch nicht bemerkt, dass er erwacht war. Ihr Haar war gewaschen und hing ihr offen bis zur Taille hinab. Sie trug ein dunkelbraunes Kleid von demselben Schnitt wie die anderen, die sie verdorben hatte, und hatte die weiten Ärmel bis zum Ellenbogen hochgeschoben.

Die sichere und selbstverständliche Art, wie sie sich in dem Raum bewegte, faszinierte ihn. Weder stieß sie gegen die Möbel noch stolperte sie über die Binsen. Aber sie berührte jeden Gegenstand mehrere Male – strich mit den Fingern rasch über Krüge, Töpfe und Formen, um zu fühlen, was es war und wo sie standen. Diese Sicherheit hätte er bei ihr niemals erwartet, nachdem sie, verzweifelt an seine Hand geklammert, durch das unebene Gelände von Charnwood gestolpert war.

Sie stand an dem niedrigen Arbeitstisch, zerdrückte etwas Schmutziges in einem Mörser und fügte Prisen von diesem und jenem aus anderen Schalen hinzu. Dann tauchte sie zwei Finger in die Mischung und führte sie an ihre Zunge. Schließlich nickte sie zustimmend und begann, leise und falsch eine Melodie zu summen. Würde sie damit fortfahren, wenn sie wüsste, dass er wach war? Die Frage verursachte ihm Unbehagen, und er beobachtete sie weiter heimlich.

Als sie mit ihrer Arbeit fertig war, goss sie etwas, das aussah wie Ale, in eine breite, flache Schale und brachte diese zusammen mit dem Mörser an sein Lager. Von einem weiteren Gang zu den Regalen brachte sie zwei kleine Krüge mit, einen mit Öl und einen mit einer dunkelgrünen Paste. Sie kniete zu seiner Linken nieder, und die Röcke ihres haselnussbraunen Kleides bedeckten das Stroh am Rand der Matratze.

Megs Duft stieg Will in die Nase, süß und fremdartig. Auf ihrer Wange war ein hässlicher blauer Fleck zu sehen, in der Mitte eine Wunde. Die Erinnerung an den brutalen Schlag des Wachsoldaten entflammte seinen Zorn, doch eine unerwartete Zärtlichkeit begleitete seinen Wunsch, sie zu beschützen. Er wartete auf ihre Berührung und freute sich über das heftige Bedürfnis, sie an sich zu ziehen.

Ihre Berührung fühlte sich an wie die eines Schmetterlings, eines Grashalms oder eines Windhauchs. Sie berührte seine Wange, die Bartstoppeln und legte eine Hand auf seine Stirn. Hitze strömte in seine Lenden. Sie ließ die Finger tiefer gleiten, bis zu seinem Schlüsselbein. Seine Haut prickelte. Die feinen Härchen auf seinen Unterarmen richteten sich auf. All seine Muskeln spannten sich an, obwohl er sich bemühte, weiterhin ruhig und gleichmäßig zu atmen.

Sie rückte näher und berührte seine Brust. Wie sehr er sich auch anstrengte, seinen Atem und die wilden Regungen seines Körpers unter Kontrolle zu halten, den raschen Herzschlag vermochte er nicht zu beschwichtigen.

Und sie bemerkte es. Die Andeutung eines Lächelns umspielte ihre Mundwinkel. „Ist das zu glauben! Wie lange bist du schon wach?“

Er richtete sich auf. Die Decke verrutschte, und er bemerkte, dass er nur noch die Hose trug. „Wie lange wolltest du mich halbnackt hier liegen lassen?“

„Du hattest Fieber. Ich habe dir einen Gefallen getan.“

„Das ist keine Antwort auf meine Frage.“ Bei ihrer knappen Erwiderung hatte er die Stirn gerunzelt. Die Frau, mit der er gekämpft, die er geliebt und gerettet hatte, kniete neben ihm wie eine Fremde. „Habe ich lange geschlafen?“

„Die ganzen drei Tage, seit wir hier eintrafen.“

Nachdem sie den Fluss verlassen hatten, hatten sie sich weit genug erholt, um zu wandern. Obwohl erschöpft, trieb die Furcht vor Verfolgern sie weiter bis zu ihrer abgeschiedenen Hütte. Ein gefährliches Zusammenspiel seiner gebrochenen Hand mit einer Axt und Megs blindem Zielen hatte ihn von der zweiten Handschelle befreit. Sie war sehr stolz auf das Ergebnis, doch das halbe Dutzend Versuche hatte ihn mehr erschreckt als der Sprung in den Trent. Er konnte von Glück sagen, überhaupt noch eine Hand zu haben, noch dazu eine, die unverletzt war.

Meg tauchte ein Tuch in die flache Schüssel und wrang es mit ihren schlanken Fingern aus. Sie wirkte kühl und zurückhaltend. Eine geschickte Krankenpflegerin, nichts sonst. Es gefiel ihm nicht, ihre eben gewonnene Vertrautheit zu verlieren. Selbst ein paar ernsthafte Streitigkeiten wären ihm lieber gewesen als diese Distanziertheit; irgendetwas, das ihm einen Weg wies zurück zu der Meg, die er kannte.

„Was benutzt du da?"

„Ale, um das getrocknete Blut abzuspülen", erklärte sie.

Das Ale brannte auf den wunden Stellen seiner Handgelenke. Er entspannte sich und ertrug den Schmerz. Um sich abzulenken, beobachtete er Meg. Sie benutzte beide Hände, ertastete mit der Linken die verletzte Haut, während sie mit der Rechten die Wunde auswusch. Das Ale bewegte sich in langsamen Kreisen in der flachen Schüssel; das Blut hatte ihm eine schmutzigrote Farbe verliehen.

„Was dann?"

Sie trocknete sich die Finger an dem Unterkleid ab, das unter ihren Röcken hervorsah, und nahm den Mörser hoch. „Eine Mischung aus zerstoßenen Muscheln, Salz und getrocknetem Senf, um die Wunde zu säubern. Der Senf verhindert Entzündungen. Wenn wir Öl dazugeben, bilden die Zutaten auf der Haut eine Art Seife."

Behutsam rieb sie Salz und Muschelpulver auf seine Handgelenke.

„So." Sie reichte ihm den kleinen Ölkrug. „Träufle das auf die Wunde. Verreibe es gut."

„Und nun?"

„Zum Schluss tragen wir die grüne Salbe auf und verbinden die Gelenke."

Er betrachtete den Krug. „Was ist das?"

„Eine Paste aus Föhrennadeln, um die neue Haut zu schonen.“ Sie trug die Salbe auf seine Haut auf, und er sah, dass ihre Fingerspitzen leise bebten.

Sie zittert.

Zumindest hatte er nun ein Zeichen. Seine Gegenwart ließ sie nicht ungerührt, das eigensinnige Ding. Lächelnd lehnte er sich zurück und genoss die kühle, beruhigende Salbe auf seiner Haut. Er beschloss, abzuwarten, bis er wieder kräftiger war, und auf den Moment zu hoffen, wenn sie ihre Abwehr wieder aufgeben würde.

Geduldig wickelte Meg Leinenstreifen um seine Handgelenke, den Kopf schräg gelegt. Eine lange Haarlocke fiel ihr über die Schulter. Schimmernd, gewellt wie ein See vom Wind, waren diese Locken zum Greifen nahe. Er stellte sich vor, wie er sie berührte, ihren Duft tief in sich einsog. Er schluckte schwer und erstickte beinahe an so viel ungewohnt heftigem Verlangen.

Das Warten würde ihm Qualen bereiten.

„Danke, Meg.“

„Ich erwidere nur deinen Gefallen, wie du weißt“, sagte sie und errötete. Er sah noch einmal hin – doch, sie errötete, tatsächlich. „Dein Daumen bereitet mir Sorgen. Kannst du die Finger bewegen?“

Er hob die linke Hand und krümmte die Finger, einen nach dem anderen. Sie alle gehorchten, nur der Daumen nicht. Er schmerzte tief innen im Gelenk und ließ sich nicht bewegen. Will hatte sich vorgestellt, wie Megs Haar auf ihn fiel, und davor hatte der Schlaf ihn vor Schmerzen bewahrt. Der erschreckende Gegensatz zwischen diesem angenehmen Zustand und dem Schmerz gefiel ihm nicht.

„Die anderen Finger sind gesund.“

„Nach dem Essen machen wir eine Schiene.“ Sie stand auf und schob mit einem eisernen Schürhaken Holzscheite in den Kamin.

„Lass mich das für dich tun.“

Sie drehte sich um und richtete den Blick auf eine Stelle irgendwo oberhalb seiner Schulter. „Wenn ich in meinem eigenen Heim keine Aufgaben mehr verrichten kann, dann wäre es besser gewesen, du hättest mich auf diesem Scheiterhaufen zurückgelassen."

Meg verschränkte die Arme, um ihre unruhigen Finger vor seinem Blick zu verstecken und ihrer Sehnsucht nicht nachzugeben, seine Haut zu berühren. Er hatte ihr ein Versprechen gegeben. Dasselbe hatte sie getan. Ihre Vertrautheit im Schloss hatte Erwartungen geweckt, die immer noch vorhanden waren, doch jetzt, frei von Drohungen und möglichem Schaden, fühlte sie Befangenheit. Wie viel von ihren Gefühlen war aus der Verzweiflung erwachsen? Und wie viel von seinen?

Es war ruhig in der Hütte. Gemeinsam aßen sie aus einer großen Schüssel. Während sie an einem Stück getrocknetem Rindfleisch knabberte, erfreute sie sich an den Geräuschen, die er beim Essen machte. Er musste hungrig sein, beinahe so ausgehungert wie am Tag ihrer Ankunft, aber er schlürfte nicht und er schmatzte nicht. Diese simple Geste der Höflichkeit erlaubte es ihr, sich stattdessen auf die ständige Verlockung zu konzentrieren, die seine Nähe ihr bot. Weder musste sie ihn berühren noch ihn sprechen hören, um seine Gegenwart zu spüren.

Sie versuchte, etwas zu sagen, musste sich aber zwei Mal räuspern, ehe die Worte herauskamen. „Danke für deine Hilfe."

„Was sind wir doch höflich heute."

„Soll ich mich um Bösartigkeiten bemühen?"

„Nein, ich könnte mich an dies hier gewöhnen."

Sie griff nach einem Stück Gerstenbrot und tauchte es in die Brühe, um die verbrannte Kruste genießbar zu machen. Seit Jahren hatte sie nicht mehr versucht, Brot zu backen, und das Ergebnis war enttäuschend.

„Du machst das hier ganz gut", sagte er.

Sie zog die Brauen hoch und hoffte, mehr unbeteiligt als verletzt zu wirken. „Essen, meinst du?"

„Das Brot eintauchen. Ich würde kleckern, vielleicht nicht einmal die Schüssel treffen."

„War das ein Kompliment? Oder eine Beleidigung?"

Er strich über ihre Hand, dann hielt er sie fest. „Ich dachte, das hätten wir hinter uns."

„Was?"

„Deine Ängste. Natürlich war das ein Kompliment."

„Tut mir leid." Sie stützte die Stirn in die Hand, während ihr Puls viel zu schnell schlug. „Das alles hier ist merkwürdig."

„Für mich genauso."

Diese drei Worte genügten, um ihre Spannung ein wenig zu lösen. Er benahm sich seltsam. Vermutlich war er ebenso verwirrt, dass sie so schnell von Liebhabern zu Feinden und dann zu Gefährten geworden waren. „Was werden wir jetzt tun?"

„Gemeinsam essen?"

„Feigling."

„Hexe."

„Versuch es", sagte sie und kaute. „Schließ die Augen und nimm einen Bissen. Stell dir die Abstände vor zwischen der Schüssel, dem Teller und deinem Mund."

„Meg." Zweifel klang in seiner Stimme.

„Versuch es." Sie griff über den Tisch, berührte sein Gesicht und schloss ihm die Augen. „Wenigstens werde ich deine Fehler nicht sehen."

Er zog ihre Hand zu seinem Mund und küsste sie. Sanft berührten seine Zähne ihre Haut. Überrascht umfasste sie seine Wange. Sie fühlte die Bartstoppeln an ihrer Handfläche, dann spürte sie seinen Atem bis zu ihrem Handgelenk hinauf, als er seufzte.

Meg erschauerte. Die Zweifel verschwanden.

Sie schob die Hände höher, grub die Finger in sein Haar und beugte sich vor. Er kam ihr entgegen, ihre Lippen berührten sich. Sie zog ihn an sich und öffnete den Mund. Sie kämpfte mit ihm, stieß gegen seine Zunge, genoss die köstliche Wärme. Er schmeckte nach Brühe, roch nach Fichtenbäumen, fühlte sich glühend heiß an.

Selbst der Schmerz in ihrer Wange steigerte noch ihre Erregung. Die Erinnerung an den schmerzhaften Hieb ließ sie noch einmal die Gefahr verspüren, der sie so knapp entkommen waren. Sie stöhnte und umarmte ihn fester. Der Kuss löste ihre Unsicherheit auf und erweckte von Neuem alle Empfindungen, die sie mit ihm durchlebt hatte – die Angst und die Sehnsucht, die Sicherheit und die Panik.

Will schob ihre Mahlzeit beiseite und setzte sie auf den Tisch. Er drängte sie zurück, bis ihr Kopf auf dem Holz lag. Sie biss ihm auf die Unterlippe. Sein Stöhnen durchdrang ihre Gedanken, drängte sich zwischen ihre Schenkel – besitzergreifend, voller Erregung. Sie schob sich ihm entgegen, bot sich ihm an. Er umfasste ihre Brüste mit beiden Händen, ließ sie dann zu ihren Hüften gleiten und packte ihre Schenkel. Er bewegte das Becken. Stöhnte wieder.

Dann berührte sie seinen nackten Oberkörper, als hätte sie einen Schatz gefunden. Er trug keine Tunika. Sie presste die Finger in seinen muskulösen Rücken, ganz tief hinein. Seine Haut war schweißbedeckt. Er schob sich zwischen ihre Schenkel, bis sie sein Gewicht spürte. Die verschiedensten Empfindungen erfüllten sie, ihr schwindelte, sie fühlte seine Lippen an ihrem Hals. Er küsste sie, biss sie, sog an ihrem Ohrläppchen. Dann schob sie sich ihm noch mehr entgegen, befreite sich von den Röcken und schlang die Beine um seine Schenkel. Sie stöhnten beide und seufzten zusammen.

Sie wollte es. Jetzt. Und noch mehr.

„Ja, Will. Bitte."

Seine Hand an ihrer Hüfte hielt plötzlich still. Die andere, gesunde, löste sich aus ihrem offenen Haar und strich ihr über die Schläfe. Dann wurde sein Atem allmählich ruhiger, sie spürte es an ihrem Hals.

Panik erfüllte sie, die sie so noch nie empfunden hatte.

„Will? Warum hörst du auf?“

Er kniete sich hin, richtete sich auf und zog sie zu sich hoch. Sie fühlte sich zurückgewiesen, während er über ihre Handrücken streichelte. Was aussah wie eine tröstende Geste, wirkte auf sie wie eine Entschuldigung.

„Ich kann dein Gesicht nicht sehen, also bin ich darauf angewiesen, deine Gedanken zu erraten“, sagte sie und ärgerte sich darüber, wie schrill ihre Stimme klang. „Was ist es, das ich in deiner Miene nicht sehen kann? Abscheu? Mitleid? Sag es mir.“

„Kann ich dich jemals durchschauen?“

Sie entzog ihm ihre Hände. „Mich? Was meinst du damit?“

Er holte tief Luft, dann stand er auf, nahm zwei Becher und schenkte Ale ein. Seinen trank er leer, aber sie ließ ihren unangetastet auf dem Tisch stehen.

Stattdessen wartete sie. Entweder würde er es ihr erklären, oder er würde gehen müssen. Sie weigerte sich zu betteln, das hatte ihr Körper schon getan.

„Du spielst unterschiedliche Rollen, Meg“, sagte er endlich. „Einmal bist du ängstlich, dann manipulativ oder auch tapfer genug, um es mit zehn Männern aufzunehmen. Und doch rechnest du stets mit Grausamkeit.“

Ihr Körper bebte und glühte noch immer. Ihr Herz zog sich vor Angst zusammen. Aber mit dem Teil von ihr, den sie noch beherrschte, hörte sie ihm zu. Und seine Worte waren wie Balsam für sie.

„Aber ich frage mich, wie es in deinem Innern aussieht.“ Er legte eine Hand auf ihren nackten Fuß und rückte näher. „Liegt dort noch mehr Schwäche verborgen, oder etwas Stärkeres?“

Sie zog den Fuß zurück, weil seine Berührung kitzelte. „Ich bin nicht sicher, ob ich das noch weiß.“

„Wenn ich nun nicht aufgehört hätte? Wenn ich dich genommen und dann betrogen hätte, wie Hugo es getan hat? Was würdest du tun?“

„Dich hassen. Und mich auch."

„Aber du würdest es ertragen. Ich weiß, dass du das tun würdest."

Sie sprang vom Tisch. Ihre Röcke wirbelten um ihre Beine. „Ist es das, was ich seit Jahren getan habe? Alles ertragen? Denn das will ich nicht. Dieses Leben kommt mir vor, als würde ich in einer Zelle hausen, ohne Luft zu bekommen."

Er ging ihr nach und drängte sie mühelos in eine Ecke der kleinen Hütte. Sie wehrte sich, aber er fing sie zwischen seinen starken Armen ein. Seine Kraft war stärker als ihr Zorn, und sie landeten auf dem Boden. Er öffnete ihre Fäuste und legte ihre Handflächen auf seine Wangen.

„Was erkennst du hier? Auf meinem Gesicht?"

Sie schüttelte den Kopf und versuchte, sich zu befreien. Er verschränkte ihre Finger mit seinen, wollte sie nicht loslassen. Leinen rieb über ihre Handgelenke, die Verbände über den Wunden, die er davongetragen hatte, als er ihr das Leben rettete.

„Antworte mir", verlangte er heiser.

Alle Kraft verließ sie, ihre Muskeln versagten den Dienst. „Ich kann die Zahl der Gesichter, die ich berührt habe, seit ich krank wurde, an den Fingern einer Hand abzählen", sagte sie. „Ich kann ebenso wenig in dir lesen, wie ich das Buch meines Vaters lesen kann."

„Soll ich es dir dann sagen?"

Sie nickte.

„Furcht, Meg. Furcht und Liebe."

Sie zitterte am ganzen Körper. „Warum sprichst du von Furcht?"

„Weil ich dich beinahe verloren hätte – an das Feuer, den Fluss und vermutlich ein Dutzend Mal an meine eigene Dummheit. Weil wir beide zu eigensinnig sind, um sehr viel anders als streitbar zu sein. Und weil du mich vielleicht doch zurückweist."

Meg presste die Lippen aufeinander. Seine aufrichtigen Worte trieben ihr die Tränen in die Augen. Sie strich über seine Wangen und fühlte den angespannten Zug um seinen Mund. „Warum sprichst du von Liebe?“

Er lächelte ein wenig unsicher und zog dann ihre Hände an seinen Mund, um die Finger zu küssen. „Was ich empfinde, lässt sich mit keinem anderen Wort beschreiben.“

„Und doch hast du aufgehört. Warum?“

„Ich wollte nicht sein wie er – wie Hugo. Ein Schurke, der sich nimmt, was er will, und dafür nur gebrochene Versprechen bietet.“

„Was willst du stattdessen bieten?“

„Mein Herz“, sagte er. „Und meine Hand, wenn du sie haben willst.“

27. KAPITEL

Groß und stark fürchteten viele im Land,
sich anzulegen mit ihm und seiner kämpfenden Hand.
„Little John and the Red Friar"
Bon Gaultier, 19. Jahrhundert

Das Pochen an der Tür kam dem in Tucks Kopf gleich. Sein Bart juckte, ebenso wie sein nackter Rücken. Er kratzte beide hingebungsvoll.

Bei allen Heiligen!

Er drehte sich herum, bis sich ihm ein paar wohlgeformte Frauenbeine um die Taille schlangen und er einen Schlag zwischen die Schulterblätter erhielt. „Ruhe! Ich schlafe noch!"

„Ja, das tust du." Tuck umfasste ihr rundliches Hinterteil und drückte es. Sie schrie auf. „Und bleib nur im Bett, Agnes, meine Liebe. Ich gehe nachsehen, wer deinen Schlaf stört."

„Bring mir Ale mit, wenn du wiederkommst." Ihre Stimme klang schläfrig, gedämpft von dem wirren Haar, das ihr über das ovale Gesicht gefallen war.

Das Pochen wurde lauter, drang wie ein Stachel in seinen schmerzenden Kopf. „Bei allen Heiligen, ich kastriere den Kerl, der mich weckt!"

„Mach auf, Tuck!"

„Robin? Heiliger Vater, was ist los?"

Er griff nach seiner Kutte und zog sich das weite braune Gewand über den Kopf. Aus einem Krug, so groß wie sein Unterarm, trank er einen letzten Schluck Ale und wischte sich über den Mund. Nachdem er sich einen Rosenkranz um den Hals und einen Dolch an den Gürtel gehängt hatte, fühlte er sich angemessen bewaffnet.

Tuck machte die Tür weit auf. Der Mond schien auf eine hochgewachsene Männergestalt, von der er nur den Umriss erkennen konnte. Ein Schauer überlief ihn. „Um Himmels willen,

Robin! Ich dachte, du bist noch in Frankreich!“

Der Mann betrat die Hütte. Eine schwach brennende Talgkerze verbreitete etwas mehr Licht als der Mond und warf einen orangefarbenen Schein auf das Gesicht des späten Gastes.

„Schande über dich, Tuck, dass du mich für meinen Onkel hältst“, sagte Will Scarlet. „So eine Beleidigung würde er dir lange nicht verzeihen.“

Tuck lachte, um seine Überraschung zu überspielen. „Ebenso wenig wie du, nehme ich an. Und du trägst einen Köcher. Das erklärt meinen Irrtum.“

Will zuckte die Achseln, doch die lässige Geste passte so gar nicht zu seinem eindringlichen Blick. Jetzt bemerkte er Agnes, die halb nackt quer über der Matratze lag. Doch er zog nur eine Braue hoch. „Ich entschuldige mich für die späte Stunde.“

„Du bist nicht schuld an der späten Stunde, aber du hast dich entschieden, mir zu dieser ungastlichen Zeit den Schlaf zu rauben.“

„Verzeihung, Tuck. Ich bin gekommen, um einen Gefallen zu erbitten.“

„Und was willst du von mir? Ich mache nicht mit, wenn es darum geht, etwas hinter Robins Rücken zu tun.“

Will hatte die Hände hinter dem Rücken verschränkt und runzelte die Stirn. „Deine Verbundenheit mit meinem Onkel ist hart erkämpft und völlig verdient, aber ich führe nichts Böses im Schilde.“

Tuck setzte sich auf einen niedrigen Hocker. Seine langen Gewänder bauschten sich zwischen den gespreizten Knien. Er starrte Robins einzigen Neffen an, und die Ähnlichkeit beunruhigte ihn. Einst waren die Seele eines aufsässigen Jungen und der Geist eines Räubers im Körper eines Kriegers vereint gewesen. Und jetzt stand er hier, ein erwachsener Mann. Er sprach mit einer Autorität, die Tuck bisher nur von Loxleys fernem Herrn gehört hatte, einer Autorität, die schwächere Gemüter zum Gehorsam zwang.

Aber das von dem jungen Scarlet? Tuck bekreuzigte sich, für den Fall, dass dies eine List des Teufels sein könnte.

„Dann heraus mit der Sprache. Welchen Gefallen verlangst du?"

Ein Lächeln zuckte über Scarlets Gesicht, als würde er einen Scherz machen. „Ich bitte dich, mich zu verheiraten. Heute Nacht."

„Verheiraten? Mit wem?"

„Meg."

Tuck starrte auf den Eingang und rieb sich das spärliche Haar an seinem Hinterkopf. Dann hielt er inne, kniff die Augen zusammen und bekreuzigte sich noch einmal.

Eine blinde Frau, die wie ein Engel und eine Hexe zugleich aussah, tastete sich lautlos den Weg durch die Tür. Sie trug ein dunkelbraunes Kleid mit einem waidgefärbten Unterkleid. Das Haar hing ihr offen über die Schultern, ungeschmückt und unbedeckt. Nicht einmal das zuckende Licht der Kerze vermochte ihr hübsches Gesicht zu verzerren, das nur entstellt war von einer Wunde an der Wange.

Will zog sie neben sich, bot ihr den Arm und führte sie zu einer Bank. Erst dann bemerkte Tuck die Verbände an den Gelenken des jungen Mannes. Flecke von getrocknetem Blut zeichneten sich auf dem Leinen ab. Ein weiterer Verband war auf seinem Unterarm zu sehen.

„Tuck, das ist Meg. Meg, ich möchte dir Bruder Tuck vorstellen."

Ihre Augen waren auf nichts Bestimmtes gerichtet, aber sie drehte den Kopf in dieselbe Richtung wie Will. „Wie geht es Euch, Bruder?"

„Gut, danke." Er stand auf und trat einen Schritt zurück. „Verzeiht mir, Miss – ich möchte mit dem Burschen sprechen."

„Natürlich."

Tuck schlurfte zu der Matratze und breitete eine Decke über Agnes aus. Sie wachte kurz auf. „Was ist los, Bruder?"

„Kümmere dich nicht darum. Schlaf weiter."

Gehorsam drehte sie sich um und schloss wieder die Augen. Tuck wandte sich an seine Gäste und sah, wie Robins Neffe sich von den Knien erhob, der Frau einen Kuss auf die Stirn gab und ihr etwas ins Ohr flüsterte. Sie lächelte und nickte dann.

Will ging zur Feuerstelle. „Wenn du nicht möchtest, dass sie unsere Worte hört, sollten wir besser hinausgehen."

„Mit dir werde ich nicht in den dunklen Wald gehen", entgegnete Tuck. „So wahr ich in meinem Leben schon Brot gegessen habe, du bist ein unberechenbarer Kerl."

„Wie du willst."

„Klär mich auf. Was geht hier vor?"

„Die Einzelheiten spielen keine Rolle. Du erwartest nur immer das Schlimmste von mir." Der Blick, mit dem der junge Mann ihn bedachte, verbot Tuck jede Widerrede. „Sorge dafür, dass ich ordentlich verheiratet bin, dann kannst du sicher sein, dass ich Marian nicht mehr behellige."

„Dessen kann ich nicht sicher sein." Ganz offen griff Tuck nach seinem Dolch.

„Du weißt, dass ich fähig bin, die Frau eines anderen zu begehren", sagte Will. „Daher könnte man leicht glauben, dass ich auch meine eigene Frau betrügen könnte. Aber das werde ich nicht tun." Er warf einen raschen Blick auf den Rosenkranz, der über Tucks dickem Bauch hing. „Wenn du auch nur ein wenig heiliger bist als wir Übrigen, dann sag das Gott."

„Du liebst sie."

Will nickte und rieb sich mit bebender Hand über die Augen und den Mund. Im Kerzenlicht fielen die Blutflecke auf den weißen Verbänden besonders auf.

„Was ist dir alles zugestoßen, meine Junge?"

„Einiges", erwiderte er. „Wirst du es tun, Tuck?"

„Ja. Ich bin neugierig zu erfahren, wie die Ballade über dich endet."

„Ja – ich brenne auch darauf, noch mehr Narreteien mit meinem Namen zu hören."

Tuck schlug seinem jungen Gast auf die Schulter und lachte. „Keine Ballade über dich wird deinen Namen tragen. Egal, ob es um Missetaten oder Heldentum geht, ich höre schon die erste Zeile: der geliebte Neffe unseres tapferen Robin Hood zog einst durch die Wälder."

Will schüttelte den Kopf und grinste. „Du wirst recht behalten."

„Dann bringen wir es hinter uns, Master Will", sagte Tuck und ließ den Blick über Agnes üppige Rundungen gleiten, die sich deutlich unter der Decke abzeichneten. „Ich habe noch das Werk des Herrn zu verrichten."

„Und das wirst du mit großem Vergnügen tun."

In der Dunkelheit wirkte die Hütte wie eine Erscheinung, ein schwarzes Tier, das im Wald lauerte. Die Silhouetten der Bäume bewegten sich wie Lebewesen im Wind, schwankten hin und her und warfen die Äste wie Arme zum Himmel. Ein Schauer überlief Will, und ihm sträubten sich die Haare, so unheimlich wirkte Megs Heim im Licht des abnehmenden Mondes.

Verheiratet. Er war verheiratet. Sie waren verheiratet, auch wenn seine frisch angetraute Gemahlin das Gelübde mit geschlossenen Augen und fest geballten Fäusten gesprochen hatte. Die Worte, die sie auf Tucks Anweisung hin pflichtgemäß wiederholt hatte, hatten wenig mit dem Versprechen zu tun, das Will im Kopf gehabt hatte.

Er ließ die Hand auf ihrem Rücken ruhen, dann über ihre Rundungen gleiten. Selbst jetzt, da er sie berührte, konnte er sich nicht ihrer Anwesenheit versichern, so tief hatte sie sich in ihre dunkle Welt zurückgezogen. Er wollte, dass sie seine Zuneigung mit derselben Heftigkeit erwiderte. Er wollte irgendein Zeichen dafür, dass sie anerkannte, was er aufgegeben hatte, alles nur für sie. Und er wollte mehr, als sie jemals bereit war zu geben. Sie war der Grund für die wahnsinnigen, tollkühnen Empfindungen, die ihn erfüllten und von denen er vermutete, dass es Liebe war. Und doch hatte es auch mit Besessenheit zu tun.

Aber er hasste ihr Heim. Der Wind ließ ihn erschauern.

Vereint, nicht länger als Feinde, überschritten sie die Schwelle, um ein neues Leben zu empfangen, wenn schon nicht einander. Plötzlich empfand er eine andere Form von Aufregung, als er so allein mit seiner Braut dastand. Er konnte kaum sprechen und schluckte beunruhigt. „Da sind wir also."

Meg nickte nur, ging weiter in die kleine Hütte hinein und blieb vor ihrem Arbeitstisch stehen. Halb stand sie im Schatten, halb im Licht. Sie stützte beide Hände auf die Tischplatte, senkte den Kopf, sodass ihr Kinn fast ihre Brust berührte. An der Art, wie sie die Schultern hängen ließ, erkannte er ihre Erschöpfung, oder vielleicht auch dieselbe Aufregung, die er empfand.

„Sag mir – haben wir Kerzenlicht? Scheint der Mond? Oder ist es dunkel?"

Er holte tief Atem und schloss die Augen. Jetzt sah er nur die unheimlichen Schatten des nächtlichen Waldes vor sich, doch er behielt diese Beschreibungen für sich. Und da er weder Balladen noch Gedichte schreiben konnte, suchte er nach Einzelheiten. Er suchte die Welt, die sie nicht sehen konnte, und bot sie ihr dar. Ein Hochzeitsgeschenk.

„Der Mond ist zur Hälfte zu sehen, aber er steht tief. Er versteckt sich hinter den Zweigen. Hier liegen die Ecken im Dunkel, und Adas Blumen werfen lange Schatten. Wir haben nur die Fackeln von Bruder Tuck. In ihrem Schein sieht es aus, als würde der Raum sich bewegen."

Sie lächelte. Kein Schelten, kein Spott. Sie zeigte ihm nur ihre Grübchen, schenkte ihm den Anblick ihrer lächelnden Lippen. Er hätte für den Rest seines Lebens Balladen und Poesie studiert, hätte sie versprochen, ihm für alle Zeiten dieses Lächeln zu schenken, im Austausch für bloße Worte.

„Ich habe es immer geliebt, wie selbst die gewöhnlichsten Dinge sich im Schein der Flammen so faszinierend verwandeln."

Noch ein Schauer überlief ihn. Er wünschte, sie würde für ihn ihr Innerstes öffnen, aber was sie enthüllte, erschreckte ihn zuweilen. „Nach allem, was wir im Schloss erlebt haben, liebe ich das Feuer nicht besonders."

Sie zog die Brauen hoch und zuckte die Schultern. „Wir können uns nicht aussuchen, was wir lieben."

„Auch jetzt noch? Der Albtraum hat dich nicht von deiner Faszination befreit?"

Sie ging hinüber zu ihrer Lagerstatt und ließ sich ohne jede Anmut darauf fallen. Er setzte sich neben sie.

„Mein Vater hat einmal gefragt, ob Feuer etwas Lebendiges ist. Zuerst dachte ich, nein. Natürlich nicht." Ihre Finger waren ständig in Bewegung, flochten ihr Haar und lösten es wieder. „Aber Feuer wird geboren. Es nährt sich und wächst. Es spendet Wärme, wie ein Körper. Es bewegt sich, pflanzt sich fort und stirbt. Ich sagte ja – ja, es lebt."

„Und? Was hat er gemeint?"

„Er sagte, es wäre Energie, sonst nichts. Es sei wunderbar und kostbar, aber es lebt nicht."

Will schüttelte den Kopf. Feuer war Feuer. Nützlich. Gefährlich. Alltäglich. Dass er die Liebe oder auch nur die Zuneigung einer Frau gewinnen könnte, deren Ansichten sich so sehr von seinen unterschieden, erschien ihm lächerlich naiv. „Wie alt warst du da?"

„Fünf oder sechs", sagte sie. „Nicht älter."

Er grinste. „Selbst da warst du schon sonderbar."

„Ich war schon früher sonderbar und viel mehr, als du ahnst."

Er sah in ihr Gesicht, das ihm so vertraut war, sah die Muskeln unter ihrer Haut spielen, die Art, wie sie den Kopf hielt. Ihre Augen verrieten ihm nichts, aber er war nahe genug, um sie zu berühren, zu umarmen. Und wenn er nur genügend Geduld aufbrächte, könnte er auch in ihr lesen, ihre Sprache lernen. „Du hast ihm nicht geglaubt, oder?"

„Ich habe seine Erklärung akzeptiert, aber ich glaubte, dass er sich geirrt hat. Feuer musste lebendig sein."

Sie stützte sich auf die Ellenbogen. Das Haar fiel ihr aus dem Gesicht. Die dunklen Schatten unter ihren Augen zeigten ihm, wie erschöpft sie war.

„Als ich krank war, träumte ich vom Feuer. Ich weiß nicht mehr, was ich als Letztes sah, weil mich die Krankheit so plötzlich überkam. Vielleicht sah ich meinen Vater, meine Schwester, die Decke – ich weiß es nicht. Aber sechs Monate lang habe ich vom Feuer geträumt. Es hielt mich warm und lebendig. Es holte mich vom Tod zurück. Und es verschonte mich im Schloss."

Will lachte. „Ich glaube, da hatte ich auch noch meine Finger im Spiel."

„Ja, mein tapferer Held", flüsterte sie und berührte sein Gesicht. „Ich hätte nie geglaubt, dass ich in deiner Nähe unsicher sein könnte."

Er erschauerte, schloss die Augen, genoss die Berührung ihrer Finger. Sie bewegten sich auf seine gesunde Schulter zu, massierte seine verspannten Muskeln. Er öffnete und schloss die Faust. „Warum bist du unsicher?"

„Wir sind verheiratet!" Das Spiel von Licht und Schatten konnte nicht die Röte verbergen, die sich auf ihren Wangen und ihrem Nasenrücken ausbreitete. „Das ist – eigenartig."

Er wollte sie fragen, ob sie ihre rasche Heirat bereute, aber die Frage blieb unausgesprochen. Denn er war nicht sicher, ob er die Antwort hören wollte. Stattdessen fuhr er mit dem Finger den Umriss ihrer Lippen nach. „Habe ich dir je gesagt, wie sehr ich deine Lippen bewundere?"

„Nein."

„Wenn du sie nicht gerade zusammenkneifst, dann ziehen sie sich hier leicht nach oben. Genau hier." Er berührte mit dem

Zeigefinger eines ihrer Grübchen, dann küsste er die Stelle. „Selbst wenn du es nicht tust, sieht es aus, als lächeltest du mich an."

Sie küsste ihn ebenfalls, eine Berührung, leicht wie die einer Feder. „Ich hatte meine Gründe, dich böse anzusehen."

„Jetzt nicht mehr." Seine Stimme klang fremd und unvertraut. „Jetzt nicht mehr, Meg."

Er drehte sich zu ihr um und schlang einen Arm um ihre Taille. Obwohl sie sich widersetzte, alle Muskeln anspannte, schob er sie zurück auf den Strohsack. Sie roch nach dem Rauch des Küchenfeuers, dem Geruch der tragischen nächtlichen Ereignisse und dem traurigen Ende. Der Wunsch, sie zu beschützen, packte ihn wie ein Sturmwind, ließ die Vergangenheit unbedeutend erscheinen. Sie vor Schaden zu bewahren bedeutete, sein eigenes Herz zu schützen, jenen Ort, wo sie einander getroffen hatten.

Aber Wills Körper folgte einem anderen Instinkt, drängte sich gegen sie, schmiegte sich an sie. Sein Verstand verlangte von ihm, diese Frau zu beschützen, sein Körper verlangte danach, sie zu besitzen. Er hielt sie fester, bewegte sich, um sich noch mehr zwischen ihre Schenkel zu drängen, ließ die Hände über ihre Rundungen gleiten.

Er küsste sie. Es dauerte nur einen Moment, kaum drei kurze Herzschläge lang, ehe sie seine Leidenschaft ebenso heftig erwiderte. Lustvolle Gier kämpfte mit Zärtlichkeit, bis nur noch die glühende Hitze ihrer Lippen und Zungen übrig blieb. Er genoss ihren Geschmack, wie fremder Wein, dunkel und schwer. In ihrem Verlangen verschwammen Zeit und Geschmack, verschlangen sie ihre Glieder zu einer unendlichen Umarmung.

Das Atmen fiel ihnen schwerer. Er löste sich von ihren Lippen. Ihm war schwindelig vor Verlangen, sein Blick wie verschleiert. Er lehnte die Stirn an ihre, um sein Gleichgewicht wiederzufinden, war nicht sicher, ob ihm das je wieder gelingen würde – nicht wenn sie die Kraft hatte, ihn mit einem Wort aus der Balance zu bringen.

„Wage es nicht, Scarlet." Sie zog ihn an sich mit einer heftigen Bewegung, zerrte an seiner Tunika, bis sie ihn ausgezogen hatte. „Ich habe dich geheiratet, und ich will keine deiner Ausreden mehr hören."

Er umfasste ihre Schenkel und rieb ihren festen, runden Körper. „Glaubst du, es war eine Ausrede, dir einen Heiratsantrag zu machen?"

Sie öffnete seine Hose, rieb seine Lenden, bis er keinen klaren Gedanken mehr fassen konnte.

„Ja, ja", stieß sie hervor. „Du bist ein Kavalier. Jetzt bring zu Ende, was du vorhin angefangen hast."

Will hatte ihren Körper schon erforscht, und jetzt erinnerte er sich an jede Einzelheit ihrer lustvollen Begegnung. In den schrecklichen Tagen, die seither vergangen waren, hatten sie vieles miteinander erlebt, und sie jetzt neu zu entdecken verdrängte beinahe die Freude ihrer ersten Begegnung. Sie so heiß und voller Verlangen vor sich zu sehen, so lebendig, entzückte ihn und verwirrte ihn völlig. Er wollte mehr. Mehr Küsse. Mehr Haut.

„Ich will dich sehen", stieß er hervor.

Sie kniete sich hin und begann, sich auszuziehen, löste die Bänder an ihrem Mieder. Will zog ihr den dicken Wollstoff über die Hüften und den Kopf. Nachdem er das Kleid auf den Boden geworfen hatte, folgte das Unterkleid. Seine Hose nahm denselben Weg.

Sie lag auf dem Strohsack, und beim Anblick ihres nackten Körpers erschauerte er. Haut, so hell wie das Mondlicht, schlanke Glieder, ein flacher Bauch, sanft gerundete Brüste, die sich bei jedem Atemzug hoben und senkten. An ihrer Kehle sah er ihren Pulsschlag. Ihr Haar umrahmte ihr Gesicht wie ein dunkler See.

„Will?"

„Ich bin hier", sagte er mit belegter Stimme und strich mit dem Zeigefinger zwischen ihren Brüsten auf und ab. Sie erschauerte. „Ich sehe dich an."

„Ich will dich auch ansehen."

„Ist mir ein Vergnügen."

Mit ihren schlanken Händen umfasste sie seinen Nacken und zog ihn an sich. Dann presste sie die Finger so fest in seinen Rücken, dass er ihre Nägel spürte. Teils zärtlich, teils fest fuhr sie mit den Fingern über seinen Körper, rasch wie ein Windstoß. Dann ließ sie die Hände zwischen seine Beine gleiten, drückte ihn fest, rieb ihn, bis er die Selbstbeherrschung verlor. Er stöhnte und keuchte, flüsterte ihren Namen.

„Fass mich an, Will." Sie spreizte die Beine, lud ihn ein.

„Tut mir leid, Liebste." Er ließ eine Hand zwischen ihnen nach unten gleiten und begann, sie zu streicheln. „Ich habe nur zwei Hände. Und eine ist verletzt."

Sie seufzte. „Du hast einen Mund."

„Ja." Er biss liebevoll in ihre Unterlippe. „Genau hier."

„Tiefer."

„Wohin?"

„Wo deine Finger sind."

Er lachte leise, ein Laut, heiser und rau, so sehr überraschten ihre Forderungen ihn. Dann bewegte er die Finger schneller. „Gieriges Frauenzimmer."

„Bitte, ehe ich mich gezwungen sehe, deinen Dickschädel dorthin zu schieben."

Er küsste sie leidenschaftlich, sog ihre Zunge in seinen Mund, biss darauf. Dieser Kuss sollte ein kurzer Abschied sein, ehe er ihrer Forderung gehorchte, doch sie erstarrte plötzlich, dann durchlief sie ein Schauer, sie erzitterte und schrie auf.

Jetzt konnte Will nicht mehr an sich halten. Er nahm seine Hand weg, drang in ihren bebenden Körper ein. Rhythmisch bewegte er die Hüften, und sie flüsterte seinen Namen, als wäre es ein Gebet.

Der Klang ihrer Stimme, das Rauschen seines Blutes, die Wärme, die ihn umfing – all das führte ihn zum Paradies. Jede Bewegung brachte ihn näher heran, dann fühlte er nichts mehr als die weißglühende Lust des Höhepunkts. Er erschauerte, stöhnte auf, bevor er auf ihren bebenden Leib sank.

28. KAPITEL

Lass mich dir folgen,
wohin auch immer du gehst,
denn niemals wirst du bleiben, hier bei mir,
verloren bin ich, lass mich folgen dir.
„Robin Hood's Flight"
Leigh Hunt, 1820

Das war – sehr farbenfrooh."

Will hob den Kopf. „Farbenfroh?"

„Ja, sehr." Sie wischte sich Tränen von den Wangen. Obwohl sie still dalag, zitterte ihr Körper noch vor Lust. „Das war es von Anfang an."

„Sehr interessant", sagte er und strich träge über ihre Brustspitze. „Deshalb findest du mich wohl so unwiderstehlich."

„Ich will durch dich die Farben sehen, genau so, als ob ich mich im Kreis drehen würde." Sie umfasste sein Gesicht und fühlte, wie er lächelte. „Aber vergiss nicht, als ich beinahe ertrunken wäre, sah ich einen Regenbogen."

„Du siehst hoffentlich ein, dass dies hier sehr viel sicherer ist. Und weitaus vergnüglicher."

„Auf jeden Fall."

Seine trägen Bewegungen wurden schneller, und er rieb fester. „Nun, du als Alchemistin, würdest du dazu raten, dass wir dieses Experiment wiederholen?"

Sie stöhnte und bewegte die Hüften ein wenig. Die Innenseiten ihrer Schenkel waren noch immer feucht und heiß. Voller Verlangen presste sie sie gegeneinander. Doch die Leere blieb. Mit geschlossenen Augen, verschlossenem Herzen, aber offenem Körper – nur so konnte sie sich ganz in dem Mann verlieren, den sie sich zum Ehemann gewählt hatte.

Sie war froh, dass das heftige körperliche Verlangen zurückgekehrt war und sie vor den eigentlichen Wahrheiten ihrer Heirat schützte. Aus einem Impuls heraus hatte sie seinen Heiratsantrag angenommen. Da Will sich weigerte, das Bett mit ihr zu teilen, ehe sie verheiratet waren, war das eine einfache Lösung für ihr Problem gewesen. Ihr Körper verlangte nach ihm – diese Tatsache würde sie niemals leugnen – und er bewahrte sie vor jeder Form von körperlichem Schaden.

Aber alles andere … daran wollte sie nicht denken, nicht solange sie seine Hände auf ihren Brüsten spürte und er ihr damit die vollkommenste aller möglichen Ablenkungen bot.

„Unbedingt. Den ersten Ergebnissen darf man niemals trauen."

„Muss der ganze Vorgang exakt wiederholt werden?"

„Vielleicht nur das Ergebnis."

„Ich könnte dir dabei helfen."

Er beugte sich vor und küsste ihre Brust. Behutsam leckte er darüber, und jede feuchte Liebkosung ließ sie erschauern, genau wie jedes Geräusch, das seine Zunge auf ihrer zarten Haut machte. Sie drängte sich ihm entgegen – und wieder sah sie die bunten Farben hinter den Lidern.

Mit derselben Sorgfalt widmete er sich der anderen Brust. Er massierte sie mit einer Hand, führte die harte Spitze an seine Lippen. Er küsste sie, berührte ihre Haut, sog daran, ganz fest, strich mit der Zunge immer wieder über die Brustspitze, berührte sie mit den Zähnen, und sie stöhnte auf.

Seine Haare kitzelten auf ihrer Haut, noch eine Liebkosung mehr. Sie erfreute sich an den dicken Strähnen, die weich wie Seide waren. Bunte Lichter erhellten für sie die Finsternis, drehten sich in Spiralen vor dem vertrauten Schwarz.

Sie zog seinen Kopf von sich weg. „Welche Farbe hat dein Haar?"

Er lachte, der Laut war in seinem ganzen Körper spürbar. „Zwei Mal schon bin ich in dir gewesen, aber das bleibt für dich ein Geheimnis."

„Dann nimm mich." Sie schob eine Hand zwischen ihre

Körper und umfasste ihn. „Das wäre das dritte Mal."

Er bewegte sich auf dem Strohsack und beugte sich über sie. Sie spreizte die Beine und streichelte ihn dabei, führte ihn. Er wollte in sie eindringen, doch sie hielt ihn zurück. Sie wollte es genießen, ihn zu berühren, seine zarte, feine Haut, die festen Muskeln. Sanft ließ sie die Handfläche über die empfindliche Spitze gleiten, führte ihn schließlich zu ihrer empfindlichsten Stelle, rieb sich mit ihm.

Er fluchte leise. „Mein Haar ist braun."

„Das kannst du besser." Sie küsste seine Halsbeuge, sog an seiner Haut.

„Meg …"

Er stöhnte, bewegte rhythmisch die Hüften, dann küsste er sie voller Verlangen. An seinen gespannten Muskeln und dem wilden Kuss erkannte sie, wie schwer es ihm fiel, sich zu beherrschen. Aber er ging auf ihr Spiel ein. Er gönnte ihr dieses Vergnügen. Das gefiel ihr, steigerte ihre Erregung, bis sie seinen Kuss erwiderte, ebenso heftig und fordernd.

Er löste sich von ihren Lippen und flüsterte: „Hellbraun."

„Noch besser."

„Wie reifer Weizen."

„Gut", sagte sie und lächelte. Sie gestattete ihm, ein Stück weit einzudringen. „Und deine Augen?"

Sie ging die Möglichkeiten durch. Blau. Haselnussbraun. Schwarz. Sie konnte sich alle Farben vorstellen, so wie sie sich vorstellen konnte, dass er in ihr war. Aber sie wartete noch. Mit seinen Bewegungen flehte er beinahe um Einlass, und sie spürte, wie schnell sein Herz schlug. Mit zitternden Händen schob er ihre Brüste zusammen, küsste erst die eine, dann die andere Spitze.

„Sag es mir."

„Grün." Sie spürte seinen warmen Atem auf ihrer feuchten Haut.

„Mehr."

„Grün“, stieß er atemlos hervor. „Wie deine Smaragde.“

Seufzend zog sie ihre Hand zurück. Er glitt in ihren Körper, sodass sie beide aufstöhnten. Dann hob sie ihm die Hüften entgegen, nahm seine heftigen Bewegungen an, vergaß alles andere um sich herum außer seinem Körper, der sich in ihr bewegte.

Sie flüsterte seinen Namen, oder vielleicht glaubte sie das auch nur. Will. Ihr Ehemann. Will, mit dem Haar von der Farbe reifen Weizens und den smaragdgrünen Augen. Will.

Lust umfing sie. Sie stöhnte und wurde von einer Woge mitgerissen, drängte sich an ihn, so nah sie konnte, wollte so viel wie möglich von ihm in sich aufnehmen. Aufstöhnend erstarrte er, dann stieß er ein letztes Mal in sie hinein, ehe er erschauerte.

Minuten vergingen. Will lag ermattet auf ihr. Sie streichelte sein Gesicht, strich ihm das Haar zurück, stellte sich Weizenfelder unter der Sommersonne vor. Aber nie würde sie die Farben sehen, außer in ihrer Vorstellung.

Unter all dem Glück fühlte sie Traurigkeit.

„Ich wünschte, ich könnte dich sehen“, flüsterte sie. Sie wand sich unter ihrer Verletzlichkeit. „Ich möchte dir in die Augen sehen und diese Nähe auch über Entfernungen hinweg fühlen. Ich möchte dich lächeln sehen.“

„Und wenn es nicht so schön ist, wie du es dir vorstellst?“

„Das wäre es.“ Sie strich über seine Lippen. „Das ist es.“

„Trotzdem bin ich erleichtert.“

„Dass ich nicht sehen kann? Warum? Warum sagst du das?“

„Beruhige dich.“ Er nahm den Kopf von ihrer Brust und zog sie näher zu sich heran. „Ich meine gar nichts damit. Aber du ersparst mir viele Momente der Verlegenheit.“

„Verlegenheit? Wie das?“

„Ich beobachte dich immerzu“, entgegnete er, und seine Stimme klang tief und leise. „Mein Stolz würde es nicht überleben, wenn du wüsstest, wie oft.“

„Du und dein Stolz.“

„Bei dir habe ich keinen.“ Er strich mit den Fingerspitzen

ein paar Tränen fort, die auf ihrer Wange perlten. „Meg, ich würde alles, wirklich alles tun, damit du wieder sehen kannst."

„Sag das nicht. Das kannst du nicht. Seine verzweifelten Bemühungen, mich wieder sehen zu machen, haben meinen Vater fast in den Wahnsinn getrieben", sagte sie. „Es hat ihn von der Welt abgeschnitten."

„Wie das?"

Sie schmiegte sich an seinen festen Körper. „Als ich krank wurde, konsultierte er jüdische Gelehrte und Frauen, die in dem Ruf standen, Hexen zu sein. Die Menschen in Keyworth dachten, ich wäre besessen, und seine Erkundigungen trugen nicht dazu bei, ihren Verdacht zu zerstreuen. Aber er ließ nicht locker. Für ihn hatte es noch nie eine Frage gegeben, auf die es keine Antwort gab. Er zog sich hier nach Charnwood zurück. Der Earl of Whitstowe war sein einziger Kontakt zur guten Gesellschaft."

Als sie erschauerte, drückte er sie fester. „Als Vater starb, gab es für uns keinen Weg mehr zurück zu der Zeit, wo die Menschen uns noch anerkannten. Ada hasste diesen Zustand."

„Deine Krankheit hat dir nicht nur das Augenlicht geraubt", sagte er. „Sie nahm dir auch deine Familie."

Traurig nickte sie.

Meg fühlte, wie Will tief Luft holte. Die Kraft, die von ihm ausging, seine starken Muskeln entfachten eine neue Hitze in ihrem Körper. Diesen Mann zu lieben und mit ihm zu streiten forderte sie heraus, erschöpfte sie und machte sie furchtsamer, als sie jemals gewesen war.

„Nie habe ich mich hilfloser gefühlt", gestand er. „Nicht auf diese Weise."

„Und ich habe seit Jahren nicht mehr so ein heftiges Bedürfnis danach empfunden." Sie versuchte ein schiefes Lächeln. „Das ist deine Schuld."

„Dann schließen wir einen Vertrag." Er setzte sich auf, zog sie zu sich auf den Schoß und legte ihre Hände auf sein Gesicht.

„Berühre mich, Meg. Wann immer du dich zu verlieren drohst, wann immer du Angst hast – ich bin hier. Du musst nicht um Erlaubnis fragen. Ich erteile sie dir jetzt. Berühre mich einfach."

Tränen traten ihr in die Augen. Am liebsten hätte sie ihm ins Gesicht geschlagen, weil er sie so verletzlich machte, da er ihre Wünsche erriet. Aber ein närrischer Teil von ihr freute sich über die Gelegenheit, die er ihr bot.

„Keine Ausreden? Keine Vorbemerkungen?"

Sie spürte sein breites Lächeln unter ihren Handflächen. Ihre Haut prickelte.

„Stell dir vor, es ist wie sehen", sagte er. „Ich brauche keine Erlaubnis, um dich anzusehen. Das kann ich einfach so tun – mein Privileg. Als Gegenleistung gebe ich dir dies."

Lachend und weinend zugleich klammerte sie sich an ihn, als wäre er ihr Fels in der Brandung. Er hielt sie fest, ihre Arme, die Hände, murmelte leise Worte, um ihre Furcht zu vertreiben. So eng an Will geschmiegt, verschwand die Einsamkeit, die sie umfing, auch wenn die neue Welt, die er ihr bot, weiter war, offener, furchteinflößender als alles, was sie sich bisher vorstellen konnte.

Er beugte sich vor, um sie zu küssen.

Sie lächelte. „Nicht ganz getroffen."

„Die Fackel ist ausgegangen."

„Du kannst mich nicht sehen?"

„Nein."

Meg seufzte und drängte sich gegen ihn. So war es einfacher. Es war leichter, ihn zu lieben, ihre Körper so nahe beieinander. Sie spürte seinen Mund und seine Hände auf ihrem Körper, fühlte seine festen Muskeln nackt und hart unter ihren Fingern. Voller Leidenschaft küsste sie ihn. „Dann bist jetzt du an der Reihe, im Dunkeln Erkundigungen anzustellen."

Tage und Nächte vergingen ohne Nachdenken.

Als ein neuer Abend dahinschwand, starrte Will zur Decke hoch, wo die Silhouetten von Adas Blumen zu sehen waren.

Die Wärme, die von dem kleinen Feuer ausging, konnte nicht verhindern, dass seine Nase kalt wurde, ein Vorgeschmack auf den Winter, der bald kommen würde. Unter der mit Pelz gefütterten Decke zog er Megs nackten Körper an sich und lächelte. Eng umschlungen lagen sie da, als sei es schon immer so gewesen – der Anfang eines Zuhauses.

Er bewegte seine linke Hand und freute sich, dass sie allmählich wieder beweglich und kräftig wurde. Seine Finger bewegten sich gemeinsam. Selbst sein Daumen begann zu heilen, auch wenn er noch geschient war. Die Haut an seinen Handgelenken juckte unter den Verbänden. Auch sie begann zu heilen.

Er begann zu heilen.

Zärtlich küsste er Megs Haar und atmete ihren Duft ein. Seine Augen fielen zu, ihrer beider gleichmäßiger Herzschlag wirkte einschläfernd. Dann wurden die Schläge lauter. Der Lärm wurde größer.

Er fuhr auf. „Meg!"

Verschlafen und benommen rollte sie sich auf den Rücken. „Was ist denn?"

„Hör mal."

„Pferde?" Sie kniete sich hin. „Rüstungen?"

Er sprang auf, zog sich an, Kleidung, Kettenhemd, Stiefel. Meg zog sich ebenfalls an und schlang sich ein Tuch um ihr Haar.

Er nahm Köcher und Bogen vom Boden neben der Matratze hoch und befestigte das Schwert an der Taille. Ein Sortiment Dolche hing ebenfalls daran. Einen davon drückte er Meg in die Hand. Sie nahm ihren Platz ein und hockte sich neben die Feuerstelle, so weit wie möglich von der Tür entfernt.

Besser als die meisten anderen würde sie erkennen können, mit wie vielen Gegnern sie es zu tun haben würden. Sie lauschte.

„Wie viele sind es?"

Ihr Gesicht war kreidebleich. „Schwer zu sagen. Mehr als ein Dutzend."

Er bewegte besorgt seine linke Hand. „Gegen so viele kann

ich nicht kämpfen.“

Meg ging zu einer Wand und zog eine Fackel aus der Halterung. „Nimm die bestellten Beete. Sie sind leicht entflammbar, und ich glaube nicht, dass die Männer das wissen.“

„Mein kluges Mädchen.“ Er nahm die Fackel und hielt sie mit der Spitze ins Feuer.

„Wenn sie erst brennen, bleibt uns nicht viel Zeit.“

„Sobald ich mir ein Pferd gesichert habe, reiten wir in den Wald“, sagte er. „Wie in alten Zeiten.“

„Sei vorsichtig.“

Er wandte sich zur Tür und verfluchte sich im Stillen. Das Glück hatte ihn träge werden lassen. Er hätte wissen müssen, dass Finch sie verfolgen würde, aber nur wenige wussten von der Existenz ihrer Hütte. Hugo war tot, und die Männer, die davon wussten, hielt Will für seine Verbündeten. Dennoch kamen Soldaten hierher. Jemand hatte sie verraten.

Mit dem Rücken zur Wand beobachtete er ihre Angreifer. Die Männer kamen aus Richtung Nordwesten, also aus Nottingham, und umzingelten nun die Hütte. Es wurden immer mehr. Pferde schnaubten unter ihren Rüstungen, der Rhythmus ihrer Hufe klang ungleichmäßig in der Nacht. Sie scheuten und wieherten. Die Männer auf ihren Rücken mahnten zur Eile.

Die Stimme des einen war vor den anderen zu hören.

Carlisle?

Unmöglich. Aber er lauschte noch einmal und hörte, wie die Rufe des Soldaten die Nacht durchdrangen.

Will schickte ein kurzes Stoßgebet zum Himmel, dann sprang er hinaus. Vier Männer zu Pferde mit Fackeln in den Händen durchquerten den Hof hin zu der leerstehenden Scheune und setzten sie in Brand. Die Beete mit Salpeter reichten von der Hütte bis zu der Scheune. Erste Funken regneten hinab. Die brennende Scheune würde genau das vollbringen, was sie geplant hatten – aber schneller.

Er warf seine Fackel weg und griff nach dem Bogen.

Obwohl sie tief in ihrer Seele keinen Zweifel hegte, machte Meg sich darauf gefasst, dass Will nicht zurückkehren würde. Sie steckte sich den Dolch an den Gürtel und nahm einige Krüge aus dem Regal, dazu Beutel und Flaschen. Das alles stellte sie im Kreis um die Feuerstelle auf. Schweratmend lauschte sie dann auf das Chaos, das vor ihrem Zuhause herrschte: Das Knistern der Flammen, das erschrockene Wiehern eines Pferdes, das Schlagen von Hufen.

Wie auch immer das hier enden mochte, bei Tagesanbruch wäre das Leben, wie sie es kannte, vorüber.

Im Geiste ging sie durch die Hütte, um nach Dingen zu suchen, die sie brauchte, und nach einem Fluchtweg. Sofort fiel ihr das Buch ihres Vaters ein. Noch einmal hastete sie zu dem Regal und nahm den schweren Band heraus. Der vertraute Geruch nach staubigem Leder kitzelte in ihrer Nase. Nachdem sie das Salz aus einem großen Beutel geschüttet hatte, schob sie das Buch dort hinein und hängte sich den Beutel um.

Dann brachen die Soldaten durch die Tür. Sie fiel auf die Knie und kroch zur Feuerstelle.

Will …

Die Soldaten auf ihren Pferden umkreisten die Hütte mit Carlisle an der Spitze des Angriffstrupps. Er holte mit einer schweren Streitaxt aus. Will blieb nichts anderes übrig, als wegzulaufen, um dem tödlichen Hieb zu entgehen. Er hastete an den vier Bewaffneten vorbei zur Scheune. Dann zog er einen Pfeil heraus und hielt die Spitze ins Feuer. Die Pferde folgten ihm. Er unterdrückte den Schmerz in seinem Daumen und zielte, schoss und traf einen Soldaten im Hals. Aber zwei weitere Pfeile verfehlten ihre Ziele.

Die Pferde kamen näher. Er hängte sich den Bogen über die Schulter und zog sein Schwert. Dann sprang er in die Scheune und duckte sich hinter eine Wand aus brennendem Holz. Die Axt durchschlug das Holz, und die Wand stürzte ein. Rauch drang in seine Lungen und raubte ihm die Sicht. Er packte eine brennende Latte und bahnte sich den Weg frei, wobei er versehentlich die Beine eines Pferdes traf. Das Tier wieherte, bäumte sich auf, warf den Reiter ab und traf ihn mit seinen Hufen.

Rasch fraßen sich die Feuer durch die Beete in Richtung auf die Hütte zu. Die Zeit wurde knapp. Er brauchte ein Pferd.

Als Carlisle mit der Axt auf ihn zukam, lief Will zurück zu den Beeten und blieb dort stehen. Einen Moment starrte er dem stämmigen Mann in die Augen. Dann ließ er sich fallen, rollte sich zur Seite und stieß dem Pferd sein Schwert in die Flanke. Das Tier schrie gellend.

Carlisle ließ die schwere Waffe fallen, um sein vor Schmerzen wie wahnsinniges Pferd mit beiden Händen zu halten. Das Pferd stolperte auf dem weichen Boden und wich in eines der Beete aus. Carlisle geriet unter das verwundete Tier und brüllte, als die Flammen seinen Körper umfingen.

Will hob die Axt auf und schlug sie dem vierten Reiter ins Bein. Der Mann schrie vor Schmerz und stieß mit seinem Schwert nach unten, traf jedoch nur den Griff der Axt. Blitzschnell packte Will seinen Arm und riss mit aller Kraft. Obwohl der Soldat auf dem Pferd blieb und sich am Sattelknauf hielt, fiel sein Helm zu Boden.

Rasch sprang Will zurück und nahm den Bogen von seiner Schulter. Er spannte die Sehne. Die Knochen in seiner rechten Hand knirschten. Er schoss einen Pfeil ab, dann noch einen und traf seinen Gegner zwischen die Augen.

Schließlich packte er die Zügel des Pferdes, sprang in den Sattel und drehte sich gerade noch rechtzeitig herum, um zu sehen, wie die Hütte explodierte.

29. KAPITEL

Bewaffnet mit Schwert, Pfeil und Bogen,
war Marian die Kühnste …
„Robin Hood and Maid Marian"
Ballade, 17. Jahrhundert

Megs Kopf schmerzte. Sie spürte das Feuer. Hitze umfing ihren Körper, versengte ihre Haut, die Kleidung, ihr Haar. Wind wehte von dort, wo die Wände gewesen waren und überschüttete sie mit einem Funkenregen. Geräusche vermischten sich miteinander und drangen wie aus der Ferne an ihre Ohren, als wären sie verstopft.

„Will!"

Rauch drang in ihre Kehle. Sie hustete und drückte sich den versengten Saum ihres Kleides vor den Mund. Sie konnte nicht um Hilfe rufen, nicht noch einmal. Aber wie gern hätte sie es getan. Durch die Explosion hatte auch sie ihren Orientierungssinn verloren. Die Angst drohte sie zu ersticken, zusammen mit dem giftigen Rauch.

Ihr Fuß war seltsam verdreht und schmerzte. An der Taille trug sie noch immer den Dolch. Ihr Mieder stand offen, versengt genau wie der Saum. Ein Teil ihres Haares war verbrannt, ebenso wie das Band, das den Beutel hielt.

Das Buch.

Mühsam richtete sie sich auf die Knie hoch und begann zu suchen. Gebüsch zerkratzte ihr die Hände. Sie spuckte sich auf die Finger und machte weiter. Wieder musste sie husten. Ihr Kopf schien von dichtem Nebel umgeben. Sie atmete durch dicke Wolle und ließ sich auf die Seite sinken. Dabei stieß sie mit den Knien gegen etwas Hartes.

Der Rand der Feuerstelle. Aber an welcher Stelle des Kreises war sie?

Sie schlug eine Flamme an ihrem Handgelenk aus. Bunte Farben tanzten vor ihren Augen. Entsetzen packte sie. Der Scheiterhaufen. Der Fluss. Und jetzt hatte sie noch viel mehr zu verlieren.

Mit letzter Kraft packte sie das Buch. Fest presste sie es an ihre Brust und versuchte aufzustehen. Ihr wurde heiß, Schwindel schien sie zu packen. Nein, nicht Schwindel. Es war das Feuer. Eine Wand aus Feuer. Sie zog den Kopf ein, stürzte und fühlte die Flammen an ihren Händen. Ihr Entsetzensschrei mischte sich mit dem Feuer und immer mehr Rauch.

„Meg!"

Will stieß dem Pferd die Fersen in die Flanken und jagte über den Hof. Er rutschte nach rechts und hing jetzt seitlich im Sattel. Verbissen packte er den Stiel der Axt und riss sie aus dem Boden. Der Wald um ihn herum schien zu brennen, und Männer eilten in die Nacht hinaus. Aber er ritt mitten in das Chaos hinein.

Dort, wo die Explosion stattgefunden hatte, ritt er eine Runde, um festzustellen, ob Meg sich vielleicht hatte befreien können. Als er von seiner Frau keine Spur entdecken konnte, warf er Bogen, Köcher und seine Tunika ab. Nachdem er von letzterer einen Ärmel abgerissen hatte, schlang er die Tunika über die Augen des Pferdes und band das große Tier an einer Eiche fest.

Er steckte sich den Ärmel in den Mund und hatte damit die Hände frei, um die Axt zu halten, dann sprang er in die Überreste der Hütte. Die Luft roch nicht nur nach Holz. Es roch nach Schwefel, Essig, dem Schwarzpulver, das Meg gemischt hatte – ob es Zufall oder Absicht war, die Flammen waren dabei, ihr Laboratorium zu vernichten. Ein Dachbalken hing herab. Die drei anderen knarrten und schwankten. Die Binsen, die das Dach bedeckt hatten, waren zu Asche verbrannt, während Balken und Reet in jeder Ecke glühten. Eine Böe wirbelte schwarzglühende Funken gen Himmel.

Er ließ sich zu Boden fallen und kroch weiter, die Axt hinter sich herziehend. Gern hätte er Megs Namen gerufen, aber er wagte es nicht. Rauch brannte ihm in den Augen und mischte sich mit seinen Tränen.

Und dann sah er ihr direkt in die Augen.

Er erstarrte und hielt ihren Blick zunächst für den starren Ausdruck einer Toten. Aber ihre Lider zitterten. Ihre Lippen bewegten sich, ohne dass ein Laut zu hören war, und sie hatte sich fest zusammengerollt.

Er zog sich den Ärmel aus dem Mund und rief sie beim Namen, musste aber sofort husten. Rasch schob er den Stoff wieder zurück und versuchte, sich zusammenzunehmen und die Krämpfe zu unterdrücken. Meg jedoch antwortete nicht. Er wedelte mit der Hand den dichten Rauch zur Seite und sah, dass Blut in einem dünnen Rinnsal aus ihrem Ohr lief.

Will berührte ihre Wange. Sie formte mit den Lippen seinen Namen und bewegte die Arme. Entsetzen zeichnete ihr Gesicht. Fest drückte er ihre Schultern und bedeutete ihr, sich festzuhalten.

Der herabgestürzte Dachbalken behinderte ihre Flucht. Er zerrte an dem schweren Holz, vermochte es aber nicht zu bewegen. Mit aller Kraft hob er die Arme und ließ die Axt niedersinken. Die Anstrengung, die es erforderte, drei Hiebe zu vollführen, zerriss ihn fast. Rauch umfing ihn. Dann ließ er die Axt ein weiteres Mal niedersinken, dann noch einmal und noch einmal, bis der Balken endlich zersplitterte. Wütend trat er gegen das brennende Holz. Die Balken über ihren Köpfen knarrten und ächzten.

Die Zeit verging, und seine Kräfte schwanden immer mehr. Er ließ die Axt fallen und packte Megs Schultern. Sie hielt ihr Buch umklammert, als wäre es ein kleines Kind.

Will hob sie auf die Arme und stieg über die glühenden Trümmer. Starr hielt er den Blick auf die Dunkelheit hinter den

Flammen gerichtet. Sein Herz klopfte wie wild, seine Lungen brannten. Aber er würde sie nicht ansehen. Nicht, bis sie in Sicherheit waren. Nicht, nachdem er ihre verbrannten Hände gesehen hatte.

Auf Loxley Manor brach der Tag an. Die Sonne stand am Himmel, vermochte die dichten Wolken aber nicht zu durchdringen. Marian kleidete sich an, aß ohne großen Appetit und bereitete sich auf die vielen Aufgaben des Tages vor. Erregung durchströmte sie und erfüllte sie mit schwindelnder Energie. Die Vorfreude hatte ihr den Schlaf geraubt.

Ein Bote hatte ihr die Nachricht von Robins baldiger Ankunft überbracht. Es hieß, er würde in weniger als einer Woche wieder zu Hause sein. Sie wollte, dass alles in bester Verfassung war, wenn er heimkam. Ihr gefiel die Herausforderung, die die vielen Aufgaben des Anwesens boten, und mit ihren zahlreichen Helfern hatte sie Robins langjährige Abwesenheit gut überstanden.

Seine Heimkunft bedeutete die Wiedervereinigung mit ihrem Ehemann – ihrem Geliebten und Gefährten –, aber auch, dass sie wieder die Rolle als Dame des Hauses einnehmen würde. Alle schwierigeren Angelegenheiten wie das Schlichten von Streitereien und die Gerichtsbarkeit würden ihm zufallen. Während ein Teil von ihr die Vorstellung genoss, einige ihrer vielen Aufgaben ihm übergeben zu können, würde sie doch die Spannung vermissen, die so viel Verantwortung mit sich brachte.

Auch Unbehagen erfüllte ihre Gedanken und hielt ihre heftige Sehnsucht in Schranken. Beinahe drei Jahre lang hatte sie ihn weder berührt noch gesehen. Drei Jahre Krieg. Und auch den kleinen Robert hatte er seither nicht gesehen. Die Veränderungen, über die sie noch sprechen mussten, beunruhigten sie.

Lärm und Unruhe am Haupttor schreckten sie aus ihren noch etwas schläfrigen morgendlichen Gedanken.

Robin? Ein Eindringling?

Rasch zog sie ein Band über ihren Schleier und richtete das weiße Leinen über die widerspenstigen Strähnen ihres dichten dunklen Haares. An der Taille befestigte sie einen Ledergürtel mit einem Dolch. Obwohl Loxley Manor von vielen treuen Wachen beschützt wurde, ließen sich alte Gewohnheiten nicht so schnell ablegen.

Marian lief die Treppen hinunter zum Eingang, wo die Unruhe sich noch verstärkt hatte. Sechs bewaffnete Wachen versperrten einem Mann den Weg. Ihre Körper verbargen sein Gesicht, während Rufe die morgendliche Stille durchdrangen. Bei einem lauten, deutlichen Ruf stockte ihr der Atem. „Marian!"

Zuerst empfand sie Unglauben. Dann folgten Verwirrung und eine düstere Vorahnung.

Er rief noch einmal ihren Namen.

„Will?"

Sie drängte sich zwischen den aufgebrachten Wachen hindurch. Endlich wichen sie zur Seite und gaben ihr den Weg frei zu dem unerwarteten Gast.

„Will! Die Heiligen mögen uns beistehen!"

Sein Gesicht war von Asche und Schweiß verschmiert. Die beiden scharlachroten Löwen auf seiner Tunika waren vor Schmutz kaum zu sehen. Ein Ärmel fehlte. Auf den Armen trug er eine schmutzige, blutverschmierte Frau, nur notdürftig in ein Unterkleid gewickelt.

„Ich brauche deine Hilfe, Marian."

Vor Überraschung war sie einen Moment lang sprachlos, doch der flehende Ton in seiner Stimme veranlasste sie zum Handeln.

„Alice!" Sie drehte sich herum und bedeutete den verblüfften Wachen zurückzuweichen. „Macht Platz! Sucht nach Alice. Rasch!"

Die Männer stoben auseinander. Zu Will gewandt, sagte sie: „Komm mit."

Sie stiegen die Haupttreppe hinauf, Marian ging voraus. Hinter sich hörte sie seinen schweren Atem, während sie einen Korridor entlanggingen und die erste Gästekammer erreichten. So zärtlich, wie eine Mutter ihr neugeborenes Kind hielt, legte Will seinen bewusstlosen Schützling auf das frisch gemachte Lager. Die Frau stöhnte, bewegte sich aber nicht und öffnete auch nicht die Augen.

Marian kniete nieder, um zu sehen, wie ernst ihr Zustand war. Die Haut auf ihren Händen und Armen war von Ruß bedeckt und gerötet. Hässliche rote Blasen, dicht aneinander gereiht, entstellten ihre Glieder. Sie war eingehüllt von dem Geruch nach Rauch und anderen, durchdringenderen Düften. Ihr dichtes braunes Haar war versengt und hing in wirren Locken um ihr Gesicht.

„Was ist passiert?“

„Wir wurden in ihrer Hütte angegriffen. Es waren Sheriff Finchs Männer.“

„Will, wer ist sie?“

„Ihr Name ist Meg.“ Besorgt sah er die Frau an. Seine Stimme klang wie erstickt von Tränen. „Sie ist meine Frau.“

Marian hielt einen Moment lang inne. Ein Glücksgefühl, bittersüß und doch allumfassend, stieg in ihr auf.

Meg. Wills Frau.

Sie berührte ihn an der Schulter und fühlte seine Anspannung. „Ich schwöre dir, wir werden alles für sie tun, was wir können.“

Jetzt eilte Alice, ihre Zofe, ins Zimmer, eine beeindruckende Persönlichkeit mit schwingenden Röcken. Hinter ihr folgten zwei junge Mädchen mit einem Sortiment an Heilmitteln. Decken, heißes Wasser und saubere Kleidung wurden gleich darauf gebracht, als noch mehr Mitglieder des Haushalts sich um die Versorgung der Frau zu kümmern begannen.

Es gelang Marian, Will aus der Mitte der hilfreichen Geister in eine Ecke des Raumes zu ziehen. Sein Gesicht unter dem

Schmutz wirkte wächsern und ausdruckslos, beständig auf die reglose Gestalt seiner Frau gerichtet. Die schmutzigen Überreste zerrissener Verbände hingen von seinen Handgelenken. Ein weiterer bedeckte eine Wunde an seinem Unterarm. „Du bist auch verletzt."

Er schüttelte den Kopf, und sein glattes Haar fiel ihm in dichten Strähnen ins Gesicht. „Mir genügt etwas zu trinken."

Marian winkte und schickte eines der Mädchen in die Küche.

„Verzeih mir, dass ich hierher gekommen bin, Marian", sagte er mit heiserer Stimme. „Ich wusste nicht ..."

Sein gequälter Tonfall rührte sie. Sie hob die Hand, um ihn noch einmal zu berühren und ihm die tiefe Verlegenheit zu nehmen.

Doch um ihr Mitleid abzuwehren, wandte er den Blick von dem Bett ab und sah ihr mit seinen ernsten grünen Augen direkt ins Gesicht. Er richtete sich zu seiner ganzen Größe auf und zwang Marian, den Kopf in den Nacken zu legen. Als er die Schultern straffte, erinnerte er sie plötzlich an Robin, so kraftvoll und selbstsicher.

Die Worte, die sich bis jetzt nur so mühsam seiner Kehle entrungen hatten, kamen jetzt klar und deutlich über seine Lippen. „Es gibt sonst keinen Ort, an den ich gehen könnte. Wenn du willst, dass ich fortgehe, dann werde ich das tun. Aber bitte, erlaube Meg, hier zu bleiben."

Sie legte ihre zitternde Hand an die Stirn und seufzte. Schuldgefühle stiegen in ihr auf, aber sie schob sie beiseite. „Es hätte dir nicht so schwerfallen dürfen, hierher zu kommen und bei deiner Familie um Hilfe zu bitten. Und dafür – dafür, Will, bitte ich dich um Verzeihung."

Er runzelte die Stirn und presste die Lippen zusammen.

„Bleib", sagte sie. „Sie braucht dich hier."

„Bist du sicher?"

„Natürlich. Du kannst nicht fortgehen, ehe du mir nicht alles erzählt hast."

Er nickte und verschränkte die Arme. Seine Aufmerksamkeit hatte sich schon wieder Meg zugewandt, und sein abgewandter Kopf wirkte wie eine Entlassung.

„Ich komme so schnell zurück wie ich kann." Marian drehte sich um und ging zur Tür.

„Marian? Wo ist Robin?" Wachsam sah er zu, wie Alice und ihre Helferinnen die zahlreichen Verbrennungen seiner Frau versorgten. Schmerz sprach aus seinem Gesicht und der angespannten Haltung seines Körpers.

„Auf dem Weg nach Hause."

Will erklärte sich schließlich einverstanden, dass Marian ihn in die Küche führte. Es widerstrebte ihm, den Platz an Megs Seite zu verlassen, aber er musste mehr in den Magen bekommen als die ungute Mischung aus Ale und Kummer. Diese Unterbrechung würde etwas Ruhe bringen, einen Augenblick, in dem er an etwas anderes als an verbranntes Fleisch denken konnte. Aber selbst als Alice diese Wunden mit Salben und Verbänden bedeckt und er selbst aus dem Gästezimmer in die Küche gegangen war, konnte er diesen quälenden Anblick nicht vergessen.

Ein Mädchen brachte zwei Schüsseln mit warmer Suppe. Anmutig ließ Marian sich auf der anderen Seite des Tisches auf der Bank nieder. Sie nahm den Schleier ab und strich sich lose Strähnen aus dem Gesicht. Eine halbe Stunde lang hörte sie nur zu, während Will alles erzählte, angefangen von dem Tag damals auf der Straße nach Nottingham bis zu dem Angriff, dem Feuer und der Explosion.

„Du überraschst mich."

Er verzog das Gesicht. „Inwiefern?"

„Ich verstehe deinen Wunsch, dich zu beweisen, deinen eigenen Weg zu finden, aber ich kann mir nicht vorstellen, dass du bereit bist, für Geld solche Dinge zu tun. Du hast für den Sheriff gearbeitet?"

„Du meinst, ich bin nicht so kühn?“

„Nein, das ist es nicht. Es überrascht mich, dass du geglaubt hast, dein Gewissen würde dich davonkommen lassen.“ Sie betrachtete ihn aus ihren großen braunen Augen. „Aber woher konnte der Sheriff wissen, wo Megs Hütte steht?“

Er gähnte und reckte sich, um die steifen Muskeln an seinem Rücken zu entspannen. Irgendwo lauerte ein neuer Kopfschmerz – oder vermutlich war es noch derselbe, der ihn schon seit Wochen quälte und nun wieder zu entflammen drohte. Meg zu lieben hatte den Schmerz kurzfristig vertrieben. „Ich weiß es nicht. Sie können uns nicht verfolgt haben, nicht vier Tage lang, die seit unserer Flucht aus dem Schloss vergangen sind.“

„Und der Mönch kann es auf keinen Fall gewesen sein.“

„Nein, Tuck niemals. Aber irgendjemand – Himmel, ich kann einfach nicht klar denken.“

Marians Lächeln, bei dem ihre Augenwinkel sich zusammen mit den Lippen bewegten, hatte etwas Beruhigendes. „Denk deswegen nicht schlecht von dir. Das alles muss dir einiges abverlangt haben.“

Ein verhaltenes Lachen umspielte seine Lippen, so froh war er, dass er wieder zu dem alten kameradschaftlichen Tonfall mit der Frau seines Onkels zurückgefunden hatte. „Du kannst dir nicht vorstellen, wie viel.“

„Aber natürlich. Denk doch nur daran, was wir erlebt haben, um all das Unrecht, das in Nottingham geschehen ist, wiedergutzumachen.“ Sie schwieg einen Moment, und ein sehnsüchtiger Ausdruck trat auf ihr Gesicht. „Und es war nicht leicht, in Robin verliebt zu sein.“

Das Gefühl der Verbundenheit löste sich in Nichts auf. Sein Umgang mit Marian würde nie wieder leicht und selbstverständlich sein, nicht ehe er einiges mit Robin geklärt hatte.

„Ich war dir nicht gerade eine Hilfe“, meinte er.

Sie sah ihn an. „Auch ich bin daran schuld, was in diesen Monaten geschehen ist, genau wie Robin. Keiner von uns kannte den richtigen Weg, ich am wenigsten von allen."

„Ich habe dich geküsst." Er rieb sich das Kinn, das von den Bartstoppeln rau war. „Ich habe dich benutzt, um ihm wehzutun."

„Habe ich es anders gemacht? Habe ich deine Aufmerksamkeiten nicht begrüßt?"

„Was meinst du?"

„Robin war in London und auf dem Weg nach Frankreich. Ich hatte gerade ein Kind bekommen und war kein unerfahrenes junges Mädchen mehr." Sie lachte verlegen bei diesem Geständnis, ehe sie einen Schluck von der Brühe trank. „Du hast in mir die Erinnerungen an jene Zeit voller Abenteuer und Gefahren geweckt. Ich würde lügen, wenn ich sagte, dass dein Interesse mich – nicht in Versuchung geführt hätte."

„Du hast mich gebeten zu gehen."

„Ich war mir über vieles nicht sicher, aber ich wusste, dass ich die Versuchung von mir fernhalten musste."

Als erlebte er die Erinnerungen einer anderen Person, eines jüngeren und kühneren Mannes, dachte er an ihren Kuss zurück. Er hatte Marian allein in einem abgeschlossenen Garten getroffen, ihr klares Elfengesicht kaum beleuchtet vom Mondlicht. Tränen waren über ihr Gesicht geströmt. Ihre Schönheit hatte sich seiner Erinnerung eingeprägt.

Er hatte nicht gefragt, warum sie weinte, hatte nur ihre Arme umfasst und sie geküsst. Hätte er auch nur einen Gedanken an ihre Bedürfnisse verschwendet, hätte er sich in den vergangenen zwei Jahren weitaus weniger geschämt. Doch er hatte genommen, was er begehrte, zu seinem eigenen Vergnügen und um seinen Teil zu bekommen von Robins Erfolg und Glück. Er hatte es genossen, böse zu sein, wenn sein Onkel nichts als gut und wertvoll war.

Und Marian war darauf eingegangen.

Ein Teil ihrer gemeinsamen Vergangenheit mit ihren Ereignissen und Gefühlen erschien nun in einem anderen Licht. Er war entgeistert. „Du hast meinen Kuss erwidert."

„Ja", sagte sie und errötete. „Aber ich hatte nicht die Absicht, dich und Robin zu entzweien."

„Hast du es ihm gesagt?"

Einen Moment lang wirkte sie überrascht. Dann senkte sie den Blick. „In einem Brief? Was hätte ich sagen sollen? Nein, dafür hätte ich nie die richtigen Worte gefunden."

Will lächelte, während unerwartet Hoffnung in ihm aufstieg. „Also haben wir beide mit deinem lieben Gemahl einiges zu besprechen, wenn er heimkommt."

Marian erwiderte sein Lächeln, und in ihren Augenwinkeln erschienen kleine Fältchen. „Dann wird er auf dem Absatz kehrtmachen und nach Frankreich zurückkehren."

„Wenn er nicht hier bleibt und um dich kämpft …"

„Milady!" Eine von Alices Helferinnen, ein junges Mädchen mit wehenden Zöpfen, kam in die Küche gelaufen. Sie duckte sich unter den herabhängenden Töpfen hindurch, drängte sich an den Köchen vorbei und blieb neben dem Tisch stehen. „Milady, sie ist erwacht."

30. KAPITEL

Darf ich denn bald, Herzallerliebste,
den Morgen mit dir begrüßen,
all dein Leid der langen Zeit, von deinen Lippen küssen?
„Robin Hood's Good-Night"
Nora Chesson, 1906

Will war schon losgelaufen, ehe das Mädchen den Satz beendet hatte. Der kurze Moment der Heiterkeit verschwand wie ein schöner Traum und ließ ihn umso deutlicher die harte Wirklichkeit empfinden.

Meg. Meg in den Flammen. Meg in Lebensgefahr.

Er nahm drei Stufen auf einmal. Die Brühe, die er eben getrunken hatte, lag plötzlich schwer in seinem Magen. Übelkeit stieg in ihm auf. Und er betete.

„Will!" Er hörte ihre Entsetzensschreie, noch ehe er bei ihr war. Einen Moment lang verwirrten ihn die vielen Türen im Gang. „Will, wo bist du?"

Er stürmte durch die Tür und lief zwischen den erschrockenen Mädchen hindurch. Dann umfasste er sanft Megs Arme und beruhigte seine Frau.

„Hier. Ich bin hier", sagte er mit belegter Stimme und küsste ihre feuchte Stirn. „Meg, ich bin hier."

„Will? Wo sind wir? Was ist passiert?"

Behutsam, damit sie sich nicht selbst verletzte, legte er ihre Hände auf ihren Bauch. „Erinnerst du dich? Deine Hütte?"

Ihre Lippen bebten. „Das Feuer."

„Ja."

„Meine Ohren tun weh. Die Explosion?"

„Ja, hast du das getan?"

Sie runzelte die Stirn und dachte angestrengt nach. „Die Soldaten stürmten herein. Ich wollte … mein Buch!"

„Ruhig, Liebes." Mit zitternder Hand strich er über ihre

Stirn, um sie zu beschwichtigen. „Deinem Buch ist nichts passiert."

Obwohl sie erst einen so kurzen Moment wach war, wirkte sie jetzt erschöpft und schmiegte den Kopf in seine Hand. „Gut."

Aber während Meg sich entspannte, wuchs sein Unmut. „Ich habe dich davor bewahrt, als Hexe verbrannt zu werden, aber das war dir noch nicht gefährlich genug, was? Du musstest dein Leben für dieses Ding da aufs Spiel setzen."

„Es enthält die Aufzeichnungen über alle unsere Forschungen – die meines Vaters und meine. Alles. Ich durfte es nicht verlieren."

„Meg." Sein Zorn verrauchte, und seine Angst gewann die Oberhand. Ein Schluchzen schüttelte ihn. „Meg, ich hätte dich verlieren können."

„Weinst du?" Sie streckte die Arme nach ihm aus und verzog das Gesicht, als sie mit den leinenen Verbänden gegen sein Gesicht stieß. „Was ist mit meinen Händen?"

„Sie sind verbrannt."

Auf ihrem Gesicht erschien ein Ausdruck von Panik. „Ich kann dich nicht fühlen."

„Ruhig, Meg, bitte. Dies sind Verbände. Spürst du es?"

Ganz behutsam drehte er ihre Hände herum und strich damit über ihr Gesicht. Sie berührte ihr Gesicht mit dem ganzen Unterarm, bis sie die Ränder der Verbände spürte, die bis weit über den Ellenbogen reichten.

„Werden sie heilen?"

„Natürlich. Natürlich werden sie das."

„Scarlet, du hast mich schon seit Tagen nicht mehr belogen."

Beinahe hatte er vergessen, wie schnell sie den verletzlichen Charme ablegen konnte und der gehärtete Stahl darunter zum Vorschein kam. „Wir müssen abwarten."

„Wir?" Sie bewegte sich ein wenig und lauschte in das Zimmer hinein. „Wer ist sonst noch hier? Wo sind wir?“

„Loxley Manor.“

„Auf dem Anwesen deines Onkels?“ Sie lächelte trotz ihrer Erschöpfung und ihrer Furcht, und ihre Grübchen verzauberten ihn. „Das ist das Liebenswürdigste, was du je getan hast.“

„Hör auf. Du bringst mich in Verlegenheit.“ Er drehte sich herum und bedeutete Marian, näher zu kommen. „Meg, dies ist Marian. Robins Gemahlin.“

Sie richtete ihre blauen Augen auf ihre Gastgeberin. „Ich freue mich, Eure Bekanntschaft zu machen, Milady. Ich wünschte allerdings, die Umstände wären erfreulicher.“

Marian sah sie an, die Augenbrauen fragend hochgezogen, als hätte sie Will nicht wirklich geglaubt, als er von Megs Blindheit sprach. Aber sollte sie Unbehagen oder Überraschung empfinden, so zeigte sie es nicht.

„Oh, so schlecht sind sie nicht“, sagte sie. „Ich wünsche euch beiden Glück. Und ich freue mich, einen Ort anbieten zu können, an dem ihr geschützt seid und euch erholen könnt.“

Meg nickte, doch die Bewegung wirkte matt. Die Erschöpfung raubte ihr wieder das Bewusstsein. Will küsste sie auf die Stirn und flüsterte: „Schlaf jetzt, Geliebte. Ich werde da sein, wenn du aufwachst.“

Will!

Sie erwachte aus unruhigem Schlaf. Ihre Stirn war schweißbedeckt, ihr sauberes Hemd durchtränkt von Schweiß. Das Haar, jetzt kurz geschnitten, nachdem die verbrannten Enden entfernt waren, klebte ihr am Nacken. Ihre Beine brannten. Sie atmete schwer, ihr Herzschlag dröhnte in ihren Ohren, die noch betäubt waren von der Explosion. Nächtliche Stille herrschte im Raum. Keine Vögel sangen. Will lag neben ihr auf dem Bett, die Füße mit ihren verschlungen.

Loxley Manor, ja. Und es war still im Haus.

Aber Traurigkeit umfing sie, ein Gefühl unendlicher Hoffnungslosigkeit. Die Albträume hörten nicht auf. Immer größer wurde ihre Verwirrung, als sie die Träume noch einmal durchlebte, die sie während ihrer Krankheit durchlitten hatte. Nur dass diesmal das Feuer sie wirklich umfangen und sie verletzt hatte.

Sie hob die Arme und zwang sich, ruhiger zu atmen. Genau, wie sie es seit drei Tagen immer wieder getan hatte, berührte sie mit jedem ihrer verbundenen Finger ihren Mund. Die zerstörte Haut an ihren Händen war mit Verbänden umwickelt. Auf den Lippen spürte sie die Berührung, doch ihre Hände blieben weiterhin taub. Sie fühlte nichts. Nicht einmal Schmerz.

Obwohl sie sich am liebsten in Wills Armen zusammengerollt hätte, blieb sie kerzengerade liegen. Nur ihre Schultern berührten sich. Die Leidenschaft und das Verständnis füreinander, die sie gerade erst entwickelt hatten, schien zu entschwinden, verloren im Feuer. Wenn er sie berührte, sie beruhigte, in den Armen hielt, sprach er so leise wie jemand, der Angst hatte, mit einem unbedachten Wort die Toten wieder zu erwecken.

Und sie konnte ihn nicht berühren. Meg konnte seinen Körper ebenso wenig spüren, wie sie ihr eigenes Haar kämmen konnte. Salzige Tränen liefen über ihre Wangen und nässten das Haar an ihren Schläfen.

Endlich wurden Vogelstimmen hörbar. Bald würde der Tag anbrechen, doch für sie würde alles wie immer bleiben. Sie langweilte sich, hatte Angst und vermisste schon, was sie doch erst so kurze Zeit besessen hatte, obwohl Will neben ihr lag.

„Du solltest schlafen“, flüsterte er.

Sie wandte ihm ihr Gesicht zu. „Ich kann nicht.“

Er drehte sich auf der Matratze um und zog sie in seine Arme. Sie legte den Kopf auf seine Schulter. Eine ganze Weile lang hielt er sie stumm fest und streichelte ihren Arm. Sie spürte seine Wärme an ihrem Kopf, an ihrem Nacken.

Ein Laut ertönte.

„Das war beinahe ein Lachen", sagte er. „Worüber lachst du?"

„Über uns."

„Warum?"

„Unsere Hände. Welch ein armseliges Paar. Wie geht es deinen?"

„Marians Pflegerin hat für meinen Daumen eine neue Schiene angefertigt. Sie hat mir dringend geraten, ihn für einige Wochen nicht zu bewegen. Abgesehen davon geht es mir besser." Sein rhythmisches Streicheln, seine leisen Worte beruhigten sie. „Ich habe gestern Boten nach Bainbridge und zu Monthemer nach Winhearst geschickt. Bald werden wir von deiner Schwester hören."

„Danke, Will."

Er spannte den Arm an, und sie fühlte seine Muskeln an ihrer Wange, als er sie näher an sich zog. „Du machst dir Sorgen. Erzähl mir, was dich bedrückt."

Einen winzigen Moment lang erwog sie zu lügen. Es wäre tröstlich, sich verstecken zu können, nachdem sie so lange Zeit ihm gegenüber ganz offen gewesen war. Aber inzwischen bezweifelte sie, dass sie ihn noch hintergehen könnte. Und wenn sie ihn belog, würde sie damit alles, was er für sie getan hatte, in den Schmutz ziehen.

„Auf Anraten seines Onkels Adelard studierte mein Vater einen Alchemisten namens Al-Rhazi, der vor Hunderten von Jahren, lange vor Christi Geburt, gelebt hat. Er teilte die Welt der Alchemie entsprechend in Kategorien ein, die er Körper nannte: Säuren, Salze, Steine und Metalle. Nach dem, was mein Vater vorlas, entschied ich, zu den Metallen zu gehören."

Will lachte leise. „Ich würde deinen Körper niemals für Eisen halten, Meg."

„Nicht meinen Körper, aber meine Seele", warf sie ein. „Al-Rhazi schrieb, dass Metalle beschlagen und geformt werden können. Sie können scharf sein und glatt, immer formbar.

So wollte ich sein, etwas Dauerhaftes. Jetzt fühle ich mich wie ein Stein, etwas das zwar beschlagen werden kann – aber dann nicht geformt wird, sondern zerbricht."

Er rückte von ihr ab, drehte sich auf die Seite und stützte einen Ellenbogen neben ihrem Kopf auf. Dann streichelte er ihre Wange und wischte ihre Tränen fort. „So siehst du die ganze Welt, nicht wahr? Mit diesen Vorstellungen und Fragen?"

„Ich kann nicht anders."

„Du teilst alles in Kategorien ein und erwartest jedes Mal dieselben Ergebnisse. Regelmäßigkeit", sagte er. „Du suchst nach Mustern, sogar bei dir selbst."

„Mit Menschen geht das nicht, oder?"

„Nein. Du zerbrichst nicht, Meg. Du passt dich an und veränderst dich. Ich habe es schon gesehen." Er beugte sich näher zu ihr und küsste sie, behutsam und zärtlich. „Und du, Meg, passt am wenigsten von allen in irgendeine Kategorie."

Oben auf dem Aussichtsturm ging Marian zu Will und stellte sich neben ihn. Wahrscheinlich wollte er allein sein, aber sie hatte nicht die Absicht, ihn in seinen aufgewühlten Gedanken versinken zu lassen.

Aus reiner Gewohnheit ließ sie den Blick über das Anwesen in Richtung Osten schweifen. Ein Teil von ihr wollte, dass Robin nach Hause kam, zurück in ihre Arme. Und er sollte hier sein, um seinen Neffen in diesen dunklen Stunden zu begleiten. Aber der andere Teil, ein feiger Teil, wollte zwar, dass Ihr Gemahl in Sicherheit war – aber weit weg. Eine Art Eigensucht, die sie in drei einsamen Jahren entwickelt hatte, verabscheute Komplikationen. Ihr Wiedersehen würde nicht so glücklich verlaufen, wie sie sich vorgestellt hatte.

„Wie geht es dem kleinen Robert?"

Sie holte tief Luft und tadelte sich im Stillen. Die Menschen, die sie so sehr liebte, brauchten Stärke, nicht Selbstsucht.

„Er ist schon im Bett. Du hast ihn müde gemacht."

„Es wird ihm guttun, wenn sein Vater zurückkehrt."

Während der Nachmittagsstunden hatte Marian zugesehen, wie Will ihren Sohn im Garten umherführte, ihn schaukelte und mit ihm Fangen spielte. Ihrem Spiel zuzusehen schnürte ihr die Kehle zu. Ja, es bereitete ihr Freude mitzuerleben, wie die ungleichen Cousins, die durch eine Generation voneinander getrennt waren, miteinander herumtollten. Und wenn er lächelte und lachte, erschien Will beinahe sorglos, eine glücklichere Version des jungen Mannes, an den sie sich von früher erinnerte.

Aber es hätte Robin sein sollen, der hier mit ihrem Sohn lachte.

In vieler Beziehung, vom Klang seiner Stimme bis zu der Art, wie er sich hielt, ähnelte Will seinem Onkel Robin. Das Ausmaß dieser Ähnlichkeit faszinierte sie. Hatte er sich verändert? Oder hatte sie einfach nur verstanden, wie es geschehen konnte, dass er ihr den Kopf verdrehte? Sie vermisste ihren Mann mit einer Heftigkeit, die Wills Besuch nur noch gesteigert hatte. Denn durch ihn hatte sie erkannt, wie sehr sie Robin liebte. Nur Robin.

„Ich habe eine Botschaft für dich", sagte sie. „Ein Reiter hat sie eben erst gebracht."

Will drehte sich zu ihr um, die Brauen hochgezogen. Ein Windstoß zauste ihm das Haar. Er nahm ihr das Pergament aus der Hand und hielt es so, dass der Wind ihm nichts anhaben konnte. Nachdem er das Siegel erbrochen hatte, sagte er: „Es ist von Dryden. Endlich."

„Möchtest du vorlesen?"

Er überflog die Seite. „Erfreut habe ich von Eurer sicheren Rückkehr nach Loxley Manor gehört. Ihr sollt wissen, dass Ada in Sicherheit ist und sich in meiner Obhut erholt. Kommt sie holen, sobald Ihr so weit seid."

„Meg wird sich freuen über diese Neuigkeiten."

Er nickte, doch etwas Düsteres legte sich auf sein Gemüt und trübte seine Stimmung. Unter dem schiefergrauen Oktoberhimmel wirkten seine Augen wie zwei fremdartige Edelsteine. Er presste die Lippen zusammen. Dann schob er das Blatt in seinen Gürtel und zog den pelzgefütterten Umhang fester um sich.

Auch wenn er keine Rüstung trug, so kämpfte er doch in einer Schlacht.

„Will, wie geht es ihr?"

Er rieb sich mit zitternden Händen über das Gesicht. „Die verbrannte Haut hat sich gelöst. Was darunter liegt, scheint gesund zu sein, aber noch wund. Die Heilung wird lange dauern."

„Hat sie Fieber? Entzündungen?"

„Nein", entgegnete er. „Das Buch, das sie gerettet hat, enthält mehr als nur die Forschungsergebnisse ihrer Familie. Es dient außerdem als Arzneibuch. Alice beklagt sich über die heidnischen Gebräue, aber die Medizin, die darin beschrieben steht, hilft gegen Infektionen."

„Hat sie wieder Gefühl in den Händen?"

Er schüttelte den Kopf. Dann betrachtete er seine verbundenen Handgelenke. „Es sind keine milden Heilmittel, Marian. Glaub mir, ich weiß das. Aber sie zuckt nicht einmal. Alice und ich können die Verbände wechseln und neue Salben auftragen, während sie schläft. Sie rührt sich nicht dabei. Ich verstehe das nicht."

„Und ihre Stimmung?"

Er fuhr herum, wie ein verwundetes Tier, das liebkost werden will. Dann wandte er den Blick ab.

„Verzeih mir, Will", sagte sie. „Du weißt, mein Eifer, Hilfe anzubieten, kann dazu führen, dass ich unhöflich werde."

Er lächelte gequält. „Ich habe es gehasst, wenn du dich zwischen Robin und mich gestellt hast."

Marian errötete und hielt ihr Gesicht in den Wind. Sie war es nicht gewohnt, gescholten zu werden. „Ich habe es nur gut gemeint."

„Ja, das stimmt", sagte er. „Doch ein eigensinniger Junge

wie ich war weit davon entfernt, das zu erkennen."

„Und ich habe kein Recht, diese Fragen zu stellen. Verzeih mir."

„Dies ist dein Zuhause, Marian. Es gibt keinen Grund für dich, mich um Verzeihung zu bitten. Ich weiß deine Besorgnis zu schätzen, ehrlich."

„Was bedrückt dich dann?"

„Ich verliere sie." Seine Worte klangen wie ein Flehen. Sie spürte seinen Schmerz beinahe körperlich. „Sie spricht kaum mit mir. Und wenn sie es tut, dann raubt die Traurigkeit ihr die Kraft."

Marian senkte den Kopf und presste die Hand an den Mund. Wills Frau beeindruckte sie mit ihrer Kraft, die sie trotz ihrer Verletzungen zeigte, doch es fiel ihr schwer, sich an Megs Augen zu gewöhnen, die sich ständig bewegten und niemals auf etwas Bestimmtem ruhten. Ihre Zurückhaltung, ihre starre Haltung, sie war keine einfache Persönlichkeit. Marian hoffte, dass die Zeit und mehr Vertrautheit ihr Misstrauen überwinden würden, denn Will hatte eine Frau gefunden, die seiner Liebe wert war.

Ihr Blick fiel auf das weiße Leinen an seinen Handgelenken und die Schiene an seinem Daumen – beides sichtbarer Beweis für seine Hingabe. „Warum hast du sie geheiratet?"

Er runzelte die Stirn. „Wie bitte?"

„Ich wunderte mich nur darüber, wie plötzlich ihr geheiratet habt. Liebst du sie?"

„Ja."

„Liebt sie dich?"

Er bedachte sie mit einem Blick, der einen kampferprobten Ritter verunsichert hätte. Doch Marian besaß genug Kraft, um seinen Blick zu erwidern und ihm standzuhalten. Sie kannte ihn beinahe so gut, wie sie Robin kannte, auch wenn seit seinem Abschied mehrere Jahre vergangen waren. Und genau wie Robin war Will ein sehr dickköpfiger Mann.

Er atmete aus, und sein Atem bildete eine kleine Wolke in der kalten Luft. „Ich weiß es nicht genau."

„Was hast du dir von so einer überstürzten Tat erhofft?"

„Ich glaubte, meine Zuneigung würde die Kluft zwischen uns verkleinern."

„Oder ihre Dankbarkeit."

Er rieb sich den Nasenrücken. „Ich wollte das Richtige tun."

„Weil Robin das auch getan hätte? Und weil dein Vater deine Mutter verschmähte?"

„Bei allen Heiligen, Marian. Es reicht jetzt."

„Nein, nicht einmal annähernd. Du vergisst, was ich alles von dir weiß."

Bedrückt blickte er zum Horizont. „Du meinst, ich wollte eine Belohnung, weil …"

„Weil du alles für sie aufgegeben hast? Ja, ich glaube, das wolltest du."

„Ich habe eine weise Entscheidung getroffen."

„Nein, dein Herz hat die Entscheidung getroffen. Und ein Herz entscheidet stets nur aus Selbstsucht." Sie schüttelte den Kopf und erschauerte, als der Herbstwind sich in ihrem Umhang verfing und ihr die Röcke um die Beine wehte. „Aber jetzt geht es um sie und das, was sie braucht, damit es ihr wieder gut geht."

„Und das wäre? Ich würde gegen jeden kämpfen, damit sie in Sicherheit ist, aber dies hier – ich weiß nicht, wie ich an sie herankommen soll."

„Bleib bei ihr, Will. Kämpf mit ihr, wenn es sein muss, und versuch nicht, dabei fair zu sein." Sie stellte sich vor ihn, damit er nicht länger zum Horizont sehen konnte. Dann nahm sie seine Hände, berührte die Schiene und lächelte. „Du bist nicht daran gewöhnt, hilflos zu sein, ich weiß."

„Ebenso wenig wie sie."

„Dickköpfe, ihr alle beide. Aber lass ihr Zeit."

Er holte noch einmal tief Luft und versuchte sichtlich, seinen Zorn abzuschütteln. Sanft küsste er ihre Wange. „Danke, Marian."

„Gern geschehen."

Dann drehte er sie mit einer raschen Bewegung herum, sodass sie nach Osten sehen musste, auf die sanften Hügel, die der erste Frost hatte kahl werden lassen. Sechs Reiter mit dem Wappen der Loxleys galoppierten in die Nachmittagssonne. „Und jetzt geh zu deinem Gemahl."

31. KAPITEL

„Wenn du dich fürchtest, du William Scarlet,
lass mich dein Ratgeber sein.
Doch bist du zornig, teurer Meister,
wird meine Stimme nie mehr für dich zu hören sein."
„Robin Hood's Death"
Ballade, 17. Jahrhundert

In seinem Leben hatte Robin of Loxley zwei Mal einen Engel gesehen.

Einmal hatte er jenseits von Jerusalem über die unfruchtbaren Ebenen des Heiligen Landes geblickt. Eine Erscheinung hatte sich in den blauen Himmel erhoben, auf der Flucht vor Gewalt und Chaos unten im Tal. Ob es nun ein Gottesbote war oder eine fromme Seele, die gerade gen Himmel fuhr, bei diesem Anblick hatte ihn ein großer Friede überkommen. Die heftigen Winde und der beißende Sand waren ebenso verschwunden wie das viele Blut und die Grausamkeit. Er hatte erkannt, dass er in das Land heimkehren würde, das er liebte, sein England, obwohl er hier ebenso weit von seinem Zuhause entfernt war wie vom Himmel.

Der zweite Engel kam auf dem Anwesen der Loxleys auf ihn zu. Auf einem Hengst konnte sie unmöglich eine gewöhnliche Sterbliche sein. Mit der untergehenden Sonne im Rücken, das Gesicht kaum zu erkennen, ritt sie schnell und wagemutig. Das dunkle Haar flog in dicken Flechten hinter ihr her. Das Tier mit dem Engel kam immer näher, und beide schienen den Boden nicht zu berühren.

Doch anders als in Jerusalem empfand er bei diesem Anblick keinen Frieden, sondern gespannte Freude. Er fragte sich, warum sich ihm jetzt eine solche Vision zeigte. Sobald er am Haus war, würde er Marian fragen müssen, ob alles in Ordnung …

Marian.

Der Engel verwandelte sich in eine Frau, seine Frau. Sie ritt so ungestüm wie ein junges Mädchen, das ohne Sorgen und ohne die Last der Jahre war. Ein breites Lächeln lag auf ihrem Gesicht.

„Robin!"

Nie zuvor hatte sein Name ihm schöner geklungen.

Zu seinem Begleiter rief er: „Reitet voraus, Hargrave. Wir kommen gleich nach."

Die Reiter in seinem Tross setzten ihren gleichmäßigen, müden Ritt zum Haus fort und nickten ihrer Herrin zu, als sie an ihr vorüberkamen. Während sie heranritt, wandte sie kein einziges Mal den Blick von ihm ab. Robin sprang von seinem Pferd. Marian warf sich ihm in die Arme. Lachend fielen sie übereinander zu Boden.

Sie küsste ihn. Es war wie ein Segen, als hätte ein Engel ihn geküsst. Und er vermochte nichts anderes zu sagen als ihren Namen, wie eine Beschwörung, ein Gebet zu Gott, seinen Traum wahr werden zu lassen.

Siege, harte Zeiten und viele, viele Jahre fielen hier auf der Wiese von ihm ab, als sie sich auf ihn legte, die Hände zitternd von dem Wunsch, ihn zu berühren. Ihr Körper, ihre Seufzer erregten ihn weitaus schneller als er gedacht hätte. Seine Rüstung verhinderte, dass sie ihm zu nahe kam. So gern hätte er sie an sich gezogen, Haut an Haut, ganz nahe.

„Mein Geliebter", sagte sie, gleichzeitig lachend und atemlos. „Mein Geliebter, du bist zu Hause."

Die Freude drohte ihn zu ersticken. Er ließ den Kopf auf die weiche Erde sinken und seufzte. „Unserem Herrn sei gedankt. Ja – ich bin zu Hause."

Seine Freude spiegelte sich in ihren Augen wider, in denen jetzt Tränen glänzten. Sie streichelte sein Gesicht. „Ich kann kaum glauben, was ich sehe."

„Ich bin hier." Er zog sie wieder an sich und küsste sie.

Wenn er sie schmeckte, wurde sie realer. In seinen Träumen hatte er sie nie geschmeckt, wie sehr er sich auch nach ihr gesehnt hatte. „Und gäbe es hier ein paar mehr Bäume, würde ich dir zeigen, wie sehr."

Sie lächelte verführerisch. „Du sorgst dich um meine Tugend, mein Gemahl."

„Nur bis wir im Haus sind."

„Dann lass uns gehen."

Eines der Pferde wieherte. Robin sah zu den beiden Tieren und lachte. „So wie du das Pferd geritten hast, glaubte ich, es wäre ein Schlachtross, das den besten Krieger in den Kampf trägt."

Rasch warf sie einen Blick auf den ungesattelten Ackergaul und zuckte die Achseln. „Als ich dich vom Turm aus sah, dauerte es mir zu lange, darauf zu warten, dass mein Pferd gesattelt wurde. Ich nahm das Erstbeste, das ich finden konnte."

„Du bist nicht der Engel, den ich mir vorgestellt hatte", sagte er. „Du bist ein gerissener Angreifer."

„Lass es mich dir beweisen."

Sie zog seine Unterlippe zwischen ihre Zähne und drängte ihre Hüften gegen ihn. Das Stöhnen, das er hörte, musste sein eigenes gewesen sein, aber sein Bewusstsein schien weit entfernt zu sein von dem Mann, dessen Frau sich gerade auf offenem Feld mit gespreizten Beinen auf ihn setzte.

„Marian", stieß er hervor. „Genug davon."

Ihre Brüste wölbten sich unter dem bestickten Mieder, als sie ihm einen letzten Kuss gab, ein Abschied und ein Versprechen auf mehr zugleich. Sie setzte sich auf. Der kalte Wind überzog ihre Wangen mit einem leuchtenden Rosa. Sie strich sich ein paar vorwitzige Locken aus dem Gesicht. „Soll mir recht sein", sagte sie. „Deine Rüstung ist sehr hinderlich bei der Liebe."

„Du könntest mir helfen, sie abzulegen."

Er setzte sich hinter ihr auf sein Pferd und hüllte sie beide in seinen pelzgefütterten Umhang. Marian schmiegte sich in seine Arme. Ihr Pferd folgte am Zügel geführt hinter ihnen.

„Robin?“

„Ja, meine Liebe?“

„Will ist nach Hause gekommen.“

Unter dem Umhang schien es kühler zu werden. „Will Scarlet?“

„Ja.“

„Er ist zurückgekommen?“

„Ja. Vor einigen Tagen.“

„Das hätte ich nicht erwartet.“ Seine Stimme klang belegt. Mit einem Mal überlagerte ein heftiger Schmerz seine Zufriedenheit. Das Gefühl, versagt zu haben, mischte sich mit dem von Enttäuschung. Will Scarlet. Mochte Gott ihn beschützen – und zur Hölle mit ihm.

„Warum? Was will er?“

„Du hast recht mit deiner Vermutung, dass er nicht ohne besonderen Grund zurückgekommen ist.“ Sie richtete sich auf, vermied es jedoch, ihm in die Augen zu sehen. „Er ist verheiratet.“

„Wie bitte?“

„Ich war genauso überrascht“, sagte sie. „In der letzten Zeit hat es in Nottingham Ärger gegeben mit dem derzeitigen Sheriff. Soldaten haben die beiden in Megs Hütte angegriffen. Sie wurde schwer verletzt, und Will kam hierher, um Hilfe zu suchen.“

„Die du ihm gewährtest.“

Empört sah sie ihn an. „Aber natürlich.“

„Und er hat keinen Grund genannt, warum er fortgegangen ist?“

„Glaubst du, ich habe eine Erklärung verlangt, ehe ich meine Hilfe anbot?“ Sie fühlte sich in seinen Armen jetzt an wie ein Holzstück.

„Nein, aber eine kurze Erklärung von ihm wäre nur höflich gewesen.“

„Robin, seine Frau lag bewusstlos in seinen Armen. Um ihretwillen kam er hierher. Ich habe nicht an euren Streit gedacht, und ich habe es auch nicht getan, um dich zu ärgern."

„Wo ist er jetzt?"

„Vermutlich bei Meg." Sie zögerte wieder, während der Wind einzelne Strähnen aus ihrem Zopf löste. „Sie ist blind."

„Durch das Feuer?"

„Nein. Sie ist es schon seit vielen Jahren."

Das Pferd brachte sie immer näher zum Haus und wandte sich jetzt den Stallungen zu, während Robin die Zügel achtlos in seiner Hand hielt. Er schüttelte den Kopf. „Will ist zurückgekehrt und hat eine blinde Frau geheiratet. Ich habe wohl sehr viel verpasst!"

Sie grub die kalten Finger in sein Haar und rieb die verspannten Muskeln an seinem Nacken. „Es scheint so."

„Ich vermute, ich werde heute Abend mit ihm sprechen müssen."

„Es ist spät", sagte sie. „Lass sie ruhen. Und das solltest du auch tun. Wir haben morgen noch Zeit genug für eine Versöhnung."

Ihr Optimismus verschaffte ihm keine Erleichterung. Die Aussicht, die Kluft zu überwinden, die ihn von seinem ungetreuen Neffen trennte, besaß für ihn keinen Reiz. Sie hätten ebenso gut durch eine ganze Welt voneinander getrennt sein können. Dass Will Marian und den kleinen Robert im Stich gelassen hatte – dieser Gedanke ließ ihm keine Ruhe; es war ein Verrat, den er nicht verzeihen konnte. Noch immer war er zornig und versucht, alle Brücken abzureißen, die es vielleicht noch gab.

Aber er hielt seine Frau in den Armen, und das fühlte sich warm an, sicher und richtig. Der Abend lag vor ihnen wie eine Hochzeitsnacht, voller Versprechungen. Welchen Konflikt es zwischen ihm und Will auch immer gegeben haben mochte – all das konnte warten, bis der neue Tag anbrach.

„Ja, morgen früh", sagte er. „Also – wo ist unser Sohn?"

Zärtlich sah sie ihn aus großen braunen Augen an. Sie schob alle Bedenken beiseite, lächelte und gewann damit noch einmal sein Herz. „Er schläft. Seine Kammer liegt auf dem Weg zu unserem Schlafgemach."

Von einem Stuhl in der Ecke aus sah Will zu, wie ein schmaler Lichtstreifen über das Gesicht seiner Frau wanderte. Im Augenblick schlief sie ruhig und friedlich, während die Morgensonne einen rosigen Schein auf ihre Wangen zauberte.

In einem Kamin brannte ein kleines Feuer und vertrieb die Kälte aus dem Raum. Aber er erschauerte. Er fand keine Ruhe, keinen Schlaf, denn Meg litt noch immer. Und Robin war nach Hause zurückgekehrt.

Vom Turm aus hatte er zugesehen, wie Marian über das Gelände stürmte, um ihren Gemahl zu begrüßen. Das Glück umfing sie wie ein Wall, ein Schutz gegen das Böse. Ihre Begegnung, die Wiedervereinigung zweier Liebender, die lange getrennt gewesen waren, trieb ihm die Tränen in die Augen. Er hatte seinen Onkel am Tor empfangen wollen. Stattdessen hatte er sich ins Haus zurückgezogen und fühlte sich wie ein Feigling.

Der Morgen hatte an diesem Gefühl nicht viel geändert. Er würde seinem Onkel wie ein Krieger entgegentreten. Doch gleichzeitig hätte er sich am liebsten wie ein kleiner Junge auf den Mann gestützt, der bei ihm Vaterstelle vertreten hatte. Er wollte bekennen, was er getan hatte und was ihn bedrückte. Doch die Angst vor Zurückweisung ließ diese kindischen Bedürfnisse lächerlich erscheinen, und sein Stolz verlangte von ihm, dem Onkel wie ein Mann zu begegnen.

Als Alice leise an die Tür klopfte, gewährte er ihr Einlass, damit sie Megs morgendliche Behandlungen vornehmen konnte. „Soll ich bei ihr bleiben, Master Will, während Ihr frühstückt?"

„Ich danke Euch, Alice."

„Sie ist mir keine Last", erwiderte sie und kniete nieder mit dem Tablett, auf dem die Salben und Verbände lagen.

Will gab Meg einen Kuss auf die Stirn. Dann richtete er sich auf und zog die Tunika zurecht, die Marians Schneider für ihn gearbeitet hatte. Er überließ Alice die Behandlung und ging die Haupttreppe hinunter. Ganz Loxley Manor summte vor Geschäftigkeit, alle lächelten und legten bei ihrer Arbeit besonderen Eifer an den Tag. Ihr Herr war zurückgekehrt, heil und gesund. Will beneidete Robin um so viel Zuneigung.

Nachdenklich fuhr er sich mit den Fingern durchs Haar und legte still für sich einen Eid ab. Er war jetzt ein Mann, kein Junge mehr, und er würde nicht vor seinen Pflichten gegenüber seiner Familie und gegenüber der Wahrheit zurückschrecken. Und er würde Robin keinen weiteren Grund mehr geben, ihn zu verachten.

Du bist tapfer. Du bist gut.

Ein Lächeln umspielte seine Lippen. Er glaubte ihr, so wie sie ihn sah, die verrückte, seltsame Hexe.

Als sein Schatten im Türrahmen erschien, verstummten im Speisesaal alle Gespräche. Ein halbes Dutzend Köpfe wandte sich in seine Richtung. Robin senkte den Blick, ebenso wie die Hand, in der er das Brot hielt, doch Marian lächelte.

„Guten Morgen, Will", grüßte sie. „Wie geht es Meg?"

„Sie schläft, danke. Alice kümmert sich um sie."

Mit einem raschen Blick entließ sie die Dienerschaft. Dann winkte sie ihn an den Tisch, an dem Robin sich jetzt erhob. Sie standen da, mit steifen Armen, wie Gegner in einem Kampf. Um Robins Schultern lag eine Anspannung, wie Will sie noch nie bei seinem Onkel gesehen hatte. Auf seinem Gesicht zeigten sich Fältchen, die zuvor nicht da gewesen waren.

Ein Blick aus kühlen blauen Augen traf ihn. „Guten Morgen, Will."

„Robin", erwiderte dieser mit einem Nicken. „Ich freue mich, dich sicher zurückgekehrt zu sehen."

„Und ich war überrascht zu hören, dass du nach Hause gekommen bist."

„Marian war so liebenswürdig, ihre Hilfe anzubieten. Wir werden dich nicht länger belästigen, als Megs Genesung es erfordert."

„Meg. Deine Frau, nicht wahr?"

„Ja. Ich kann es kaum erwarten, euch miteinander bekannt zu machen."

Robins Blick fiel auf die Schiene, die Wills Daumen stützte. „Und wie ich hörte, hattest du Schwierigkeiten mit dem neuen Sheriff."

Wills Kiefermuskeln zuckten. „Nichts, womit ich nicht fertig wurde."

Obwohl er keineswegs überzeugt wirkte, widersprach Robin nicht. Seine Frau blickte von einem zum anderen und murmelte dann eine Entschuldigung, ehe sie sich zurückzog. Sie setzten sich allein an den Tisch, und die Kluft zwischen ihnen schien tiefer geworden zu sein.

Stumm aßen sie. Das Brot in Wills Mund schmeckte trocken und ließ sich nur mühsam herunterschlucken. Jedes Geräusch hallte in dem Saal wider und vertiefte noch den Riss zwischen ihnen. Nachdem er einen großen Schluck Ale getrunken hatte, fand Will die richtigen Worte, um das Schweigen zu brechen. „Du warst bei Richard in Chalus, als er starb?"

„Ja", sagte Robin, den Mund grimmig verzogen. „Sinnlos, das alles."

„Du fragst dich, warum ich mich nicht freiwillig gemeldet habe."

Robin lehnte sich zurück und verschränkte die Arme. „Vermutlich tue ich das. Du kennst deine Pflicht."

Also werden wir hier die Sache ausfechten.

„Sprichst du als mein Onkel oder als mein Herr?"

„Beides."

„Dies hier hat nichts zu tun mit meiner Weigerung, nach

Frankreich zu gehen." Er wurde ungeduldig. „Hier geht es um die Frage, warum ich Loxley Hall verließ."

Robin schlug mit der Faust auf den Tisch, sodass die Brühe aus den flachen Schalen schwappte. „Ich habe dir vertraut! Du hast versprochen zu bleiben und dich in meiner Abwesenheit um das Haus zu kümmern! Stattdessen bist du verschwunden! Du hast meine Frau und meinen Sohn angreifbar gemacht!"

Langsam und ohne den Blick von Robin zu wenden, stand Will auf. „Marian ist nicht meine Frau. Robert ist nicht mein Sohn."

„Der König hat mich gerufen. Mir blieb keine Wahl."

„Du hast mir öfter als jeder andere gesagt, dass man immer eine Wahl hat."

„Du warst ein Feigling."

„Und soeben habe ich wieder eine Wahl getroffen." Er schnippte mit dem Finger gegen die Tunika seines Onkels. „Ich werde die Fäuste nicht gegen dich erheben."

Robin packte ihn an dem verletzten Handgelenk und drehte es herum, sodass sie sich bewegten wie in einem seltsamen Tanz. „Du hast deine Familie verlassen."

Will riss sich los und wich zurück. „Ich habe Marian verlassen, du Narr! Und das war eine meiner ehrbarsten Taten überhaupt!"

Robins Blick wurde eiskalt. Dann blinzelte er. „Was soll das bedeuten?"

„Frag deine Frau. Mich braucht jetzt die meine."

Robin eilte durch die Halle, seine leichten Schritte gedämpft von den dicken Teppichen. In seinem Schlafgemach ging er dann auf und ab und wartete darauf, dass Marian zurückkehrte. Durch die Leinenstoffe vor den Fenstern, die so geölt waren, dass sie beinahe durchscheinend wirkten, schien fahl die tief stehende Nachmittagssonne und warf lange, verzerrte Schatten.

Er war zutiefst erschöpft und wollte sich nur ausruhen,

wollte Marian in seinen Armen halten und die Zukunft in Angriff nehmen, die hatte warten müssen, als er Richards Ruf zu den Waffen folgte. Doch eine Rastlosigkeit, die sich nicht verleugnen ließ, quälte ihn und verdarb all die Gedanken an Frieden und Zuhause.

Ein Teil seiner Unzufriedenheit stammte von seinem Traum, der ihm ein Leben fern von Krieg und den Opfern des Schlachtfeldes verhieß. Der andere Teil begann und endete mit Will Scarlet. Er würde erst dann Frieden finden, wenn er ihren langen Streit beendet hatte. Aber welche Rolle Marian in diesem Streit spielte, das vermochte er noch nicht zu erkennen.

Die schreckliche Vorstellung, dass Will und Marian ein Liebespaar geworden waren, nagte an ihm wie eine schwärende Wunde. Doch diese Möglichkeit erschien ihm unwahrscheinlich, selbst in seinen dunkelsten Fantasien.

Will und Marian? Das konnte er sich von keinem der beiden vorstellen. Und er wollte es auch nicht.

„Mein Gemahl, du bist bedrückt."

Als er sich umdrehte, sah er Marian im Türrahmen stehen.

In dem geisterhaften Licht wirkte ihre helle Haut wie Silber. Ein weißes, besticktes Halsband betonte den eleganten Schwung ihres schlanken Halses. Vier lange Seidenbänder hingen aus ihrem Haar herab, doch ein paar Locken hatten sich gelöst und wirkten sehr verführerisch auf ihn. Hinter all der Eleganz gab es noch immer die ungestüme Frau, die er so liebte. Er sehnte sich danach, ihre Flechten zu lösen und sich in ihr zu verlieren.

„Robin?"

Will. Er wollte über Will sprechen.

Aber Marian – er brauchte sie.

„Ich bin bedrückt", sagte er endlich. Er ging zu dem Kamin, nahm einen Schürhaken und stocherte in den Kohlen herum. Das kleine Feuer vermochte die herbstliche Kälte nicht zu vertreiben. Er fröstelte und zog sich den pelzgefütterten

Umhang fester um den Körper.

Sie berührte seine Schulter. „Was ist es, das dich bedrückt?"

„Die Frage ist eher, wer."

„Will? Was hat er getan?"

„Das frage ich dich."

Sie nickte und bedachte ihn mit einem Blick, den er nicht zu deuten vermochte.

Als würde er die schrecklichen Momente vor einer Schlacht neu erleben, spürte er, wie seine Knie weich wurden. Die Frage schien ihm einen pochenden Kopfschmerz zu bereiten. Robin räusperte sich und zwang sich, den Mut aufzubringen, ihre Antwort anzuhören.

„Was ist zwischen euch geschehen, ehe er das Haus verließ?"

Im Stillen betete er, Marian möge ihn schlagen, ihn anschreien und schelten über die Absurdität seiner Beschuldigung. Stattdessen trat sie zurück. Er erstarrte.

„Er hat mich geküsst."

Die Starre fiel von ihm ab, und er wurde wütend. „Ich werde ihn umbringen."

Er wandte sich ab von dem Feuer, dessen Scheite sanft und mild glühten, verglichen mit der flammenden Hitze seines Zorns. Sein Blick fiel auf sein Schwert, seinen Bogen, den Köcher mit den tödlichen Pfeilen. Er packte alle drei, ehe Marians Bitten seinen aufgebrachten Verstand erreichten.

„Robin! Robin, bitte, mäßige deinen Zorn und sprich mit mir."

Will Scarlet. Sein eigener Neffe.

„Du hast es mir nicht erzählt?" Sein Aufschrei durchfuhr den Raum wie ein heftiger Windstoß. Er ließ die Waffen los, die klirrend zu Boden fielen, sodass sie zusammenzuckte. Er wollte sie noch einmal zusammenzucken sehen, wollte im Gegenzug sie treffen.

Zwischen ihren Brauen erschien eine kleine Falte. „Ich habe

mich geschämt, Robin. Bitte versteh das. Ich hatte Angst vor dem, was du vielleicht über mich denken würdest."

„Aber er hat dich geküsst." Ein Unterschied für ihn, der ihm wichtig zu sein schien, das Einzige, an dem er sich festhalten konnte, wie ein Ertrinkender sich an einen Ast klammert, ehe er den Wasserfall hinunterstürzt. „Das war nicht dein Fehler."

Langsam schüttelte sie den Kopf, sodass ihr Haar sich sanft bewegte. „Du machst nur Will Vorwürfe. Hierin irrst du dich."

„Du hast seine Gefühle erwidert?"

„Nein, und das tue ich auch jetzt nicht." Sie beugte sich zu ihm vor, blieb aber an derselben Stelle stehen. „Er hat mir ein schönes Kompliment gemacht, eines, das ich zu sehr genossen habe. Weil unsere Zukunft, deine und meine, mir wichtig war, bat ich ihn zu gehen. Für immer."

Heiser flüsterte er ihren Namen.

„Robin, ich wollte mein Leben mit dir verbringen, und das will ich immer noch." Zögernd machte sie zwei Schritte auf ihn zu. „Ich liebe dich."

„Das habe ich jedenfalls geglaubt."

Tränen traten in ihre Augen, doch sie schien sie nicht zu bemerken. „Verzeih mir, Robin. Bitte."

Sie weinen, sie vor Angst zittern zu sehen – all dem vermochte er nicht zu widerstehen. Er zog sie in seine Arme. Sie schmiegte sich an ihn, überwältigt von Schluchzern. Robin strich ihr die feuchten Haarsträhnen aus dem Gesicht. „Ich muss dir verzeihen, nach allem, was ich dir zugemutet habe."

Dann umfasste er ihr Gesicht. „Aber – Will?"

Mit angespannten Schultern löste sie sich aus seinen Armen. Ihre Stimme klang härter. „Ich frage mich beinahe, ob du anders reagiert hättest, wenn es ein anderer gewesen wäre."

„Unsinn."

„Er ist ein Mann, Robin." Ihre dunklen Augen, in denen noch immer die Tränen schimmerten, wirkten jetzt fest und entschlossen. „Durch dein Beispiel und deine Führung ist er ein guter Mann geworden. Einer, auf den wir stolz sein können, den wir respektieren. Und die beiden einzigen Menschen, die das nicht zu erkennen vermögen, seid ihr beide – du und Will Scarlet."

Sie ging davon, und ihre Worte brannten sich in sein Fleisch wie der Stich einer Hornisse. Er ließ den Kopf hängen. Sein Nacken schmerzte vor Anspannung. Keine Auseinandersetzung in seinem Leben hatte ihn bisher so niedergeschlagen zurückgelassen.

Der Drang, seinem Zorn Luft zu machen, ließ sich nicht unterdrücken, und dieser Wunsch durchpulste seinen Körper und erstickte jeden Gedanken. Schmerz und Instinkt veranlassten ihn, sein Schwert zu ergreifen.

32. KAPITEL

Weiter und weiter stürmten sie,
wie wilde Keiler bei einer Jagd,
darauf erpicht, den andren zu schlagen,
an Arm oder Bein, ohne Verzagen.
„Robin Hood and the Tanner"
Ballade, 17. Jahrhundert

Marian wischte sich die Tränen ab, die sie nicht hatte zurückhalten können. Der schnelle Rhythmus ihrer klackernden Absätze hallte durch den Gang. Sie traf Will, als er gerade aus dem Gemach trat, das er mit Meg teilte.

Er runzelte die Stirn. „Marian? Was ist geschehen?"

„Halt dich von ihr fern!"

Sie drehten sich gleichzeitig um und sahen, wie Robin den Gang herunter kam. Seine Miene drückte Zorn und Schmerz aus, was dem Mann, den sie liebte, so gar nicht ähnlich war. Er hob sein Schwert.

„Robin! Leg das weg!"

„Aus dem Weg, Marian. Ich habe etwas mit meinem Neffen zu klären."

„Das lasse ich nicht zu."

„Du schlägst dich auf seine Seite?"

Sie warf einen Blick auf das Schwert in Robins Faust. Panik ergriff sie. „Ja, wenn du es zu deiner Angelegenheit machst, einen unbewaffneten Mann anzugreifen."

Marian zuckte zusammen, als Stahl über den Marmorfußboden klirrte. An der Wand kam Wills Dolch zum Stillstand. „Jetzt bin ich unbewaffnet", sagte Will.

Robin schnaubte verächtlich. „Weigerst du dich, zu kämpfen?"

„Ich werde mich verteidigen, wenn ich muss."

Zwischen den beiden aufgebrachten Männern baute sich eine ungute Stimmung auf. Marian wich zurück und griff sich zitternd an die Kehle. „Robin, bitte. Nicht so."

„Halte dich zurück."

Den Blick unablässig auf seinen Gegner gerichtet, nickte Will. „Er hat recht, Marian. Stell dich nicht zwischen uns. Nicht jetzt."

„Ihr seid Narren, alle beide!"

Robin griff an und holte mit der tödlichen Klinge in hohem Bogen aus. Will sprang zurück und landete auf der Seite. Das Schwert traf auf eine der Säulen. Sofort sprang Robin nach vorn. Will rollte sich weg und trat zu, schlang die Füße um die Knöchel seines Onkels. Robin stieß mit der Schulter gegen die Wand, ließ das Schwert fallen, hielt sich aber auf den Füßen.

Eine Tür ging auf. „Will? Was ist los?"

Marian eilte an Megs Seite, um sie von dem Kampf fernzuhalten, doch der Klang ihrer Stimme hatte Will schon abgelenkt. Robin traf mit dem Fuß Wills Magen, dann sein Gesicht. Der jüngere Mann stöhnte und krümmte sich. Aus seinem Mund spritzte Blut.

Bei jedem Schlag wurde Megs Gesicht bleicher. „Was geschieht hier? Will!"

„Bring sie weg, Marian!"

Doch Wills Befehl stärkte noch den Widerstand seiner Frau. Sie riss sich los. Marian packte sie, drängte sie zu Boden und kauerte sich mit ihr zusammen in dem Gang an die Wand. „Haltet Euch an mir fest, Meg. Sie …"

Dann bemerkte sie das Aufblitzen einer Klinge.

„Robin!" Sie ließ Meg zurück, packte ihren Mann am Arm und hinderte ihn so an dem tödlichen Schlag. „Hast du den Verstand verloren? Das sieht dir gar nicht ähnlich!"

„Ich sagte, halte dich da heraus!"

„Sieh ihn dir an!"

Mit schmerzverzerrter Miene presste Will die Hände auf

den Bauch und erhob sich mühsam auf die Füße. Sein Gesicht war blutverschmiert, ebenso wie die Vorderseite seiner Tunika, aber Robin war unbeeindruckt. Er schüttelte Marian ab und stieß sie gegen die Wand. Sie schrie auf.

Will nutzte den Moment und boxte Robin aufs Ohr. Dann trat er zu und traf mit aller Kraft Robins Hand. Klirrend fiel dessen Schwert herunter. Ein weiterer Hieb traf Robin zwischen die Augen. Sein Kopf schlug gegen die Wand, dann sank er zu Boden.

Marians erster Impuls war, sich auf ihren Mann zu werfen, ihn vor noch mehr Schmerz zu beschützen. Aber Will gab ihr dafür keinen Anlass. Kaum war Robin zu Boden gegangen, wich Will zurück, und der Kampf war zu Ende. Irgendwann hatte er den Dolch vom Boden aufgehoben, der jetzt an seinem Gürtel hing.

Marian kniete neben ihrem Mann nieder und beobachtete Will, der erschöpft schien, aber keine Spur von Angriffslust zeigte. In seiner Raserei hatte Robin nicht bemerkt, welch ein gefährlicher Mann sein Neffe geworden war – gefährlich, aber fair.

„Genug, Will“, sagte sie. „Bitte.“

Er ließ Robin weiterhin nicht aus den Augen. „Ich habe Feinde, Onkel. Mehr als mir lieb ist. Aber du gehörst nicht dazu.“

Robin spuckte aus. Durch die gebrochene Nase klang seine Stimme belegt, als er sagte: „Du bist schlimmer als ein Feind. Ein Verräter in meinem eigenen Haus!“

Will nickte und ließ die Schultern hängen wie ein Besiegter. „Ich bete darum, dass du mir das verzeihen mögest, denn ich bin es müde, gegen dich zu kämpfen.“

„Geh mir aus den Augen.“

„Das werde ich tun.“ Er ging zu Meg, die auf dem Boden kauerte, und drängte sie in ihre gemeinsame Kammer, wo er die Tür hinter ihnen schloss.

Marian stand auf und holte tief Luft. Sie war nicht sicher, ob ihre Beine sie tragen würden, aber ebenso wenig war sie sicher, dass sie die bösen Worte nicht aussprechen würde, die ihr auf der Zunge lagen und für ihren Mann bestimmt waren.

„Marian?“

„Bereite dem ein Ende, Robin. Um unserer aller willen.“

„Und wenn ich das nicht kann?“

Der erschöpfte Klang seiner Stimme hatte nichts mit körperlichen Verletzungen zu tun, die er davongetragen hatte. Sie sah ihn an. Ihre Lippen bebten, aber in ihren Augen standen jetzt keine Tränen mehr. „Der Mann, den ich geheiratet habe, kann es.“

Will zog die Tunika aus und presste das Leinen auf Mund und Nase. Sein Gesicht war geschwollen, und behutsam berührte er seine Backenzähne. Einer war locker, doch das nahm er Robin nicht übel. Sein Onkel hatte es verdient, seinem Ärger Luft zu machen, doch er vermutete, dass die Scham darüber noch schwerer auf ihm lasten würde, sobald Robin sich von der Auseinandersetzung erholt hatte. Vielleicht würden sie dann anfangen können zu verzeihen.

Aber Meg … Nach dem Kampf kehrte sie schweigend zu ihrem Lager zurück, kraft- und willenlos. Er kniete neben ihr nieder. Ihre Augen, ihr Mund, ihre Miene – sie bot ihm keinen Zugang.

„Was kann ich tun?“

Bei seiner Frage drehte sie sich um, ohne ein Lächeln. „Wie bitte?“

„Sag es mir, Meg. Was kann ich für dich tun?“

„Habt ihr um Marian gekämpft?“

Er blinzelte. War Meg eifersüchtig auf Marian? Aber nein, ihr Tonfall wirkte abwesend und distanziert. Ebenso gut hätte sie sich nach dem Wetter erkundigen können.

„In gewisser Weise“, entgegnete er. „Marian hat unseren

Kuss gestanden. Robin nimmt diese Nachricht nicht gut auf."

Sie nickte, noch immer wie abwesend. „Bereust du es, mich geheiratet zu haben?"

„Was ist los? Meg, was soll das?" Er umfasste ihr Gesicht mit beiden Händen. „Du wirst wieder gesund werden. Dieser Zustand hier ist nicht von Dauer. Verstehst du mich? So darfst du nicht denken."

Sie kroch von ihm weg, zog sich in ihre dunkle Einsamkeit zurück. „Weißt du, wie lange ich schon warte? Mein Vater hat mir gesagt, er würde ein Heilmittel finden. Ich starrte ins Schwarze und wartete auf Schatten oder eine Spur von Farbe. Ich habe fast den Verstand verloren dabei."

Ihr Schluchzen versetzte ihm einen Stich. Aber bei allen Heiligen, wenigstens sprach sie endlich.

„Nach einem Jahr fand ich, dass Gott mich jetzt genügend erprobt hätte. Ich war nicht verbittert, sondern voller Hoffnung und habe alles getan, was Vater von mir verlangt hat; jede Behandlung und jede Kur habe ich mitgemacht. Und ich musste in die Stadt reisen. Das alles habe ich ertragen. Und nach einem Jahr – nichts. Nur noch mehr Dunkelheit."

Die traurigen Erinnerungen ließen sie erzittern. Auf ihrer Stirn erschienen Schweißperlen. „Du sagst, meine Hände werden heilen, und ich werde wieder etwas fühlen können – aber ich, ich kann nicht daran glauben. Ich habe nicht die Kraft, wieder enttäuscht zu werden."

„Und weil du nicht glauben kannst, meinst du, dass ich es auch nicht tue? Dass ich dich im Stich lassen werde?"

„Unser gemeinsames Leben wird schwer genug sein", sagte sie. „Du hast eine blinde Frau geheiratet. Hast du dir die Zeit genommen, darüber nachzudenken, wie schwierig es sein wird, eine Familie aufzuziehen? Und wenn ich meine Hände nicht gebrauchen kann? Dann werde ich ein Invalide sein."

Vielleicht lag es an den Tagen voller Anspannung, die hinter ihm lagen, vielleicht war es auch der Kampf gegen Robin, der noch in seinem Blut lauerte. Aber er sagte die Wahrheit, wie schmerzlich sie auch sein mochte. „Wenn du so sprichst, Meg, dann bist du das jetzt schon."

„Wie kannst du es wagen!"

„Ich muss es", antwortete er. „Nichts von dem, was ich sage, wird das Mitleid zerstören, in das du dich gehüllt hast. Aber ich werde nicht zulassen, dass du damit löst, was wir gelobt haben."

„Ich will es nicht lösen! Ich will als deine Partnerin leben, nicht so abhängig sein wie ein Kind. Kein kränkliches kleines Geschöpf, das ständig deine Aufmerksamkeit braucht. In den letzten Tagen bist du meine Krankenschwester geworden. Willst du, dass wir so leben?"

„Nein. Aber so wird es nicht für immer sein." Zitternd ließ er sich auf den Strohsack fallen. Er rieb über ihre Oberarme, nur um sie zu berühren. „Genug davon, ja? Ich möchte nicht mit dir streiten. Wenn es etwas nützen würde, dann würde ich es tun."

Aber sie schob seine Hände und seinen Trost beiseite. „Geh, Will."

„Wie bitte?"

„Alice soll sich heute Abend um mich kümmern. Such dir einen anderen Raum zum Schlafen."

Die Zurückweisung und der Zorn, den er empfand, ließen sein Herz schneller schlagen. Er stand auf, die Muskeln so steif wie seine Knochen. „Das meinst du nicht ernst."

Er sah zu, wie sie wieder zu der harten, kühlen Frau wurde, als die er sie im Wald zuerst kennengelernt hatte. Diese Frau brauchte nichts und niemanden, nicht einmal ihren frisch angetrauten Gemahl. „Doch, das tue ich."

„Ich habe dich falsch eingeschätzt, Meg. Du bist nicht so stark wie du dich gibst. Und das bricht mir das Herz."

Drei Stunden vor Sonnenuntergang lief Will vor Megs Zimmer im Gang auf und ab. Die verschlossene Tür schien ihn zu verspotten, steigerte seinen Unmut und seine Enttäuschung ins Unerträgliche. Jedes Mal, wenn er den Klang seiner eigenen Schritte hörte, fühlte er sich wie ein Specht, der gegen eine Baumrinde klopft. Am liebsten hätte er die Tür eingeschlagen, hätte die Melancholie seiner Frau durchbrochen, ihr all die Angst genommen, die Zweifel und das Selbstmitleid, mit denen sie nicht fertig wurde.

Einen Teil seiner Wut richtete er gegen sich selbst, weil er ihren Forderungen entsprochen hatte. Niemals hätte er sich damit einverstanden erklären dürfen, sie ihrer eigenen dunklen Gesellschaft zu überlassen. Nie hätte er diese Einsamkeit zulassen dürfen, nicht, wenn darin ihre größte Furcht bestand.

Zum vierten Mal unterbrach er seine Wanderung und starrte die hölzerne Tür an, die sie voneinander trennte. Könnte er damit etwas ändern, würde er die Tür aufbrechen, sie mit Pfeilen durchbohren und mit dem Schwert in Stücke schlagen. Aber sie blieb vor ihm verborgen. Selbst wenn diese Tür weit aufging, selbst wenn Meg im hellen Licht des Tages vor ihm stand, würde sie sich ihm nicht zeigen.

Alice kam die Treppe hinunter, sie trug ein Tablett mit Verbandsmaterial für Meg. Die rundliche Frau mit dem roten Gesicht sah ihn an und lächelte scheu. Dann knickste sie. „Möchtet Ihr das übernehmen?"

„Nein. Sie will Euch."

Alice lächelte ihn weiter an, diesmal beruhigend. „Wir wissen beide, dass das nicht stimmt, Master Will. Wenn es jemals ein Mädchen gab, das nicht wusste, was es wirklich braucht, dann ist es Eure Meg."

Er trat vor, um die Tür für Alice zu öffnen, doch dann hielt er inne.

Vielleicht hatte Marian recht. Er hatte Meg geheiratet in der Hoffnung auf ihre Dankbarkeit, mehr noch als auf ihre Liebe. Sie zu retten hatte den Schlusspunkt gesetzt für seine leichten Entscheidungen und die Aussicht auf eine sorglose Zukunft. Sie zu lieben verlangte, alle selbstsüchtigen Gewohnheiten aufzugeben, und für seine Opfer erwartete er eine Belohnung.

Aber das gehörte der Vergangenheit an. Jetzt brauchte er nur noch Meg. Sicher, gesund und fähig, seine Liebe zu erwidern. Wenn sie es wollte.

Mit zitternden Fingern strich er sich durch das Haar und rieb sich den Nacken. Das Ausmaß dessen, was er verloren hatte, drohte ihn mit größerer Gewissheit niederzustrecken als jeder andere Kummer oder Verrat. Nicht einmal der Konflikt mit Robin verursachte ihm mehr Schmerz, und dieser Schmerz ließ ihm die schlimmste von allen Möglichkeiten verlockend erscheinen: Ihr nachzugeben. Aber es war ihm noch nie leichtgefallen, Meg allein zu lassen. Seine Liebe zu ihr machte das unmöglich. Die Vorstellung, Kummer und Schmerz in sein Leben zu lassen und ihr neues Leben aufzugeben, noch ehe es richtig angefangen hatte, war einfach zu schrecklich.

Kämpf mit ihr, wenn es sein muss, und versuch nicht, dabei fair zu sein.

„Verzeiht mir, Alice", sagte er. „Ich bitte Euch, diese Verbände für ein anderes Mal aufzuheben."

„Wie bitte, Master Will?"

Entschlossen lächelte er. „Ich habe mit meiner Frau etwas zu klären. Ich fürchte, Eure Behandlungen müssen noch warten."

Für einen Moment schien Alice Fragen stellen zu wollen. Will wusste, mit welch starker Hand sie die anderen Dienstboten führte, und dass sie Marians Liebling war; daher dachte sie vielleicht daran zu widersprechen. Doch nach einem raschen Blick in sein Gesicht schwieg sie. Sie ging die Treppe hinunter, ohne sich nur ein Mal umzusehen.

Er schob den Riegel zurück und öffnete die Tür. Der metallene Riegel fühlte sich für ihn weder kalt noch warm an. Er fühlte gar nichts. Mit steifen Gliedern bewegte er sich, als wäre er innerlich erstarrt. Doch wenigstens wusste er jetzt, was zu tun war.

Meg lag auf dem Strohsack, die Augen geschlossen und in ein Untergewand gekleidet. Ihre Haut schimmerte so weiß wie die Verbände, die sie trug. Will dachte daran, wie er sie zum ersten Mal gesehen hatte, auf der Straße nach Nottingham. Sie hatte Angst gehabt, hatte geschrien und gekämpft, aber sie war voller Leben gewesen. Auf dem Scheiterhaufen noch hatte sie vor Lebenskraft gesprüht, voller Kraft und Stärke. Jetzt lag sie da wie eine zerbrochene Puppe, zart, zerbrechlich, nicht einmal willens, den Kopf zu heben, geschweige denn zu kämpfen oder sich zu wehren.

Als er diesen Gegensatz erkannte, wurde er noch sicherer. Er wusste jetzt, dass er die richtige Entscheidung traf.

Mit drei langen Schritten war er bei ihr und beugte sich über sie. Ihr kurzes, offenes Haar fiel um ihr Gesicht wie Blätter im Herbst auf den Waldboden. Als er sich bei diesem Gedanken ertappte, wusste Will, dass er zu viel Zeit im Wald verbracht hatte. Aber die Bilder von Meg, von den Bäumen und von wilder, ungezähmter Natur vermischten sich, bis die Wälder nicht mehr furchteinflößend wirkten.

„Genug davon, Meg. Steh auf."

Sie öffnete die Augen, suchte nach seinem Gesicht.

„Ich sagte, steh auf."

„Will? Was tust du hier? Wo ist Alice?"

Er presste die Lippen zusammen und sah sich im Raum um, bis er das geliehene blaue Kleid über einem Stuhl liegen sah. Mit einer einzigen Bewegung holte er es und kniete neben ihr nieder. „Ich will, dass du aufstehst. Ich will, dass du dich anziehst."

Sie schüttelte den Kopf, als er sie zum Sitzen hochzog. Er schloss das Band ihres Untergewandes am Hals und versuchte, nicht auf ihre runden Brüste zu achten, die seinen Fingern so nahe waren. Noch einmal holte er tief Luft und zog sie dann auf die Füße. Sie schwankte. Da packte er sie unter den Armen und zog ihr das blaue Kleid an. Nur als er behutsam ihre verbundenen Hände durch die Ärmel zog, ging er langsamer vor.

„Will, warum? Was tust du da?“ Wachsam drehte sie ihm das Gesicht zu.

„Deine Erholungszeit ist vorbei, Meg. Du kommst mit mir.“

„Dazu hast du kein Recht.“

Ihre finstere Miene sprach Bände. Doch er wollte noch mehr Widerstand sehen. „Ich bin dein Gemahl. Und ich nehme mir dieses Recht.“

Er hob sie hoch und legte sie sich über die gesunde Schulter, ohne auf ihre wüsten Beschimpfungen zu achten. Sie stieß ihm ihre Ellenbogen zwischen die Schulterblätter und zappelte mit den bloßen Füßen vor seinem Gesicht. Sie wand sich, schrie und kämpfte, aber er hielt sie fest, schlang die Arme um ihre Taille und ihre Hüften.

„Will! Lass mich los!“

Er grinste nur. Seine Sorgen lösten sich in Nichts auf. Will konnte sich nicht erinnern, wann er in der letzten Zeit etwas mit mehr Gewissheit empfunden hatte. Diese Gewissheit brachte ihm Frieden.

Er verstärkte seinen Griff und begab sich mit ihr zu den Stallungen.

33. KAPITEL

„Ich bin keine von deinen zarten Nordfrauen,
die nur für Stickereien gut sind
und vielleicht damit hausieren gehen,
unterstützt von Männern."
– Maid Marian
The Foresters: Robin Hood and Maid Marian
Alfred Lord Tennyson, 1982

Hoch über dem Boden hockte Meg im Sattel, hielt nur mit Schenkeln und Rücken das Gleichgewicht. Sie hatte beide Hände unter die Arme geschoben und konnte wegen der Verbände den Sattelknauf nicht festhalten. Eine unbedachte Bewegung, und sie würde hart auf den Boden fallen, ein Sturz, der ihr Schmerz verursachen würde und sehr peinlich wäre.

„Steig ab." Will stand vorn neben dem Kopf des Pferdes und sprach in scharfem Ton mit ihr. Kaum vermochte sie, in seiner Stimme die ihres frisch angetrauten Ehemanns zu erkennen.

Abscheu und Verwirrung brachten sie beinahe dazu, laut aufzuschreien. Doch die Resignation war stärker, und ihre Apathie erstickte jeden Laut. Es war ihr egal, was geschah.

„Ich warte, Meg."

„Warum tust du das?"

„Weil ich sehr erschöpft bin", erklärte Will. „Ich bin es leid, auf Zehenspitzen um dich und deine Verletzungen herumzuschleichen, voller Angst, du könntest dich in Luft auflösen. Die seltsame Frau, die seit vierzehn Tagen nicht ihr Schlafzimmer verlassen hat – das bist nicht du. Ich will meine Ehefrau zurückhaben."

Das Pferd wieherte und scheute bei dieser Erklärung. Meg kauerte sich über seine Mähne und konnte sich nur festhalten, indem sie die Ellenbogen auf beide Seiten des Pferdehalses stützte. Vorsichtig und tief nach unten gebeugt, nutzte sie die Schwerkraft und hoffte auf Glück, als sie ein Bein über den Sattel schwang. Sie erwartete, dass Will ihr half – eine Hand auf ihre Taille legte, damit sie sich auf seinen starken Körper stützen konnte –, doch er blieb stehen, wo er war. Sie verzog das Gesicht und biss die Zähne zusammen.

Nachdem sie fest auf beiden Füßen stand, wandte sie sich an ihren Folterknecht, ihren Gemahl, und versuchte, das Zittern ihrer Knie zu unterdrücken. „Und wenn es unmöglich ist?"

„Das hier ist deine Chance, es herauszufinden."

„Was hast du vor?"

Er trat zurück und zog das gehorsame Pferd mit sich. Meg spürte, wie sich seine Wärme entfernte.

„Hier ist dein Wanderstab. Ich lasse dich im Wald zurück." Sie hörte an seiner Stimme, dass er lächelte. „Ich kehre zum Haus zurück."

„Du lügst."

„Wenn du wütend bist, dann komm und such nach mir." Mit ein paar weiteren Schritten war er aus ihrer Reichweite verschwunden. „Wenn du stark genug bist, meine Partnerin zu sein, dann komm – und finde mich."

„Will, hör auf damit." Sie hörte weitere Schritte und das Rascheln von Blättern. „Will? Will Scarlet, komm hierher zurück!"

„Finde mich, Meg. Fünfhundert Yards Richtung Norden."

Jetzt rief er laut, und seine Worte hallten zwischen den ächzenden Bäumen wider, ehe sie verklangen.

„Will? Tu mir das nicht an!"

Keine Antwort.

„Oh Gott", flüsterte sie. „Will?"

Der Oktoberwind wehte die Blätter von den Bäumen. Sie raschelten leise, während sie zu Boden fielen, sanft wie feiner

Regen. Über ihrem Kopf schwankten die Zweige und sangen ihr unheimliches und einsames Lied.

Meg trat zurück. Unter ihren Füßen knackte ein Zweig. Sie zuckte zusammen und fuhr herum, während ihr Herz wie rasend schlug. „Arroganter Mistkerl! Nutzloser, schrecklicher Mann!“

Stille.

Sie streckte die Arme aus und tastete sich Schritt für Schritt über den Waldboden. Noch immer raste ihr Puls, und sie atmete durch den offenen Mund, viel zu schnell. Am liebsten wäre sie gerannt und konnte doch nur langsame, vorsichtige Schritte machen.

Trotz ihrer Vorsicht schlug sie sich die Stirn an einem dicken herabhängenden Ast an. „Verdammt!“

Der laute Ausruf hallte durch den Wald. Sie tastete sich an dem Ast entlang, kam zu einem Eichenstamm und lehnte sich mit dem Rücken gegen die harte Rinde.

„Ich glaube dir nicht, Will! Ich kenne dich. Ich weiß, was in dir vorgeht. Du beobachtest mich heimlich. Du kannst mich nicht allein lassen!“

Sie trat mit dem Fuß ein paar harte Eicheln beiseite und ließ sich an dem Stamm zu Boden gleiten. Doch der Schutz dieses großen Baumes trug nur wenig dazu bei, ihre Furcht zu lindern.

„Ich rühre mich nicht von der Stelle. Hörst du mich, Will Scarlet? Ich gehe hier nicht weg!“ Tränen stiegen ihr in die Augen. Ihre Kehle brannte, als hätte sie beißenden Qualm eingeatmet, in dem Feuer, das ihr die Hütte geraubt hatte. „Will, bitte. Du weißt doch, wie sehr ich mich fürchte.“

Eine Elster schrie im Fluge. Eichhörnchen schnatterten und kratzten mit ihren Krallen an der Rinde. Meg schloss die Augen. Sie zog die Knie an und schlang die Arme darum, kauerte sich zusammen, bis sie sich vorstellte, ihr Körper wäre so rund wie ein Rad.

Wie lange würde er sie hier sitzen lassen? Wie lange müsste sie warten?

Und falls sie ihm jemals verzeihen könnte – wie viele Jahre würde das dauern?

Will übergab das Pferd einem Stallknecht und stieg zum Turm hinauf, den Blick auf die Wälder im Süden gerichtet. Er blickte in das dichte Gewirr aus Büschen und Bäumen. Im Stillen drängte und nötigte er seine Frau, wünschte sich nichts sehnlicher, als zu sehen, wie sie aus dem Wald kam. Sie würde schimpfen und fluchen und ihn hassen, aber sie würde kommen.

Sie musste jetzt jeden Augenblick kommen.

Marian stand neben ihm. Ohne Schleier umrahmte ihr Haar in dichten Locken den Kopf. Um ihre Augen lagen feine Linien, ein Zeichen ihrer Anspannung. „Du gehst ein großes Risiko ein, nicht wahr?“

Er verschränkte die Arme. „Wenn sie in ein paar Minuten nicht hier ist, gehe ich zurück.“

„Nein.“

„Nein?“

Sie kniff die dunklen Augen zusammen, wie sie es immer dann tat, wenn sie sich eine Strategie überlegte. Will hatte diesen berechnenden Ausdruck seit Jahren nicht mehr an ihr gesehen. „Dein Gedanke war richtig. Das heißt, wenn sie so stark ist, wie du glaubst. Ich mache mir aber trotzdem Sorgen.“

„Ich mir auch. Und deshalb warte ich auf sie.“

„O nein.“ Ihr Lächeln wurde zu einem Grinsen, das überheblicher wirkte, als er oder Robin es jemals zustandegebracht hätten. „Ich bin in Sorge, dass sie mehr Ausdauer haben könnte als du.“

Und wieder einmal hatte sie recht, sehr viel öfter als Robin oder er.

Er nickte, eine knappe Geste der Zustimmung. „Was schlägst du vor?“

Meg erwachte, als ihr Kopf gegen den Baumstamm schlug. Sie fluchte leise und bewegte die schmerzenden Schultern. Ihr war kalt. Keine Sonnenwärme durchdrang das Dickicht des Waldes, sodass es ihr unmöglich war, die Zeit zu schätzen. Sie konnte ein paar Minuten geschlafen haben oder ebenso gut die halbe Nacht.

„Will?“ Sein Name durchdrang heiser die Stille. Sie fühlte sich erschöpft, und noch immer brannten Tränen in ihren Augen. Aber sie war allein.

Er hat mich verlassen.

Das Gefühl von Verrat erstickte jeden anderen Gedanken. Der Mann, der gelobt hatte, ihr Ehemann zu sein, der Mann, der versprochen hatte, sie niemals im Stich zu lassen – er hatte sie allein im Wald zurückgelassen. Wieder einmal.

Dem Gefühl von Verrat folgte Entsetzen, denn nie hätte sie geglaubt, dass er sie jemals enttäuschen würde. Gleich darauf stellte sich Furcht ein.

Wie sollte sie sich in Sicherheit bringen?

Doch der Zorn erstickte diese aus Selbstmitleid geborene Frage. Wie sehr ihre Wunden auch schmerzten, sie wollte die Hände um Wills Hals legen und zudrücken, bis er um die Gnade des Todes bettelte. Sie wollte hören, wie er sie um Verzeihung anflehte, auch wenn sie sich nicht vorstellen konnte, dass sie ihm so etwas Großzügiges gewährte. Ja, Zorn würde nützlich sein. Sie nährte dieses Gefühl wie eine schützende Rüstung.

Wenn du wütend bist, dann komm.

Das würde sie tun.

Bebend vor Zorn hob sie ein Handgelenk an den Mund und packte das Ende eines der Verbände mit den Zähnen. Sie zog und zerrte das Leinen von ihrer Hand, bis sie die kühle Luft auf ihrer wunden Haut spürte. Dann befreite sie auch ihre andere Hand und legte behutsam die Handflächen an die Wangen. Viele wunde Stellen waren von Hautfetzen bedeckt, aber keine der Wunden nässte, wie das noch vor einer Woche der Fall gewesen war.

Um ein Polster zu haben, wickelte sie die rechte Hand in ihre Haube und tastete nach ihrem Wanderstab. Dann holte sie tief Luft, um sich gegen die Angst vor ihrer bevorstehenden Wanderung zu wappnen.

Um sich zu orientieren, bewegte sie sich vorsichtig zurück zu der Eiche und betastete zaghaft den Stamm. Sie fühlte raue harte Rinde unter den Fingerspitzen, bis sie ein Stück Moos fand. Da sie wusste, dass Moos nur an der Nordseite eines Baumes wuchs, drehte sie sich um und wandte sich dem Haus zu.

Fünfhundert Yards. Richtung Norden.

Bei jedem weiteren Baum suchte sie wieder nach dem Moos, um sicher zu sein, dass sie noch in die richtige Richtung ging. Sie benutzte sogar ihr Gesicht und presste die empfindliche Haut ihrer Wangen gegen die Rinde, wenn ihre tauben Hände versagten. Die wunden Handflächen bluteten. Sie sehnte sich danach, die Angst loszuwerden, wieder ruhig zu atmen, und ihr Kopf war so angespannt, dass es beinahe schmerzte.

Aber sie würde nicht aufgeben. Sie konnte es nicht.

Schweiß bedeckte ihre Stirn, nässte ihr Haar und ließ ihr Kleid an ihrem Körper kleben. Ihre Beine schmerzten von den Zweigen und Ästen, die wie Peitschenhiebe an ihre Knie schlugen. Hätte sie einem Pfad folgen müssen, so wäre sie schon längst davon abgekommen, denn sie ging strikt geradeaus, folgte nur dem Glauben in die eigenen Fähigkeiten. Bei jedem Schritt ließ ihre Angst ein wenig mehr nach, und sie drängte sie weiter zurück, bis sie kaum noch vorhanden war. Trotz der Bäume, trotz des dichten Unterholzes und der Tatsache, dass sie nur langsam vorankam, schwand selbst ihr Zorn allmählich.

Wenn du stark genug bist, meine Partnerin zu sein, dann komm zu mir.

Sie blieb stehen. Runzelte die Stirn. Holte tief Luft.

Das Gefühl, verraten worden zu sein, machte großer Verlegenheit Platz. Sie errötete zutiefst, so sehr schämte sie sich. Denn mit einem Mal wurde ihr bewusst, was für ein weinerliches kleines Mädchen sie seit dem Brand geworden war.

„Bei allen Heiligen, er hat recht.“ Die Andeutung eines Lächelns umspielte ihre Mundwinkel. „Dieses verdammte Ungeheuer.“

Noch immer hatte sie vor, Will Scarlet an den Haaren zu packen und ihn daran über glühende Kohlen zu ziehen, doch wenigstens verstand sie jetzt seine Absichten.

Die Zeit verstrich. Meg war erschöpft, und ihre Muskeln schmerzten. Ein Rascheln schreckte sie aus ihren Gedanken; es klang wie Stiefelschritte. „Wer da?“

„Meg, geht es Euch gut?“

„Milady“, stieß sie hervor.

Marian packte sie, als sie schwankte. „Ihr blutet.“

„Das sind nur meine Hände. Es geht mir gut, wirklich.“ Der Wunsch, diesen Weg allein zu beenden, kämpfte mit der Freude, einen Arm zu finden, auf den sie sich stützen konnte. Es war, als hätte sie Schmetterlinge im Bauch. „Sagt mir, Milady, hat Will mich wirklich im Wald zurückgelassen?“

„In gewisser Weise, ja“, entgegnete Marian. „Er wünschte, dass Ihr in Sicherheit seid, aber er traute sich nicht, Euch den Weg allein zurücklegen zu lassen.“

Ihr Magen beruhigte sich. „Und Ihr habt während all dieser Stunden über mich gewacht?“

„Ja.“

„Ich danke Euch, Milady.“ Erleichterung durchfuhr ihren Körper mit solcher Heftigkeit, dass alle Kraft sie für den Moment zu verlassen drohte. „Und wo ist jetzt mein lieber Gemahl?“

Robin hörte die Flüche schon, ehe er den Garten betrat. Mit verschränkten Armen lehnte er sich gegen eine weiße Sandsteinsäule.

Die Beine weit gespreizt, die Bogensehne fest gespannt, stand Will da, den Blick auf eine leere Zielscheibe in etwa hundert Schritt Entfernung gerichtet. Die Verbände an seinen Handgelenken hatte er mit Ledermanschetten geschützt. Er hatte die Hand halb zur Faust geballt, der geschiente Daumen lag über den Fingern, mit denen er den Bogen hielt. Er ließ die Sehne los, und der Pfeil flog weit in eine Hecke hinein.

Will presste die Kiefer zusammen. Dann seufzte er, straffte die Schultern und zog einen weiteren Pfeil aus dem Köcher auf seinem Rücken. Mit Daumen und Zeigefinger strich er über die Federn, setzte den Pfeil an und feuerte noch einmal. Wieder weit daneben.

„Verdammt!“ Wütend trat er einen Stein beiseite und warf den Bogen weit von sich.

Robin stieß sich von der Säule ab, bemühte sich, möglichst gelassen zu wirken und fühlte doch, wie angespannt er war. Und er schämte sich. Er war aus dem Krieg zurückgekehrt, aber nur, um den Konflikt in seinem eigenen Heim zu schüren. Dass er sich so verhielt, verletzte seinen Stolz.

Ich bin es müde, gegen dich zu kämpfen.

Er hoffte, dass Will diese Worte ernst gemeint hatte. Nachdem er vor langer Zeit aus Protest Pfeil und Bogen abgelegt hatte, weckte allein die Tatsache, dass Will überhaupt einen Bogen hielt, schon Hoffnung in Robin. Während er die finstere Miene seines Neffen betrachtete, suchte er nach einem Spalt in der Tür, die sich zwischen ihnen geschlossen hatte – selbst wenn er derjenige sein musste, der klopfte.

„Dein Daumen bereitet dir Schwierigkeiten“, sagte er.

Finster sah Will ihn an. „Sag, was du sagen musst. Ich weiß, dass du es willst.“

„Kannst du es noch einmal versuchen?“

Will sah ihn aus zusammengekniffenen Augen misstrauisch an. Wut lauerte in diesem Blick und erzählte von einem jahrelangen Kampf. Ein Muster, das sie über viele, viele Jahre aufgebaut hatten, war hier wieder auferstanden: Robin bot einen Ratschlag an, und dann kämpfte in seinem Neffen der Stolz mit dem Verlangen, zu lernen und seine Geschicklichkeit zu trainieren. Er wusste nie, welche Seite gewinnen würde, denn oftmals schlug Will jede Hilfe aus, nur weil sein Stolz es verlangte.

Aber nicht diesmal. Er nickte, eine einzige, knappe Bewegung, die Robins Hoffnung weiter nährte.

Will holte den Bogen zurück. Er überprüfte die Nocke, die aus Horn geschnitzt war, und die geflochtene Sehne. Dann zog er noch einen Pfeil aus dem Köcher, stellte sich in Position und hob den Bogen hoch. Die grünen Augen kniff er zu Schlitzen zusammen.

Anstatt zuzulassen, dass er mit dem verletzten Daumen eine unvollkommene Faust bildete, spreizte Robin die Schiene weg, sodass sie die anderen Finger nicht berührte. Dann trat er zurück und wartete.

Will ließ die Finger in dieser Haltung, aber sie zitterten, während er versuchte zu zielen. Doch er bewies bei dieser Aufgabe ein erstaunliches Maß an Geduld. Langsam löste sich die Spannung aus seinen Schultern, und sein Rücken wirkte geschmeidiger.

Der Pfeil schlug zwei Fuß neben dem Ziel ein, doch das war schon entschieden besser, als die Hecke zu treffen.

Will spuckte aus und verzog das Gesicht, als er seine linke Hand ausschüttelte. „Was macht deine Nase?“

„Gebrochen.“

„Ich habe einen Zahn verloren.“

„Besser als den Kopf.“

„Das ist ein schwacher Trost, Onkel.“

Robin grinste. „Geht es deiner Frau gut? Ich möchte sie endlich einmal kennenlernen.“

Der kurze Anflug von Entspannung verschwand aus Wills Haltung. „Das würde ich auch gern.“

Ehe Robin nach einer Erklärung fragen konnte, zog sein

Neffe einen weiteren Pfeil aus dem Köcher, bog den Daumen von den Fingern weg und schoss wieder. Diesmal traf er noch näher ans Ziel. Doch die Spannung in seinem Körper war unübersehbar. Er holte tief Luft und warf den Bogen hin.

Dann wurden Schritte laut, und die beiden Männer drehten sich um. Marian trug Hosen und eine Tunika, über ihrer Schulter hingen Bogen und Köcher.

„Marian? Was um alles in der Welt …"

Sie geleitete Wills Gemahlin in den Garten, ein Anblick, der Robins Frage erstickte. Blut und zerfetzte Verbände bildeten ein wirres Muster auf Megs Händen. Ihr Kleid war voll von Schlamm und Grasflecken. An dem zerrissenen Saum hingen Dornen. Doch ganz im Gegensatz zu ihrer äußeren Erscheinung wirkte sie ruhig und gelassen. Um ihre Lippen spielte ein Lächeln.

„Wir sind da, Meg."

Sie löste sich von Marians stützendem Griff und brach einen langen, kahlen Ast ab, der auf den Weg ragte; Splitter flogen in die Luft. Dann ging sie langsam weiter voran. Will schien vollkommen verändert. Er beobachtete sie. Seine Miene war ausdruckslos, aber voller Hoffnung. Er nahm ihre freie Hand. Sie ließ den Stab fallen, und Robin trat zur Seite und stellte sich neben seine Frau.

Langsam und vorsichtig strich sie über Wills Gesicht, schob sein Haar zurück. Seine Haut war blutverschmiert. Robin wollte sich von dieser innigen Szene abwenden, war aber so fasziniert, dass es ihm unmöglich war.

Will folgte Megs Hand, berührte ihre Handfläche mit den Lippen. Dann ballte sie die wunden Finger zu einer Faust, packte sein Haar und riss seinen Kopf zur Seite.

„Verdammt!"

„Bastard!"

Sie holte aus und versetzte ihm einen Fausthieb gegen die Wange. Er stöhnte auf, taumelte, fand dann das Gleichgewicht wieder. Zu Robins Verwirrung begann Will zu lachen. Die Anspannung, die seine Haltung und seinen Körper gequält hatte, war wie weggeblasen.

Will packte ihre Handgelenke und zog seine Frau an sich, bis ihre Hüften sich berührten. „Ich bin froh, dass ich dich wiederhabe, Meg."

„Ich bin froh, zurück zu sein."

Die Spannung zwischen diesen beiden wurde immer größer. Endlich wandte Robin sich ab. Marian lächelte breit.

Meg drehte ihr Gesicht in die Richtung, in der Robin und Marian standen. „Verzeiht uns bitte. Wir möchten uns für heute Abend zurückziehen."

„Du bist heute weit genug gelaufen", sagte Will und hob sie auf seine Arme. Er küsste sie auf die Stirn und lächelte, die Lippen noch an ihrer Haut. „Gestatte mir, dich in dein Gemach zu begleiten."

Robin hob den liegen gelassenen Bogen auf. „Ich bringe deine Waffe ins Haus."

An der Schwelle zum Garten blieb Will stehen und nickte. „Danke, Robin. Vielleicht können wir morgen weiterüben."

Marian stand an seiner Seite, als Robin zusah, wie das seltsame Paar das Haus betrat. Einer hatte einen geschienten Daumen und benutzte nur die rechte Schulter. Die andere trug den halben Wald mit sich herum und war überall mit Blut befleckt. Doch etwas loderte zwischen ihnen, etwas war ihnen gemeinsam.

„Mein armer Gemahl", sagte Marian und sah ihn lachend an.

„Was ist hier passiert?"

„Ich verstehe es selbst nicht ganz. Aber ich vermute, morgen werden wir Meg begegnen, und zwar beide zum ersten Mal."

Er lächelte zurück und musterte sie von oben bis unten. „Ich habe dich seit Jahren nicht mehr in der Kleidung der Waldläufer gesehen."

Sie blickte an dem engen Gewand hinunter, das alle Farben zwischen Grün und Braun aufwies. „Am Ende war es nicht nötig. Meg fand ihren eigenen Weg."

„Zielübungen?", fragte er und hielt Wills Bogen hoch.

„Um was geht es?"

Robin beugte sich vor und flüsterte ihr etwas ins Ohr, dann küsste er ihre Halsbeuge. Sie lächelte, nickte und zog einen Pfeil aus ihrem Köcher.

34. KAPITEL

Küss meine Hand, Will, und du bist mein Mann …
Robin Hood and his Adventures
Paul Creswick, 1903

Nachdem sie sich voneinander gelöst hatten, zogen sie sich hinter der verschlossenen Tür ihres gemeinsamen Zimmers in entgegengesetzte Ecken zurück. Will erwartete eine Auseinandersetzung, entweder körperlich oder mit Worten, und war sich nicht sicher, ob er der Versuchung widerstehen könnte, sie einfach an sich zu ziehen. Das Blut loderte heiß in seinen Adern, eine erregende Mischung aus Zärtlichkeit, Verlangen und unendlicher Erleichterung.

Sie war aus dem Wald zurückgekommen, doch ob sie ihm seine List verzeihen würde, das würde erst die Zukunft erweisen.

„Meg, zeig mir deine Hände."

„Nein!" Ihre Stimme klang scharf, verriet aber doch das Ausmaß ihrer Erschöpfung. Sie ließ sich auf den Strohsack sinken und schob ihre blutigen Hände in die Falten ihres Kleides. „Ich habe genug von deinen Befehlen."

„Zeig sie mir. Bitte." Er kniete vor ihr nieder, öffnete ihre Fäuste und betrachtete die verwundeten Handflächen. „Die Narben sind wieder aufgegangen."

„Ich fühle mich, als hätte jeder Baum im Wald ein Stück von mir behalten."

Er verzog das Gesicht. „Beinahe."

„Au." Sie zuckte zusammen, entzog ihm ihre Hand und legte die andere schützend darüber.

„Tut das weh?"

„Ja." Sie spürten beide sofort, wie erstaunt sie war. Dann breitete sich langsam ein sanftes Lächeln auf ihrem Gesicht aus. „Ja, es tut weh."

Er erwiderte ihr Lächeln. Dass sie überhaupt etwas fühlte, und wenn es auch nur Schmerz war, sprach für den Beginn einer Heilung. Trotz der Narben und der zerstörten Haut würde sie mit der Zeit das Gefühl in den Händen zurückerlangen.

„Hier, vorsichtig." Er nahm ihre Hände, legte sie um sein Gesicht. „Fühlst du mich?"

Sie lächelte, lachte dann und zuckte zugleich zusammen. „Über den stechenden Schmerz hinweg – ja."

„Gut", sagte er leise. „Gut."

Sie drückte ihre Handflächen zusammen und presste ihre Nägel in seine Haut. „Tu mir das nie wieder an."

„Zwing mich nicht dazu."

„Einverstanden."

Die Luft zwischen ihnen schien mit einem Mal zu vibrieren. Sie beugten sich vor zu einem Kuss. Noch immer gefangen zwischen Megs Händen, legte er den Kopf schräg, um besser ihren Mund erobern zu können. Dann umfasste er ihren Nacken, hielt sie fest, erstickte ihre Seufzer mit seinem Kuss.

Langsam legte sie sich zurück. Genauso langsam folgte er ihr, ihren verlockenden Lippen, lag neben ihr auf dem Strohsack. „Schließ die Augen", sagte sie.

„Sie sind geschlossen."

„Ich glaube dir nicht."

Mit zitternden Fingern berührte sie seine Lider, damit er nichts von dem matten Licht des frühen Abends sehen konnte. So nahe bei Meg, in ebensolcher Finsternis wie sie, konzentrierte Will sich ganz auf seine übrigen Sinne, roch den Duft von Blättern, den salzigen Schweiß auf ihrer Haut, kostete ihre Zunge.

Er stützte sich auf den Ellenbogen und genoss es, sie so weich und warm unter sich zu fühlen. Wie ein Stein, der die Sonne gespeichert hat, gab sie in der abendlichen Kühle Wärme an ihn ab. Ihr Kuss, so heiß und verlangend, fachte sein inneres Feuer noch mehr an. Er strich mit dem Daumen über ihre Unterlippe, entlockte ihr ein Seufzen. Dann biss sie leicht in seine Haut.

Die Erregung, die bisher nur in ihm geschlummert hatte, loderte nun hoch auf, drängte ihn, sie zu nehmen, zu beißen, zu fordern. Doch er wollte ihr nicht wehtun, nicht nach dem, was sie durchgemacht hatte. Daher war er geduldig, küsste sie sanft, beschützte sie vor seinem wilden Verlangen.

„Will“, flüsterte sie dicht an seinem Mund. „Du wirst mich nicht brechen.“

Erleichtert und glücklich seufzte er auf. Es schien, als wäre sie in seinen Geist eingedrungen und hätte seine geheimsten Gedanken gelesen. „Vielleicht hast du mich vorsichtiger werden lassen, als es mir lieb ist.“

„Das warst du schon immer.“

„Ich werde bei dir kein Risiko eingehen. Nie mehr.“ Er küsste sie auf die Nase, dann auf die Wange, auf ihr Kinn. Behutsam, mit Rücksicht auf ihre Verletzungen, löste er ihre Hände von seinen Wangen und öffnete die Augen. „Wir müssen nur darauf achten, dass deine Hände nicht im Weg sind.“

„Nicht im Weg?“

Er schmiegte sich an sie, der Geruch ihrer Haut, nach Erde und Wald, verdrängte jeden klaren Gedanken. „Halte sie über deinen Kopf.“

„Willst du vorsichtig mit mir umgehen?“

„Nicht, wenn ich es verhindern kann.“

„Gut.“ Ihre Stimme klang belegt. Meg hielt die Augen geschlossen, die roten Lippen zu einem Lächeln verzogen, das von einem Engel oder einem Teufel hätte stammen können. „Ich habe dich nämlich vermisst.“

Sie gehorchte und hielt die Hände hoch über ihren Kopf. Ihre Brüste spannten sich in dem Mieder, das sie trug, ein Anblick, bei dem Will das Wasser im Mund zusammenlief. Wieder küsste er sie, fester diesmal. Sie drängte sich ihm entgegen, und er seufzte. Gier und Leidenschaft mischten sich in diesem Kuss, als beide versuchten, so nahe beieinander zu sein wie nur möglich.

Rasch, ohne viele Umstände, löste er die Bänder ihres Mieders. Bei einem widerspenstigen Knoten fluchte er. „Vergiss das Kleid", wisperte sie.

Er stand auf und streifte seine Kleidung ab. Meg hob die Hüften an und schob ihr Kleid nach oben. Dann legte sie die Hände brav wieder über ihren Kopf. Diese Mischung aus Unterwerfung und selbstsicherer Aufforderung raubte ihm beinahe den Atem und steigerte seine Erregung noch mehr.

Endlich lag er neben ihr und umarmte sie. Er flüsterte ihren Namen, schmiegte seine Wange an ihre, sog an ihrem Ohrläppchen, bis sie laut stöhnte.

Meg, die ihn nicht berühren konnte, küsste seine Schläfe. Ungeduldig drängte sie ihm ihre Hüften entgegen, immer und immer wieder. „Du schuldest mir etwas", sagte sie.

„Das ist richtig."

Meg presste den Kopf fester gegen den Strohsack. Der Geruch von frischem, süßem Stroh stieg ihr dabei in die Nase. Sie schloss die Augen und ließ sich von einem Traum entführen, während sie die Füße um Wills Waden schlang. Sie spürte seinen warmen Atem an ihrem Bauch, dann biss er sie in die Schenkel, sog an ihrer Haut, erregte sie immer mehr, bis ihr heißer und heißer wurde.

Schließlich umfasste er ihre Kniekehlen, spreizte ihre Beine und schob seine Zunge zwischen ihre Schenkel. Er küsste sie. Er sog und nagte an ihr. Am liebsten hätte sie die Beine um ihn geschlungen und ihn festgehalten, doch er hielt ihre Knie auseinander, bereit für seinen Mund, liebkoste sie, bis sie nass war. Meg erschauerte bei der Vorstellung, wie verletzlich sie jetzt war. Sie stöhnte und seufzte, wand sich unter ihm, wusste, dass ihr Körper um Erfüllung flehte.

Will lehnte sich zurück, nahm seine Wärme mit, überließ

sie ihrer Erregung. Sie wollte mehr von ihm, und er legte seine Hand zwischen ihre Beine, begann sie zu liebkosen. Sie zuckte zusammen, und Lust überlief sie wie ein Schauer.

„Bin ich dein Ehemann, Meg?"

„Wie bitte?"

„Liebst du mich?" Er bewegte den Daumen, und ihr Stöhnen verriet, dass sie nach mehr verlangte. „Brauchst du mich so sehr, wie ich dich brauche?"

Sie konnte nicht schnell genug Luft holen. Sie konnte nicht denken. Die gleichmäßige Bewegung seines Daumens nahm ihr alles, was sie hatte. „Will, bitte!"

„Ich möchte dich betteln hören, Geliebte."

Sie seufzte. „Weil ich mich dir unterwerfen soll?"

„Nein, weil ich weiß, dass du mich bei der nächsten Gelegenheit genauso behandeln wirst."

Sie leckte sich die Lippen und lächelte. „Du hast mein Wort darauf."

„Und ich will eine Antwort hören", forderte er. „Anderenfalls muss ich das hier die ganze Nacht hinauszögern."

„Immer wieder diese Entscheidungen."

Sie legte die Beine über seine Schultern, verkreuzte die Füße und zog seinen Kopf näher. Er küsste die Innenseite ihrer Schenkel, dann legte er sich neben sie. Dabei hörte er keinen Augenblick auf, sie zu massieren.

Seine warme Zunge an ihrer Wange ließ sie erschauern. Sie fühlte seinen heißen Atem an der feuchten Haut. „Keine Scherze mehr. Hast du dein Gelübde ernst gemeint?"

„Was spielt das für eine Rolle? Ich habe die Worte gesagt."

„Ich habe gesehen, dass du den Leuten das Gesicht zeigst, das sie wollen. Aber ich bin keiner von diesen Dummköpfen", sagte er. „Ich liebe dich."

Die Berührung seines Daumens drohte sie um den Verstand zu bringen. Sanft biss er sie ins Ohr, sodass sie stöhnte. „Vielleicht bist du ein noch größerer Dummkopf."

„Vielleicht." Er küsste sie auf den Mund. Sie zitterten beide. „Tu es mit mir zusammen, Meg. Sei tapferer und kühner, als du es je gewesen bist."

„Und wenn ich das nicht bin? Wenn ich es nicht kann?"

Er bewegte den Daumen langsamer, hörte ganz auf. Dann küsste er ihre Stirn, leicht wie ein Hauch, sodass ihr Tränen in die Augen traten. „Meine Frau, meine Geliebte, wie lange ist es her, seit dich jemand verwöhnt hat?"

Sie schluchzte.

„Lass es mich versuchen, Meg."

Ja. Ja bitte.

Sie schmiegte sich an ihn, an seinen warmen Körper, barg ihr Gesicht an seiner Halsbeuge. Küsste ihn. Atmete.

Er löste sich aus ihren Armen, beugte sich tiefer, nahm jetzt nicht mehr den Daumen, sondern die Zunge, war nicht mehr zärtlich, sondern leidenschaftlich. Aber er führte sie nicht zum Höhepunkt. Er dehnte ihr Vergnügen weiter aus, mit jeder Liebkosung, jeder Berührung mit Lippen und Zähnen. Sie wand sich, wehrte sich, ballte die Hände zu Fäusten, trotz aller Schmerzen.

„Hilf mir!", stieß sie hervor.

Ein Mal noch berührte er sie mit seiner Zunge, dann hob er den Kopf. „Du weißt, was du zu tun hast, Meg. Aber du solltest es ernst meinen, denn ich werde dich beim Wort nehmen."

Das Lächeln in seiner Stimme ließ ihren Widerstand dahinschmelzen. Nach so vielen Jahren der Angst hatte sie keine echte Freude mehr zu empfinden vermocht. Aber Will hatte ihr einen Weg gezeigt, hatte ihr einen Grund gegeben zum Kämpfen, einen Körper, nach dem sie sich sehnen konnte. Er hatte sie gerettet. Der Beschützer, den zu wünschen sie niemals gewagt hätte – er hatte ihr geholfen, wieder zu sich selbst zu finden. Frieden umfing sie wie ein warmer Mantel.

Sie lächelte und genoss ihre gemeinsame Lust, sah, was sie sehen wollte. „Ich liebe dich, Will. Mein Mann. Ich liebe dich und ich brauche dich."

„Braves Mädchen."

Sie lachte. „So hat man mich noch nie genannt."

„Und brave Mädchen werden belohnt."

Er küsste sie zwischen die Schenkel, und der Rhythmus seiner Zunge und seiner Küsse nahmen ihr jeden Vorbehalt. Sie umklammerte ihn mit ihren Beinen, hielt ihn ganz fest, so wie er sie hielt. Ihr Höhepunkt war heftig, gab ihr das Gefühl zu fliegen, zu fließen. Sie rief seinen Namen und zog ihn an sich.

„Achte auf deine Hände", flüsterte er mit rauer Stimme und drehte Meg herum.

Er umfasste ihre Schenkel, weckte noch einmal ihre Erregung. Ihre Brüste wurden gegen den Stoff des Mieders gepresst, als er ihre Hüften packte und sie auf die Knie zog. Sie stützte sich auf die Unterarme, zu benommen, um etwas einzuwenden, zu erfüllt von ihm.

Als er in sie eindrang, stöhnte sie auf. Er erfüllte sie ganz, immer wieder, mit jeder Bewegung seufzte er tief. Ihr Körper folgte seinem Rhythmus. Geschickt griff er um sie herum, schob die Hand zwischen ihre Beine und begann erneut, sie zu massieren. Will passte die Bewegungen seiner Hüften denen seiner Finger an, und dann beugte er sich über sie und biss sie in den Hals.

Sein Atem, rau und heiß an ihrem Ohr, führte Meg noch einmal ins Paradies. Sie wand sich in einem Rausch aus Farben und Licht. Will schlang die Arme um ihre Taille und hielt sie ganz fest, als er sein eigenes Verlangen zu befriedigen suchte. Noch einmal stieß er in sie hinein, dann erschütterte ein Zittern seinen Körper, er schrie auf, rief ihren Namen.

Als er sich zurückzog und Meg in seinen Armen herumdrehte, schmerzten seine Muskeln genauso sehr wie ihre. Sie schlang die Arme um seinen Hals und öffnete ihre Hände. Eine Weile lagen sie so da, bis ihrer beider Atem sich beruhigt hatte.

„Es tut mir leid", sagte sie dann ruhig. „Ich habe mich selbst für ein paar Tage verloren. Vielleicht sogar länger."

„Es tut mir auch leid."

Zärtlich strich er Meg das Haar aus dem Gesicht und atmete den Moschusgeruch ihrer Haut ein. Gänsehaut überzog die schweißbedeckte Stelle an ihrem Arm, die er streichelte. „Lass mich deine Hände verbinden."

„Ich dachte, wir wären uns einig darüber, dass du aufhörst, die Pflegerin zu spielen."

Er löste sich von ihr und ging zur Feuerstelle. Nachdem er ein paar neue Scheite aufgelegt hatte, um die abendliche Kühle zu vertreiben, drehte er sich wieder zu Meg um – da lag sie, auf dem Bauch, erschöpft und befriedigt. Und entsetzlich schmutzig.

„Du musst mir vertrauen", sagte er und lächelte. „Du würdest nicht wollen, dass jemand anders dich so sieht."

„So schlimm?"

„Oh, du siehst furchtbar nach Liebe aus."

„Na schön, dann dieses eine Mal noch."

Er zog sich an und ging Wasser holen, Verbandsmaterial und die Medizin aus der Küche von Alice, deren bedeutungsvollen Blicken er geflissentlich auswich. Er fühlte sich wie eine umherhuschende Ratte in seinem verzweifelten Bemühen, Robin und Marian aus dem Weg zu gehen, und kehrte schnell in sein Schlafgemach zurück.

Meg lag da im Halbschlaf, das Kleid bis zu den Hüften hochgeschoben, und wirkte erneut verführerisch auf ihn. Doch die Wunden an ihren Händen mäßigten sein Verlangen. Er hatte gehofft und gespielt, und sie hatte im Wald zu ihrer Kraft zurückgefunden, hatte die Melancholie abgelegt, die ihre Genesung verhindert hatte. Dass sie zu ihm mit einem gesunden Geist zurückgekehrt war, steigerte nur noch seinen Wunsch, auch ihren Körper zu heilen. Er brauchte sie. Sie hatten zu viel durchgemacht, um noch mehr glückliche gemeinsame Stunden zu verpassen.

Er kniete neben dem Strohsack nieder, tauchte das Tuch in warmes Wasser und wusch ihr das Gesicht. Sie lächelte im

Halbschlaf, seufzte leise. Behutsam und sorgfältig wischte er den Schmutz und das Blut ab, bis ihre Haut klar und rein zu sehen war. Das sanfte Glühen des Feuers verlieh den sauberen Stellen einen goldenen Glanz, und sie sah aus wie eine heidnische Göttin in Gestalt einer Menschenfrau.

Er rieb mit dem Tuch über ihre Fußballen, und sie setzte sich auf, öffnete die Augen und erschauerte. Dann lachte sie und zuckte zurück. Jetzt hielt er ihr Fußgelenk fest und wischte mit dem Tuch über ihre Beine. Je höher er dabei kam, desto heftiger schlug sein Herz, desto lauter rauschte ihm das Blut in den Ohren. Mit ein paar Handgriffen hatte er sie von ihrem Mieder befreit, und ihre Haut schimmerte nackt in dem goldenen Schein.

Nachdem er das Tuch in der Schüssel ausgespült und ausgewrungen hatte, hielt er inne. Zwischen den Beinen sollte sie sich selbst waschen, das schien ihm eine zu intime Aufgabe zu sein, selbst nach dem, was sie soeben miteinander geteilt hatten.

„Du bist fast fertig, Scarlet."

Er leckte sich die Lippen. Plötzlich fühlte sich sein Mund ganz trocken an. „Bist du sicher?"

„Ja", flüsterte sie und errötete.

Er rieb mit dem Tuch über Megs dunkle Locken, bewegte sich dabei zwischen Waschen und Liebkosen. Sie seufzte, hielt die Augen geschlossen, und ihr ganzer Körper schien um mehr zu bitten. Aber noch immer waren ihre Hände nicht versorgt. Er beendete die Säuberung, so schnell es seine zitternden Finger nur zuließen, und wollte sie verbinden, ehe er sich wieder ihren gemeinsamen Vergnügungen zuwandte.

Sie zog die Beine an, setzte sich auf und reichte ihm ihre Hände. Behutsam öffnete er die Fäuste. Während er sie wusch, liefen ihr Tränen über die Wangen. Dann seufzte sie leise.

„Tut mir leid", sagte er.

„Mir nicht", erwiderte sie. „Jetzt kann ich gesund werden."

Er berührte ihre Unterlippe und küsste sie dort. „Das können wir beide."

Jede weitere Geste entlockte ihr einen Aufschrei, ein Wimmern, ein Schluchzen. Jede weitere Geste fügte auch ihm Schmerzen zu. Doch schnell waren sie fertig, und ihre Wunden waren versorgt und verbunden.

Erleichtert seufzte sie auf und kroch nackt unter die Decke. „Und jetzt?"

„Ich kann dir Al-Rhazi vorlesen", sagte er und legte sich neben sie.

„Innerhalb von vierzehn Tagen hast du Arabisch gelernt?"

„Arabisch?"

„Was du nicht alles für mich tust. Jetzt muss ich Ada nicht mehr darum bitten."

„Vielleicht fällt mir etwas anderes ein, mit dem wir uns die Zeit vertreiben können." Er umfasste ihre Brust.

„Nein, wirklich, ich meinte unsere Zukunft. Unser Leben."

„Wir haben das alles hier nicht sehr gut geplant, oder?"

Sie presste ihr Gesicht in seine Halsbeuge. „Vielleicht nicht."

Er starrte auf das Licht, das über die Decke zuckte, und lauschte dem heimeligen Knistern des Feuers. Der Unterschied zwischen diesen kleinen Flammen und der Feuersbrunst, der sie entkommen waren – er konnte nicht verstehen, wie sie das alles überleben konnten. Er hatte genug davon. Er wollte nur noch Meg, hier in seinen Armen.

„Morgen werden Robin und ich noch einmal miteinander sprechen", sagte er.

„Tatsächlich? Alles ist verziehen?"

Die kurze Zeit, die er mit Robin im Garten verbracht hatte, ließ ihn hoffen. Beide waren sie voller Stolz und hatten nur ein paar Sätze zustande gebracht, aber es war ein Anfang. Der nächste Tag würde neue Chancen bieten, die er nicht ungenutzt verstreichen lassen wollte. „Ich glaube schon, ja. Wir können es ihm und Dryden überlassen, Finch zu bestrafen."

„Du willst damit nichts mehr zu tun haben?"

„Sehnst du dich nach Rache, Meg?"

Schweigend lag sie da. Kurzes Haar umrahmte ihr Gesicht, das sie auf seine Brust gelegt hatte. „Überlassen wir sie der Justiz“, meinte sie schließlich. „Ich brauche dich. Und Ada. Ich muss einen Weg finden, ihr dies hier zu erklären.“

„Um dich mit ihr auszusöhnen?“

„Wenn du dich mit Robin versöhnen kannst, dann schaffe ich es, Ada zu erreichen. So lautete die Vereinbarung, oder?“

Lächelnd erinnerte er sich an vergangene Zeiten, in denen es ihm Spaß gemacht hatte, sie zu provozieren. Die Menschen, die sie einst gewesen waren, erschienen ihm jetzt so hoffnungslos und verzweifelt.

„Nun gut“, sagte er. „Dort fangen wir an. Morgen reisen wir nach Bainbridge.“

„Morgen.“

„Ja.“

Sie zog ein Knie hoch, streifte seine erregte Männlichkeit, seinen Bauch. Dann küsste sie seinen Hals und sog daran. „Bis dahin sind es noch viele Stunden.“

„Ja.“

35. KAPITEL

Verräter warst du, dein Leben lang.
Ich sage, das muss ein Ende haben.
„Robin Hood and Guy of Gisborne"
Ballade, 15. Jahrhundert

Träge genoss Meg den Tag, der vermutlich der letzte war, ehe der Winter endgültig Einkehr hielt. Sie saß auf einer Bank im Garten, den Kopf dem Himmel zugewandt. Die Sonne besaß nicht viel Kraft, doch sie spürte die Wärme auf ihrer Haut. Eine Trägheit, die von zu wenig Schlaf und zu viel Lust zeugte, erfüllte sie mit Mattigkeit, die jede noch so kleine Bewegung zu einer großen Anstrengung machte.

Auf dem Bogenschießplatz taten Will und Robin ihr Möglichstes, sich gegenseitig den Stolz zu nehmen. Sie hörte ihre groben Scherze und Beleidigungen, mit denen sie wetteiferten, aber auch die Heiterkeit, die darunter lag, und das erfreute ihr Herz. Später am Tag wollten sie sich auf den Weg nach Bainbridge machen. Sie würde ihre Schwester wieder sehen und dafür sorgen, dass alles ins Lot käme. Zufriedenheit erfüllte sie, erfüllte ihre Seele und vertrieb den letzten Rest von Bitterkeit.

Der Klang von Schritten und eine klirrende Rüstung unterbrachen ihre Gedanken. Will hielt mitten in seiner letzten Bemerkung inne und rief Monthemer einen Gruß zu. Meg richtete sich auf. Ihr Rücken war verspannt, und ihre wunden Schenkel verursachten ihr einen süßen Schmerz.

Will bot ihr seinen Arm und stellte sie einander vor. Nachdem sich Robin entschuldigt hatte und auf den Bogenschießplatz zurückgekehrt war, setzten die übrigen drei sich auf zwei Bänke. „Freut mich, Euch zu sehen, Monthemer, und das in einer besseren Verfassung als bei unserer letzten Begegnung", sagte Will. „Wie geht es Euch?"

„Ich bin genesen. Ich danke Euch beiden für die Fürsorge,

die Ihr mir habt angedeihen lassen."

Meg legte den Kopf schräg und wunderte sich über den ernsten Klang seiner Stimme. „Es war uns eine Ehre, vor allem in Anbetracht der Hilfe, die Ihr uns angeboten habt."

„Was führt Euch hierher?" Wills Stimme klang besorgt. Er musste dasselbe gehört haben wie Meg, oder vielleicht hatte er noch mehr Anzeichen dafür auf Monthemers Gesicht gesehen. Das Gefühl von zufriedener Ruhe verschwand allmählich.

„Ich bin gekommen, um zu fragen, ob Ihr Nachricht von meinem Cousin erhalten habt. Auf keinen der Briefe, die ich nach Bainbridge geschickt habe, hat er bisher geantwortet."

„Vor ein paar Tagen erreichte mich ein Brief von ihm", entgegnete Will. Rasch berichtete er von ihrer Flucht aus Nottingham, und dass Dryden mit Ada gegangen war. „Wie der Zufall es will, haben wir geplant, heute Nachmittag nach Bainbridge aufzubrechen."

Meg runzelte die Stirn. „Milord, vermutet Ihr einen Gewaltakt gegen ihn? Müssen wir uns Sorgen um Adas Sicherheit machen?"

„Ich weiß nicht, was ich vermuten soll", erklärte Monthemer. „In den letzten Wochen sahen die männlichen Mitglieder meiner Familie sich einigen Gefahren ausgesetzt, und dass er nicht antwortet, hat mein Misstrauen erregt."

„Vielleicht solltet Ihr nach Gilbert fragen", sagte Meg. „Wisst Ihr, wo er sich aufhält?"

Monthemer holte hörbar Luft. „Gilbert?"

„Ich bin sicher, dass sein Name so lautete. In Nottingham Castle hat Dryden im Gefolge des Sheriffs den jüngeren Bruder seines Vaters erkannt, und dieser Bruder hieß Gilbert. Er fürchtete um seine Sicherheit, und auch um die Eure, denn wenn Ihr beide tot seid, würde Gilbert das Erbe der Familie antreten." Sie zögerte. Spannung erfüllte die Luft. „Irre ich mich?"

Will drückte ihren Arm fester, und sein Unbehagen übertrug sich auf sie.

„Ja“, sagte Monthemer. „Sein Name war Gilbert, er war der jüngere Bruder des Earl of Whitstowe und meines verstorbenen Vaters. Und ja, er wäre der Erbe, sollten mein Cousin und ich versterben.“ Er seufzte tief, wie ein geschlagener Mann. „Aber Gilbert ist seit drei Jahren tot.“

„Das ist unmöglich. Er ... er ...“ Sie begriff, und Empörung stieg in ihr auf. „Er hat mich belogen. Er stand neben mir und hat sich etwas ausgedacht, weil ich nicht sehen und ihn daher nicht korrigieren konnte.“

„Meg, dafür muss es eine Erklärung geben“, sagte Will.

Dann erinnerte sie sich an etwas, und diese Erinnerung traf sie mit einer solchen Macht, dass sie zusammenzuckte. Die Verdachtsmomente fügten sich wie zu einem großen Puzzle voll schrecklicher Einzelheiten zusammen. „In der Nacht in meiner Hütte, ehe wir nach Nottingham aufbrachen, übernahm er die Verantwortung für Eure Pflege, Milord. Die Menge Eisenhut, die er Euch verabreichte – ich war besorgt genug, um ihn deshalb zur Rede zu stellen.“

Wills Stimme war jeglicher Wärme beraubt, als er jetzt sprach, und er rieb angespannt mit der Hand über Megs Rücken. „Milord, wäret Ihr bei dem zweiten Angriff auf der Landstraße gestorben oder an Euren Wunden, wer hätte dann Windhearst geerbt?“

„Dryden.“

„Aber wir haben vermutet, dass das Finchs Werk war. Er gab Carlisle die Anweisung, den Hinterhalt zu befehligen, bei dem Lord Whitstowe ermordet wurde. Und vermutlich griffen Finchs Männer Euer Gefolge an, Milord, und tarnten den Angriff als den von Geächteten.“

„Wir müssen davon ausgehen, dass sie Verbündete waren“, beschied Monthemer mit heiserer Stimme. „Ich fühle mich wie ein Verräter, wenn ich so etwas über einen Verwandten sage, aber es gab zu viele Zufälle, vor allem wenn man seine finanziellen Schwierigkeiten mit in Betracht zieht.“

Meg schluckte. „Welche Schwierigkeiten?"

„Lord Whitstowe war beinahe bankrott. Er hatte Arthurs Anspruch auf den Thron gegen Prinz John unterstützt, und das mit aller Kraft."

„Bei allen Heiligen", flüsterte Will.

Robins Schritte knirschten auf dem Kies, als er von dem nahe gelegenen Schießstand herüberkam. Er räusperte sich. „Verzeiht die Unterbrechung."

„Was weißt du darüber, Onkel?"

„In seinen letzten Tagen äußerte Richard seine Besorgnis über Whitstowes Einfluss in den Midlands", sagte er. „Der Earl unterstützte Arthurs Anspruch auf den Thron, weil John den Krieg in Frankreich weiterführen wollte und dafür vom Adel Armeen und Geld einforderte. Das wollte Whitstowe nicht. Arthur wäre in Frankreich auf seinen Besitztümern geblieben und hätte die englischen Barone in Ruhe gelassen."

„Und mein Cousin war nie ein Politiker", sagte Monthemer. „Ihm wäre es völlig egal, wer König wird."

„Vielleicht haben seine Motive gar nichts mit Einfluss oder Politik zu tun." Will beugte sich vor und fuhr sich mit den Händen durchs Haar. „Warum sollte er sich mit einem bescheidenen Erbe begnügen, wenn er doch viel mehr haben könnte?"

„Das erklärt ihre Suche nach einem Alchemisten, und warum er mich unbedingt nach Nottingham begleiten wollte." Meg fühlte sich am ganzen Körper steif und starr. „Wir glaubten, er hätte sich feige verhalten, als sein Vater getötet wurde ..."

„... genau wie im Verlies", warf Will finster ein. „Bei allen Heiligen, bei dem Zusammenstoß mit Carlisle habe ich ihm das Leben gerettet. Ich hätte ihn seinen betrügerischen Machenschaften überlassen sollen."

Meg umklammerte seinen Oberarm. „Was hatte er in dem Brief geschrieben?"

Will rückte ein Stück von ihr ab und zog den Brief aus seiner Tunika. Gespannte Stille lag in der Luft. Er räusperte sich.

„Kommt, um sie zu holen, wenn Ihr bereit seid."

„Das klingt mehr nach einer Herausforderung als nach einer Einladung", meinte Robin.

„Das stimmt", sagte Will.

„Er hat all das geplant?" Meg fühlte, wir ihr Herz heftig gegen ihre Rippen schlug. „Und wir haben ihm Ada überlassen."

Will nahm sie in die Arme und wartete, bis ihre Anspannung etwas nachließ. Sie weinte nicht, aber sie zitterte am ganzen Körper. „Wir werden einen Weg finden, Meg. Ich verspreche es."

Der Ausdruck auf ihrem Gesicht gab ihm das Gefühl, ganz klein zu sein. Er glaubte selbst nicht, was er sagte. Sie ebenso wenig.

„Oh Will, es tut mir leid."

Er runzelte die Stirn. „Tatsächlich?"

„Ich – Dryden. Ich habe ihm vertraut." Sie erschauerte und umfasste ihre Ellenbogen. Das kurze dunkle Haar umspielte ihr Kinn. „Ich wusste es, und ich habe ihm trotzdem vertraut. Ich habe mich mehr auf seinen Rang verlassen als auf das, was du getan hattest."

„Du schreibst die Geschichte ganz neu, Meg. Ich habe dir wenig Grund gegeben, mir zu vertrauen."

Sie stand auf, wie eine Puppe, die an Fäden gezogen wurde. „Wir haben sie ihm überlassen."

„Wir konnten all das nicht wissen. Und Finch ließ dir kaum eine andere Wahl."

„Das ist mein Fehler", sagte sie. „Von Anfang an habe ich Ada gezwungen, meinem Plan zu folgen. Sie gehorchte aus einem Schuldgefühl heraus. Und jetzt – bei allen Heiligen, wie sehr muss sie mich verachten!"

Ihre Haut schimmerte kühl wie Eis, ihre Augen waren rot gerändert, sodass die bleichen Pupillen noch mehr auffielen. Verzweifelt presste sie ihre mit Leinen verbundenen Hände auf die Augen und stöhnte.

Will zog sie in seine Arme und küsste sie auf die Stirn. „Darum kümmern wir uns, wenn sie frei ist."

„Aber wie? Dryden hat alle getäuscht, und er wird uns erwarten. Wir können nicht einfach nach Bainbridge Castle gehen und ihre Herausgabe verlangen ..."

Sie war immer leiser geworden, und dann verstummte sie plötzlich.

„Meg?"

„Ada ist nur als Geisel etwas wert", flüsterte sie und schien irgendwo in weite Ferne zu blicken. „Wenn Dryden so sehr nach einem Alchemisten sucht, dann wird er sie für mich eintauschen."

Die Angst lähmte ihn beinahe, ehe sie in ihm explodierte. Und dann wurde er wütend. „Auf gar keinen Fall."

„Warum nicht? Es ist meine Entscheidung."

„Wohl kaum, meine Gemahlin. Ich werde es nicht zulassen."

Sie erstarrte. „Will Scarlet, ich hatte seit Stunden keinen Anlass mehr, mit dir zu streiten. Ich werde diese Gelegenheit nicht ungenutzt verstreichen lassen."

„Genug davon, Meg." Furcht und Zorn ließen seine Stimme heiser klingen. „Dryden wird sich nicht fair verhalten. Entweder wird er sich verzweifelt bemühen, seine Taten zu verschleiern, vor allem die Morde, oder er wird seine Überlegenheit vor dem Gesetz ausspielen. Denk nach", sagte er, packte sie an den Armen und schüttelte sie. „Du musst das doch begreifen."

Beinahe bedauerte er die harten Worte, als er sah, wie alle Hoffnung und aller Kampfgeist aus ihrem Gesicht verschwanden. Aber er würde weder fair noch rücksichtsvoll sein, nicht wenn es dabei um ihre Sicherheit ging.

„Was sollen wir dann tun?"

„Komm mit mir."

Er führte sie durch den Garten ins Haus. Die Wachen, die ihn vor einigen Tagen noch misstrauisch oder voller Verachtung angesehen hatten, grüßten ihn jetzt freundlich. Geistesabwesend nickte er, ging durch die Gänge und Flure, bis er Marian fand, die in ihrer Kammer an einer Stickarbeit saß. Robert spielte neben ihr. Er hielt Alices Schürzenbänder wie die Zügel eines Pferdes.

„Marian? Verzeih, dass ich ungebeten hereinkomme. Würdest du bitte meiner Frau Gesellschaft leisten?“

Marian zog die Brauen hoch. „Natürlich.“

„Behalte sie im Auge“, bat er. „Sie ist blind, aber geschickt. Fessle sie notfalls an einen Baum, wenn es nicht anders geht.“

Meg hielt ihn fest. „Wohin gehst du?“

Marian sah ihn an. Meg lauschte. Aber Will behielt seine Gedanken für sich, die aus der Verzweiflung geboren waren. Er hatte seinen Stolz wie einen Schild vor sich her getragen, als er seine Hoffnungen und selbstsüchtigen Träume für die Ehre geopfert hatte. Mit Meg hatte er etwas Wichtigeres gefunden, eine seltsame Art von Respekt und Vertrauen, die sie Liebe nannten. Und um sie in Sicherheit zu wissen, um wiedergutzumachen, was ihrer Schwester an Unrecht geschehen war, würde er diesen Schild ablegen.

Zu dem Ort, an den er reisen wollte, konnte ihm sein Stolz nicht folgen.

„Verzeiht mir, Marian, Meg“, sagte er. „Ich muss mit meinem Onkel sprechen.“

Robin saß an dem großen Eichentisch, vor sich ein Durcheinander aus Pergamenten und Büchern. Obwohl er sich sehr bemühte, sich mit allem vertraut zu machen, was in den letzten drei Jahren auf dem Anwesen geschehen war, fiel es ihm schwer, sich zu konzentrieren. Die Schwierigkeiten mit Will, Dryden und Finch beherrschten seine Gedanken. Er wollte helfen. Pflicht und Titel verlangten von ihm, dem Earl of Loxley, für die Sicherheit der Menschen in seinem Umkreis zu sorgen. Und tief in seinem Inneren ertönte ein alter, unschuldiger und beharrlicher Ruf. Er konnte gar nicht anders als gegen das Unrecht zu kämpfen.

Aber ein anderer Ruf verlangte von ihm zu warten, einer, der aus einer persönlicheren Quelle stammte. Will war in diese Schwierigkeiten hineingestolpert, wenn auch mehr durch Zufall und besondere Umstände. Aber es war an ihm, sich für den Kampf zu entscheiden. Robin konnte sich nicht einfach in die Angelegenheiten seines Neffen einmischen, ebenso wenig wie er seine Pflichten gegenüber den Menschen vernachlässigen durfte, die unter seinem Schutz standen.

Er war nicht ganz sicher, welche Folgen das für sein Handeln haben würde – abgesehen von jener kleinen, unbedeutenden Entscheidung, die er bereits getroffen hatte.

Seufzend wandte er sich wieder den Aufzeichnungen zu. Marian hatte sorgfältig Buch geführt über die Rechnungen des Anwesens und seine Erträge, ebenso gab es Zeugnis über jede Auseinandersetzung und jeden Rechtsspruch. Mit ihrer zarten Hand hatte sie jedes Blatt berührt, jedes Detail. Er legte einen Finger auf die Tinte, die schon so lange getrocknet war, und stellte sich das Leben vor, das sie während seiner Abwesenheit geführt hatte – all die Verantwortung, das Warten – und eine Einsamkeit, die der seinen entsprach. Jedes Mal hatte sie sich so verhalten, wie ihr gemeinsames Leben es erforderte.

Selbst in Bezug auf Will, wie er schließlich zugeben musste.

„Robin, kann ich dich sprechen?"

An der Tür stand Will.

„Verdammt", murmelte Robin in sich hinein. All seine Muskeln spannten sich an, ohne dass er irgendetwas dagegen hätte tun können. Er deutete auf den Stuhl gegenüber seinem Schreibtisch. „Setz dich."

„Nein danke." Mit seinen gespreizten Beinen und den hinter dem Rücken verschränkten Händen hatte Will die Haltung eines Mannes eingenommen, der zum Kampf bereit ist. „Es wird nicht lange dauern."

Robin beklagte zwar die Umstände, die sie zu Feinden gemacht hatten, aber wenn er den Jungen so ansah, den er angeleitet und aufgezogen hatte, so erfüllte ihn das mit Stolz. Marian hatte recht, was nicht überraschend war. Will war zu einem guten, ehrbaren Mann herangewachsen, der stets nach der Anerkennung suchte, aber niemals danach fragte, obwohl Robin sie ihm so lange verwehrt hatte.

„Was gibt es, Will?"

„Dryden ist unberechenbar. Er ist gefährlich. Eine Bedrohung für die Ordnung in den gesamten Midlands."

„Da widerspreche ich dir nicht. Du hast ein Hornissennest gefunden und mitten hinein gestochen."

Er erwartete eine scharfe Antwort, doch Wills Gesicht blieb ausdruckslos. In seinem Inneren tobte ein Kampf, der ihm keine Scherze erlaubte.

„Ich kann ..." Seine Stimme versagte, während seine Wangen sich röteten. In seiner kämpferischen, selbstsicheren Haltung trat er von einem Fuß auf den anderen. „Ich kann ihm nicht allein entgegentreten."

Robin stand auf und vermied es, Will in seiner Verlegenheit anzusehen, teils aus Respekt vor dessen Stolz, teils, weil er selbst so voller Hoffnung und Erwartungen in Bezug auf seinen Neffen war. „Das überrascht mich", sagte er, um einen gleichmütigen Ton bemüht. „Dein ganzes Leben lang hast du versucht, alles allein zu machen."

„Diesmal nicht." Will senkte den Kopf und schluckte. „Ich bin Finch nur knapp lebend entkommen. Dabei habe ich Meg großer Gefahr ausgesetzt. Mir fehlt – mir fehlt es an Erfahrung, um ihn zu besiegen."

Hastig schenkte Robin sich einen Krug Ale ein. Er trank ein paar Schlucke, dann gestand er sich den wichtigsten Grund ein, warum er keine Hilfe anbot: Er wollte, dass Will ihn fragte. Dieser Gedanke erschien ihm kleinlich und selbstsüchtig, aber er konnte nichts dagegen tun. Irgendwann in ihrer gemeinsamen Zeit war Will in den Vordergrund getreten: Er war jünger, stärker, wagemutiger und überlegter, und jetzt war er auch noch entschlossener und disziplinierter. Robins Vorherrschaft schwand dahin, und er bereitete sich darauf vor, eher wie ein Freund zu handeln denn wie ein Onkel. Aber er brauchte dazu eine Einladung. Er wollte wissen, dass er in Wills Augen, in den Augen des Menschen, der zugleich sein größter Erfolg und seine schwierigste Aufgabe gewesen war, noch immer ein Mann von Wert war.

Er hob den Kopf und sah seinem Neffen direkt in die Augen. Und wartete ab.

„Robin, ich brauche deine Hilfe."

36. KAPITEL

Und Robin Hood blies, laut und schrill,
blies kräftig in sein Horn,
den Hügel hinab dann alsbald stolpert,
sein guter Freund, Little John.
„Robin Hood and the Tanner"
Ballade, 17. Jahrhundert

Nachdem Will die Worte ausgesprochen hatte, schnürte es ihm beinahe die Kehle zu, als könnte er mit seinem Stolz allein die Bitte wieder zurücknehmen. Hilfe anzunehmen, wenn sie ihm angeboten wurde, das war eine Sache, wenn sie auch nicht leicht war. Aber direkt danach zu fragen und seine Niederlage einzugestehen, das machte ihm zu schaffen.

Zu spät. Er hatte gefragt. Und er wartete auf sein Urteil.

Mit unergründlicher Miene stellte Robin, ein Mann mit strategischer Kenntnis und Erfahrung, seinen Krug auf den Tisch zurück. Dann machte er kehrt und ging durch eine Hintertür hinaus. Will stand weiterhin da, und seine Bitte schien zwischen ihnen im Raum zu schweben.

Seine Hoffnungen sanken. Er hatte zu viel Schaden angerichtet. Er hatte zu lange gewartet. Und dabei hatte er Meg im Stich gelassen.

Dann erwachte sein Unmut und wurde stärker als Schmerz und Stolz. Dies hier war wichtiger als Will oder Meg oder Robin of Loxley. Hier ging es um Gerechtigkeit und die Notwendigkeit, schreckliches Unrecht wiedergutzumachen. Die Weigerung seines Onkels, eine bescheidene Bitte um Hilfe zu beantworten, brachte Will dazu, mit den Zähnen zu knirschen.

Abgesehen von Fehlern und Verbitterung, wie konnte er seine Pflichten so vernachlässigen?

Dass Robin ihren Streitigkeiten mehr Bedeutung beimaß als

den wichtigeren Dingen, dass er selbst die Prinzipien verleugnete, die er predigte, das traf Will tief ins Herz. Er fuhr herum und schlug mit der Faust gegen den steinernen Türrahmen. Blut trat aus den Fingerknöcheln, und ihm standen die Tränen in den Augen.

Robin Hood, sein Held, war gestürzt.

„Na, na, Scarlet. Du brauchst die Hand noch."

Wieder fuhr er herum. Ein Riese von einem Mann trat mit eingezogenem Kopf durch den hinteren Eingang. Um seine breiten Schultern lagen Pelze. Sein Gesicht verschwand fast ganz hinter einem ungebändigten Haarwust und einem Bart, der so lang war, dass Vögel darin hätten nisten können. Seine zusammengekniffenen Augen blitzten.

„John", stieß Will hervor. „Little John."

Der Mann lachte und trat beiseite, damit Robin wieder hereinkommen konnte. „Du dummer Junge!", sagte John, und seine heiter klingende Beleidigung hallte durch den Raum. „Dachtest du, wir überlassen dir den ganzen Spaß?"

Will blinzelte und sah noch einmal hin. Er war stark versucht, sich die Augen zu reiben. Aber da standen sie, die Helden seiner Jugend, so übergroß wie früher. Allmählich ließ die Überraschung nach, und ein Lächeln breitete sich auf seinem Gesicht aus. „Davon kannst du genug haben, alter Mann."

John schlug Robin auf den Rücken, ein herzlicher Klaps, der den kleineren beinahe vornüber fallen ließ. „Was ist dieses Nottingham schon, was, Robin? Alle paar Jahre müssen wir dieses Rattennest säubern."

„Immer gerade rechtzeitig für dein Bad", erwiderte Robin.

John wurde ernst und ließ den Blick zwischen den beiden hin und her wandern. Er schüttelte den Kopf mit der riesigen Mähne. „Es hat mich traurig gemacht, Will – dieser Streit mit Robin. Gut, dass du wieder zu Hause bist."

Will nahm die Hand des riesigen Mannes; er konnte es immer noch nicht fassen. John zog ihn an seine breite Brust und lachte. Der säuerliche Geruch von Pelzen und Schweiß brannte in seinen Augen, bis Tränen darin standen. Oder vielleicht war es auch einfach nur Erleichterung.

Nachdem er losgelassen worden war und nach Luft rang, sah Will sich direkt seinem Onkel gegenüber. Nun waren sie nur noch auf Armeslänge voneinander getrennt. Robin streckte ihm die Hand hin, ohne den Blick von ihm zu wenden, in dem Respekt und Stolz standen. „Du bekommst deine Hilfe", sagte er. „Wir sind Brüder, was immer auch geschehen mag."

Will nahm die Hand und akzeptierte auch die Umarmung, die darauf folgte. „Bei Gott, ich hasse dich noch immer", flüsterte er.

„Und du bist eigensinnig genug, um meiner Gesundheit zu schaden. Willkommen zu Hause, Will."

John schlug ihnen beiden auf die Schulter. Will verzog das Gesicht, Robin schwankte. Sie sahen einander kurz an, als ihr ungewaschener, stinkender, riesiger Verbündeter sie beide solcherart misshandelte. „Jetzt bringt mich auf den neuesten Stand", forderte John, und seine Stimme erinnerte an das laute Wiehern eines Streitrosses. „Wir werden die Sache klären."

Nächtliche Schatten lauerten unter der hohen steinernen Decke. Als der Wind auffrischte und irgendwo durch unsichtbare Spalten eindrang, flatterten die schweren Wandbehänge.

Das Feuer wärmte ihre Leiber und schmückte jede Oberfläche, jede Ecke mit Mustern. Will ruhte an Megs Seite und empfand eine Leichtigkeit und Hoffnung, wie er es sich niemals erträumt hätte.

Er konnte dies schaffen. Zusammen mit Robin.

Meg hatte die Neuigkeit mit Erleichterung aufgenommen, aber nicht mit überflüssigen Worten. Sie hielt ihn nur fest, strich ihm übers Haar – ein feinfühliger, angenehmer Trost nach einem anstrengenden Nachmittag. Aber ihre eigene Ruhelosigkeit, die von einem Unbehagen herrührte, das er sich nicht erklären konnte, hatte Schuld daran, dass sie sich kaum stillhalten konnte.

„Ich brauche deine Hilfe", sagte sie.

Nur wenige Stunden zuvor hatte Will dieselben Worte gesagt, und es erfüllte ihn mit Freude, jetzt derjenige zu sein, an den diese Bitte gerichtet wurde. Und bei Meg fiel es ihm leicht, selbst Unmögliches zu versprechen.

„Alles, was du willst. Um was geht es?"

„Es könnte den größten Teil der Nacht dauern."

Er zog die Brauen hoch, küsste ihren Hals, ihre Schulter. „Du hast meine ganze Aufmerksamkeit."

Als er sich auf ihre Brust zu bewegte, hielt sie ihn fest, indem sie sein Gesicht mit ihren steifen, verbundenen Fingern umfasste. Ein kleines Lächeln umspielte ihre Lippen. „Je eher wir damit fertig sind, desto eher kannst du hier weitermachen."

„Was ist es?"

„Das Buch meines Vaters", sagte sie. „Ich möchte, dass du mir hilfst, einen Absatz zu lesen."

Er setzte sich und legte ein weites Untergewand an. „Wenn es Französisch ist, kann ich vielleicht helfen. Marian auch. Sie versteht sich gut auf Buchstaben."

Sie gesellte sich zu ihm, setzte sich hin, nur teilweise bekleidet. Ihr kurzes braunes Haar umrahmte wirr ihr Gesicht. „Ein Teil des Textes ist auf Französisch, ja. Aber nicht dieser."

Nachdenklich suchte er nach dem Buch und fand es unter ihren wenigen Besitztümern, die zum größten Teil aus Waffen und geborgter Kleidung bestanden. Megs versengte Stiefel taugten nur noch für den Abfall. Sobald sie mit Dryden fertig waren, würde er sich um eine Einkommensquelle bemühen müssen. Seine Träume von Wein, Weib und Gesang hatten den Notwendigkeiten eines Zuhauses weichen müssen.

Er trug das schwere, unordentlich gebundene Buch zum Strohsack und griff nach einer kleinen Öllampe. „Wonach suche ich?"

„Suche nach dem ersten Eintrag, der aussieht, als hätte ein Kind ihn geschrieben."

Als Will behutsam das Buch aufschlug, knisterten die Seiten, und Staub flog auf. Jede Zeichnung, jeder Absatz in einer fremden Sprache zeugte von uralten Rätseln, die er nicht verstand.

„Hier", sagte er dann. „Ungleichmäßig, große Schrift, nur ein paar Zeilen. Das erste Wort ist Feuer. Dann *feu* – Französisch, ja?"

Sie nickte. „Meine erste Beobachtung."

„Und darunter?"

„*Ignis*, auf Latein. *Narr*, auf Arabisch."

Er lachte leise. „Dein Vater gab dir eine Seite in seinem Buch und du schriebst über das Feuer."

„Genau genommen hat Ada es geschrieben. Sie war ein Jahr älter und schon besessen von Sprachen. Ich war zu sehr damit beschäftigt, Blätter und Stoffe zu verbrennen, um meine Beobachtungen aufzuschreiben."

Er schüttelte den Kopf. Die Frau, die er liebte, war so rätselhaft wie der Inhalt dieses Buches. Sie machte ihm ein bisschen Angst. „Wie alt warst du damals?"

„Acht."

„Acht Jahre alt?" Lächelnd ließ er eine Hand über ihren Schenkel gleiten. „Du möchtest nicht wissen, was ich getan habe, als ich acht Jahre alt war."

„Doch. Aber nicht heute", sagte sie. „Sieh dir das arabische Wort an. Dann suche in den losen Blättern nach etwas, das genauso aussieht. Danach suchen wir."

„Das arabische Wort für Feuer? Und ich soll dir vor dem Schlafengehen aus dem Buch vorlesen?"

„Nein." Sie presste die Lippen zusammen und runzelte die Stirn. „Du kannst mir helfen, die Waffe zu bauen, mit der wir Bainbridge Castle stürmen."

„Welche Waffe?"

„Das wirst du rechtzeitig erfahren. Suche den Abschnitt,

dann übersetzen wir die Formel."

Er verzog das Gesicht. „Einen Brief nach dem anderen, wie ich vermute."

Bei jedem Brief ließ er den Blick über verwirrende Symbole gleiten: griechische Buchstaben, vertrautere lateinische, und die fremdartigen Bögen des Arabischen. Stundenlanges Lesen verursachte ihm verspannte Schultern. Seine Augen brannten und schmerzten von Staub und einer ergebnislosen Suche.

Meg versorgte ihre Verletzungen, wusch sie und verrieb Salbe auf ihren Händen. Will sah ihr dabei zu und sehnte sich nach einer langen, intensiven Massage seines schmerzenden Rückens.

Er rieb mit dem rauen Stoff seines geschienten Daumens über seine geschlossenen Lider. Als er die Augen wieder öffnete, sah er das Wort. Er überprüfte es.

„Ich habe es gefunden. Ich verstehe es nicht, aber ich habe es gefunden."

Meg lächelte und kam zu ihm auf den Strohsack, eine Hand ohne Verbände. Sie berührte das brüchige Pergament mit einer Fingerspitze, doch die Blasen und die zerstörte Haut machten es ihr schwer, Einzelheiten zu ertasten. Die Seite, die sie berührte, konnte alles Mögliche enthalten, vielleicht eine Formel, wie man Urin destillierte, aber sie vertraute Will. Sie streichelte über die Seite, lächelte in Erinnerung an ihren Vater, ihren Großonkel und Al-Rhazi, der lange vor allen anderen gelebt hatte. Will würde ihr helfen, das alte, lange gehütete Wissen zu benutzen, um Dryden zu besiegen und Ada zu befreien.

Hoffnung und Vertrauen lösten ihr endlich die Zunge. „Ich will mit dir gehen", flüsterte sie.

„Nein."

Sie zuckte zusammen. „Ich werde mich außerhalb der Gefahrenzone aufhalten, weit hinter den Linien der Bogenschützen."

„Nein."

„Du willst, dass ich hier darauf warte, von deinem Schicksal zu hören?" Schmerz umfing sie und drohte, ihr den Atem zu rauben. „Das kann ich nicht. Es würde mich umbringen."

„Die Antwort heißt nein, Meg." Er berührte ihre Wange. „Das weißt du."

Sie schloss die Augen und trat zurück von den Zeichen, die sie nicht sehen konnte. Ihre Weigerung, die Hütte zu verlassen, hatte sie beschützt vor einem Moment wie diesem: Dass ihre Behinderung dazu führen würde, dass sie zurückgelassen wurde. Aber der Schmerz war nur von kurzer Dauer, und sie überwand ihn schneller, als sie es erwartet hatte. Sie konnte nicht neben Will stehen und mit dem Schwert kämpfen oder mit dem Bogen schießen, wie Marian es könnte. Aber sie verstand die Zeichen in dem Buch, das er in der Hand hielt. Sie konnte diese Symbole in die Magie verwandeln, die beim Kampf helfen konnte.

„Ja, ich weiß."

„Behalte den bei dir." Er drückte ihr einen Dolch in die Hand und küsste sie auf beide Wangen. „Nur eine Kleinigkeit, damit du dich nicht nur auf deine Zähne und Klauen verlassen musst."

Sie legte den Dolch und das Buch beiseite und warf sich in seine Arme. Er zog sie mit sich auf den Strohsack, verkreuzte die Arme auf ihrem Rücken, hielt sie ganz fest. Trotz der Schmerzen, die dabei durch ihre Handflächen schossen, strich sie über sein Gesicht, die geliebten Züge, prägte sich alles ein. Der Schmerz verblasste neben der wachsenden Furcht, die sie empfand. Sie hatte sich davor gefürchtet, diesen Mann zu lieben, und nun fürchtete sie sich davor, ihn zu verlieren.

All ihr Kampfgeist verschwand, und an seine Stelle trat ein Albtraum. Sie schlang die Arme um seinen Hals, hielt ihn fest und weinte. „Du wirst doch zu mir zurückkommen?"

„Ich schwöre es."

So sehr Megs Mixturen auch Anlass zu ängstlichen Gerüchten unter dem Personal gaben, so befolgten sie doch ihre Anweisungen.

Will begab sich zurück in den Wald, holte Jacob aus der Hütte seines Vaters und Vorräte Megs Anweisungen gemäß. Außerdem sorgte er dafür, dass die Dienstboten gehorchten. Die Befehle eines früheren Geächteten, einer angeblichen Hexe und eines halbwüchsigen jüdischen Jungen zu befolgen, stellte den Gehorsam der Dienstboten auf Loxley auf eine harte Probe, aber Meg war so in ihre Arbeit vertieft, dass sie von den Gerüchten kaum etwas bemerkte. Sie probierte, scheiterte und versuchte es erneut, bis sie eine Substanz bereitet hatte, die der Armee des Teufels gefallen hätte.

„Gib den Bogenschützen Bescheid", sagte sie.

Auch andere Verbündete kamen zusammen, darunter David Fuller und eine abgerissen aussehende Gruppe aus Charnwood. Little John brachte ein paar gut gelaunte Freunde, Eisenschmiede und Männer, die mit Bogen und Schwert umgehen konnten. Sie kamen aus den umliegenden Wäldern, getrieben von dem Verlangen nach Gerechtigkeit, mit wildem Kampfgeist und einem Gefühl für Kameradschaft, wie Will sie seit seiner Kindheit nicht mehr erlebt hatte. Er begrüßte jeden, ob er ihm schon bekannt war oder nicht, mit dankbarer Bescheidenheit.

Tage später riefen Will und Robin die Männer zusammen. Zwei Fässer von Megs Mischung wurden auf Pferde geladen – Pferde, denen die Waldmänner aus dem Weg gingen. Gegenüber den Stallungen, in denen es von Menschen und Tieren wimmelte, sah Will Marian allein dastehen. Sie sah traurig aus und war in ein schönes Gewand gekleidet, das nicht zum Kampf taugte. Er führte sein Pferd am Zügel und ging zu ihr.

„Ich dachte, du würdest uns begleiten."

Aus großen Augen sah sie ihn an und schenkte ihm ein verhaltenes Lächeln. „Ich wollte es eigentlich, aber ich kann Robert nicht allein lassen. Einer von uns muss überleben, sollte das Schlimmste passieren."

„Keine Abenteuer mehr und keine Gefahren?"

„Mein Sohn braucht mich, genau wie dieses Anwesen. Meg und ich werden einander Gesellschaft leisten."

„Danke dafür." Er erwiderte ihr trauriges Lächeln und verabschiedete sich von der ungestümen Frau, die er gekannt hatte. Vor ihm stand die Herrin von Loxley Manor, und sie hatte bereits Dinge gelernt, die er erst noch erfahren musste. „Weiß Robin davon?"

„Ja." Rasch warf sie einen Blick über Wills Schulter hinweg zu der Stelle, an der Robin auf sein Pferd stieg. „Wir haben uns bereits verabschiedet."

Plötzlich wurde er sich der schweren Verantwortung bewusst, die auf ihm lastete, und der Gefahren, die auf sich zu nehmen er so viele gebeten hatte. Aber die Aufgabe war größer geworden als er, größer als Meg und ihre Schwester. Wieder waren sie bereit, Nottingham von Unrecht zu befreien.

„Ich werde ihn zu dir zurückbringen, Marian."

„Kommt beide zurück", bat sie. „Mit weniger gebe ich mich nicht zufrieden."

Er küsste ihr die Hand, verneigte sich und drehte sich zu den Männern um. „Auf die Pferde! Wir reiten nach Bainbridge!"

37. KAPITEL

Und wieder einmal, meine Freunde,
treffen wir uns im grünen Wald,
und zupfen dann unsere Bogensehnen,
die süßeste Musik für uns all.
„Robin Hood Rescuing Will Stutly"
Ballade, 17. Jahrhundert

Will Scarlet hasste Bäume. Alle Bäume. Und mehr als alles andere hasste er den Sherwood Forest.

Aber wenigstens hockte er nicht unter den Eichen, fragte sich, welchem Zweck das Ganze diente und wem die Männer um ihn herum wohl treu waren. Er ritt durch Sherwood mit Robin, Little John und sechzig anderen Männern. Bis zum Abend sollten sie die Strecke nach Barnsdale Forest zurückgelegt haben. Als sie zu Mittag aßen, öffnete sich die Wolkendecke, doch bei Sonnenuntergang wurden die Stürme heftiger.

Er zog den kurzen Umhang fester um sich und schob die Kapuze über den Kopf. Obwohl das lederne Futter einen gewissen Schutz gegen den Regen bot, peitschte ihm der Wind die Tropfen ins Gesicht. Mit leicht gebeugtem Kopf hielt er den schlimmsten Böen die Kapuze entgegen.

Welch ein Elend.

Aber seine Stiefel waren dicht, sein Pferd zeigte keine Anzeichen von Erschöpfung oder Unwillen, und er konnte den Männern hinter seinem Rücken vertrauen. Das war ein fairer Tausch.

Robin ritt neben ihm her und sah genauso aus wie der Geächtete, den Ruhm und Sage kannten. Ein schimmernder Bogen hing über seiner Schulter, und ein Köcher voller Pfeile mit Gänsefedern versprach einen erfolgreichen Angriff. Er war froh, dass er die Führung seinem Onkel überlassen konnte.

„Wie lauten deine Pläne?“

„Meine?“ Robin zog eine Braue hoch. „Ich wollte dich gerade dasselbe fragen.“

Ein Anflug von Panik erfasste Will. „Du machst Scherze.“

„Ganz und gar nicht. Dies ist dein Unternehmen, Will. Du hast die Führung.“

„Aber du hast den Eindruck erweckt, dass du dir schon eine Strategie zurechtgelegt hast. Ich habe nicht genügend Erfahrung für einen Angriff dieser Größenordnung.“

„Das heißt, du gestehst deinen Mangel an Erfahrung ein?“

„Ja. Bist du jetzt nicht stolz?“

Sein Onkel grinste. Der jahrelange Druck, der Will die Brust zugeschnürt hatte, ließ endlich nach. Die Anspannung vor dem Angriff zerrte an seinen Nerven, das schon, aber wenigstens wäre er nicht allein. Robin war ihm nicht länger böse, und ihre selbstverständliche Kameradschaft entlockte ihm ein Lächeln. Ein neuer Anfang.

„Einen Angriff zu führen ist nicht dasselbe, wie den Feind zu verstehen“, sagte Robin. „Was weißt du über Dryden? Was können wir von ihm erwarten?“

Will runzelte die Stirn und kniff die Lippen zusammen. Noch immer quälte ihn die Erinnerung an Drydens Betrug. „Er ist ein Schauspieler. Anfangs griff er mich an, doch als er Meg kennengelernt hatte, verhielt er sich anders. Sobald er ihre Fähigkeiten in der Alchemie entdeckte, begann er zu zögern. Wir dachten, er wäre ein Feigling oder jemand, der nicht gern den Anführer gibt.“

„Aber die Umstände deuten darauf hin, dass er weder das eine noch das andere ist.“

„Richtig“, stimmte Will zu. „Ich vermute, dass er versucht hat, Zeit zu gewinnen. Hätten Hugos Männer Meg nicht gefangen genommen, hätte Dryden sowohl seinen Alchemisten gehabt als auch einen Strohmann für die Morde.“

„Dich?“

„Ja, und alles, ohne dass er selbst als Täter entlarvt worden wäre.“

„Wir werden ihn jetzt entlarven, koste es, was es wolle.“

Er erschauerte, den Blick in weite Ferne gerichtet. „Das wird nicht genügen, Rob. Mein Ziel ist es, Ada heil zurückzubringen.“

Die Miene seines Onkels unter der Kapuze verfinsterte sich zusehends. „Wenn Dryden herausfindet, dass wir nicht vorhaben, zu tauschen oder einen Kompromiss einzugehen, hat er kaum einen Grund, sie am Leben zu lassen. Hast du daran gedacht?“

„Das habe ich.“

Robin umfasste die Zügel fester, und die Handschuhe glitten hörbar über das nasse Leder. „Hat Meg daran gedacht?“

„Vermutlich.“

Einen Moment lang schloss Will die Augen und dachte an ihren Abschied zurück. Verzweifelte, leidenschaftliche Liebe. Ihre Tränen, die sich vermischten. Versprechen, die gemacht und wiederholt wurden, als sie das Schicksal um Milde baten. Meg hatte die Verbände abgelegt und immer und immer wieder seinen Körper und sein Gesicht berührt. Sie hatten zu viel ertragen, um am Ende besiegt zu werden, aber beiden war die drohende Gefahr bewusst.

Die Nacht war wie ein Blitzschlag vergangen. Sie hatten sich aneinander geklammert, als der Tag anbrach. Doch das Unvermeidliche konnten sie nicht aufschieben.

„Unsere Trennung war … schwierig“, sagte er. „Ich wollte den Augenblick nicht noch belastender machen, indem ich düstere Szenarien ausmalte.“

Robin nickte. „Ich verstehe vollkommen.“

An Meg zu denken, an Marian, an Zuhause und an Sicherheit – das würde sie nur von den bevorstehenden Aufgaben ablenken. Er zwang sich, den Kummer beiseite zu schieben.

„Dryden hat eine Nachricht nach Loxley geschickt“, sagte

er. „Er weiß, dass wir kommen. Sich anzuschleichen hat also wenig Sinn."

„Nach dem, was Meg uns von ihrem Gemisch gezeigt hat, scheint genau das unsere letzte Möglichkeit zu sein. Deine Gemahlin ist eine gefährliche Frau."

„Das musst du gerade sagen."

„Robin!"

Bei Little Johns Ruf drehte Wills Onkel sich um. „Was ist los?"

„Wir sind da", erklärte der starke Mann. „Es ist Zeit, den Plan umzusetzen. Was meinst du?"

Robin warf Will einen kühlen Blick zu. „Was sagst du, mein Neffe?"

Will runzelte die Stirn, nicht gerade die Miene eines selbstsicheren Anführers. Ein paar Dutzend bewaffnete Waldläufer – von denen einige ihn noch vor ein paar Wochen im Wald hängen wollten – wandten sich ihm zu. Ein halbes Menschenleben lang hatte er es vermieden, Verantwortung zu übernehmen, und sich immer gefragt, woher Robin sein Vertrauen in schwierigen Situationen nahm. Jetzt verstand er es. Robin um Hilfe zu bitten war nicht der schwierigste Teil seines Unternehmens gewesen. Der schwierigste Teil war es, der Anführer zu sein.

„John, du und deine Männer, ihr kommt mit mir zu den Toren." Unter den Männern entdeckte er einen schwarzen Lockenkopf. Jacob, bewaffnet mit seiner Armbrust und den Krummmessern, stand bereit. Aber während Will sich stets der Aufgabe widersetzt hatte, die Führerschaft zu übernehmen oder Ratschläge von Älteren anzunehmen, erwies Jacob sich als äußerst lernfähig und außerdem bereit, seine Grenzen anzuerkennen, wenn auch widerstrebend. Kein Mann konnte sich einen besseren Kämpfer in seinem Rücken wünschen, ungeachtet seiner Jugend. „Du auch, Jacob."

„So eine kleine Gruppe?", fragte jemand.

Der Kommentar ärgerte ihn. Er selbst hatte wenig Vertrauen in seine eigenen Fähigkeiten als Kommandeur, doch das mussten die anderen nicht wissen. „Wir schicken heimlich eine kleine Gruppe zur Burg. Haltet so viele Leute wie möglich außerhalb der Reichweite der Bogenschützen."

Die Männer, die für Megs Mixtur verantwortlich waren, standen da, die Lederbänder über die Öffnungen zweier wasserdichter Fässer gezogen. Ein anderer Mann nahm eine große Wanne vom Rücken eines Esels und drehte sie dem Regen zu, während ein Vierter den Deckel von einem Fass mit Sand löste, wobei er die Holzleisten lose darauf liegen ließ.

Robin ritt näher zu Will heran. Mit ausdrucksloser Miene wandte er sich an die Bogenschützen. „Zur Vorbereitung taucht Ihr einen Pfeil in die Lösung und dann ins Wasser. Achtet darauf, dass so wenig Wasser wie möglich in die Fässer gelangt."

„Und stellt sie getrennt voneinander auf", sagte Will und wies auf die Männer, die Megs Mischung bewachten. „Je ein Fass am Ende der Reihe."

Robin nickte. „Wir halten das Feuer zurück, bis sich zeigt, dass Dryden uneinsichtig bleibt."

„Also nur zwei oder drei Minuten", meinte John. Regentropfen hingen in seinem zerzausten Bart und seinen Augenwimpern. „Dann lass uns jetzt wenigstens schon mal zum Burgtor aufbrechen, Rob."

Will und sein Gefolge durchquerten das flache Tal, verbargen sich unter den Bäumen von Barnsdale und dem Schlamm, der Bainbridge umgab. Strömender Regen verschleierte ihnen den Blick auf die Palisaden aus Lehm und Holz. Auf dem Hügel teilte ein einziges Tor die Mauer aus Holz und Steinen. Ein einzelner Turm aus Granit erhob sich über einem Gebäude, das kaum größer war als Loxley Manor, aber die Festungsmauern boten Drydens Bogenschützen ausreichend Schutz.

Little John grinste. „Wenn das eine Burg ist, darf Robin sein Haus auch so nennen."

„Nicht groß genug für dich?", fragte Will.

„Gerade richtig für das, was wir vorhaben, denke ich."

„Das sehe ich auch so."

Obwohl sie sich am Fuß der Anhöhe versteckt hatten, spürte Will Dutzende Blicke auf sich – von oben, von hinten. Er hielt den Rücken gebeugt. Bogen, Schwert und Dolche waren bereit. Je näher sie ohne einen Kampf herankommen konnten, desto weiter würden sie mit vollen Köchern und frischen Gliedern gelangen.

Er ließ den Blick über die Anlage schweifen, auf der Suche nach einer Bewegung. Der Regen wurde immer stärker, sodass es aussah, als würden die Felswände sich bewegen. Schatten und Lichter zuckten in dem fahlen Abendlicht, verbargen ihre Ankunft ebenso wie jeden Angriff des Feindes.

Will bedeutete seinen Männern, zusammenzubleiben. In zwanzig Yards Entfernung standen oben auf der Anhöhe zwei Bewaffnete mit gekreuzten Piken vor dem Tor.

„So wenig Verteidigung?", flüsterte Jacob. Die Armbrust auf dem Rücken, ließ er den Blick seiner dunklen Augen ständig hin und her gleiten. Über die Wände, die Palisaden, das Tor. Und wieder zurück. „Als würden sie erwarten, dass wir zum Essen kommen."

„Vermutlich eine Falle."

„Da habt ihr recht", pflichtete John bei, der sich zu ihnen gesellte. „Aber Robin gibt uns Deckung. Wenn du ihm vertraust und dem Gemisch deiner Frau, dann würde ich sagen, wir sollten weitergehen."

Will nickte und zog einen Pfeil aus seinem Köcher. Little John tat es ihm gleich. Sein riesiger Körper stand im Widerspruch zu der Grazie, mit der er seine Waffe benutzte. Obwohl sie durch den dichten Regen kaum etwas sehen konnten, zogen sie ihre Bogensehnen zurück, zählten im Stillen bis drei und schossen dann gleichzeitig. Die Männer am Tor sanken zu Boden.

„Jetzt!"

Sie stürmten die Anhöhe hinauf und erreichten die Burgmauer innerhalb von wenigen Augenblicken. Hoch über dem Tor öffneten sich hölzerne Läden. Zahllose Bogenschützen erschienen auf der Mauer, die Pfeile auf die Eindringlinge gerichtet. Jemand auf der anderen Seite drehte an dem Seil für das Fallgatter, das quietschend immer weiter zu Boden sank.

„Hinein!"

Will rannte los und rollte sich unter dem Gatter hindurch. John, Jacob und ein halbes Dutzend weiterer Männer befolgten seinen knappen Befehl. Doch die Männer draußen vor dem Tor, gefangen zwischen dem Gitter und den Pfeilen, die von oben auf sie hinabregneten, drängten sich in Ecken und Winkeln zusammen.

„Komm jetzt", sagte John. „Robin wird tun, was seine Aufgabe ist, da bin ich sicher. Wir erledigen unsere."

Will wandte seine Aufmerksamkeit ab von den Männern draußen, die in der Falle saßen, und eilte in den Hof.

Ada saß in der Kapelle auf Bainbridge Castle. Ihr Herz schlug wie rasend, wie ein Sturm, der immer heftiger wurde. An Händen und Füßen gefesselt, mit schmerzenden Gliedern, suchte sie nach einer Erklärung, warum Dryden das getan hatte. Seit er sie von Nottingham, diesem entsetzlichen Ort, fortgebracht hatte, hatte er sich wie ein Gentleman verhalten, ihr sogar Medizin gebracht für die Wunden an ihren Fußsohlen. Er hatte ihr gesagt, dass er eine Nachricht geschickt, ihre Schwester darauf aber nicht geantwortet habe.

Diese Verzögerung versetzte sie in höchste Alarmbereitschaft. Sie konnte den Zorn nicht überwinden, den sie seit jenem Tag in Nottingham empfand. Als ihr gesagt worden war, sie sollte wählen zwischen Will Scarlet, der niederträchtigen Schlange, und ihr, Ada, hatte Meg gezögert und gewartet. So wie es schon einmal geschehen war, konnte sie beinahe annehmen, dass Will sie unter einer Art Bann hielt, wie es bei Hugo gewesen war. Jeder weitere Tag, an dem sie voneinander getrennt waren, würde das Wiedersehen schwieriger machen. Bis dahin nährte sie ihre Abneigung gegen Will Scarlet.

Doch an diesem Nachmittag fanden die Sorgen um ihre Schwester ein abruptes Ende. Nach dem Mittagsmahl zerrten zwei von Drydens Männern sie aus dem Raum und fesselten sie an eine schwere Holzbank aus Eiche.

Ganz bestimmt ein Irrtum – das war ihr erster Gedanke. Ada schrie nach Dryden, bis ihre Stimme versagte und ihre Ohren schmerzten vom Widerhall ihrer Rufe.

Vielleicht eine Strafe – das war ihr nächster Gedanke. Aber was hatte sie getan?

Nachdem sie erfolglos an den Fesseln gezerrt hatte, zwang sie sich zur Ruhe, um ihre Kräfte zu schonen. Die Kammer war leer. Zwar war sie nicht so kahl, aber ansonsten hätte die runde Kapelle mit ihrer hohen Decke und den hohen, schmalen Fenstern mit dem gefärbten Glas beinahe eine Zelle im Verlies von Nottingham sein können. Mehr Freiheit bot sie jedenfalls nicht. Sie saß genau in der Mitte, gefesselt und verängstigt. Und wütend.

Hinter den verschlossenen Türen begannen die Wachsoldaten zu rufen. Sie hörte ihre Waffen klirren, aber sie kamen nicht zu dem Raum, in dem sie gefangen gehalten wurde. Es klang, als wären sie kampfbereit, denn sie hörte, wie die Männer zusammenliefen und wirre Befehle riefen. War der Sheriff mutiger geworden und hatte sich zu einer offenen Auseinandersetzung mit Dryden entschieden?

Ein Schlüssel wurde in das rostige Schloss geschoben und herumgedreht.

Wie gewöhnlich ganz in Schwarz gekleidet, erschien Sheriff Finch in der Tür. Ihr Blick fiel auf seine Augen und sein fades braunes Haar. In der Hand hielt er einen mit Edelsteinen verzierten Dolch.

Ada schrie.

„Haltet die Waffen bereit!“

Robin zog einen besonderen Pfeil aus seinem Köcher. Anstatt einer scharfen metallenen Spitze hatte dieser vorn eine Kugel aus fest gewickelter Wolle. So wirkte er mehr wie eine schlanke Kerze als wie ein Pfeil. Robin tauchte ihn in die gelatineartige Lösung. Der Mann, der die Verantwortung für das Fass innehatte, ließ schnell den Lederdeckel wieder zuklappen, um den Inhalt vor Regen zu schützen.

Er staunte über das Wunder, das er hier sah. Jeder Wassertropfen verursachte ein Zischen auf der Pfeilspitze. Als er die getränkte Wolle in die Wanne mit dem Regenwasser hielt, entzündete sie sich, und eine helle Flamme brannte. Der Regen vermochte die Flamme nicht zu löschen, im Gegenteil, sie brannte immer heller. Er hörte seine Männer – erwachsene Männer, die große Erfahrung im Kampf hatten – Staunen und Unbehagen äußern über dieses unnatürliche Feuer.

Aber dann gingen die Luken auf. Drydens Bogenschützen begannen ihren Angriff auf Robins Gruppe.

Weder überrascht noch entmutigt sah er, wie die Falle zuschnappte. Wenigstens Will und ein paar der anderen hatten es ins Schloss geschafft. „Bogenschützen! Zu mir!“

Eine Reihe von Männern stand bereit, die Pfeile abzufeuern, die kein Wasser zu löschen vermochte.

In hohem Bogen flogen brennende Pfeile durch die Luft, schimmernd vor den dunklen Wolken des Abendsturms. Einigen flogen im Wind zu weit, doch die meisten trafen direkt ins Ziel, die hölzernen Galerien, die die gegnerischen Bogenschützen abschirmten. Die Pfeile brannten immer weiter. Kein Wasser erstickte ihren flammenden Hunger, bis selbst das vom Regen durchtränkte Holz ein Opfer der glühenden Hitze wurde und Feuer fing.

„Noch einmal!“

Eine weitere Runde der fliegenden Fackeln traf Bainbridges Befestigungsanlagen. Die verbliebenen Männer, die vor dem

Gitter festsaßen, feuerten hinter ihren Schilden hervor gewöhnliche Pfeile ab. Von der Galerie stürzten Männer herab, einige brennend, alle schreiend.

„Sieh nur, Robin! Als würde der Regen allein nicht genügen!“

Robin schaute in die Richtung, die Hargrave ihm wies. Drydens Soldaten schütteten Eimer voll Wasser auf das brennende Holz. Die Flammen schlugen höher. Robin grinste und staunte. Noch nie hatte er etwas gesehen, das so sehr gegen Naturgesetze verstieß.

„Eure Anweisungen, Lord Loxley?“

„Einige der Männer vor dem Gitter stehen noch auf eigenen Füßen“, sagte Robin. „Wahrscheinlich werden sie nicht mit Pfeilen von der anderen Seite des Gitters angegriffen. Will und John müssen es geschafft haben. Setzt den Angriff fort.“

Doch vom linken Abschnitt der Reihe erklang ein lauter Schmerzensschrei. Robin fuhr herum und sah zwei Männer, die von Flammen umgeben waren.

38. KAPITEL

„Wohlgefallen soll uns auf dem Weg begleiten,
so werden wir dem Sheriff das letzte Stündlein bereiten."
– Little John
Robin Hood and the Sheriff of Nottingham
Anonymus, 15. Jahrhundert

Kein Anlass zur Furcht, meine Liebe."

Ada sah Finch durch einen Tränenschleier an. Lässig spielte er mit dem Dolch, strich mit der schimmernden Klinge über seine Handfläche. Licht fing sich in dem farbigen Glas und warf bunte Flecke an die Decke der Kapelle. Ein weiterer Feuerblitz zuckte über das Dach, vorbei an dem schmalen Fenster.

„Ich bin hier, um Euch zu helfen", sagte er.

„Wo ist Dryden?"

„Er kämpft gegen Robin of Loxley." Ein schlangenartiges Lächeln breitete sich langsam auf seinem Gesicht aus. „Er hat jetzt wenig Zeit für Euch. Beunruhigt Euch das?"

„Ihr beunruhigt mich." Sie spürte einen Kloß in der Kehle und vermochte den Blick nicht abzuwenden von der grauenhaften Klinge.

Finch ging weiter – kein plötzlicher Angriff, doch jede seiner schleichenden Bewegungen raubte ihr mehr von ihrem Mut.

„Dryden hat keine Verwendung mehr für Euch, jetzt, da Eure Schwester gefährliche Verbündete gefunden hat."

Meg?

„Dryden hat für mich gesorgt", sagte sie, und ihre Stimme klang genauso schwach, wie sie selbst sich fühlte.

„Ihr wart uns von Nutzen, aber jetzt seid Ihr das nicht mehr."

„Uns?"

Finch zuckte anmutig wie eine Frau mit den Schultern, dann

kniete er zu Adas verbundenen Füßen nieder und schob ihre Röcke hoch. Behutsam, rhythmisch tätschelte er ihre Wade. Ada wollte schreien, doch sie brachte keinen Laut heraus. Das Entsetzen raubte ihr den Atem.

„Ja, meine Liebe, und jetzt will er, dass ich Euch töte. Könnt Ihr Euch das vorstellen? Er will Euch loswerden, als hättet Ihr keinen Wert mehr." Schweißperlen standen ihm auf der Stirn, glitzerten an seinen Schläfen. Er bewegte die Hand weiter, schob sie höher, bis über ihr Knie hinauf. Ihr wurde übel. „Aber Ihr und ich, wir haben uns aneinander gewöhnt, nicht wahr? Bei all seinem Ehrgeiz hat Dryden nie die Gelegenheit gehabt, Euch so kennenzulernen wie ich."

„Geht weg von mir!"

Mit seiner schmalen Hand umfasste er ihre Wange. Sein Gesicht mit den seelenlosen braunen Augen war ihr jetzt ganz nahe. Sein Blick war unruhig, als hätte er zu viel Ale getrunken. „Versteht doch, Ada: Dryden wünscht Euren Tod. Ich will Euch für mich haben. Und wie sehr Euch das auch persönlich betreffen mag, Ihr habt da nichts mitzubestimmen."

Finch durchtrennte die Stricke an ihren Fußgelenken. So zärtlich wie ein Liebhaber streckte er ihr Knie und berührte ihre Fußsohle mit seiner bloßen Hand. Ada erschauerte.

Er lächelte sanft. „Hat Dryden Euch geholfen, damit die Wunden heilen? Wie großzügig von ihm. Abgesehen von der Tatsache, dass ihm Euer Leben nichts wert ist, wollen wir ihm dafür dankbar sein. Eine günstige Gelegenheit für einen Neubeginn, für uns beide. So, wie wir angefangen haben."

Er führte den Dolch an ihre Fußsohle. Der Raum um sie herum begann zu verschwimmen. Die glänzende Klinge drohte sie um den Verstand zu bringen. Er strich damit über ihre Haut, und sie konnte den Blick nicht abwenden, während er sie immer wieder berührte, ohne sie zu schneiden. Sie war wie gebannt von den rhythmischen Liebkosungen, während sie stets mit heftigem Schmerz rechnete.

Ein Feuersturm ließ die Fenster zersplittern. Flammen und Glassplitter, so bunt wie gefärbtes Eis, drangen in den Raum ein. Finch, der zwischen Ada und dem Fenster kniete, drehte sich genau in diesem Augenblick um, sodass die Splitter in sein Gesicht schnitten.

Ada begann zu schreien, als ihr Entsetzen sich endlich Bahn brach.

Der Sheriff sprang auf und taumelte umher. Er presste die Hände auf sein Gesicht und schrie wie ein blindes, von Schmerzen gepeinigtes Tier. Seine Stimme hallte von den Wänden wider. Flammen zuckten wie Blitze vor dem dunklen Himmel. Vor dem unnatürlichen Licht vermochte sie nicht mehr als seine Umrisse zu erkennen, als er hart gegen eine Wand prallte. Dann sank er auf den kalten Marmorboden.

Es regnete weiter. Ada holte tief Luft, ein Mal, noch einmal. Sie blickte dorthin, wo Finch zu ihrer Rechten auf dem Boden zusammengesunken lag, doch sie war nicht sicher, ob er tot war. Die brennende Fackel, die das Fenster zerschlagen hatte, lag nur ein kleines Stück entfernt.

Mit dem Fuß, den Finch von seinen Fesseln befreit hatte, stemmte Ada sich gegen den Boden. Die frisch verheilte Wunde an der Sohle schmerzte. Sie stemmte sich noch einmal dagegen und schob die schwere Bank in Richtung auf die Flammen. Noch einmal, noch ein kleines Stück. Schweiß bedeckte ihre Stirn. Das Herz flatterte ihr wild in der Brust wie ein gefangener Vogel.

Endlich war sie nahe genug bei der Fackel. Sie hielt die Stricke darüber, mit denen ihre Handgelenke gefesselt waren, und wartete darauf, dass diese Feuer fingen.

Finch auf der anderen Seite des Raumes bewegte sich. Sein Stöhnen weckte erneut Furcht in ihr und verursachte ihr Übelkeit. Sie reckte sich, um die Stricke näher an das Feuer bringen zu können.

Endlich begann das Ende zu knistern. Es hatte Feuer gefangen. Ada presste die Lider zusammen, während sie wieder auf den unvermeidlichen Schmerz wartete. Mit aller Kraft zerrte sie an den Stricken. Die Hitze kam immer näher, bis die Flammen ihre Haut berührten. Tränen traten ihr in die Augen, während die Härchen auf ihren Armen versengt wurden. Sie wimmerte, begann zu zittern, als ihr Körper sich wehrte gegen das, was ihr Verstand beschlossen hatte. Die Stricke gaben ein wenig nach. Sie zog noch einmal, heftiger, und mit einem lauten Aufschrei zerrissen die Fesseln, und sie fiel zu Boden.

Ada warf die Stricke ab und untersuchte ihre Handgelenke. Haare und Stoff waren versengt, die Haut zeigte Verbrennungen – beinahe wurde ihr übel. Sie schluckte schwer. Dann stieg ihr ein anderer Geruch in die Nase. Mit zitternden Knien erhob sie sich und ging zu der Fackel – genau genommen war es ein Pfeil –, die das Fenster durchschlagen hatte. Vorsichtig schnupperte sie an der brennenden Wolle, die die Pfeilspitze bedeckte.

Naphtha. Griechisches Feuer. Zweifellos Megs Arbeit.

Meg war doch noch gekommen.

Erleichterung überkam sie.

Finch bewegte sich noch einmal, sein Stöhnen kündete von weiteren albtraumhaften Ereignissen. Ada drehte sich zu ihm herum. Er hatte das Gesicht der Decke zugewandt. Sein Gesicht war von Glassplittern bedeckt. Blut trat aus den Wunden, die einst seine Augen gewesen waren. Er rief ihren Namen.

Sie nahm seinen juwelenbesetzten Dolch und stieß ihn in seine Halsschlagader.

Will ließ sich zu Boden sinken und stützte sich auf die Knie. Der Mann, der ihm in der Halle der Festung gegenüberstand, war nur halb so groß wie er. Ihr Kampf begann ohne jede Überlegung. Eben noch standen sie still und wachsam da. Dann kämpften sie. Der stämmige Soldat sprang vor und hielt dabei ein Schwert, das so breit war wie sein Bein. Will sah ihm in die Augen, nicht zu der riesigen Waffe, und erriet, was er vorhatte, noch vor dem tödlichen Stoß.

Er rollte sich zur Seite und zog seinen Dolch, den er dem Gegner in die Wade stieß. Schreiend fiel der Mann zu Boden. Will sprang ihm auf den Rücken und stieß ihm einen zweiten Dolch ins Genick. Blut strömte aus der Wunde. Obwohl er bereits Spuren von anderen toten Gegnern an sich trug, drehte er sich um, krümmte sich zusammen und erbrach sich.

„Geht es Euch gut?“ Jacob zog an seinem Gürtel und half ihm, sich aufzurichten.

Will wischte sich den Mund ab und nickte.

Little John lachte nur, es klang wie ein Knurren. „Ich dachte, dein Magen wäre inzwischen aus Stein, Will.“

„Ich bin nicht …“

„Aufpassen!“

Jacobs Warnruf hallte durch den Saal. Will ließ sich zu Boden fallen, rollte wieder zur Seite und zielte dann mit Pfeil und Bogen. Er blickte zur Treppe hinauf, wo Meg stand, in den Händen einen juwelenbesetzten Dolch. Die Vorderseite ihres Kleides war von Blut bedeckt.

„Ada! Nein!“, schrie Jacob.

Will blinzelte. Es war nicht Meg.

Ada.

Sie stürmte vorwärts. Will, der zu verblüfft und zu verwirrt war, ließ den Pfeil sinken. Er packte Megs Schwester am Handgelenk und umfasste die Hand mit dem Dolch. Beide fielen zu Boden. Sie schrie und tobte und versuchte, sich zu befreien.

Er hielt sie fest. „Ada, wir sind hier, um Euch zu helfen.“

„Lügner! Was habt Ihr mit meiner Schwester gemacht? Wo ist sie?“

„Sie ist in Sicherheit.“ Er stöhnte. Sein Instinkt sagte ihm, dass er sich vor der Klinge schützen musste, die so nahe an seinem Gesicht war, aber er konnte Ada nichts antun.

„Ich werde Euch töten für das, was Ihr getan habt!“

Sie biss ihm in den Handrücken. Vor Schmerz ließ er sie los.

Weit holte sie mit dem Dolch aus, doch ein Paar starker Arme zog sie weg.

Little John nahm ihr den Dolch aus den zierlichen Fingern, als zupfte er ein Blatt von einer Blüte. Dann lachte er so laut, dass es von den Wänden widerhallte. „Gegen eine ganze Armee ist er ziemlich gut. Gegen eine einzelne Frau völlig nutzlos."

„Ich weiß." Er rieb die Bissspuren auf seiner Hand. Dann trat er zu Johns zappelnder Gefangener und sah ihr in die Augen. Sie waren von dunklerem Blau als Megs. „Wir sind gekommen, um Euch vor Finch und Dryden zu schützen. Wir wollten Euch nichts Böses."

„Aber ich wollte Euch Böses, Scarlet." Sie verzog die bleichen Lippen zu einem finsteren Lächeln. „Und Finch ist bereits tot."

Ihr heftiger Ton ließ Will zusammenzucken. „Verschwindet von hier. Meg wartet auf Euch. Jacob, du bist jetzt für diese Frau verantwortlich. Schaffst du das?"

Der Junge nickte. Er umfasste ihre Arme und sagte ihren Namen, immer wieder, bis sie ihm in die Augen sah. „Bleib bei mir, Ada. Sieh mich an. Bleib bei mir. Wir müssen hier weg. Hörst du mir zu?"

Sie nickte kurz, eine vage Andeutung von Zustimmung. Jacob schob seinen Arm durch ihren und hielt seine Armbrust bereit. Er warf einen kurzen Blick auf Will, dann führte er seinen Schützling zum Tor.

„Alle anderen, folgt mir", rief Will und nahm seinen Bogen. „Wir müssen Dryden finden."

„Ich bin hier, Scarlet."

Oben auf der breiten Treppe stand Dryden, flankiert von drei Soldaten.

Das Fass, das den beiden brennenden Männern am nächsten stand, kippte zur Seite. Die Lösung floss über den nassen Boden und entzündete sich im Regen. Flammen breiteten sich über der gelatineartigen Masse aus, loderten im Inneren des Fasses. Dann explodierte es. Robin duckte sich und schützte sein Gesicht mit den Unterarmen, auf denen er einen ledernen Schutz trug. Zwei brennende Männer rollten sich über den Boden, doch es nützte nichts. Seine Verbündeten waren beunruhigt, riefen sich wirre Befehle zu. Entsetzt von dem geheimnisvollen Feuer, das sich nicht löschen ließ, liefen einige der Bogenschützen davon.

„Hargrave! Den Sand!“ Robin und sein Mitstreiter liefen zu dem Fass mit Sand. Er winkte zwei Bogenschützen. „Haltet die beiden mit dem Schwert in Schach. Sie sollen stillliegen.“

Zusammen mit Hargrave schob er den Deckel von dem Fass, und stöhnend hoben sie es hoch, bis auf die Schultern. Die brennenden Waldmänner rollten sich über die feuchten Blätter, doch die Nässe fachte die Flammen nur noch weiter an. Die Schwerter, die auf sie gerichtet wurden, ließen sie kaum stillhalten. Sie schrien und flehten.

Robin und Hargrave kippten das Fass, darum bemüht, den Sand nicht zu schnell oder auf die falsche Stelle auszuschütten. Endlich erstickte der Sand die Flammen. Verbranntes Fleisch und Chemikalien vermischten sich zu einem entsetzlichen Gestank. Die Umstehenden bedeckten Mund und Nase und bekreuzigten sich.

„Ich will, dass diese beiden versorgt werden“, sagte Robin. „Sammelt die Reste des Sandes zusammen und deckt ihn ab. Ich will keine weiteren Unfälle!“

Die Männer wichen von dem zweiten Fass zurück.

„Ihr habt Eure Befehle, Männer. Die Bogenschützen zu mir!“

Robin sah sie alle der Reihe nach an, aber der Schrecken saß tief bei jedem Einzelnen. Nie zuvor hatte er eine Situation erlebt, in der seine Männer ihre eigene Bewaffnung mehr fürchteten als den Feind.

Trotz des Unbehagens, das er selbst empfand – denn ihm missfiel Megs Gebräu mindestens so sehr wie seinen Männern –, zog Robin einen weiteren Pfeil aus seinem Köcher. Er trat vor und tränkte die Wolle, dann tauchte er den Pfeil ins Wasser, sodass die Spitze sich entzündete. Er stellte sich hin, zielte und schoss. Ein Lichtbogen führte zu einem fernen Ziel. Er tat dasselbe noch einmal, ein einzelner Bogenschütze, der das Feuer des Teufels verschoss.

„Ich werde Eure Feigheit nicht hinnehmen!" Sein Ruf brachte die Baumwipfel zum Zittern, dann hob er die Faust gegen die Schlosstore. „Und ich werde es nicht hinnehmen, dass die Männer dort ohne Deckung sind!"

Hargrave war der Erste, der sich von seinem Schock erholte, seinen Bogen nahm und Robin finster zunickte. Ein anderer folgte. Dann noch einer.

„Bereit!"

„Nein, wartet!"

Robin sah Hargrave an, der auf zwei Gestalten deutete, die durch das Schlosstor traten.

Zusammen mit John und zwei weiteren getreuen Waldläufern sprintete Will die Treppe hinauf. Die Entscheidung zum Angriff schien Dryden zu überraschen. Er machte einen Schritt zurück, nur einen einzigen, dann richtete er sein Schwert auf Will.

„Ihr werdet von hier nicht entkommen", rief er und lächelte.

Die drei Wachsoldaten liefen vor ihrem Herrn die Treppe hinab, Will entgegen. Der blieb stehen und schoss einen Pfeil auf den letzten der drei Männer. Er traf ihn in den Schenkel. Der Mann krümmte sich und umklammerte sein Bein. Im selben Moment stieß er gegen seine Begleiter, und Will wich den stürzenden Männern aus.

„Gib mir Deckung, John! Ich treffe dich draußen!"

Erneut griff er an, diesmal mit dem Schwert anstatt mit Pfeil und Bogen. Oben an der Treppe traf er seinen Gegner. Was bisher geschehen war, verlieh ihm Kraft. Ada war befreit. John und Robin standen hinter ihm. Und um keinen Preis würde er zulassen, dass Dryden ihn im Schwertkampf besiegte.

„Gebt auf“, rief er. „Ihr habt Eure Beute verloren, und ich glaube, sie hat den Sheriff getötet.“

Der Edelmann verzog das Gesicht. „Ihr müsst sehr enttäuscht sein.“

„Ganz und gar nicht. Er war nur mein zweitliebster Schurke!“

„Egal.“ Dryden hob sein Schwert. „Er ist entbehrlich, genau wie Ihr und Carlisle.“

„Und Euer Vater? Euer Cousin?“

Er lächelte, dasselbe vage Lächeln, das sie alle getäuscht hatte. „Auch die.“

Dryden stand höher, er schlug nach unten und traf Wills Schwert. Will konzentrierte sich darauf, seinen Platz zu behaupten und das Gleichgewicht zu halten. Er wartete einen Angriff ab, dann stieg er eine Stufe höher. Und noch eine. Nur wenige Momente später hatte er seine Furcht besiegt und befand sich in Augenhöhe mit seinem Gegner.

„Und Ihr wolltet, dass Megs Smaragde einen Staatsstreich unterstützen?“, fragte Will. „War das Eure Absicht?“

„Hier.“

Will fing den handtellergroßen Stein, der ihm zugeworfen wurde, und wehrte gleichzeitig eine Reihe weiterer Hiebe ab. Er sprang auf eine Bank, über einen Schwerthieb, dann wieder zurück auf den Boden. Er wich ein Stück zurück, um den Stein betrachten zu können.

„Was ist das?“

„Ihr wolltet Antworten, Scarlet“, sagte Dryden. „Mein Vater schuldete Arthur mehr, als unser Besitz wert ist. Aber Megs Smaragde – Finch hat sie gegen echtes Gold eingetauscht.“

„War es das, was Ihr vorhattet? Mit Fälschungen die Schulden Eures Vaters abbezahlen?“

Dryden grinste. „Jetzt versteht Ihr wohl, warum es wichtig

war, einen Alchemisten wie sie zu finden."

Will schüttelte den Kopf. „Finch, Carlisle, ich – wir alle waren getrieben von unserer Gier und dem Gedanken, dass Ihr für ein höheres Ziel arbeitet."

„Erstaunlich, wie viel Vertrauen die Menschen in den Adel setzen."

„Nein, die Menschen gehen einfach nur davon aus, dass ein Sohn seinen Vater nicht für ein paar Münzen umbringen würde."

Dryden lachte und wich einem weiteren Angriff aus. „Seid nicht hochmütig, Scarlet. Ihr habt den Schaden wiedergutgemacht, den Ihr angerichtet habt, aber das heißt nicht, dass wir anderen das auch nötig haben." Er holte aus und griff wieder an.

Will bog seinen Oberkörper zur Seite, wich der Klinge aus und ließ den Stein fallen. Dann packte er das Schwert mit beiden Händen und stieß nach unten. Er und Dryden standen jetzt einander gegenüber, beinahe Mund an Mund. Wills Daumen schmerzte. Seine Schulter zitterte. Er stöhnte, stieß zu, drehte sich weg – und dann fiel sein Blick auf den Goldklumpen.

Nein, es waren zwei Goldklumpen.

Der Wunsch zu lachen stieg in ihm auf, eine Mischung aus Erschöpfung, Zorn und Schadenfreude. „Wie es aussieht, hat da jemand nicht viel von Megs Smaragden gehalten."

Verwirrt sah Dryden ihn an. „Wie bitte?"

„Meine Frau ist eine verrückte Hexe und hat mir ein bisschen erzählt von Metallen, Steinen und Hämmern." Er richtete die Spitze seines Schwertes zur Decke und kniete nieder, dann hieb er mit dem Schwertknauf auf eines der Goldstücke. Er zerbrach. Goldstaub stob ihm ums Gesicht. „Dies ist ein Stein."

Der Adlige sah aus, als würde er ausspucken. Sein Gesicht unter dem Bart wurde dunkelrot. Will nutzte den Vorteil und griff an, doch Dryden machte kehrt, wandte sich nach links, lief durch einen Korridor und verschwand außer Sichtweite.

Tief geduckt schlich Robin näher und sah Bainbridge Castle brennen. Das Feuer von innen traf auf jenes, das er und seine Männer mit den brennenden Pfeilen auf die Außenmauern schossen. Hohe Flammen erhellten den Nachthimmel. Der Regen trug wenig dazu bei, das Inferno zu mindern, aber er durchnässte seinen Umhang, seine Tunika, seine ganze Kleidung.

Auf halber Höhe begegnete er dem drahtigen Jungen, der durch das hohe Gras kroch. Die Frau in seiner Begleitung war blutverschmiert, von Ruß bedeckt, und sie zitterte. Ihre Augen blickten ins Leere. Einen Moment lang dachte Robin an Wills Frau.

„Wie läuft es? Wo sind die anderen?"

„Die Männer, die vor den Toren festsaßen, haben es inzwischen geöffnet", sagte Jacob. „Sie sind zu John und den anderen gegangen. Ada und ich konnten uns befreien."

„Haben unsere Männer das Feuer innen entzündet?"

Jacob schüttelte den Kopf und blickte zu der Frau hinüber. „Ich glaube, sie war es."

„Und Will?"

„Ich weiß es nicht, Milord."

Er nickte und versuchte, seine Besorgnis nicht zu zeigen. „Bring sie in Sicherheit."

Robin spähte durch den Regen und winkte seinen Männern, den beiden Flüchtigen zu helfen. Hargrave jedoch zeigte auf das Dach der Burg. Robin legte den Kopf in den Nacken, um über die Flammen hinweg sehen zu können.

Nein!

Vor dem leuchtendroten Himmel erkannte er zwei Silhouetten. Robin und Dryden kämpften miteinander. Die Männer standen auf der obersten Mauer. Flammen leckten gierig nach der Plattform, auf der sie sich duellierten. Jeder Hieb wurde abgewehrt. Auf jeden Rückzug folgte ein neuer Angriff. Ihre Schwerter schlugen rhythmisch gegeneinander, immer wieder, als würden sie von einem Puppenspieler gezogen.

Robin wandte den Blick ab. Während er Jacob und Ada in Sicherheit brachte, gingen ihm zahllose verzweifelte Fragen durch den Kopf.

Was geht in Will vor? Wo ist John?

Warum bin ich hier unten?

Robin warf die Pfeile, die mit Wolle umwickelt waren, auf den nassen Boden und zog eine Handvoll solcher mit Stahlspitzen hervor. Er stieg weiter die Anhöhe hinauf, bis er fast oben war. Funken sprühten aus dem brennenden Gebäude. Die Wände bebten und neigten sich in unnatürlichen Winkeln. Ein paar Soldaten kämpften noch, doch die meisten hatten die Burgruine verlassen und Schutz unter den Bäumen gesucht.

Er beobachtete das Duell oben unter dem Himmel und vermochte einen Moment lang den Blick nicht abzuwenden. Sein Neffe kämpfte wie ein Krieger, ein richtiger, tapferer Krieger. Keiner seiner Schritte war zögerlich, seine Technik zeugte von Furchtlosigkeit. Aber Dryden war größer und hatte nicht wie Will unter Verletzungen zu leiden. Der Adlige focht mit erfahrenem Geschick und gab Will keine Möglichkeit zu einem entscheidenden Schlag.

Dann hielt Robin es nicht mehr aus. Er spannte die Bogensehne und zielte auf den Körper des Feindes. Der Pfeil sirrte durch die Luft. Dryden holte aus. Will stand nur auf einem Fuß und hob sein Schwert ein letztes Mal. Der Pfeil traf ins Ziel, doch es war zu spät.

Wie herabfallende Herbstblätter stürzten die beiden Kämpfer zu Boden.

39. KAPITEL

Sie, die Will Scarlet bei der Hand nahm, sprach:
„Ich habe gewählt."
„Robin Hood and the Prince of Aragon"
Ballade, 17. Jahrhundert

Meg saß neben Marian im Speisesaal, beide aufs Äußerste angespannt. Sie wechselten nur wenige Worte – eine Bitte um Salz, das Angebot, Wein nachzuschenken. Die Dienstboten hielten sich schweigend im Hintergrund. Das Warten zerrte an ihren Nerven.

Die Nacht hatte Meg unruhig und ohne Schlaf verbracht, sondern war auf und ab gelaufen. Doch als der Morgen anbrach, setzte sie eine tapfere Miene auf. Marian wirkte übermüdet und gleichzeitig ungewöhnlich heiter. Keine von beiden sprach von dem Grauen, das sie in der Nacht durchgemacht hatten, und die Gastgeberin war höflich genug, die dunklen Ringe nicht zu erwähnen, die unter Megs Augen lagen.

Will würde gesund und heil nach Hause zurückkehren. Zusammen mit Ada. Ada würde zu ihr zurückkehren.

Schon bald.

Nach einem kurzen Frühstück, das sie kaum hinuntergebracht hatte, ging Meg Arm in Arm mit Marian durch den Garten. Auf den Regen war der Frost gefolgt. Das Gras knirschte unter ihren Stiefeln. Ein halbes Dutzend Soldaten folgte ihnen in einiger Entfernung. Ihre klappernden Waffen und Kettenhemden scheuchten die Tiere auf. Sie stellte sich vor, dass Geister sie auf ihren Wegen verfolgten und alles das aussprachen, was sie und Marian nicht sagen, nicht einmal denken wollten.

Sie spazierten auf und ab und warteten. Die Anspannung saß tief in ihnen, in jeder Faser ihrer Muskeln, in ihren Gedanken. Meg zog sich den Umhang fester um die Schultern, doch die Verbände blieben an der Spange hängen.

„Bei allen Heiligen!“

Sie löste sich von Marians Arm und warf den Umhang zu Boden. Voller Ungeduld zerrte sie mit den Zähnen die Bandagen von einer Hand herunter. Marian nahm ihre andere Hand und half ihr, das Leinen abzuwickeln, die zerstörte Haut in der kalten Luft bloßzulegen. Beide lachten dabei laut, als hätten sie den Verstand verloren.

Marian legte Meg den Umhang über die Schultern und verschloss ihn. „Wir verbinden sie neu, wenn wir wieder im Haus sind. Ein bisschen Luft wird nicht schaden.“

„Tausend Dank.“ Die Kälte ließ sie erschauern. Vorsichtig bewegte sie die Finger ein wenig, spürte, wie die Narben und Wunden sich schmerzhaft spannten.

Marian legte eine Hand auf ihren Arm, um den Spaziergang wieder aufzunehmen. „Kaum zu glauben, wie unterschiedlich Ihr und Will seid.“

Meg unterdrückte ein Stöhnen. Wie sollte sie über Will sprechen, wenn sie sich so anstrengen musste, einen Strom von Tränen zu unterdrücken. Aber Marians Worte machten sie neugierig. „Wie das?“

„Bitte betrachtet das als Kompliment, Meg. Ihr habt das Gesicht einer Spielerin. Man kann an Eurer Miene kaum ablesen, was Ihr denkt.“

„Und Will?“

„In einer Gruppe von Männern steht er immer etwas abseits und hält sich zurück. Aber seine Miene sagt mehr, als er mit Worten verrät. Dass ihr euch überhaupt verständigen könnt, beeindruckt mich sehr.“

Das, was sie sagte, war klug und sehr treffend, aber in ihrer Stimme hatten auch Wärme und Zuneigung gelegen. Meg beneidete sie beinahe um ihre lange Bekanntschaft mit Will, aber sie wusste Marians Worte zu schätzen.

Mit den Unterarmen strich sie sich ein paar kurze Haarsträhnen aus dem Gesicht. „Vielleicht erklärt das, warum es für uns so schwer war, uns zu einigen. Ich musste einen Weg zu ihm finden."

„Ich möchte wetten, Ihr fandet Dinge, die noch niemand bei ihm vermutet hat."

So wie er bei mir.

Sie blieb stehen. Jetzt hörte sie es deutlicher: das Getrappel von Hufen, die näher kamen. „Wer kommt da?"

„Ich weiß es nicht."

„Milady", sagte einer der Wachsoldaten. „Bitte lasst uns zum Haus zurückkehren."

Umringt von den Bewaffneten, erreichten sie die Tore. Nach dem gefrorenen Waldboden fühlte Meg zuerst Steine unter ihren Füßen, dann Marmor. Durch einen anderen Eingang kam ein weiterer Soldat in die Halle gelaufen. „Milady, ein Jude verlangt Zutritt zu den Stallungen. Er sagt, sein Name ist Jacob."

Meg flüsterte seinen Namen. Nachrichten. Endlich.

Kurz drückte Marian Megs Arm. „Lasst ihn herein. In die Halle."

Der Soldat zögerte.

„Sofort, sage ich!"

Kurz darauf erfüllten laute Stimme und Schritte das Haus. Dienstboten und Wachen bewegten sich so eilig, dass Meg der Kopf schwirrte. Als sie schließlich auf einem Stuhl saß, grub sie die Nägel in den Stoff. Schmerz zuckte durch ihre Handflächen. Sie drückte heftiger.

„Meg!"

Sie drehte sich zu Jacob um. „Was gibt es Neues, Jacob? Sag mir die Wahrheit!"

„Ich habe Euch jemanden mitgebracht."

„Meg? Da bist du endlich!"

„Ada!"

Die Schwestern umarmten einander, Meg sitzend, Ada auf den Knien. Erleichterung durchströmte sie und lockerte ein wenig den Panzer, den sie getragen hatte, seit Will gegangen war. Immer wieder berührte sie ihre Schwester, um sich zu versichern, dass alles in Ordnung war. Ada war frei, und sie war in Sicherheit.

„Geht es dir gut, Ada? Erzähl mir, was passiert ist!"

„Ich bin – es geht mir gut." Sie lachte, ein wenig unsicher, als würde sie aus einem langen Traum erwachen. Sie roch nach Qualm und nach Blut, ein strenger Geruch. „Ich habe ein Dutzend Feuer entzündet. Du wärst stolz auf mich gewesen."

„Ada?"

„Es stimmt. Ich habe in Bainbridge Feuer gelegt. Und dann habe ich den Sheriff umgebracht." Sie klang, als wäre sie nicht sie selbst, nur eine schwache Imitation ihrer Schwester.

Furcht stieg in Meg auf. „Du hast Sheriff Finch umgebracht?"

„Ja, ohne jedes Bedauern", erklärte Ada. „Aber bei allen Heiligen, diesen Schurken Scarlet habe ich nicht erwischt."

Marian schrie auf. Meg zuckte zusammen.

„Sie ist mit einem Dolch auf Will losgegangen", warf Jacob ein und zog Ada auf die Füße. „Ich habe sie zurückgehalten und fortgebracht, weil ich hoffte, dass sich die Gemüter wieder beruhigen würden."

„Bitte erzählt es uns." Marian sprach so sanft, als würde sie versuchen, einen Wolf zu zähmen. „Wisst Ihr, was mit den anderen geschehen ist?"

„Nein, Milady. Es tut mir leid", entgegnete Jacob.

„Dann kommt mit. Ihr müsst versorgt werden."

Sie gingen davon. Nur die beiden Schwestern blieben in der Halle zurück. Mit zitternden Knien stand Meg auf. „Jetzt kannst du es mir sagen, Ada. Was genau hast du getan?"

Meg trug ein geliehenes Kleid in dunklem Grün, ein Gewand, das etwas modischer war als jene, die sie gewöhnlich trug. Aber den Schleier hatte sie aus lächerlichem Eigensinn abgelehnt. Es war ihr egal, was die Leute dachten beim Anblick ihrer Augen, die sich ziellos bewegten. Das braune Haar hing ihr nur bis zum Kinn. Ihre Hände waren von roten Blasen entstellt.

Und ihre Miene. Nur ein einziges Mal hatte Ada eine solche Miene gesehen: Als Meg sie zusammen mit Hugo im Wald entdeckt hatte. Sie war zu Stein erstarrt, und das hatte sich in Adas Gesellschaft nie mehr ganz verändert. Jetzt in der großen Halle von Loxley Manor wurde sie wieder zu Stein.

„Will hat dafür gesorgt, dass du gerettet wurdest, und du wolltest ihn verletzen?"

Die Erinnerung an ihren Kampf kehrte zurück, und Adas Hände begannen zu zittern. Schweißperlen traten ihr auf die Stirn. Sie schob das erlebte Grauen beiseite, vergrub es ganz tief in ihrem Innern. „Natürlich. Er hat mich an diesen Ort geschickt. Und ich ertrage es nicht, noch einmal an diesen Ort erinnert zu werden. Ich kann nicht darüber sprechen, Meg."

„Er hat sein Leben riskiert, um das wiedergutzumachen." Megs Stimme klang heiser.

„Ich sage, es reicht, Meg. Ich bin unendlich müde."

„Du bist nicht die Einzige, die in diesen Wochen gelitten hat."

„Es tut mir ja leid, dass du verletzt wurdest." Ada warf einen Blick auf die entstellten Hände ihrer Schwester. Das Mitgefühl, das sie für Megs Verletzungen aufbrachte, war nichts als eine Maske. Dahinter empfand sie nichts dergleichen.

„Auch Will hat gelitten."

„Um Himmels willen! Meinetwegen kann er neben Finch in der Hölle schmoren!"

Ihre Worte hallten von den Wänden wider, doch Megs Gesicht veränderte sich nicht. Ada wollte sie schütteln, wollte ihre verletzten Finger kneifen, nur um irgendeine Reaktion hervorzurufen.

„Das glaubst du selbst nicht", meinte Meg schließlich.

„Sag mir nicht, was ich glaube", erwiderte Ada. „Aber ich

bin bereit zu verzeihen, wenn wir diesen Ort so schnell wie möglich verlassen."

Meg lachte. „Und wohin sollen wir gehen, liebste Schwester? Unsere Hütte ist zerstört. Das, womit wir unseren Lebensunterhalt verdient haben, ist verbrannt."

„Gut! Wenn ich mich nie mehr im Wald verstecken oder mich um diese stinkenden Beete kümmern muss, dann bin ich aus der Sache besser herausgekommen, als ich gedacht habe." Sie führte ihre Schwester zu einer Bank. „Lass uns fortgehen, Meg. Wir können nach Toledo gehen, wie wir es immer vorgehabt haben."

„Wie du es vorhattest."

Adas Worte klangen schrill vor Enttäuschung und Zorn. „Du willst lieber hier bleiben? Im Wald, wo alle, die dich kannten, sich über dich lustig machten?"

Meg entzog ihr die Hände. „Nach Kastilien zu reisen wird mich nicht davor bewahren, verspottet zu werden, nicht, wenn du mich begleitest."

„Fangen wir wieder damit an?"

„Nein, es ist eine Tatsache." Sie schüttelte den Kopf, und ihre kurzen braunen Locken umgaben sie wie ein Schleier. „Ich weiß über die Blumen Bescheid, die in der Hütte hängen."

Ada setzte sich auf den Boden. Sie fühlte sich verletzlich, als hätte ihre Schwester sich Zutritt zu ihrer Seele verschafft. „Was ist damit?"

„Warum hast du sie vor mir versteckt? Weshalb das Geheimnis?"

„Weil du dich darüber lustig gemacht hättest", erwiderte Ada. „Du hättest sie für eitel und kindisch gehalten."

„Ich weiß. Und diese Wochen haben mich gelehrt, dass ich wenigstens versuchen sollte zu verstehen, wie dieses Leben für dich gewesen sein muss. Ich war zu sehr in meinen eigenen Enttäuschungen gefangen, um es zu bemerken oder mich darum zu kümmern. Aber ich liebe dich, Ada. Ich will dich neu kennenlernen, wenn all dies hier vorüber ist.“ Sie hielt inne und hob den Kopf. Tränen glänzten in ihren Augen. „Ich habe dir nicht verziehen, weil ich wusste, dass du dann bleiben würdest. Du würdest bleiben und versuchen, es wiedergutzumachen. Dafür bitte ich dich um Verzeihung.“

Ada sah Meg an, suchte nach einem Zeichen für Spott oder eine Lüge. „Du hast niemals einen Fehler zugegeben.“

„Nicht dir gegenüber“, sagte Meg. „Aber in der letzten Zeit habe ich einiges dazugelernt.“

Lächelnd strich Ada ihrer Schwester eine Haarsträhne aus dem Gesicht. „Dann können wir wirklich neu anfangen. Wir können dies alles hinter uns lassen.“

„Das können wir, ja. Wenn du Will verzeihen kannst.“

Ada sprang auf. Ihre Röcke flogen hoch. „Das machst du zu deiner Bedingung? Warum verteidigst du ihn? Selbst im Verlies hast du geschwankt, als du dich zwischen ihm und mir entscheiden musstest. Warum?“

„Ich liebe ihn, Ada. Er ist mein Ehemann.“

Die beiden Sätze trafen Ada wie ein Schlag. Sie taumelte zurück. „Nein. Nein, das kann nicht sein.“

„Ich sage die Wahrheit, Ada.“

„Das ist Wahnsinn! Er hat mich gefangen genommen und an diesem Ort eingesperrt!“

Meg stand auf. „Er hat dir und mir das Leben gerettet.“

„Vielleicht empfindest du Dankbarkeit. Eine gewisse Anziehung. Aber du kannst ihn unmöglich lieben!“

„Sag mir nicht, wen ich lieben soll.“

„Und du hör auf, mich zu verspotten!“ Ada war wütend und wollte es immer noch nicht glauben. „Ich nehme das nicht hin, Meg! Auf gar keinen Fall!“

„Was denn? Dass ich verheiratet bin?“ Meg lachte leise und errötete. „Denn das ist jetzt zu spät. Oder macht es dir Angst, dass ich für mich selbst einstehen kann?“

Ada war außer sich. „Du kannst nicht für dich selbst einstehen! Du hast lediglich einen anderen Menschen gefunden, auf den du dich stützen kannst!"

„Du irrst dich, Ada", murmelte Meg so leise, dass es kaum hörbar war. „Das versichere ich dir."

„Genug!" Ada presste sich die Fingerspitzen an die Schläfen. All ihre Albträume kehrten zurück. Bilder von Feuer, Blut und Wunden drängten in ihr Bewusstsein, raubten ihr den Frieden. Dasselbe tat ihre Schwester. Meg ließ ihr keinen Frieden. „Du brauchst keine zwei Narren, die dich durchs Leben geleiten – falls Scarlet noch lebt."

„Ada!"

„Und ich bin neugierig, welche Wahl du diesmal treffen wirst."

Meg erbleichte. „Welche Wahl?"

„Kannst du das nicht erraten, liebste Schwester? Ich bitte dich zu wählen – deinen Ehemann oder mich."

Wills Kopf schmerzte. Sein Rücken fühlte sich schrecklich an, aber er lebte. Er atmete, trotz der Schmerzen.

Dass er im Sattel saß wie ein Hafersack – nun, manche Belohnung war das wert. Er würde alles ertragen, wenn es bedeutete, dass er wieder mit Meg zusammen sein könnte. Aber er würde dafür sorgen, dass die kommenden Jahre leichter für sie werden würden.

Rufe und heitere Stimmen hallten über das Tal. Vielleicht hatte Marian mit ihren Adleraugen vom Turm aus ihre Rückkehr beobachtet. Robin saß ab und half Will aus dem Sattel. Schmerz durchzuckte seinen ganzen Körper.

„Stehst du?"

Will nickte, aber nur ganz kurz. Er war so schwach, dass er sich am Sattelknauf und an der Schulter seines Onkels festhalten musste. „Du konntest einfach nicht warten, was? Musstest auf Dryden schießen?"

„Ich habe nur die Hilfe angeboten, um die du mich gebeten

hast, auch wenn das bedeutete, einen wunderschönen Pfeil zu opfern. Das Schwert in seinem Körper zeigte, dass du die Sache ja schon erledigt hattest."

„Du hast an mir gezweifelt."

„Nicht gezweifelt, Will. Ich wollte nur auch ein Stück von dem Schuft haben." Robin sah ihn aus seinen himmelblauen Augen an. „Und ich wollte, dass du in Sicherheit bist."

„Robin!"

Will und Robin drehten sich um. Sie sahen, wie Marian herbeieilte.

Robin lächelte. „Eines Tages möchte ich nach Hause zurückkehren, ohne so übertrieben begrüßt zu werden."

„Du genießt es doch." Will reckte sich und hielt Ausschau nach Meg, doch der Schwindel packte ihn von Neuem und hätte ihn um ein Haar umgeworfen. „Tust du mir einen Gefallen, Rob?"

„Jeden."

„Hältst du mir übereifrige Frauen vom Leib?"

„Sie wären zu viel für dich, ich verstehe das", sagte Robin und hielt plötzlich Marian in den Armen.

Will schwieg und wandte sich ab. Er wartete ohne zu klagen, wie sehr er sich auch nach seiner eigenen glücklichen Heimkehr sehnte. Doch allmählich verlor er die Geduld.

Er räusperte sich. „Milady?"

„Hm?" Marian sah auf, mit glänzenden Augen und leicht geschwollenen Lippen. Eigentlich hätte sie so in den Armen ihres Mannes mindestens erröten sollen, doch sie tat nichts dergleichen.

„Marian, wo ist Meg?"

Ihr Lächeln verschwand, und sie zögerte. „Sie hat mit ihrer Schwester gestritten."

Er verzog das Gesicht und berührte die Bissspuren auf seiner Hand. „Genau wie ich."

„Ich fürchte, die Auseinandersetzung wurde recht heftig."

„Heftig? Wieso?“

Ein wenig verlegen runzelte sie die Stirn. Dunkle Locken ringelten sich um ihr Gesicht, obwohl sie die Haare zu einem dicken, festen Zopf geflochten hatte. „Ich weiß keine Einzelheiten. Meg hat sie mir nicht anvertraut.“

Er schloss die Augen und legte eine Hand an den Mund. Das Blut rauschte in seinen Ohren. Narr, der er war, hatte er geglaubt, die Fehler der Vergangenheit wiedergutmachen zu können und die Liebe zu verdienen, die er bei Meg gefunden hatte. Aber was immer der Grund für diesen Streit sein mochte, sie würde sich ihrer Schwester fügen, für deren Rettung sie so viel getan hatte. So wie im Verlies würde sie nur noch ein Schatten ihres tapferen Selbst sein.

Besorgte Blicke beobachteten ihn. Er wollte ihre Sorge nicht, unterdrückte aber seinen Unmut. Robin und Marian hatten es nicht verdient, seinen Ärger ertragen zu müssen. Er fröstelte. Seine Verletzungen schmerzten, und es gab keine Hoffnung auf Linderung.

„Sie wartet im Haus auf dich“, sagte Marian sanft. „Und sie wird dich vermutlich in der Luft zerreißen, weil du dich hier so lange aufhältst.“

„Das kann ich mir vorstellen. Würdet ihr mich bitte entschuldigen?“

Mit einem letzten Aufbegehren an Energie, das seinem geschundenen Körper vermutlich den Rest geben würde, schwang er sich noch einmal auf Robins Pferd. Er galoppierte über gefrorene Lichtungen, wo die Sonne sich in jedem Halm spiegelte. Meg stand am Tor, umrahmt von den offenen Flügeltüren. Sie wartete, ein kleines Lächeln in den Mundwinkeln.

Will holte tief Luft, dann saß er ab und zog Meg an sich. Sie legte die schlanken Arme um seinen Hals und drückte ihn fest. Leise flüsterte sie ihm Willkommensworte ins Ohr.

„Du bist zu Hause“, sagte sie. „Du bist in Sicherheit.“

„Das bin ich. Ich bin zu Hause.“

„Und Dryden?“

„Tot. Er wird niemandem mehr etwas tun.“

Sie küsste ihn, presste die Lippen hart auf seinen Mund, und er sog ihre Kraft in sich auf, den Geschmack von Süße und Bitterkeit. Alles an ihm schmerzte, doch ihre Umarmung linderte einen anderen, tiefer sitzenden Schmerz.

„Warte, warte.“ Er löste sich ein wenig von ihr. „Was ist passiert? Mit Ada?“

„Ich bat sie, nichts zu überstürzen, aber sie wollte nicht hören.“

„Meg, ich verstehe nicht. Können wir mit ihr sprechen?“

Sie schüttelte den Kopf und zog die Unterlippe zwischen die Zähne. „Nein, sie ist fort, zusammen mit Jacob. Sie sind nach London unterwegs.“

„Wie bitte?“

„Sie war verletzt, das weiß ich, und verwirrt angesichts dessen, was geschehen ist. Ich bat sie zu bleiben, bis sie sich wieder gefasst hatte, aber sie weigerte sich.“ Sie lachte leise. „Und mir hat sie immer vorgeworfen, ich wäre dickköpfig.“

„Mit gutem Grund.“

„Und jetzt … alle haben sich so angestrengt, sie zu befreien. Wie soll ich es ihnen erklären?“

„Wir haben nicht nur für Ada gekämpft. Solange Finch und Dryden an der Macht waren, hätte es keine Gerechtigkeit in Nottingham geben können. Verstehst du?“

Sie nickte, ihre Miene drückte Erschöpfung aus.

„Außerdem sagtest du, Jacob wäre bei ihr. Ich wette, er passt auf sie auf.“ Will zog sie an sich und streichelte ihren Rücken. „Aber warum habt ihr gestritten? Worum ging es?“

Tränen liefen ihr über die Wangen. „Sie verlangte von mir, dass ich mich zwischen euch beiden entscheide.“

Er erstarrte. „Entscheiden?“

„Ja, wie beim Sheriff: Sie oder du. Ich sagte ihr, dass sie einen Fehler macht, aber sie bestand darauf.“ Sie umfasste sein

Gesicht mit ihren bloßen Händen. „Und ich habe mich für dich entschieden."

„Ist sie deswegen gegangen? Meg, ich hatte nicht vor, mich zwischen euch zu drängen."

„Ich habe dich gewählt, aber es war ihre Entscheidung zu gehen. Heute war es anders." Ihre Stimme klang jetzt kräftiger. „Es bestand keine Gefahr. Ich konnte dich nicht ein zweites Mal verleugnen oder unser neues Leben aufgeben. Ich gehöre in deine Arme, Will. Da bin ich sicher."

Sanft wischte er ihr die letzten Tränen fort und war nicht überrascht, dass seine Hand zitterte. „Du bringst mich in Verlegenheit."

„Nein, ich liebe dich. Und ich liebe die Frau, die ich durch dich geworden bin. Ada – sie braucht Zeit, um das für sich selbst herauszufinden."

Ein Sonnenstrahl durchdrang die Wolkendecke, vielleicht die letzten warmen Strahlen bis zum Frühjahr. Sie hielt ihr Gesicht in die Sonne, auf den Lippen ein bittersüßes Lächeln. Er folgte ihrem Gedankengang, bis zu Londons Südwesten, und hielt sie fest, als sie fröstelte. „Wirst du deine Entscheidung bereuen, Meg?"

„Nicht mehr als du es bedauern wirst, eine blinde Frau auf der Straße nach Nottingham gerettet zu haben."

Jetzt kamen Robin und Marian an, zusammen mit Little John und der wilden Bande, die Dryden bezwungen hatte.

Seine Familie, mit offenen Armen und heiterem Gruß. Seine Familie kehrte zu ihm zurück.

„Meg, Geliebte", sagte er, küsste ihr Haar und sog dessen Duft ein. „Du hast auch mich gerettet."

– ENDE –

Nicola Cornick
Unvergessen wie dein Kuss
Band-Nr. 25557
6,99 € (D)
ISBN: 978-3-89941-952-8
384 Seiten

Sherry Thomas
Eine fast perfekte Ehe
Band-Nr. 25553
6,99 € (D)
ISBN: 978-3-89941-944-3
320 Seiten

Courtney Milan
Eine hinreißende Schwindlerin
Band-Nr. 25544
6,95 € (D)
ISBN: 978-3-89941-891-0
352 Seiten

Jillian Hunter
Frivole Geheimnisse einer Lady
Band-Nr. 25539
7,95 € (D)
ISBN: 978-3-89941-879-8
384 Seiten

Loretta Chase
Ein skandalös perfekter Lord
Band-Nr. 25533
7,95 € (D)
ISBN: 978-3-89941-870-5
400 Seiten

Jessica Trapp
In den Armen meines Feindes
Band-Nr. 25530
6,95 € (D)
ISBN: 978-3-89941-864-4
336 Seiten

Brenda Joyce
Im Rausch der Ballnacht
Band-Nr. 25523
7,95 € (D)
ISBN: 978-3-89941-853-8
464 Seiten

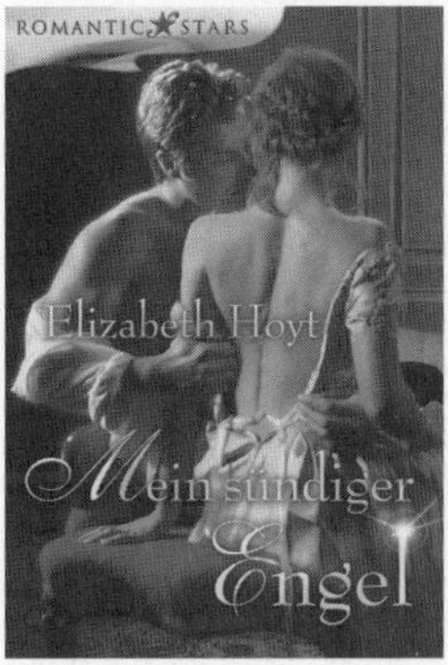

Elizabeth Hoyt
Mein sündiger Engel
Band-Nr. 25519
7,95 € (D)
ISBN: 978-3-89941-842-2
384 Seiten